Feindliches Herz

SAJ - Special Agents of Justice 2

Alia Cruz

SIEBEN VERLAG

FSC
www.fsc.org
MIX
Papier aus verantwortungsvollen Quellen
Paper from responsible sources
FSC® C105338

ISBN-Buch: 9783864434167
ISBN-ebook-PDF: 9783864434174
ISBN-ebook-Epub: 9783864434181

www.sieben-verlag.de

1

Barrett schloss die Augen und wartete darauf, dass die Maschine endlich abhob. Die Situation war alles andere als angenehm. Gern hätte er den Privatjet genommen, aber hier saß er nun in einem normalen Linienflug nach Paris. Corey Snyder, der Kopf der Special Agents of Justice und sein Boss, sah die Aktion sicher als eine Art väterliche Erziehungsmaßnahme. Auf die Frage, warum er ihn für den Auftrag ausgewählt hatte, hatte Corey lediglich geantwortet, dass Barrett mal vor die Tür müsse. Unter Leute.

Barrett hätte fast vor sich hingeschnaubt. Unter Leuten zu sein, war nicht gerade das, was er in seinem Leben als erstrebenswert ansah. Er wollte nicht unter Leute.

Seit sieben Jahren lebte er zufrieden in seinem Häuschen in International Falls in Minnesota. Irgendwie hatte er gedacht, dass es ewig so weitergehen würde. Morgens aufstehen, sich an das Rechenzentrum, das gleichzeitig sein Lebensraum und sein Wohnzimmer war, setzen, und die Arbeit der Special Agents of Justice koordinieren.

Es war ja nicht so, dass er keinen Kontakt zu anderen Menschen hatte. Per Email war er immer in Kontakt mit seinem Bruder Aidan, der den Job in der Agentur zugunsten seiner Familie aufgegeben hatte. Manchmal war er über das Head-Set mit anderen Agenten der SAJ verbunden, um ihnen zu helfen. Dafür hatte Corey ihn eingestellt. Als Hacker, als Koordinator, als der Kopf am Rechner. Die Mitarbeiter des SAJ waren Agenten mit der Lizenz zum Töten, wenn es sein musste. Er zählte sich nicht zu ihnen. Er war Innendienst.

Aber jetzt hatte er diesen beschissenen Außenauftrag, jetzt war er von einem Tag auf den anderen einer von den bisher Gesichtslosen, die sich in der Welt herumtrieben und Feinde eliminierten.

Die Maschine hob ab und das Grollen der Maschinen verschluckte sein bitteres Auflachen. Gesichtslos. Wenn er das doch nur wäre. Aber sein Gesicht war noch da. Ein Zeugnis seiner Vergangenheit. Vernarbt. Unansehnlich. Diese Tatsache konnte er nicht verdrängen, auch nicht, dass er sich diesen Umstand selbst zuzuschreiben hatte. Er war jung gewesen und hatte sich bei den falschen Leuten eingehackt. Viele Jahre waren seither vergangen, doch die Vergangenheit prägt die Zukunft, so auch in seinem Fall.

Der Druck auf seinen Ohren ließ nach, als sie die maximale Flughöhe erreicht hatten. Das Bitte-anschnallen-Zeichen in der Konsole über seinem Sitz erlosch. Er schloss die Augen. Die Sonnenbrille, die er aufbehalten hatte, konnte nur notdürftig die Narben verdecken. Er hätte schon eine Maske tragen müssen, um seine Visage zu verbergen. Sieben Jahre hatte er in relativer Einsamkeit verbracht. Jetzt waren ihm die Geräusche, die Gerüche und die Blicke, die er spürte, extrem unangenehm. Schweißausbrüche hatte er schon. Er musste sich beherrschen, seine Hände nicht ständig an der Hose abzuwischen.

„Sir, kann ich Ihnen etwas zu trinken anbieten?"

Er zuckte zusammen und öffnete die Augen. Die Flugbegleiterin. Er schüttelte den Kopf. Verdammt, er war ein erwachsener Mann, er musste sich langsam in den Griff bekommen.

Von International Falls aus war er noch mit einem Privatjet der Regierung nach St. Paul International in Minneapolis geflogen worden. Jetzt standen ihm noch achteinhalb Stunden Flug bis Paris bevor. Vielleicht half es, an den bevorstehenden Auftrag zu denken, um das Unwohlsein zu bekämpfen. Aber er hatte noch keine Ahnung, worum es eigentlich ging. Corey hatte ihm in der Limousine nur das Flugticket in die Hand gedrückt, ihm gesagt, dass er in Paris mit einem anderen Agenten zusammenträfe, der ihm alles Weitere erklären sollte. Wieder fragte er sich, warum Corey ihn nicht in Ruhe seiner Arbeit nachgehen ließ. Mit einem Gesicht wie dem seinen war er ungeeignet für Außeneinsätze. Er konnte sich nicht unauffällig in einer Menschenmenge bewegen, war zu markant. Zudem lag sein Training mittlerweile sieben Jahre zurück. Bis auf das Snowboarding in Minnesota und dem Krafttraining in seinem Keller trainierte er keine Einsätze. Eine Waffe hatte er schon ewig nicht mehr in der Hand gehabt. Er war in mehreren Kampftechniken ausgebildet und er hatte gelernt mit Schusswaffen umzugehen, aber das lag in der Vergangenheit.

„Entschuldigung, ich müsste mal kurz raus."

Der Mann neben ihm hatte ihn angesprochen. Barrett nickte und stand auf. Hatte er sich getäuscht oder hatte der Typ ihm einen mitleidigen Blick zugeworfen? Er kannte diese Blicke. Seine Hände ballten sich automatisch zu Fäusten. Über sieben Jahre hatte er dieses Gefühl unterdrücken können. Nur selten war es an die Oberfläche getreten. Da brannte etwas in ihm. Er hasste es und musste aufpassen, dass weder Hass noch Wut ihm den Verstand vernebelten. Vor ein paar Jahren hatte Corey ihm einen Psychologen auf den Hals gehetzt. Der war mit einer gebrochenen Nase und Rippe im Krankenhaus gelandet. Danach hatten sie ihn nach Minnesota verfrachtet und ihn in Ruhe gelassen. Verdammt. In diesem Flugzeug zu sitzen, war nicht gut. Er war eine tickende Zeitbombe. Der ältere Herr kam von der Toilette zurück und lächelte.

„Wie bitte?" Barrett ließ ihn durch und setzte sich wieder. Irgendetwas musste der Mann zu ihm gesagt haben.

„Sie sehen ein wenig verkrampft aus."

Wieder stieg Hitze in ihm auf. Wollte der Mann sich über ihn lustig machen? Während er versuchte, seine Emotionen in den Griff zu bekommen, sprach sein redseliger Sitznachbar die ältere Dame hinter seinem Sitz an. „Hast du eine von deinen Tabletten für den jungen Mann übrig, Schatz?"

Ein Döschen Reisetabletten wurde herübergereicht. Mit einem Lächeln hielt der Mann es ihm hin. „Meine Frau hat auch Flugangst. Nehmen Sie ruhig eine. Sind nur schwache Beruhigungstabletten, helfen aber hervorragend."

Wollten sie wirklich nur nett sein? Gott, und er hätte dem Mann fast einen Kinnhaken verpasst. Verfluchte Scheiße, was war aus ihm geworden?

Mit einem Nicken nahm er die Tabletten entgegen. Vielleicht war das eine gute Idee. Er musste ruhiger werden. „Danke."

„Keine Ursache."

Barrett räusperte sich. „Möchten Sie vielleicht lieber neben Ihrer Frau sitzen? Ich könnte mit ihr den Platz tauschen."

„Oh, das würden Sie tun? Wir haben sehr spät gebucht, da war das Nebeneinandersitzen nicht mehr möglich."

„Selbstverständlich, kein Problem."

Sie tauschten die Plätze und durch den Schlitz zwischen den Sitzen konnte Barrett sehen, wie das ältere Paar Händchen hielt. So etwas wie Händchen halten mit einem vertrauten Menschen würde es für ihn nie geben. Wer würde Zärtlichkeiten mit ihm austauschen wollen? Wer würde über das entstellte Gesicht hinwegsehen können, wenn er es nicht konnte?

Der Mann, mit dem er sich die Zweiersitzreihe teilte, war mit einem Notebook beschäftigt. Nach einer Weile setzte die sanfte Wirkung der Tablette ein und er entspannte sich etwas. Mit geschlossenen Augen war es ihm sogar möglich, ein wenig zu dösen. Schlafen konnte er nicht. Der Typ neben ihm hackte auf seiner Tastatur herum.

Das erste Menü wurde serviert. Es schmeckte auch nicht besser oder schlechter, als die Fertiggerichte, die er sich in den letzten Jahren in die Mikrowelle geschoben hatte. Der obligatorische Film wurde gestartet und das Licht erlosch. Er nahm die Sonnenbrille ab. Scheiß drauf. Irgendwann schlief er dann doch ein.

*

Rachel nahm die Füße vom Schreibtisch, als Peter Dobson ihr kleines Büro betrat. Man hatte ihr das Kleinste am Ende des Flures zugeteilt, weil sie viel unterwegs war. Trotzdem ärgerte sie sich manchmal, dass man sie für die Büroarbeit in diese Besenkammer verbannt hatte. Sardinenbüchse wäre auch eine passende Bezeichnung gewesen.

„Was machst du noch hier in London? Solltest du nicht längst in Paris sein?"

„Keine Sorge, Peter. Ich werde schon rechtzeitig dort ankommen." Ihr Vorgesetzter, der im Laufe der letzten zwei Jahre auch ein guter Freund geworden war, musterte sie. Im Grunde war er zu einer Art Ersatzvater geworden, seit sie für den britischen Geheimdienst arbeitete und die Brücken zu ihrer Familie abgebrochen hatte.

„Der Auftrag passt dir nicht, was?"

Rachel stand auf. Sie musste sich dringend bewegen. In dieser Sardinenbüchse konnte man klaustrophobische Zustände bekommen. Viel Platz, um hin und her zu laufen, hatte sie allerdings nicht. Also lehnte sie sich gegen die kleine Fensterbank und verschränkte demonstrativ die Arme. „Dir doch auch nicht, oder?"

Peter fuhr sich mit der Hand über das bärtige Kinn. Im letzten Jahr waren seine Haare und sein Bart vollständig ergraut. „Mir passt nicht, dass die Amerikaner sich ständig einmischen. Als wären wir nicht selbst in der Lage, diese Sache in den Griff zu bekommen." Er machte eine kurze Pause und seufzte. „Aber sie haben nun mal die besseren Verbindungen in den Nahen Osten. Und genau genommen blieb uns keine Wahl, wir mussten sie um diese Einmischung bitten."

Rachel entfuhr ein undamenhafter Fluch. „Und deshalb muss ich mich mit einem ihrer Agenten zusammentun? Ihn auch noch auf Vordermann bringen?"

Peter grinste. „Vielleicht ist er ja ein Charmeur und sieht gut aus?"

„Du hast mir beigebracht, Job und Privatleben nicht zu mischen. Erinnerst du dich?"

„Richtig, aber wann warst du zuletzt aus?"

Sie strafte ihn mit einem bösen Blick. „Seit du mir dieses bescheuerte Blind Date verschafft hast."

„Ja, ich weiß, das war keine gute Idee. Ich konnte doch nicht ahnen, dass der Typ solche Macken hatte."

„Du bist beim Geheimdienst, du hättest es wissen müssen." Sie lachte. Peter meinte es ja nur gut mit ihr.

„Auf jeden Fall ist dein vorübergehender Partner ein begnadeter Computerspezialist. Ihr werdet das Ding schon schaukeln. Er gehört dieser Special Agents of Justice Splittergruppe an. Ich bin mir noch nicht mal sicher, ob die überhaupt jemandem Rechenschaft ablegen müssen. Wahrscheinlich weiß noch nicht mal die NSA, dass sie jemanden zu uns rüberschicken." Er sah ihr in die Augen, und, wie immer beruhigte sie der Blick. „Dir ist klar, wie wichtig dieser Auftrag ist? Es ist der Wichtigste, den du jemals hattest. Für unser Land und für deine Karriere."

Es klopfte. Himmel hilf. Eine dritte Person würde ihre Sardinenbüchse nicht verkraften. Dorothy, Peters Sekretärin, steckte den Kopf durch die Tür. Dann schob sie den Arm nach und wedelte mit einer Akte.

Rachel nahm sie ihr ab. Und schon war Dorothy wieder verschwunden.

„Darauf habe ich gewartet. Hier ist die Akte über Barrett Manor. Jetzt kann ich ihn in Paris in Empfang nehmen." Sie blätterte kurz darin und fand ein Foto. Für einen Moment starrte sie darauf. Barrett Manor wäre in der Tat ein verdammt gut aussehender Mann, hätte er nicht so viele schlecht verheilte Schnittwunden im Gesicht. Sie fragte sich, ob er Opfer eines Unfalls war oder ob ihm jemand diese Verletzungen zugefügt hatte. Der Gedanke hinterließ ein unwohles Gefühl in ihrer Magengegend, das sie sogleich ignorierte. Sie zeigte Peter das Foto.

Der zuckte nur mit den Schultern. „Pass auf dich auf."

„Tu ich doch immer." Sie steckte das Foto zurück in die Akte. Sie würde Mr. Manor am Charles de Gaulle Flughafen auf jeden Fall erkennen. Weniger wegen der Narben in seinem Gesicht, als wegen dieser stechend blauen Augen, die sich sofort in ihr Gedächtnis gebrannt hatten.

Zwei Stunden später war sie in Paris und wartete auf die Landung des Air France Fluges aus Minneapolis. Ihr Gepäck hatte sie bereits im Hotel unterbringen lassen. Sie würden nicht lange in Paris bleiben. Ihre Gedanken kreisten um den Mann, den sie gleich kennenlernen würde. In seiner Akte stand, dass er die letzten Jahre hinter seinem Schreibtisch verbracht hatte. Einen Bürohengst konnte sie allerdings nicht gebrauchen. Sie konnte überhaupt keinen Partner gebrauchen. Sie hatte Peter nicht darauf angesprochen, hegte aber den Verdacht, dass man ihr nicht zutraute, die Sache allein zu regeln, weil sie eine Frau war. Dabei waren Frauen keine

Ausnahme mehr in ihrem Job. Und vielleicht würde eines Tages nicht James Bond, sondern Jackie Bond die Kinokassen klingeln lassen. Sie hatte Peter unendlich viel zu verdanken. Er hatte sich immer wieder für sie eingesetzt. Sie war besser als die meisten männlichen Agenten, dennoch hatte man sie oft mit unbedeutenden und ungefährlichen Aufträgen beauftragt. Erst als Peter vor zwei Jahren ihr Vorgesetzter wurde, hatte sich das geändert. Dennoch musste sie wie ihre Kolleginnen härter arbeiten als die Männer. Und jetzt musste sie auch noch mit einem Mann zusammenarbeiten. Einem Amerikaner.

Sie schaute auf die Anzeigentafel. Die Maschine war gelandet. Jetzt würde es nicht mehr lange dauern und sie würde live in diese unglaublich blauen Augen blicken. Abrupt blieb sie stehen. Wo kam dieser Gedanke her? Die richtige Version lautete: Nicht mehr lange und sie würde dem Ami, der in ihrem Auftrag nichts zu suchen hatte, in die Augen sehen. Schon besser. Sie straffte die Schultern und ging zum Bereich, wo sie ihn erwartete.

Ob Manor wusste, dass man ihm eine Frau zugeteilt hatte? Sie hatte noch Peters Worte von vor ein paar Wochen im Ohr. „Du musst aufhören mit diesem Geschlechterkampf, der in dir tobt." Peter hatte zwar recht, aber keine Ahnung. Sie hatte da wirklich ein Problem, das wusste sie. Aber ihr Vater war ein Macho und ein schlechter Mensch gewesen. Ihre Mutter war eines Tages einfach verschwunden, als sie noch im Kindergarten gewesen war. Okay, wer konnte es ihr verdenken. Dennoch hatte Rachel ihr nie verziehen, dass sie ihre kleine Tochter bei ihrem Vater zurückgelassen hatte. Als sie in die Schule kam, musste sie mit ihrem Vater in die Türkei. Er hatte für eine Stahlfirma außerhalb Londons gearbeitet und war nach Zonguldak versetzt worden. Von da an hatte sie fast zehn Jahre keinen Kontakt zu Jungs in ihrem Alter gehabt. Anpassung hatte ihr Vater das genannt. Sie war in einer Mädchenschule untergebracht gewesen mit Kopftuch und Kochunterricht. Jeden einzelnen Tag hatte sie gehasst. Irgendwann auch ihren Vater. Mit sechzehn war sie wieder in London gewesen und von da an hatte es nur ein Ziel gegeben, zu lernen und etwas aus ihrem Leben machen. Niemals die Frau am Herd werden, egal um welchen Preis. Mit achtzehn war sie von zu Hause ausgezogen, hatte studiert und nebenbei als Kellnerin gearbeitet. Später war sie in die British Army eingetreten, irgendwann war der MI6 auf sie zugekommen und die Weichen für ihre Zukunft als Agentin waren gestellt.

Ungeduldig beobachtete sie die Menschen, die an ihr vorbeiliefen. Und dann sah sie ihn. Die blauen Augen waren allerdings hinter einer großen Sonnenbrille versteckt. Sie trat auf ihn zu. „Barett Manor?"

*

Fast wäre ihm der Koffer aus der Hand geglitten. Eine Frau hatte ihn angesprochen. Das hatte ihm gerade noch gefehlt. „Ja."

Sie streckte ihm die Hand entgegen und starrte ihn an.

Na toll. „Sie sind eine Frau." Super. Total intelligenter Satz und so höflich. Er war Gesellschaft nicht mehr gewohnt und hatte sich in den letzten Jahren zu einem tollpatschigen Klotz entwickelt. Ihre Hand hing immer noch in der Luft. Hastig ergriff er sie. Vielleicht war sie nur die Sekretärin von irgendjemandem und brachte ihn zu seinem Bestimmungsort.

„Wo steht Ihr Wagen?"

Sie legte den Kopf etwas schief und musterte ihn. Ihr Blick war alles andere als freundlich. Sie musste weit über eins siebzig sein, da sie fast genauso groß wie er war.

„Wagen?" Ihr Tonfall war spöttisch wie das Lächeln, das ihre Lippen umspielte. „Vielleicht sollte ich mich erst einmal vorstellen. Mein Name ist Rachel Adams, und für die nächsten Wochen, vielleicht sogar Monate bin ich deine Partnerin."

Shit.

„Um auf deine brillante Feststellung zurückzukommen, ja ich bin eine Frau. Falls dich das stört, kann ich dir einen Rückflug buchen. Und zum Thema Wagen", sie griff in ihre Jackentasche und hielt ihm ein kleines Stück Papier hin, „wir nehmen die Metro. Oder hast du gedacht, ich kutschiere dich mit einer Limousine durch die Gegend? Wir wollen schließlich nicht auffallen."

Ihre dunkelgrünen Augen hatten einen bedrohlichen Ausdruck angenommen. Nach dieser Ansprache drehte sie sich um und achtete nicht weiter darauf, ob er ihr folgte oder nicht.

Gott, nicht nur, dass er wie Frankenstein aussah, jetzt hatte er sich auch noch wie der Obertrottel aller Frankensteine verhalten. Die Idee mit dem sofortigen Rückflug war nicht schlecht. Trotzdem setzte er sich in Bewegung und folgte ihr. Irgendwie erinnerte sie an einen Panther. An einen sexy Panther. Der Hintern, der auf den langen Beinen wunderbar hin und her wogte, war zum auf die Knie fallen. Sie hatte eine kerzengrade Haltung und die kurz geschnittenen schwarzen Haare leuchteten im Licht der Neonlampen.

Was dachte er sich eigentlich dabei, sie von hinten zu beobachten? Er schloss zu ihr auf.

„Soll ich dir was abnehmen?" Sie deutete auf den Koffer, den er hinter sich herzog, eine Reisetasche hatte er über die Schulter gehängt.

Um Himmels willen, sie war eine Frau, sie wollte doch wohl nicht seine Taschen tragen? „Danke, ich komme klar."

Sie betraten die Rolltreppe, die sie zu einem Bahnsteig brachte.

„Wir nehmen jetzt den Zug zum Gare du Nord. Von da aus die Metro zum Hotel."

„Okay."

Fuck, jetzt musste er auch noch Zug fahren. Er hatte das Gefühl, als betrete er die Welt zum ersten Mal. Er war in Austin, Texas, aufgewachsen, hatte jedoch die meiste Zeit seines Lebens an seinem Computer gehockt und sein Exil in International Falls hatte das Übrige dazu getan, aus ihm einen menschenscheuen Tollpatsch zu machen. Er befürchtete, Paris würde ihn umhauen. Herrgott, er sollte sich wirklich zusammenreißen.

Vielleicht lag seine Nervosität auch an der schwarzhaarigen Schönheit, die ihm gegenüber im Zug saß. Es war noch früh am Morgen und noch dunkel. Der Winter hatte die Stadt im Griff. Seine dunkle Sonnenbrille störte eindeutig und war wahrscheinlich noch auffälliger als die Narben in seinem Gesicht. Er nahm sie ab und es passierte genau das, was er erwartet hatte. Eben hatte sie ihm noch ins Gesicht gesehen, jetzt sah sie angestrengt nach unten. Diese Reaktion hätte er erwarten sollen. Warum tat das immer noch weh? Es sollte ihm längst egal sein.

*

O Gott! Seine Augen waren noch schöner, als auf dem Foto. Das Blau noch intensiver. Und die Wirkung noch extremer. Hätte sie gestanden, hätte sie sich hinsetzen müssen. Sie konnte ihn nicht ansehen ohne, dass er ihre Reaktion lesen würde. Ihn anzublicken, war ihr schon mit der Sonnenbrille schwergefallen. Da hatte sein Mund sie abgelenkt. Seine Lippen waren der Inbegriff von Sinnlichkeit. Voll und wie zum Küssen gemacht.

Angestrengt sah sie auf seine Hände. Blöder Zufall, dass ihr die auch gefielen. Kräftig, schlank und gepflegt. Er war mit Sicherheit geschickt mit seinen Händen. Ihr Mund wurde trocken.

Sie riskierte wieder einen kurzen Blick in sein Gesicht. Er sah aus dem Fenster, sein Blick unergründlich.

Himmel, hilf.

Hatte der Zugführer die Heizung übersteuert? Es war unglaublich heiß in diesem Zug. Dieser Mann war eine Herausforderung für ihre Sinne. Er hatte etwas, das in ihr eine Saite anregte, die sie noch nie gespürt hatte. Sie musste ihn betrachten, konnte es einfach nicht lassen. Seine Narben sahen schrecklich aus, er musste schwer gelitten haben. Der Gedanke stach ihr ins Herz. Auf seiner rechten Gesichtshälfte verlief eine wulstige Narbe vom Augenwinkel bis zur Oberlippe. Die linke Gesichtshälfte sah noch schlimmer aus. Die Augenbraue war zerteilt und gleich unzählige Narben verunstalteten seine Wange. Es sah nicht nach einem Unfall aus, dafür waren die Linien zu präzise. Da musste einer ziemlich brutal und gezielt in seinem Gesicht herumgeschnitten haben.

Trotz der Narben, oder gerade wegen ihnen, sah sie einen verdammt gut aussehenden Mann. Seine Wangenknochen, Stirn und die aristokratische Nase gaben ihm ein gleichmäßiges Gesicht. Mit glatter Haut wäre er geradezu unerträglich model-perfekt. So gesehen machten die Narben ihn interessanter, männlicher, markanter. Doch es waren die Augen mit den dichten braunen Wimpern, die sie von all dem ablenkten. Sie schüttelte den Kopf, um aus dieser Trance zu kommen, stöhnte auf und hätte sich am liebsten dafür geohrfeigt.

Er sah sie an. „Alles in Ordnung?"

„Bitte? Ja, ja."

Er hatte eine sehr tiefe rauchige Stimme. Sehr männlich. Das sollte sie schnell wieder auf den Boden der Tatsachen holen. Der Typ war ein Mann, ein Amerikaner und hatte genauso wenig Lust auf einen andersgeschlechtlichen Partner wie sie. Sie sagten nichts mehr. Der Auftrag konnte ja heiter werden.

2

Elena legte die goldene Haarbürste zur Seite. Liebevoll strich sie über die Rückseite. Sie war verziert mit Edelsteinen. Smaragde, Rubine und Opale waren sorgfältig eingefasst. Es war das erste Geschenk von ihm gewesen. Viele andere waren gefolgt. Aber die Bürste war ihr immer noch das Liebste. In der letzten Zeit hatte es keine Geschenke mehr gegeben. Sie sah in den Spiegel auf ihrem Frisiertisch. War das ein Wunder? Warum hätte er ihr noch Geschenke machen sollen? Sie wurde alt. In zwei Jahren feierte sie ihren 50. Geburtstag. Na ja, ein Grund zum Feiern war das nicht. Das Bürsten ihrer Haare hatte sie seidig weich werden lassen. Sie beugte sich ein wenig vor und betrachtete die blonden Strähnen genau. Nein, da war noch kein graues Haar zu sehen. Aber die ersten Fältchen um die Augen. Er hatte ihre Augen immer geliebt. Hatte gesagt, dass das Braun ihn an einen guten Whiskey erinnerte. Er hatte alles an ihr geliebt. Sie tuschte sich die langen Wimpern, puderte sich das Gesicht und trug sorgfältig den rosa Lippenstift auf. Rote Lippen hatte er nie gemocht. Rosa passte auch besser zu ihr. Sie griff zur Handcreme. Mehrmals täglich cremte sie ihre Hände ein, denn die konnten am ehesten ihr Alter verraten. Ihr Körper machte noch mit. Sie trieb Sport. Sie ging laufen, manchmal ritt sie aus. Früher waren sie gemeinsam ausgeritten. Jetzt nicht mehr. Seit drei Jahren hatte sie ihn nicht mehr gesehen. Hatte er sie nicht mehr zu sich gerufen. War sie nicht mehr bei den großen gemeinsamen Essen oder Partys dabei gewesen. Sie atmete tief durch. Seit Tagen schon wurde es immer schlimmer. Die Einsamkeit hielt sie fest umklammert. Sie vermied mittlerweile die Gesellschaft der anderen Frauen in diesem Haus. Sie war dankbar, dass sie nicht in einem der Gemeinschaftsräume untergebracht war. Sie war schließlich einmal seine Lieblingsfrau gewesen und so hatte man ihr das eigene Zimmer mit dem eigenen Bad zugestanden. Sie stand auf und betrachtete die aufgehende Sonne am Horizont. Was sollte sie mit dem Tag anfangen? Sie könnte in die Bibliothek gehen. Aber das Lesen konnte sie in letzter Zeit auch nicht mehr ablenken. Welchen Weg sollte sie gehen? Welchen Weg hatte das Schicksal für sie vorgesehen? Hatte sie überhaupt Einfluss darauf?

Es klopfte.

„Ja, bitte."

Die junge Frau, die eintrat, war neu hier. Sie verbeugte sich. Sie war hübsch. Sehr hübsch. Wahrscheinlich genau sein Geschmack. Ob er sie schon kennengelernt hatte?

„Du kannst sprechen."

Noch war die Neue unten in der Hierarchie und Elena genoss für einen Moment ihre gehobene, privilegierte Stellung.

„Mein Name ist Zazouela. Ich bin Ihnen zugeteilt für heute. Ich soll Sie zum Bad begleiten und für heute Abend alles arrangieren."

Elenas Herz klopfte bis zum Hals. Sollte das etwa bedeuten …? Bevor sie etwas sagen konnte, trat Ali ein. Der Eunuch verscheuchte die junge Frau, die wahrscheinlich Afrikanerin war.

„Weg mit dir. Ich sagte doch, du sollst warten, bis ich mit ihr gesprochen habe."

Elena fasste sich an den Hals. Sie konnte kaum sprechen, so aufgeregt war sie. Ihre Stimme war nur ein Krächzen, als sie Ali ansprach. „Er will mich sehen? Ist das wahr?"

Ali lächelte. Im Grunde lächelte er immer. Wahrscheinlich würde er auch lächeln, wenn er jemandem mitteilen musste, dass er unheilbar krank war.

„Ja, die Rituale zur Reinigung werden fast den ganzen Tag in Anspruch nehmen. Er hat dich lange nicht gesehen und ich will, dass du ihn heute Abend bezauberst."

Bei Gott, das würde sie!

*

Die Fahrt dauerte über eine halbe Stunde, und als es etwas heller wurde, setzte Barrett die Sonnenbrille wieder auf. Die Gläser waren so dunkel, dass man seine Augen nicht sehen konnte und so nutzte er die Gelegenheit, Rachel zu betrachten. Sie hatte aufgehört, ihn anzusehen, und starrte aus dem

Fenster. Sie hatte ein wunderschönes schmales Gesicht mit hohen Wangenknochen. Ihre dunkelgrünen Augen wirkten wach und leuchteten wie Edelsteine, umrahmt von langen schwarzen Wimpern. Ihre Haut war glatt und noch leicht gerötet von der Kälte, selbst im Zug war es nicht sonderlich warm. Eine kleine Falte befand sich zwischen ihren Augenbrauen. Sie schien oft nachdenklich zu sein und ihre Brauen zusammenzuziehen. Das gab ihr einen ernsten Ausdruck. Er hatte sie noch nicht lächeln sehen. Schade. Ihr Mund schien wie dafür gemacht zu sein. Volle Lippen mit einem kleinen dunklen Leberfleck oberhalb der rechten Oberlippe. Er war aus der Übung, was Unterhaltungen betraf, daher zog er es vor, zu schweigen. Mailen oder SMS schreiben war ohnehin eher sein Ding. Vielleicht sollte er ihr das vorschlagen. Fast hätte er gelacht. Er kam sich vor wie ein Teenager, der seine Lehrerin betrachtet und zu dem Schluss kommt, dass sie ziemlich heiß ist.

„Wir sind da."

Ohne ein weiteres Wort stand sie auf, und er folgte ihr. Sie schien sich gut im unterirdischen Paris auszukennen. Sofort wusste sie, wo es langging, um zu einer Metrostation zu kommen, die fast vor ihrem Hotel endete. Das *Villa Royale* befand sich schräg gegenüber der Pigalle. Als sie das Hotel betraten, drehte sie sich kurz um. „Ist nur für eine Nacht, keine Sorge."

Er war so vertieft in die Betrachtung ihres Hinterns gewesen, dass er erst jetzt bemerkte, dass alles kitschig und rot eingerichtet war. War das hier ein Stundenhotel? Nein, am Eingang waren vier Sterne gewesen.

Sie unterhielt sich kurz auf Französisch und ging dann ins Arabische über, da der Portier anscheinend Araber war. Zumindest vermutete er das, nicht dass er auch nur ein Wort verstanden hätte. Spanisch hatte er in der Schule gelernt, aber er erinnerte sich nur noch dunkel. Corey hatte ihn immer wieder zum Sprachunterricht überreden wollen, aber da das kein Befehl war, hatte er es ignoriert.

Sie betraten den ebenfalls in rotem Samt ausgekleideten Lift. „Welche versteckten Talente hast du denn sonst noch?"

Sie hob eine der schön geschwungenen Augenbrauen. „Bezüglich meiner Fremdsprachenkenntnisse oder in anderen Bereichen?“

Ein gewisser Körperteil von ihm war eindeutig an der Antwort, die andere Bereiche betraf, interessiert. Aber Rachel war wunderschön und damit unerreichbar. Frauen im Allgemeinen waren eine Nummer zu groß für ihn. „Wie viele Sprachen sprichst du?“

„Fließend spreche ich Englisch, dann noch Französisch, Arabisch und Türkisch.“

Beeindruckend.

Sie waren im vierten Stock untergebracht. Die Wände, die Türen, alles war mit dunkelrotem Samt überzogen. Jedes Zimmer war nach einer berühmten Persönlichkeit benannt, wie ihm die goldenen Schilder an den Türen verrieten. Er war im Toulouse-Lautrec Zimmer untergebracht. Er stellte seinen Koffer und die Tasche ab.

„Ich bin nebenan im Naomi-Campbell-Zimmer.“

Sie reichte ihm einen Schlüssel und er betrat den Raum. Immer noch alles rot und samtig. Und jede Menge Gold. Selbst der Plasmafernseher steckte in einem goldenen Rahmen.

„Es ist kein Stundenhotel, auch wenn wir in der Nähe des Moulin Rouge und der Pigalle sind. So was nennt man Themenhotel.“

„Aha.“

Sie zuckte mit den Schultern. „Ich mag es.“

„Vielleicht könntest du mich über unseren Auftrag aufklären.“ Wenn er in den Berufsmodus überging, würde er eventuell endlich aufhören können, sich Gedanken über sie zu machen. Das Zimmer mit dem riesigen Himmelbett, dem Whirlpool im Badezimmer, den er aus dem Augenwinkel gesehen hatte und der Kamin trugen nicht dazu bei, seine körperliche Reaktion auf Rachel zu beruhigen.

„Du weißt also gar nichts?“

„Nein. Man sagte mir, ein Agent würde mich abholen und aufklären.“

Er betrachtete sie, während sie auf und ab ging. Sie bewegte sich so geschmeidig, wie er es noch nie an einer Frau gesehen hatte. Sie trug schwarze Stiefel und eine dunkelblaue enge Jeans, die ihre unendlich langen Beine wunderbar betonte. Ihre schwarze Wolljacke legte sie ab, darunter trug sie einen praktischen schwarzen Rollkragenpullover. Einfache Kleidung, aber an ihr wirkte sie elegant und sportlich zugleich.

„Zunächst müssen wir nachher noch Waffen für dich besorgen. Ich gehe mal davon aus, dass du keine dabei hast."

„Wo hätte ich die in einem Linienflug verstecken sollen? In meinen magischen Unterhosen?"

Endlich ein Lächeln. Gut. Nicht so gut, dass sie automatisch Richtung Körperteil, das ein Eigenleben entwickeln wollte, blickte. Er konnte nur hoffen, dass seine schwarze Jeans keine Ausbuchtung zuließ. Ihm wurde heiß und er zog seine Lederjacke aus.

*

Dass er nicht fror, war ein Wunder. Es war schließlich Ende Januar und es war verdammt kalt. Doch unter der Lederjacke trug er lediglich ein schwarzes T-Shirt. Angeblich hatte er sieben Jahre am Schreibtisch verbracht, was sie kaum glauben konnte. Es spannten sich einige Muskeln unter dem Shirt und seine durchtrainierten Arme waren nicht von schlechten Eltern. Sie hätte doch ein anderes Hotel wählen sollen. Sie war zwar nicht der romantisch kitschige Typ, aber in diesem Moment hätte sie sich vorstellen können in diesem Himmelbett seine magischen Unterhosen zu erkunden. Am besten, nachdem sie den Kamin angezündet hatten. Sie schüttelte den Kopf. Hilfe! Was dachte sie da bloß? Er war doch genau das, was sie befürchtet hatte, ein Kerl, der nichts von weiblichen Partnerinnen hielt. Also weiter im Text. Sie musste ihn ja noch aufklären. Zumindest, was ihren Auftrag anging, nicht auf anderen Gebieten. Auf keinen Fall. „Im Grunde ist es eine innere Angelegenheit."

Er verschränkte die Arme und sie musste sich zusammenreißen, nicht ständig auf seine Muskeln zu starren.

„Könntest du bitte die Sonnenbrille abnehmen. Ich hasse das.“ Wenn sie damit zu weit gegangen war, dann ließ er sich nichts anmerken. Seine blauen Augen ruhten auf ihr, und im nächsten Moment hätte sie ihn am liebsten aufgefordert, die Brille wieder aufzusetzen. Ihre Knie wurden weich. Wie sollte sie sich so konzentrieren? Am besten sie suchte sich einen imaginären Punkt an der Wand, zu dem sie sprechen konnte. „Wir haben konkrete Hinweise, dass es einen Anschlag auf ihre Majestät die Königin von Großbritannien geben soll.“

Keine wirkliche Reaktion kam von ihm. Nur ein leichtes und kurzes Anheben seiner Brauen.

„Wir wissen, wann und wo und auch von wem.“

Jetzt machte er doch den Mund auf. „Und was soll ich hier? Ich bin Amerikaner. Seit wann mischen wir uns in eure Angelegenheiten ein?“

„Das Ganze ist nicht so einfach, wie es sich anhört. Wir brauchen dich.“ Verdammt, es fiel ihr schwer, das zuzugeben. Sie hatte Peter bekniet, sie die Sache allein regeln zu lassen, aber am Ende hatte sie einsehen müssen, dass sie Barrett Manor brauchten. Sie liebte nicht nur ihren Job, sondern auch ihr Land und ja, er hatte recht, er war Amerikaner. Das machte es umso schwieriger für sie. Konnte er überhaupt verstehen, wie sehr sie und ihre Landsleute die Königin verehrten?

„Wir brauchen deine Fähigkeiten als Hacker. Du bist der Beste, das wissen wahrscheinlich sämtliche Geheimdienste der Welt.“

„Und was genau soll ich tun?“

„Wir wissen, dass Sheik Abid Al Taran dahintersteckt. Aber wir können ihn nicht einfach eliminieren.“

„Und wieso nicht?“

„Er ist ein enger Freund ihrer Majestät, das würde zu viel Aufsehen erregen. Außerdem wird er es ja nicht selbst tun, wir wissen nicht genau, wie er es anstellen will. Der Zeitpunkt, der uns bekannt ist, ist Anfang Juni. Da haben wir das Royal Ascot Meeting. Ihre Majestät wird wie jedes Jahr die Pferderennen besuchen. Er wird bei ihr sein. Er ist einer ihrer engsten Freunde, er schenkt ihr Pferde, sie trinken Tee zusammen. Das Übliche."

An Barretts Blick erkannte sie, dass *das Übliche* für ihn wohl doch eher Neuland war. „Es kommt noch ein weiteres Problem hinzu. Zum einen ist es uns ein Rätsel, warum er es tun will und zum anderen ist er im Ölgeschäft und mit unserer Regierung eng verbandelt. Du bist nicht nur wegen deiner Fähigkeiten am Rechner hier. Du gehörst zum SAJ, die laut meinen Kenntnissen eine Splittergruppe des amerikanischen Geheimdienstes ist. Ihr seid nicht dem Präsidenten der Vereinigten Staaten unterstellt, wenn ich das richtig verstanden habe."

Barrett nickte.

Der MI6 wusste, die SAJ war ursprünglich gegründet worden, um eben diesen Präsidenten zu eliminieren, wenn dies nötig werden sollte. In der Zwischenzeit kümmerten sie sich eben um andere Dinge. Ein Regulativ, das den mächtigsten Mann der Welt im Notfall ausschalten musste, sollte sich dieser als Gefahr für sein Land entpuppen.

„Und wenn ich das richtig verstehe, soll ich den Typen für euch ausschalten, damit euer Geheimdienst sauber bleibt."

Es war offensichtlich, dass ihm der Auftrag nicht gefiel.

„Das ist nur der Notfallplan."

Wieder dieses Anheben der Augenbrauen von seiner Seite.

„Dann bin ich mal gespannt auf den eigentlichen Plan."

Er sagte das so, als hätte sie sich das Ganze allein ausgedacht. Ihr Tonfall wurde noch geschäftsmäßiger. „Wir brauchen noch mehr Informationen. Wir haben alles versucht, aber unsere Leute haben sich nicht bei Scheich Al Taran einhacken können. Unser ursprünglicher Informant ist tot. Wir haben nichts mehr. Sollte der Scheich seine Pläne ändern, stehen wir ziemlich dumm da. Außerdem sind nur ich, mein Vorgesetzter und zwei weitere führende Köpfe des MI6 eingeweiht, sowie Corey Snyder. Wir sind auf uns gestellt."

„Und dafür habt ihr mich herbestellt? Das hätte ich auch von Minnesota aus erledigen können. Mit meiner dortigen Ausrüstung vielleicht sogar besser. Ich hätte euch Fakten geliefert und ihr hättet die Leute aus dem Verkehr ziehen können."

„Eben nicht. Du wirst nämlich mit meiner Hilfe die Leute aus dem Verkehr ziehen. Aufgrund der diplomatischen und geschäftlichen Beziehungen hält sich der englische Geheimdienst offiziell raus."

„Das gefällt mir nicht."

Das war offensichtlich. Sein Blick war so finster, dass er jetzt auch nicht von den Narben ablenken konnte. Dummerweise faszinierte sie dieser furchterregende Blick.

„Das tut hier nichts zur Sache. Es ist dein Auftrag, soweit ich weiß, kann man in eurer Truppe Aufträge nicht ablehnen. Wir haben bis Ende Mai Zeit, die Sache zu regeln. Sollten wir es bis dahin nicht geschafft haben, müssen wir nach Ascot und die Queen persönlich schützen. Allerdings ohne, dass die anderen Sicherheitskräfte davon wissen."

*

Barrett setzte sich auf den roten Plüschsessel. Welcher Mensch hatte so einen Geschmack? Immerhin war das Ding bequem.

„Wir haben Ende Januar. Anfang Juni bin ich wieder in Minnesota." Und das war sein voller Ernst. So viele Monate würde er nicht mit ihr zusammenarbeiten können. Sie konnte ihn ja noch nicht mal ansehen. Immer wieder hatte sie zur Wand hinter ihm gesehen. Zu allem Überfluss konnte er von ihrem Anblick nicht genug bekommen. Aber er war nun mal ein SAJ. Er hatte nichts anderes in diesem Leben. Also würde er diesen wahnwitzigen Auftrag annehmen. Diese diplomatischen Beziehungen und Geschäftsbeziehungen waren leider die Nebenwirkung des Kapitalismus. Im Endeffekt ging es immer nur ums Geld und Menschen, wie er, mussten ihren Kopf dafür hinhalten. „Ich brauche eine Ausrüstung. Ich brauche gute Rechner."

„Ich weiß. Es ist alles für dich arrangiert. Wir treffen heute noch einen meiner Leute hier in Paris, der wird uns mit Waffen versorgen und morgen brechen wir nach Erquy auf. Das ist ein kleines Fischerdorf in der Bretagne, da wartet die beste Computerausrüstung auf dich, die du dir vorstellen kannst."

Das würde er ja noch sehen. „Warum sind wir in Frankreich?"

„Neutraler Boden erschien meinen Bossen erstmal sicherer. Aber da ist noch etwas."

Sie schaute auf den Boden.

„Was?"

„Falls es doch zu einem Showdown in Ascot kommen sollte, musst du fit sein. Ich habe den Auftrag, dich zu trainieren. In Erquy in diesem kleinen Häuschen ist alles, was wir dafür brauchen."

Okay, jetzt reichte es aber, das durfte doch nicht wahr sein. Abgesehen von der Tatsache, dass er noch nie jemanden eliminiert hatte, und als er bei den Special Agents of Justice angefangen hatte, auch nicht damit gerechnet hatte. Er war der Computerspezialist, mehr aber auch nicht. Dennoch überkam ihn jetzt doch das Gefühl, dringend jemanden umbringen zu müssen. Sein Boss stand oben auf der Liste. Er hätte verdammt noch mal einen anderen Agenten schicken können. Die Hackerarbeit hätte er auch von zu Hause aus liefern können. Was hatte Corey sich nur dabei gedacht?

„Das muss dir nicht peinlich sein, wir sind alle dann und wann mal nicht in Form."

Jetzt sah sie ihn mit diesen umwerfenden dunkelgrünen Augen an.

„Ich bin in Form."

Sein Herz setzte kurz aus, als sie zum ersten Mal lächelte. „Das werden wir ja noch sehen." Sie verließ das Zimmer, steckte aber den Kopf noch einmal rein. „Ich besorg uns was zu essen. Du kannst dich nach dem langen Flug noch etwas ausruhen. Später treffen wir dann meinen Waffenlieferanten."

Sollte das jetzt die nächsten Wochen so weitergehen? Gab sie hier die Befehle? Na ja, wenn sie im Bett die Befehle gab, dann könnte er sich daran gewöhnen. Fuck, er musste sich nicht ausruhen, er brauchte dringend eine eiskalte Dusche.

*

Rachel schloss die Tür ihres Zimmers und lehnte sich dagegen. Sie schloss die Augen und atmete tief durch. Warum hatte sie nur dieses dämliche Hotel gewählt, das wie ein Puff eingerichtet war? Es war ihr praktisch erschienen, weil ihr Mittelsmann direkt um die Ecke war. Sie konnte es nicht fassen, aber dieses Ambiente erregte sie. Oder war es Barrett? Verdammt, das durfte nicht sein. Sie kannte ihn kaum und er entsprach in seinem Verhalten keinem Mann, den sie in Erwägung ziehen würde. Obwohl. Vielleicht hatte sie ihn zu schnell beurteilt. Da war irgendwas unter der gleichgültig, kalten Machooberfläche. Etwas was sie nur zu gern ergründen würde. Abrupt stieß sie sich von der Tür ab. Über was für einen Mist machte sie sich da Gedanken? Sie hatte Wichtigeres zu tun. Ein Treffen mit ihrem Mittelsmann zu arrangieren zum Beispiel. Bei Peter musste sie sich auch melden. Sie griff nach ihrem Mobiltelefon und setzte sich auf das mit bordeauxfarbenen Laken bezogene Bett. Bevor sie die Kurzwahltaste betätigen konnte, blieb ihr kurz die Luft weg. Verdammt noch mal nicht jetzt. Sie griff sich an den Hals.

Jetzt keine Panikattacke kriegen! Sie legte sich flach auf den Rücken und konzentrierte sich auf ihre Atmung. Bloß nicht denken. Ganz ruhig bleiben. Einatmen und Ausatmen. Der Raum um sie herum drehte sich und der Schweiß brach ihr aus. Einatmen und Ausatmen. Nur darauf konzentrieren! Es dauerte ein paar Minuten, dann hatte sie sich wieder im Griff. Was hatte diese Panikattacke ausgelöst? Vorsichtig setzte sie sich auf. Ein Psychologe könnte das mit Sicherheit ergründen, aber wenn sie mit einer Therapie anfing, würde der MI6 früher oder später davon erfahren. Das durfte nicht passieren. Sie konnte es sich schlichtweg nicht leisten, eine Schwäche zu haben. Bestenfalls würde sie hinter einem Schreibtisch landen und schlimmstenfalls würde sie ihren Job verlieren. Sie war stark genug, damit fertig zu werden. Wenn der Job erledigt war, konnte sie sich ein paar Tage Auszeit nehmen und sich selbst helfen. Aufarbeiten, was in den letzten Jahren passiert war und diese Panikattacken zum Vorschein gebracht hatte. Punkt. Aus. Ende. Zum Glück war ihr das noch nie während eines Einsatzes passiert. Diese Anfälle kamen immer dann, wenn sie zur Ruhe kam. Das musste unbedingt so bleiben. Sie würde nicht damit leben können, wenn sie deswegen Menschenleben in Gefahr brachte. Nur noch dieser eine Auftrag, beruhigte sie sich, dann würde sie sich darum kümmern. Wie immer nach so einem kleinen Intermezzo fühlte sie sich leer. Da war so ein tiefes schwarzes Loch in ihr. Aber wenn sie darüber nachdachte, war dieses schwarze Loch schon immer da gewesen. Seit ihre Mutter verschwunden war und sie mit ihrem Vater in ein fremdes Land hatte gehen müssen. Sie kannte sich gut und wusste, dass dieses Loch sich nur mit Arbeit stopfen ließ. Sie griff erneut zum Mobiltelefon und wählte Peters Nummer.

„Hey. Ich hatte schon eher mit deinem Anruf gerechnet."

Sie ignorierte die Bemerkung. „Morgen brechen wir nach Erquy auf, hast du alle weiteren Informationen bekommen?"

„Ja, Corey Snyder war sehr kooperativ. Ich glaube dem liegt echt was an seinen Jungs, besonders an diesem hier. Ich habe eine schöne Akte für dich zusammengestellt. Du solltest gleich mal deine Mails auf deinem Netbook checken."

„Super. Muss ich sonst noch was wissen?"

„Wir haben keine weiteren Informationen. Jetzt seid ihr dran."

„Alles klar. Ich melde mich wieder."

Peter legte auf und Rachel holte das Netbook aus ihrem kleinen Koffer. Jetzt war sie wirklich gespannt. Wie versprochen hatte sie eine Mail. Sie öffnete den Anhang.

Barrett Manor, vierunddreißig Jahre aus Austin, Texas. Sein Alter hatte sie aufgrund des vernarbten Gesichts schlecht schätzen können. Er war fünf Jahre älter als sie, ausgebildeter Informatiker und hatte bei IBM gearbeitet. Vor über sieben Jahren hatte er sich in das System des Ölmilliardärs Cameron Evans eingehackt und war verschwunden. Corey Snyder hatte die Informationen sehr vage gehalten. Cameron Evans war angeblich bei Hurrikan Katrina ums Leben gekommen. Peter hatte allerdings angemerkt, dass er vermutete, dass der Ölmulti und angehende Gouverneur von den Special Agents of

Justice eliminiert worden war. Vermutlich von Aidan Manor, Barretts älterem Bruder, der kein Agent mehr war. Es war reine Spekulation von ihrem Boss, aber Cameron Evans war wohl nicht sauber gewesen und Barrett war in dessen Fänge geraten und gefoltert worden.

Nach Hurrikan Katrina und dem Ausscheiden von Aidan Manor aus dem Dienst war Barrett zum Agenten ausgebildet worden. Er hatte noch nie einen Außenauftrag gehabt. Hatte in International Falls, Minnesota gelebt und von da aus Operationen via Rechner überwacht, geplant und Informationen beschafft. Der Mann konnte sich überall einhacken, er musste ein wahrer Meister auf seinem Gebiet sein.

Sie lehnte sich zurück. Barrett hatte recht. Er hätte die Operation von Minnesota aus leiten können. Sie hätten einen anderen Agenten schicken können. Okay dann hätte Corey Snyder zwei Leute abstellen müssen, aber warum, war es ihm so wichtig gewesen, Barrett herzuschicken? Es war doch offensichtlich, dass der gar keinen Bock darauf hatte. Vielleicht lag die Antwort in seinem Privatleben. Sie scrollte weiter. Er hatte keines. Laut Akt hatte er jeglichen Kontakt zu seinem Bruder abgebrochen. Er galt als Einzelgänger. Sie öffnete im Anhang ein Foto. Für einen Moment stockte ihr der Atem. Es war ein altes Foto. Es zeigte einen sehr jungen Barrett mit seinem Bruder Aidan. Beide Männer sahen gut aus, aber Barrett war perfekt gewesen. Genau, wie sie es sich gedacht hatte. GQ Cover perfekt. Bevor man ihm das mit seinem Gesicht angetan hatte. Ebenmäßige Züge, diese strahlenden dunkelblauen Augen, und er hatte lange Haare gehabt. Fast bis zur Schulter in einem hellen Braun. Jetzt waren sie abrasiert. Nicht dass ihm das nicht auch stand. Es passte zu ihm, aber sie mochte Männer mit langem Haar, fand es attraktiv. Besonders dann, wenn sie so gepflegt, dick und dicht waren wie bei Barrett auf diesem Foto. Sie bedauerte, dass er sein Haar jetzt nicht mehr so trug. Vielleicht aber auch besser so, dann kam sie gar nicht erst in Versuchung, sie zu berühren.

Sie stand auf und ging zum Fenster. Gegenüber war nicht nur die Pigalle, sondern auch ein kleiner Supermarkt. Ihr Magen knurrte doch sie ignorierte ihn erstmal.

Sie dachte an ihre Panikattacke. Wenn sie schon Probleme hatte, seit der Sache in Afghanistan, wie musste sich dann Barrett fühlen? Sie war noch nicht einmal gefoltert worden. Diese Grübelei brachte nichts. Zeit um ein paar Croissants zu besorgen.

*

Elena hatte eines ihrer eleganten weißen Kleider an. Sie hatte lange überlegt, was sie tragen sollte. Das knielange Trägerkleid war eng geschnitten und betonte ihre schlanke Figur. Es war unter der Brust mit Pailletten verziert. Sie erinnerte sich noch genau daran, wann sie es zum ersten und letzten Mal getragen hatte. Es war vor zehn Jahren gewesen, an einem Abend, als er einfach mit ihr nach Casablanca zum Abendessen geflogen war. Es war einer der schönsten Abende ihres Lebens gewesen. Einer dieser Abende, an denen sie sich hatte vormachen können, dass es nur sie für ihn gab. Natürlich hatte sie immer gewusst, dass er neben ihr noch viele andere Frauen hatte, dennoch war sie glücklich. Auch heute noch, denn er hatte sie wieder zu sich bestellt. Sie wartete auf Ali, der sie zu ihm bringen würde. Was erwartete sie? Das war die Frage, die sie schon den ganzen Tag beschäftigte.

Der Eunuch betrat ohne anzuklopfen ihr Zimmer. Sie folgte ihm. Er führte sie den langen Flur des Palastes entlang. Auf ihrem Flur waren keine anderen Frauen untergebracht. Die weiteren Schlafzimmer wurden nicht genutzt. Sie betraten den Lift, der sie in die fünfte Etage brachte. Er erwartete sie also in einem der Turmzimmer. Seit über zwanzig Jahren lebte sie hier und hatte immer noch nicht alle Zimmer gesehen. Zumal der Palast ständig umgebaut wurde oder neue Bereiche hinzugefügt wurden. Selbst im Aufzug wurde offensichtlich, wie sehr er Luxus liebte. Seine Liebe zum Detail hatte sie schon immer bewundert. Die Knöpfe waren aus purem Gold und der Boden war wie die Wände mit feinstem Samt ausgekleidet. Dunkelblau, das war seine Lieblingsfarbe. Sie musste noch ein paar Stufen erklimmen, bevor sie in einem der Türme angekommen waren.

Vor der Eingangstür verbeugte sich der Eunuch, öffnete sie und verschwand.

Elena stand einfach nur da. Ihre Hände waren feucht. Der Raum war nur durch Kerzen links und rechts an den Wänden erleuchtet. Der Tisch mit Kerzenleuchter war für zwei gedeckt. Und da saß er. Sheik Abid Al Taran. Im Schein der flackernden Flammen erkannte sie, dass er lächelte.

„Warum kommst du nicht herein, meine Schöne?"

Meine Schöne, wie lange hatte das niemand mehr gesagt? Sie glaubte, sich nicht bewegen zu können. Ihr Innerstes zog sich vor Verlangen und Sehnsucht nach dem Mann, den sie heute nach drei Jahren wiedersah, schmerzhaft zusammen. Dennoch schaffte sie es, einen Fuß vor den anderen zu setzen und langsam auf ihn zuzugehen. Er hatte sich nicht verändert in den letzten drei Jahren. Er war nicht gealtert. Mittlerweile musste er Mitte fünfzig sein, auch wenn er ihr sein Alter nie genannt hatte. Die kurzen Haare waren immer noch pechschwarz, der schwarze Bart nach wie vor sorgfältig gestutzt. Aber das Schönste waren seine ungewöhnlich hellbraunen Augen. Sie milderten die düstere Aura, die ihn umgab. Manchmal wirkten sie fast goldfarben. Sein Blick ruhte auf ihr. Auf jedem ihrer Schritte. Als sie am Tisch angekommen war, senkte sie demütig den Kopf.

„Setz dich doch." Seine tiefe Stimme umhüllte sie wie eine samtige Decke, ließ Hitze in ihr aufsteigen. Sie setzte sich. Er hatte ihre Lieblingsspeisen auftragen lassen. Risotto, Pfefferminzcreme, überbackene Auberginen und Datteln in Schokoladenglasur. Wie immer trank er vor dem Essen einen Brandy. Offiziell war er Moslem und lehnte Alkohol stets ab. Aber Elena wusste es besser. Er hatte keinen Glauben. Oft hatte sie sich gefragt, ob er auch kein Gewissen besaß. Aber die Dinge, die sie über ihn wusste und die nie an die Öffentlichkeit drangen, verschloss sie tief in sich und ignorierte sie. Sie passten weder in ihr Weltbild noch hätten sie dem Bild eines Scheichs aus einem der reichsten Emirate entsprochen.

„Ich habe dich vermisst."

Eine kleine Stimme in ihrem Hinterkopf insistierte, ihn zu fragen, warum er dann drei Jahre lang kein Treffen mit ihr gewollt hatte. Aber auch diese Stimme wurde von ihr geflissentlich ignoriert. Darin hatte sie nach all den Jahren Übung.

„Ich habe dich auch vermisst. Jeden einzelnen Tag, an dem wir uns nicht gesehen haben." Es war die Wahrheit und sie kam ihr leicht über die Lippen.

„Iss, nuur aiyni."

Er hatte immer englisch mit ihr gesprochen, sie hatte nie arabisch gelernt. Bis auf die Kosenamen, die er für sie benutzt hatte. Ihr Herz schlug wild gegen ihre Brust. Wie sollte sie essen können, wenn er sie gerade als *Licht seiner Augen* bezeichnet hatte? Aber sie wusste, dass er verärgert und beleidigt sein würde, wenn sie nichts zu sich nahm. Also aß sie. Er beobachtete sie dabei. Verfolgte akribisch, wie sie Bissen für Bissen in den Mund nahm. Sie wusste, dass es köstlich schmeckte, aber sie konnte es nicht genießen. Er war noch zu weit entfernt, wenn dieser Tisch zwischen ihnen stand. Er nahm eine der Schokoladendatteln in die Hand, stand auf und ging um den Tisch herum. Er kniete sich vor sie und führte die süße Frucht an ihre Lippen.

„Malika – meine Königin."

Sie behielt seine Finger kurz in ihrem Mund und gab sie wieder frei.

Er führte sie an seinen Mund und leckte sie genüsslich ab. Er trug legere Kleidung, eine schwarze Hose und ein dunkelblaues Hemd. Langsam öffnete er einen Knopf nach dem anderen.

Elena musste das Zittern ihrer Hände unterdrücken. Sollte es wirklich geschehen? Würde er sie wieder lieben? Sie versuchte, das Zittern unter Kontrolle zu bekommen und fuhr langsam mit den flachen Händen an seiner Brust hinab. Während er aufstand, umfasste er ihre Hände und zog sie gleichzeitig von ihrem Stuhl hoch.

„Ich will dich, Elena."

Wieder war da diese Stimme in ihrem Hinterkopf, die fragen wollte, warum erst jetzt? Und ob sie ihn wieder drei Jahre nicht sehen würde. Aber als er seinen Mund auf ihre Lippen senkte und sie seinen Geruch und den leichten Brandygeschmack kostete, verstummte die Stimme. Es zählte nur das

Hier und Jetzt. Er ließ seine Zunge über ihre Lippen wandern, teilte sie und ließ den Kuss leidenschaftlicher und fordernder werden.

„Komm.“

In diesem verwinkelten Turm gab es neben dem kleinen Speisesaal ein Schlafzimmer. Ein Schalter an der Wand ließ die getäfelte Wand fast lautlos zur Seite gleiten. Das kleine Zimmer mit Bad wurde fast von dem überdimensional großen Bett ausgefüllt, auf das sich unendlich viele Kissen türmten.

Er ließ sich einfach darauf fallen und lachte. Das geöffnete Hemd entblößte seine männlich schwarz behaarte Brust.

Sie kniete sich vor ihn und öffnete seine Hose. Sie wusste genau, was sie zu tun hatte. Wichtig war, dass er seinen Spaß hatte. Wenn sie ihn ab sofort regelmäßig wiedersehen wollte, dann musste sie jetzt und hier ihre eigenen Bedürfnisse, ihre Sehnsucht zurückstellen. Sein Geschlecht war bereit für sie und vielleicht konnte sie darüber den Weg zurück zu ihm finden.

*

Barrett hing der Magen auf der Schuhsohle. Nach seiner Dusche am Morgen hatte ihn doch der Jetlag erwischt und er hatte den Vormittag verschlafen. Rachel hatte ihm gegen Mittag Croissants und Sushi gebracht. Nicht unbedingt sein Geschmack und auch ein bisschen wenig, um satt zu werden. Er streckte sich auf seinem Bett aus. Mittlerweile war es 19 Uhr. Den Nachmittag hatte er also auch verschlafen, und wenn er sich recht erinnerte, hatte er nicht mit ihr gesprochen, als sie das Essen in sein Zimmer gebracht hatte. Er fragte sich, was sie den ganzen Tag getrieben hatte. Zeit, endlich aufzustehen, schließlich wurde er nicht fürs Schlafen bezahlt, aber was hätte er auch sonst tun sollen? Noch hatte er keine Computerausrüstung und es passte ihm nicht, von dieser Agentin im Nebenzimmer abhängig zu sein. Um endgültig wach zu werden, genehmigte er sich die zweite Dusche des Tages. Er kam gerade mit einem Handtuch um die Hüften aus dem Badezimmer, als Rachel eintrat. Gottverdammt! Konnte sie sich nicht vorher ankündigen?

„Ich habe die Dusche gehört. Da du ja jetzt wach bist, sollten wir uns auf den Weg machen."

„Wie wäre es mit anklopfen?"

„Wenn du keinen unangekündigten Besuch willst, solltest du abschließen." Sie hob eine Augenbraue. „Als Special Agent solltest du besser auf der Hut sein."

„Klar, wenn jemand mich umlegen will, lässt der sich sicher von einer abgeschlossenen Papptür aufhalten." Himmel Herrgott, wie sollte er die nächsten Wochen überstehen, wenn sein Körper bei ihrem Anblick in Verzückung geriet und sein Verstand ihm dabei suggerierte, sie lieber mal übers Knie zu legen. Ihre Jeans war eng, die langen Beine waren einfach der Hammer.

Sie warf ihm seine Klamotten zu, die er achtlos auf das Bett gelegt hatte.

„Wie wäre es, wenn du draußen wartest?" Von Privatsphäre hatte sie wohl noch nichts gehört. Gleichgültig zuckte sie mit den Schultern.

„Ich warte vor der Tür."

Barrett ließ das Handtuch auf den Boden gleiten, als sie das Zimmer verlassen hatte, und betrachtete seinen Ständer. Das war einfach lächerlich. Er konnte sie nicht einmal sonderlich leiden. Zeit um sein bestes Stück noch einmal mit eiskaltem Wasser zu bearbeiten hatte er nun wirklich nicht. Also zwängte er sich in die Jeanshose. Hoffentlich konnte er wenigstens den anderen Hunger mit einem Steak oder einem Burger befriedigen. Gab es so was in Frankreich überhaupt? Irgendwann hatte er mal gelesen, dass die Franzosen sich nur von Baguette und ausgestopften Gänsen – oder war es Gänseleber – ernährten. Ja, das war gut, am besten er dachte an ausgestopfte Tiere oder ging in Gedanken, sämtliche Staaten der USA mit deren Hauptstädten durch, um nicht wieder an Sex mit dieser Frau zu denken.

*

Warum war sie einfach so in sein Zimmer marschiert? Sie hatte doch gehört, dass er geduscht hatte. Die Antwort war einfach. Um die Fronten noch weiter zu klären. Sie wollte klarstellen, wer der Boss in dieser Konstellation war. Auf keinen Fall hatte sie die Hoffnung gehabt, einen Blick auf seinen Körper zu werfen. Ganz sicher nicht. Obwohl sie verdammt gern gesehen hätte, wie er sich anzog. Das Spiel seiner Muskeln hätte sie dabei gern betrachtet. Von ihr aus könnte er auch mit nacktem Oberkörper durch die Gegend spazieren. Das Sixpack war absolut sehenswert und die Brust- und Armmuskeln hatten sie ein wenig aus dem Gleichgewicht gebracht. Wie kamen die Bosse darauf, dass er untrainiert sei? Letztendlich würde sich das noch zeigen. Sie musste diese Gedanken fallen lassen. Da regte sie sich einerseits darüber auf, dass Frauen in ihrem Job oft reduziert wurden, und was tat sie?

„Wo geht es hin?"

Verflixt, wo kam er denn jetzt so schnell her?

„Musst du mich so erschrecken?" Er grinste und zog die Tür hinter sich zu.

„Als Geheimagentin solltest du nicht so leicht zu überrumpeln sein."

Für einen Moment war sie in Versuchung, ihm einen Kinnhaken zu verpassen und ihm dieses unverschämte Grinsen aus dem Gesicht zu prügeln. Aber er hatte ja recht. Außerdem konnte sie ihm dieses Lächeln sicher auch anders einfrieren lassen. „Wir gehen ins Erotikmuseum. Ist um die Ecke."

Ha! Da fiel ihm doch glatt die Kinnlade nach unten. Strike. Damit hatte er nicht gerechnet und es schien ihm auch nicht zu passen.

„Erotikmuseum?"

„Ja. Du weißt doch, was ein Museum ist? Oder ist dir der Begriff Erotik nicht geläufig?" Warum machte es nur so einen höllischen Spaß, ihn zu provozieren? Sie hätte ihm auch einfach sagen können, dass dort ihr Mittelsmann arbeitete. Seine dunkelblauen Augen wurden noch dunkler.

„Oh, ich muss mich entschuldigen, aber im Zusammenhang mit dir, kam mir der Begriff Erotik einfach fehl am Platz vor.“

Oh, er war wütend. Sie nickte. „Dann sind wir uns ja einig. Das Kompliment kann ich nur zurückgeben.“

„Können wir jetzt los?“ Er verschränkte die Arme vor der Brust.

Sie benahmen sich gerade wie im Kindergarten. Nur irgendwie konnte sie nicht über ihren Schatten springen. Warum machte er sie nur so aufbrausend? Nein, es war nicht er. Sie war wütend auf sich, weil sie den Begriff Erotik sehr gut auf ihn anwenden konnte. Und es, bevor er aus dem Zimmer kam, sogar getan hatte. Der Mann war purer Sex. Der Blick, die Körperhaltung, seine Muskeln und sogar seine Stimme machten sie an. Bevor sie noch anfing ihn anzuschmachten, trat sie entschlossen auf den Fahrstuhl zu und hämmerte auf den Knopf. Sie musste sich bewegen, also wartete sie gar nicht auf den Aufzug und ging zur Treppe. Aus den Augenwinkeln sah sie, dass er den Kopf schüttelte. Sein Blick verriet, dass er sich über sie amüsierte. Noch ein Grund, ihm einen Kinnhaken zu verpassen. Aber sie benahm sich wirklich albern. Sie musste sich unbedingt zusammenreißen. Was war nur los mit ihr? Während eines Auftrages war sie immer beherrscht und professionell. Immer. Warum waren da auf einmal diese beschissenen Gefühle in ihr?

Sie verließen das Hotel und bogen einmal um die Ecke. Das Erotikmuseum war nicht weit entfernt. Nur einmal über die Straße und zweihundert Meter geradeaus. Es war dunkel, aber die Straße wurde von den bunten Leuchtreklamen der zahlreichen Sexshops erhellt, die sich aneinanderreihten. Sie warf einen Blick auf Barrett, der mit gerunzelter Stirn immer wieder in die Schaufenster sah. Sie musste lächeln. Dass in den USA mit Sexualität in der Öffentlichkeit anders umgegangen wurde, war ihr bekannt. Wer sich zudem noch sieben Jahre im prüden Minnesota versteckte, der hat das alles hier maximal im Internet gesehen. Wenn sie die nächsten Wochen mit dem Typen verbringen musste, sollte sie sich einen Vibrator zulegen, damit konnte sie sich vielleicht abreagieren. Sie biss sich auf die Lippen und hoffte er konnte ihre Gedanken nicht lesen.

Das Erotikmuseum war auf den ersten Blick unscheinbar. Es hatte nur ein winzig kleines Schaufenster, aber mehrere Etagen und einiges zu bieten. Allerdings waren sie nicht hier, um sich erotische Gemälde, Pornos oder die diversen Sexspielzeuge aus verschiedenen Jahrhunderten anzusehen. Sie nahm Kurs auf die oberste Etage.

Während sie die Stufen hochstiegen, packte Barrett sie am Arm. „Verdammt noch mal, kannst du mir jetzt bitte mal erklären, was wir hier treiben?"

Gott, er war so sexy, sie hätte es tatsächlich sofort mit ihm treiben können, am besten in einem dunklen Flur mit der Gefahr im Hintergrund, erwischt zu werden.

„Das wirst du gleich sehen." Sie war stolz, dass ihre Stimme so normal klang.

Barrett ließ sie los, sah sie aber immer noch wütend an. „Wenn ich das richtig verstanden habe, arbeiten wir zusammen. Du weißt nicht, was das Wort „Team" bedeutet, oder?"

Eine Tür öffnete sich in ihr. Kurz fühlte es sich an, als wühle jemand in ihren Eingeweiden und zerquetsche sie. „Ich. Weiß. Ganz. Genau. Was. Dieses. Wort. Bedeutet." Sie musste tief durchatmen, um nicht laut zu werden. „Du hast keine Ahnung. Du hast doch noch nie einen Außenauftrag gehabt. Du bist ein blutiger Anfänger, den man mir aufgehalst hat." Sie musste einfach ihren Frust hinauslassen, ob er es nun verstand oder nicht. Es war ihr scheißegal. „Aber wie die Dinge nun mal liegen, muss ich die Zähne zusammenbeißen. Und wenn du es genau wissen willst, wir treffen hier meinen Mittelsmann, der uns mit allen nötigen Waffen versorgt."

Barrett zeigte keine Reaktion auf ihren kleinen Ausbruch. Es schien ihn nicht im Geringsten zu stören. „Ich dachte, du wärest schlau genug, dir zu denken, was wir hier tun", setzte sie noch einen drauf. Damit drehte sie sich um und stieg weiter die Treppen zur obersten Etage hinauf.

*

Barrett folgte ihr nicht sofort. Er hatte das Gefühl, dass er sie besser einen Moment allein lassen sollte. Okay, sie war genauso genervt von dieser Teamgeschichte wie er. Was ihn am meisten ärgerte, war, dass Corey ihm keine Hintergrundinformationen über Rachel Adams gegeben hatte. Sie interessierte ihn. Nicht um sie übers Knie zu legen oder sie ins Bett zu zerren. Das kam nicht infrage. Aber er hatte keine Lust, weiter wie ein kleiner, dummer Junge hinter ihr herzulaufen. Schön, sie hatte die Außendiensterfahrung und er war eben nur der Computerheini. Aber er hatte eine solide Ausbildung genossen, seine Leute unterstützt und eine Menge Berufserfahrung. Der junge, naive Barrett war Vergangenheit. Zudem hatte Corey ihn mächtig unter Druck gesetzt, denn für Corey war es wichtig, dass jeder Innendienstmitarbeiter sofort in den Außendienstmodus wechseln konnte. Er konnte sich denken, dass sein Boss dem MI6 ein paar Informationen über ihn gegeben hatte, aber alles wussten sie nicht.

Langsam setzte er sich in Bewegung. Rachel würde ihn schon noch kennenlernen, ob sie wollte oder nicht. Er hatte keine Eile, ihr zu beweisen, dass er alles andere als ein blutiger Anfänger war.

Als er in der obersten Etage ankam, saß Rachel auf einem Sessel und schien in die Betrachtung des gegenüberliegenden Bildes vertieft zu sein. Er hätte sich ja zu ihr gesetzt, aber überdimensional große High Heels in Leopardenoptik waren nicht gerade das, was er für sich als Sitzgelegenheit in Anspruch nehmen wollte. Also lehnte er sich ihr gegenüber an die Wand. Sie löste ihren Blick von dem Bild und sah ihn an. Es schien so, als wolle sie etwas sagen, aber ein Mann trat auf sie beide zu. Er trug ein Hawaiihemd und ausgefranste Jeans. Seine langen Haare waren ungepflegt, die Augen konnte Barrett nicht erkennen, er hatte sie hinter einer Sonnenbrille versteckt.

Rachel und der Mann nickten sich zu. Sie folgten ihm in einen kleinen Raum, der sich neben dem Treppenhaus befand.

Der Typ schloss die Tür hinter ihnen ab. „Tout à la fois, aujourd’hui?“

Rachel nickte in seine Richtung. „Er spricht kein Französisch."

Ihr Mittelsmann verzog den Mund. „Also brauchst du alles?"

„Ja, die gesamte Ausrüstung, für zwei natürlich. Gibt es was Neues?"

Er holte zwei schwarze Koffer heraus. Einen davon öffnete er. „Zwei *Glock Safe Action*-Pistolen für jeden. Die Wurfmesser könnt ihr euch um den Körper schnallen. Ich habe hier noch ein paar praktische Dolche reingetan." Er wühlte weiter in dem Koffer rum. „Munition ist genug da, Chloroform für alle Fälle, kann nie schaden. Ein Betäubungsgewehr für jeden. Und das hier." Er holte ein Mobiltelefon aus dem Koffer und grinste. „Ist mein neuestes Schätzchen. Elektroschocker und Minibombe in einem. Gebrauchsanweisung liegt bei. Der Wagen steht morgen vor dem Hotel." Er klappte den Koffer zu.

Rachel nickte.

„Das Geld wird in diesem Moment überwiesen."

Barrett nahm seinen Koffer. Sie gingen durch den Notausgang und verließen das Museum.

„Zurück zum Hotel? Und da lassen wir dann den Kram bis morgen?"

Rachel nickte. „Ja, es weiß niemand, dass wir mit der Ausrüstung hier sind. Hast du Hunger?" Ihr Tonfall war nicht freundlich, aber wesentlich neutraler als eben.

„Ja."

„Ich auch. Wir bringen den Kram jetzt ins Hotel und dann können wir was essen gehen." Er hatte schräg gegenüber vom Erotikmuseum ein amerikanisches Restaurant gesehen. Zumindest war eine amerikanische Flagge am Eingang platziert und der Name *Indiana Café* ließ ihn hoffen. Sie verstauten die Koffer im Hotel und liefen dann erneut durch die Kälte.

„Einen besonderen Wunsch für dein Abendessen?"

„Amerikanisch."

„War klar." Rachel verdrehte die Augen, rang sich aber ein kleines Lächeln dabei ab. Sie liefen an den diversen Sexshops vorbei.

Abrupt blieb sie stehen. „Warte kurz."

Überrascht blieb er vor einem dieser Läden stehen und sah sie darin verschwinden. Er wollte sich lieber nicht ausmalen, was sie sich kaufte. Im Schaufenster standen jede Menge Puppen mit diversen Kostümen. Er konnte nicht verhindern sich Rachel, als Polizistin, Zimmermädchen oder Engel vorzustellen. Das schien im Moment der letzte Schrei zu sein. Mit den Federn der Flügel konnte man sicher einiges anstellen. Ein Grinsen stahl sich auf sein Gesicht, was aber erstarb, als er sich nicht mehr auf die Schaufensterpuppen, sondern auf sein Spiegelbild im Fenster konzentrierte. Vielleicht sollte er sich eine dieser SM Masken kaufen. Er wandte sich ab. Manchmal vergaß er es, aber die Leute um ihn herum, die ihn kurz ansahen und dann betreten auf den Bürgersteig starrten, erinnerten ihn wieder daran. Daran, dass Rachel sowieso außerhalb seiner Reichweite lag, wie so ziemlich jede Frau auf diesem Planeten, die er nicht für ihre Dienste bezahlte.

„Fertig."

Fast hätte er gefragt, was sie erstanden hatte, aber das ging ihn nun wirklich nichts an. Es schien auch nichts Großes zu sein. Zumindest trug sie keine Tüte. Vielleicht hatte sie Kondome gekauft? Aber wozu sollte sie die benötigen, wenn sie in Erquy allein waren? Er musste dieses Kopfkino ausschalten. Ganz dringend. Schweigend gingen sie zum Restaurant. Beide bestellten einen Burger mit Kartoffelecken und Sour Cream. Als die Kellnerin mit den Tellern kam, fragte er sich, ob er aus Versehen einen Kinderteller bestellt hatte. Wie sollte er denn von so einem kleinen Ding satt werden? Rachel war wohl sein entsetzter Blick nicht entgangen.

„Die europäischen Portionen sind wohl nicht das, was du gewohnt bist."

„Ich kann ja noch nen Nachtisch bestellen."

Sie winkte die Kellnerin heran und diskutierte kurz auf Französisch mit ihr. Kurze Zeit später wurde ihm ein zweiter Burger hingestellt.

„Ich will ja nicht, dass du mir vom Fleisch fällst. Wenn wir erstmal anfangen zu trainieren, musst du bei Kräften sein.“

Ihr Lächeln war einfach umwerfend. Warum tat sie das nicht öfter? Nein, besser nicht. Davon bekam er doch glatt Hitzewellen. „Kochst du dann auch für mich?“

„Ich kann nicht kochen.“ Sie lachte. „Du hättest jetzt deinen entsetzten Blick sehen sollen. Du wirst in Erquy schon nicht verhungern. Da gibt es auch Restaurants.“

„Wenn die Portionen da auch so klein sind, beruhigt mich das nicht unbedingt.“

Wie es schien, konnten sie ja doch einigermaßen vernünftig miteinander umgehen, ohne sich gleich an die Gurgel zu gehen. Das Essen lief relativ entspannt ab. Die meiste Zeit schwiegen sie. Er wollte zahlen, aber sie ließ es nicht zu.

„Keine Sorge, die Kreditkarte ist Eigentum des MI6, die kommen für alle Kosten auf.“

Also akzeptierte er es.

Sie schlenderten zurück zum Hotel.

„Wann hast du die Sprachen gelernt? Beim MI6?“

Sie hielten vor der kleinen Bar, die unten im Gebäude war, in welchem sich auch ihr Hotel befand.

„Wollen wir noch etwas trinken?“

Warum nicht, vielleicht würde sie ihm dann etwas über sich erzählen. Sie suchten sich einen kleinen Tisch in der Ecke und bestellten Mojitos.

„Ich bin in der Türkei aufgewachsen. Da habe ich Türkisch und Arabisch gelernt, Französisch beim MI6.“

„Wow.“

„Frierst du nicht?“

Er sah kurz an sich hinab. Er hatte die Lederjacke ausgezogen und saß im T-Shirt in der Bar. „Sollte ich?“

„Wir haben nicht gerade sommerliche Temperaturen.“

„Für mich schon. In Minnesota sind es im Moment noch fast minus dreißig Grad.“

„Um Himmels willen.“

Er musste über ihren entsetzten Gesichtsausdruck lachen. „Ihr Europäer seid schon ein wenig verweichlicht.“ Er grinste, und sie hatte wieder dieses umwerfende Lächeln im Gesicht.

„Das wird sich in Erquy noch herausstellen." Sie zwinkerte ihm zu und bestellte die nächste Runde Mojito.

„Warum hast du dir die Haare abrasiert?"

So viel also dazu, dass er mehr über sie herausfinden wollte. Sie wusste eindeutig schon zu viel über ihn. Die Antwort blieb ihm irgendwie im Hals stecken.

„Du hattest mal lange Haare, habe ich auf einem Foto gesehen." Sie spielte mit dem Strohhalm in ihrem Cocktail. Wie hatte Corey es wagen können dem MI6 ein altes Foto von ihm zu geben? „Den Mann auf dem Foto gibt es nicht mehr."

Ihr Blick wurde ernst. „Ich mag Männer mit langen Haaren."

„Und ich Frauen mit langen Haaren."

Sie fuhr sich durch die schwarzen kurzen Haare.

Er hatte gelogen. Ihr standen die kurzen Haare hervorragend. Er hätte sie nicht verändern wollen.

„Na ja, das Leben ist weder ein Schönheitswettbewerb noch ein Wunschkonzert." Und schon hatte sie die nächsten Mojitos bestellt.

„Sollten wir nicht lieber aufhören?"

„Die ersten Stunden kannst du morgen fahren." Sie nahm einen großen Schluck von ihrem Mojito. Ihre Wangen waren gerötet. Sie sah wunderschön aus. „Außerdem habe ich noch jeden Mann unter den Tisch getrunken."

„Auch das werden wir in Erquy noch herausfinden."

Sie kicherte. „Okay, setz es auf die To-do-Liste."

Gott war sie schön, wenn sie endlich nicht mehr so ernst war. Er ertappte sich dabei, dass seine Hand fast in die Mitte des Tisches wanderte. Gefährlich nah an den Ort, wo ihre Hand lag. Hastig zog er sie zurück. Er musste ein unverfängliches Thema finden. „Okay, klär mich mal über die Royals und Ascot auf."

„Die englische Königsfamilie hat einen engen Bezug zu Pferden und Pferderennen. Die Queen besucht jedes Jahr die Rennen und sponsert auch einige auf diesem Meeting. Meist hat sie selbst Pferde am Start. Wir werden uns in Erquy genau mit den Örtlichkeiten der Rennbahn vertraut machen."

Er hörte ihr gebannt zu, während sie ein wenig über die Mitglieder der königlichen Familie sprach, die wahrscheinlich auch in Ascot sein würden. Ob es der Alkohol war oder ihre perfekten Lippen, er hörte nur mit halbem Ohr hin.

Als die Kellnerin kam, überlegte sie kurz, entschloss sich aber dann zu zahlen. „Ich denke, wir sollten unser erstes Saufgelage auf Erquy verschieben."

„Ich dachte, du bist durch und durch diszipliniert."

„Das bin ich. Aber manchmal gehört das zum Job, du musst trinkfest sein."

Sie betraten das Hotel. Dieses Mal nahmen sie nicht die Treppen. Geduldig warteten sie auf den Aufzug.

Barrett betrat hinter ihr den Lift. Der Raum kam ihm verdammt schmal vor. Er nahm ihr dezentes Parfum wahr. Veilchen? Leider kannte er sich mit diesen Dingen nicht wirklich aus. Auf jeden Fall roch es gut. Sie roch gut. Viel zu schnell waren sie auf ihrer Etage angekommen. Sie nahmen Kurs auf ihre Zimmer.

„Dann schlaf gut." Er blieb kurz vor ihrer Tür stehen. Sie schloss nicht auf und lehnte sich an die Wand. Ihre dunkelgrünen Augen leuchteten. Sie lächelte verschmitzt. „Und du träum was Schönes."

Er musste sich bewegen. Sein Zimmer war noch ein paar Schritte entfernt. Warum war es plötzlich so schwierig, die paar Meter zu gehen? Der Flur war in dunkelrotes Licht getaucht. Er konnte den Blick nicht von ihr lösen. Ihr schien es ebenso zu gehen, sie machte keine Anstalten, sich von ihm abzuwenden.

Er ging einen Schritt auf sie zu.

Sie hob ihre Hand, zögernd – er wachte endlich auf. Als er bemerkte, dass sie seine Narben berühren wollte, fing er ihr Handgelenk auf halbem Wege ab.

„Ich …, ich wollte nicht." Verlegen sah sie auf den Boden.

„Wir sollten das Trinken von der To-do-Liste streichen und uns auf die Arbeit konzentrieren." Er trat zurück.

Sie sah ihn nicht mehr an, als sie aufschloss. „Ja, du hast recht.“

Er wartete noch einen Moment, ehe er in sein Zimmer ging. Verdammte Scheiße, er war kurz davor gewesen, sie zu küssen. Fuck und Shit. Es war eine dumme Idee, eine Frau zu begehren, mit der er die nächsten Monate arbeiten sollte. Der Job hatte Vorrang. Wie sie ihn angesehen hatte, hätte sie ihn vielleicht sogar geküsst. Er fragte sich, ob sie ihn begehrte, oder ob es Mitleid war. Das hatte er oft genug erlebt und war das Letzte, was er von ihr wollte.

*

Rachel kam das Hotelzimmer eisig kalt vor, obwohl die Heizung voll aufgedreht war. Was hatte sie sich dabei gedacht. Wieso hatte sie ihn unbedingt berühren wollen? Sie trat gegen den Pfosten des Bettes. Hastig kramte sie in der Innentasche ihrer Jacke. Welcher Teufel hatte sie geritten, im Sexshop Kondome zu kaufen? Sie hätte doch den Vibrator wählen sollen. Sie warf die Packung in den Müll. Sie verstand sich selbst nicht. Männer interessierten sie während eines Auftrages nicht. Sie war fokussiert und professionell. Und dann auch noch diese Schmach. Es war offensichtlich, dass er es ernst gemeint hatte, dass er sie für unerotisch hielt. Das hatte er gesagt und die Bemerkung über ihre Haare hatte sie wohl auch vergessen. Hastig zog sie sich aus und verkroch sich einfach unter der Bettdecke. Ab sofort war sie wieder der Boss, private Gespräche und Gefühle waren tabu.

3

Barrett wälzte sich in den seidigen Laken hin und her. Das Hotelzimmer war eindeutig auf verliebte Paare ausgelegt und nicht auf Menschen, die mit Liebe nichts am Hut hatten. Normale weiße Bettwäsche hätte es doch auch getan. Wahrscheinlich hätte er auf einer Pritsche besser geschlafen, als in diesem Himmelbett. Worauf war er eigentlich so wütend? Die Einrichtung des Zimmers war nicht schuld an seiner Schlaflosigkeit. Er sah auf die Uhr. Kurz vor drei.. Wenn er die Zeitverschiebung berechnete, war sein Boss bestimmt noch auf. Er nahm sein Handy und tippte auf die Kurzwahltaste.

Corey hielt sich nicht mit der Begrüßung auf. „Na, wie ist die Stadt der Liebe?“

„Du hättest mich ruhig warnen können, dass ich eine Frau als Partnerin habe.“

„Macht das einen Unterschied?“

Fast hätte Barrett mit Ja geantwortet. „Warum weiß sie so viel über mich? Und ich kaum etwas über sie?“

Corey lachte. „Na komm schon, so viele Informationen habe ich auch nicht rausgegeben. Ich habe sie durchleuchtet, sie ist sauber. Sehr ehrgeizig. Reicht das nicht?“

Das reichte nicht, aber Barrett wollte nicht zu viel Interesse zeigen.

„Dieser Auftrag …“ Bevor er weitersprechen konnte, hörte er einen tiefen Seufzer in der Leitung. „Ich weiß, die Queen in Ascot und ein Scheich will sie ermorden. Hört sich an, wie in einem schlechten Roman.“

„Kannst du mir mehr sagen?“

„Ich habe die Informationen von dem Informanten gecheckt. Es stimmt, was er sagt.“

„Wer war er?“

„Einer der Diener im Palast des Scheichs. Der MI6 hat ihn gekauft. Aber mich stört eines.“

Er hörte, dass Corey sich etwas zu trinken eingoss. „Warum sollte Abid Al Taran den Tod der Queen wollen? Was hat er davon?“

„Nichts", brachte Barrett es auf den Punkt. „Sie regiert das Land doch nicht, sie hat kein Interesse am Ölgeschäft, soweit ich weiß."

„Richtig. Es könnte ein symbolischer Akt sein. Aber auch da stellt sich mir die Frage, wozu? Sie repräsentiert nicht gerade die moderne christliche Welt, eher den altmodischen Teil."

Barrett schwieg und er hörte Corey atmen.

„Barrett, der MI6 hat keine Ahnung."

„Es geht um was Größeres. Es hat gar nichts mit ihr zu tun. Ihr Tod ist die Ablenkung."

„Genau den Verdacht habe ich auch. Und du bist der Richtige, um herauszufinden, um was es wirklich geht. Ich habe gehört, dass dir in diesem belgischen Fischerdorf alles zur Verfügung steht."

„Es ist ein französisches Fischerdorf."

Corey schnaubte. „Frankreich, Belgien, wo ist da der Unterschied?"

„Ich muss dich was fragen."

„Die Leitung und dein Handy sind sicher."

Jetzt musste Barrett lachen. „Dachte ich mir. Nein, ich muss wissen, warum du mich ausgewählt hast."

„Weil es augenscheinlich nur die Chance gibt, durch dich und deine Fähigkeiten an Informationen zu kommen."

„Vielleicht, aber das hätte ich auch von Minnesota aus machen können."

Es dauerte eine Weile, bis Corey antwortete. „Ich will irgendwann mal in Rente gehen, und wenn du nie im Außeneinsatz warst, kannst du nicht mein Nachfolger werden."

Das verschlug Barrett nun doch die Sprache. Er saß kerzengerade in seinem Bett.

„Bitte?"

Wieder lachte Corey und Barrett konnte förmlich das Zahnpastalächeln seines Chefs vor sich sehen.

„Keine Sorge, noch habe ich vor, ein paar Jahre zu arbeiten."

„Okay." Barretts Hirn war blockiert. Corey hatte ihn als Nachfolger auserkoren? Konnte er sich vorstellen, die SAJs zu befehligen? Agenten auszuwählen? Zu koordinieren, zu vertuschen, politische Drahtseilakte zu vollführen? Ja, das konnte er. Diesen Außeneinsatz würde er schon hinkriegen und Rachel würde ihn mit Sicherheit nicht vom Kurs abbringen. Es ging nicht nur darum, dass sein Job hier wichtig war, es ging auch um einen Karriereschub, darum noch etwas in seinem Leben zu erreichen.

„Ich will ja nicht wie ein Vater klingen, aber solltest du nicht schlafen?"

„Ja." Tatsächlich bemerkte Barrett, dass er langsam müde wurde. Endlich.

„Barrett du bist der Beste für diesen Einsatz. Du musst herausfinden, was da vor sich geht. Es könnte nicht nur die Briten betreffen."

„Alles klar, Boss."

Er legte das Handy beiseite. Einen Moment starrte er noch die Decke an, dann schlief er endlich ein.

*

Rachel schlug die Autotür zu. Schweigen. 454 Kilometer, über vier Stunden Autofahrt und ein Frühstück. Schweigen. Es lief nicht gut. Früher oder später würden sie wieder miteinander reden müssen. Sie holten ihr Gepäck aus dem Wagen. Vor der Tür des kleinen Häuschens wartete er, bis sie aufgeschlossen hatte. Sie versuchten, gleichzeitig hineinzugehen. Es hatte schon etwas Lächerliches.

Letztendlich überließ er ihr mit einer Kopfbewegung Richtung Innenraum des Hauses den Vortritt. Unterhaltungen wurden maßlos überschätzt. Er sah sich im Haus um und entdeckte sofort den geräumigen Raum, der sich am Wohnzimmer anschloss. Seine neue Zentrale.

Sie blieb im Türrahmen stehen und beobachtete ihn.

Wie ein staunendes Kind sah er sich um. Sie hatte ihm nicht zu viel versprochen. Sie hatten alles daran gesetzt, das beste Equipment für ihn herzuschaffen. Er fuhr sofort den Rechner hoch. Lichter blinkten, leises Surren war zu hören.

Sie ertappte sich dabei, wie sie lächelte. Es war schön, ihn so zu sehen. Aufgeregt, zufrieden und irgendwie glücklich wie ein Kind, dem man gerade ein Schokoladeneis gekauft hatte. Schnell setzte sie wieder eine ernste Miene auf und verschränkte die Arme. „Ich hoffe es ist alles zu deiner Zufriedenheit."

Er drehte sich um. Verwundert, so als hätte er vergessen, dass sie anwesend war. Natürlich, er interessierte sich ja auch nicht für sie. Sie war nur das notwendige Übel an seiner Seite.

„Sieht so aus, aber Näheres kann ich in den nächsten Stunden sagen. Der britische Geheimdienst scheint auch in Frankreich gut ausgestattet zu sein."

Sie überhörte diese Aussage. „Willst du nicht erst auspacken und den Rest des Hauses sehen?"

Er hatte ihr schon wieder den Rücken zugedreht und beugte sich über einen der Rechner. „Später", murmelte er.

„Die Schlafzimmer haben ein eigenes Bad und sind oben. Ich nehme dann das Erste."

Keine Reaktion. Seine Finger flogen bereits über eine der Tastaturen.

„Falls du mich suchst, nach dem Auspacken kaufe ich das Nötigste ein."

„Mmh."

Sie bezweifelte, dass er überhaupt zugehört hatte. Trotzdem musste sie grinsen, als sie die Treppe hinaufstieg.

*

Barrett hatte noch einen weiteren Grund, warum ihm dieser Auftrag nicht gefiel. Er war an einer Sache dran gewesen, die er für diesen Auftrag hatte unterbrechen müssen. Ein Funkspruch eines indonesischen Handelsschiffes vor der Küste Japans hatte ihn aufhorchen lassen. Angeblich waren Lebensmittel an Bord. Im Funkspruch war detailliert aufgezählt worden, was an Bord war. Ungewöhnlich. Er war sich sicher, dass dieser Funkspruch ein Code war. Bisher hatte er herausgefunden, dass das Schiff unter falscher Flagge fuhr. Es musste aus Nordafrika gekommen sein. Es nagte an ihm, die

Sache einfach auf sich beruhen lassen zu müssen. Vielleicht hatte er in den nächsten Wochen Gelegenheit, diese Angelegenheit nebenbei weiterzuverfolgen. Er riss sich von dem neuen Equipment und seinen Gedanken los.

Rachel hatte irgendwann das Haus verlassen, um einkaufen zu gehen. Die lange Autofahrt mit ihr war an seine Substanz gegangen. Auf so engem Raum mit ihr zu sein, brachte seinen Körper an den Rand dessen, was er noch ertragen konnte. Die Frau war purer Sex und regte seine Libido an. Ob er Zeit hatte, sich noch schnell selbst zu erleichtern? Er war so vertieft in seine Arbeit gewesen, dass er nicht genau wusste, wann sie gegangen war.

Er nahm zwei Treppenstufen auf einmal und öffnete die erstbeste Tür. Ein langes weißes Satinnachthemd lag auf dem Bett. Okay, das war ihr Zimmer. Er hätte jetzt sofort kehrtmachen müssen, aber er bewegte sich wie automatisch auf das Bett zu und nahm das Nachthemd in die Hand. Sie war also der Typ Satinnachthemd. Interessant. Langsam ließ er den kühlen Stoff durch seine Finger gleiten. Vor seinem inneren Auge manifestierte sich das Bild, wie Rachel in diesem Nachthemd auf ihn zutrat.

„Hast du Spaß?"

Rachel! Scheiße, beim Schnüffeln ertappt. Warum hatte er sie nicht kommen hören?

„Ich habe mich wohl in der Zimmertür geirrt", seine Stimme strahlte mehr Selbstbewusstsein aus, als es die Situation erlaubte.

„Wolltest du dich schlafen legen und mein Nachthemd anziehen?"

Trotz ihres ruhigen Tonfalls wirkte sie wütend. Verständlich.

Er warf das Nachthemd mit einem inneren Seufzer auf das Bett. „Ich war verwundert, ich hatte eher gedacht, dass du mit Pistolengurt schläfst."

Ihre Augen verengten sich. „Was soll das denn heißen?"

Er zuckte mit den Schultern, sie hatte ihn genau verstanden. Langsam setzte er sich in Bewegung und lächelte spöttisch. Vor ihr blieb er stehen. Er sah ihr tief in die Augen.

Gott sie war wunderschön. „Ich weiß immer gern, mit wem ich es zu tun habe, Rachel." Er beugte sich noch ein Stück vor. Jetzt war er ihrem Gesicht ganz nah. Er hätte mit Leichtigkeit ihre Lippen mit seinen berühren können. „Du bist längst nicht so tough, wie du tust."

Sie wich keinen Zentimeter zurück. Er hatte ihre Wut sichtlich noch ein bisschen angestachelt. Und ja, es machte ihm tierischen Spaß. Er schien, recht zu haben. Sie war nicht so tough, wie sie tat.

„Verschwinde", zischte sie.

Grinsend verließ er ihr Zimmer. Sie zu provozieren, könnte glatt sein neues Hobby werden. Wenn sie wütend war, war sie noch attraktiver. Sein Schwanz stimmte ihm da unbedingt zu.

*

Rachel hörte, wie er sein Zimmer wieder verließ und dann wahrscheinlich mit seinen Koffern zurückkam. Sie saß auf dem Bett und starrte vor sich hin. Am liebsten hätte sie ihr Nachthemd in Stücke gerissen. Warum hatte sie es nur auf dem Bett liegen lassen? Weil sie das immer tat. Ihr Bett war immer akkurat gemacht und eines ihrer Nachthemden lag ausgebreitet am Fußende. Sie hatte zu viele Angewohnheiten. Oder waren es Rituale? Seit sie in Afghanistan gewesen war, gab es ein paar Dinge, die sie streng einhielt. Sie brachten Ordnung in ihr Leben und hielten sie davon ab, dass ihre Gedanken die Kontrolle übernahmen. Nicht gut, das machte sie unflexibel. Ob er ihr Zimmer durchsucht hatte? Diese Zusammenarbeit war einfach eine Schnapsidee. Wie sollte sie einem Amerikaner trauen? Sie raffte sich auf, sie konnte nicht ewig auf dem Bett sitzen bleiben, außerdem knurrte ihr Magen. Sie hatte ein paar Dinge eingekauft. Eier, Brot, Käse, Obst und Salat. Für ein warmes Essen reichte das nicht wirklich, aber sie konnte nicht kochen.

Sie ging in die Küche, wusch den Salat und füllte alles in eine große Schüssel. Mit einem Knall stellte sie diese auf den Tisch. Sollte sie für ihn mit decken? Nein, sie war ja nicht seine Bedienstete, also nahm sie nur einen Teller und eine Gabel aus dem Schrank. Sie brach ein Stück Baguette ab und schnitt sich ein Stück Käse dazu. Dressing! Daran hatte sie nicht gedacht. Leise vor sich hin stöhnend machte sie sich den Teller mit Salatblättern voll. Musste halt auch so gehen. Sie kaute. Das war schon ein wenig dröge und dann noch das trockene Baguette dazu. Fast hätte sie einen Hustenanfall bekommen. Obwohl der auch mit Barrett zusammenhängen konnte, denn der stand frisch geduscht und mit nacktem Oberkörper in der Küchentür und trug nur dieses amüsierte Grinsen im Gesicht und eine Jogginghose untenrum.

„Schmeckt es?"

Sie schluckte mehrmals, um den letzten Krümel aus dem Hals zu bekommen.

„Hervorragend."

Er ging zum Kühlschrank und nahm sich eine Cola.

„Isst du deinen Salat immer ohne alles?"

„Ja, ich mag ihn lieber so."

Er hob eine Augenbraue an. Bei allem, was ihr heilig war, sein Blick war zu durchdringend, um ihm standzuhalten. Sie betrachtete daher seine breiten Schultern mit den muskelbepackten Armen. Das half auch nicht, ihr Mund wurde immer trockener. Auf dem alten Foto, das ihn mit seinem Bruder gezeigt hatte, war er ein schmaler junger Mann gewesen. Er hatte geradezu schmächtig gewirkt.

„Ich gehe mal davon aus, dass das nur die Vorspeise ist."

Ihr Blick kehrte ruckartig zurück zu seinem Gesicht. Dachte er jetzt wirklich, dass sie gleich für ihn kochen würde?

„Da liegst du falsch. Salat ist gesund und darf durchaus als Hauptmahlzeit dienen." Himmel, hatte sie schon mal so ein Gespräch geführt? Sie erzählte hier was über Salat und Hauptmahlzeit, wenn sie doch am liebsten seinen flachen Bauch berührt hätte. Oder vielleicht sogar abgeleckt.

Mit spitzen Fingern und diesem unnachahmlich arroganten Lächeln im Gesicht, das ihre Knie zu Pudding werden ließ, nahm er ein Salatblatt aus der Schüssel. Er betrachtete es interessiert und ließ es dann mit einem Kopfschütteln wieder in die Schüssel gleiten. Dann griff er nach einer Pfanne und holte die Eier aus dem Kühlschrank. Wenn sie das richtig erkannte, briet er sich aus Käse und Eiern ein Omelett. Er suchte in den Schränken und förderte Gewürze zutage. Die Namen auf den entsprechenden Verpackungen sagten ihr noch nicht mal etwas. Wenigstens waren diese Dinge im Haus, sie hätte sowieso keine Ahnung gehabt, was sie da hätte kaufen müssen. Zwischendurch fischte er sich Paprikastreifen aus ihrem Salat und verfeinerte sein Omelett damit. Es duftete köstlich. Ihr Magen knurrte. Schnell stopfte sie ein Stück Baguette in den Mund, um ihn zum Schweigen zu bringen. Barrett war schnell und effizient. Der Mann hatte sieben Jahre allein gelebt, da hätte sie auch vorher darauf kommen können, dass er in der Lage war, eine Mahlzeit zuzubereiten. Ob er tatsächlich jeden Tag für sich gekocht hatte? Irgendwie mochte sie diesen Gedanken. Nur warum? Ihr Vater hatte nie für sie gekocht, in der türkischen Schule hatte sie es lernen sollen, aber sie war in diesen Handarbeitskurs gewechselt. Eigentlich hatte man sie gezwungen zu wechseln, als sie die Küche in Brand gesteckt hatte. Dabei hatte sie nur einen Moment nicht aufgepasst.

Eine warme Mahlzeit, selbst gekocht, von jemandem, der einen liebte, das war doch so etwas wie ein Zuhause. Um Himmels willen, was dachte sie da bloß? Schnell stopfte sie sich ein Salatblatt in den Mund, während Barrett mit seinem unverschämt gut aussehenden und noch besser riechenden Omelett am Tisch Platz nahm. Er aß schweigend und sie würgte weiter an Salat und Baguette. Sie strengte sich an, ihn nicht anzusehen. Vor allem nicht diesen Oberkörper. O Herr im Himmel, warum war ihr das nicht schon vorher aufgefallen, er war gepierct, an beiden Brustwarzen. Sie trug noch nicht einmal Ohrringe, weil sie Körperschmuck für überflüssig gehalten hatte, aber zu ihm passten die beiden kleinen silbernen Stifte geradezu perfekt und ihre Fingerspitzen kribbelten bei dem Wunsch, ihn zu berühren.

„Willst du mal probieren?“ Seine Gabel mit einem Stück Omelett tauchte genau vor ihrem Mund auf und scheuchte ihre unkeuschen Gedanken davon. Sie sollte sich weigern, doch ihr Mund öffnete sich wie von selbst. Es schmeckte köstlich. Am liebsten hätte sie ihm den Teller weggerissen und den Rest aufgegessen. Sie kaute stumm und versuchte ihre Kontenance zu wahren.

„Soll ich dir auch eins machen, es sind noch genug Eier da.“

O ja bitte. „Nein, danke, das ist nicht nötig.“

Wieder dieses Lächeln und dann stand er einfach auf und machte ihr ein Omelett. Als er den Teller vor sie hinstellte, überkam sie fast so etwas wie Schamgefühl. „Ich habe kein Problem damit, für dich zu kochen, Rachel. Ich gehe morgen früh einkaufen.“ Dann verschwand er einfach in seinem Computerzimmer.

Bedächtig aß sie das Omelett. Er hatte es sicherlich nur angeboten, weil sie nicht kochen konnte, und er schließlich auch was essen musste. Es hatte nichts zu bedeuten. Lief doch alles super, sie war die Frau und ließ sich von ihm bekochen. Es hätte sie zufriedenstellen müssen. Aber tief in ihrem Inneren berührte es sie. Nach dem Job musste sie tatsächlich zum Psychiater, dringend!

*

Abid winkte seinem vertrauten und wichtigsten Assistenten Hussein ungeduldig zu. Er war fast wie ein Bruder für ihn. Husseins Vater hatte für seinen Vater gearbeitet und die großväterliche Generation hatte es ebenso gehandhabt. Nicht nur Husseins Vertrauenswürdigkeit und Diskretion sprachen für ihn. Es gab noch zwei weitere Punkte. Hussein war hochintelligent. Er hatte Talent, strategisch und vorausschauend zu denken, er war ein mathematisches und ein Sprachgenie, beherrschte Arabisch, Französisch, Englisch, Japanisch und Chinesisch in Wort und Schrift. Der zweite Punkt war, dass Hussein furchtbar hässlich war. Seine kleinen schwarzen Augen standen viel zu eng zusammen, er hatte eine extrem große Hakennase und sein Mund war ein kleines schmales Gebilde. Hinzu kam die hohe Stirn. Irgendwie sah er aus wie ein Frettchen, oder vielleicht eine Ratte? Der Vorteil war, dass er nie durch Frauen abgelenkt wurde. Keine, die etwas auf sich hielt, gab sich mit ihm ab, trotz seiner hohen Stellung in seinem Gefolge.

„Setz dich doch, mein Freund."

Hussein nahm auf einem der bequemen viktorianischen Sessel Platz. Vor mehr als fünf Jahren hatte er diese Sessel bei Sotheby's ersteigert. Die stilvollen Sitzmöbel waren die horrende Summe wert gewesen. Abid liebte es, sich mit schönen antiken aber auch modernen Dingen zu umgeben. Warum auch nicht? Er hatte mehr Geld, als er jemals würde ausgeben können und es wurde jeden Tag mehr.

„Hast du Neuigkeiten zu unserer Sache."

Hussein räusperte sich. „Ja, du hattest recht. Es verläuft alles nach Plan."

Erleichtert atmete Abid aus.

„Dennoch sollten wir diese Leute nicht unterschätzen."

Abid gefiel der besorgte Tonfall von Hussein nicht. „Wir haben es gut durchdacht, was sollte schiefgehen?"

„Es ist dein Lebenswerk Abid. Es darf nichts schiefgehen. Deshalb möchte ich alle Eventualitäten einkalkulieren."

„Haben wir das nicht?"

„Ist sie in der Lage, es zu tun?"

Abid musste lachen. „Ach um Elena machst du dir Sorgen? Das ist unnötig. Glaube mir, die Frau würde alles für mich tun."

„Auch so etwas?"

„Sprich es ruhig aus. Ja, auch die Königin von England töten. Elena war einst eine Rose, aber sie wird welk und sie weiß das."

„Empfindest du gar nichts mehr für sie?"

Abid musste wieder lachen. „Ich habe sie zur ersten Frau gemacht, ja, aber das ist Jahre her. Es hat mich sogar Überwindung gekostet, mir von ihr einen blasen zu lassen. Ich bin ihrer überdrüssig."

Jetzt lachte auch Hussein. Doch schnell wurde er wieder ernst. „Lass es sie nicht merken."

Abid stand auf und goss ihnen ein Glas Rotwein ein. Hussein nippte nur daran. Er konnte sich mit Alkohol einfach nicht anfreunden. Abid dagegen leerte das Glas in einem Zug.

„Keine Sorge. Elena wird kein Problem darstellen."

„Gut." Hussein nickte zufrieden. „Dann werde ich veranlassen, dass die nächste Ladung rausgeht und wir geben den Agenten noch etwas, worüber sie nachdenken können."

Abid nickte. „Ich liebe es, dass die westliche Welt so berechenbar ist."

Hussein stand auf. „Das ist sie."

*

Elena war aufgeregt wie ein Teenager und musste über sich lachen. Sie wollte sich der Freude noch nicht wirklich hingeben. Ein Teil von ihr mahnte sie zu Vorsicht. Abid konnte launisch sein. Sie wollte sich selbst vor einer Enttäuschung schützen, aber es gelang ihr nicht. Es war wieder so wie vor vielen Jahren. Und hatte er nicht bei ihrem letzten Treffen gesagt, dass es nun für immer so bleiben würde? Er hatte gesagt, wie schön sie immer noch sei. Wie gut ihre Qualitäten im sexuellen Bereich waren und wie unterhaltsam sie war. Er liebte sie immer noch. Heute Abend würden sie ins Kino gehen. In den palasteigenen Kinosaal. Da durfte sie sich doch freuen wie ein Teenager oder etwa nicht? Es war verrückt, aber sie gab dem Impuls nach und tanzte durch ihr Zimmer. Das musste sie ihm unbedingt vorschlagen. Tanzen zu gehen. Das hatten sie früher oft getan. Abid war ein hervorragender Tänzer. Es klopfte und sie hielt inne. Auf ihr Signal hin trat Zazouela ein.

„Komm näher. Ich will, dass du mir die Haare machst und dich um meine Fingernägel kümmerst. Sie müssen etwas gekürzt werden und ich will sie zartrosa lackiert haben." Es war schön wieder in der Position zu sein, Befehle an die anderen Frauen zu erteilen.

„Wie Sie wünschen."

Zazouela bürstete ihr die Haare. „Sie treffen sich wieder mit ihm?"

„Ich bin seine erste Frau. Verwundert dich das etwa?"

Zazouela schwieg eine Weile. „Ich will nicht unhöflich sein und bitte bereits jetzt um Entschuldigung, weil ich weiß, dass diese Bemerkung mir nicht zusteht, aber …"

Elena ergriff die Hand, die mit der Bürste erneut durch ihre Haare kämmen wollte. „Aber was?"

„Er hat Sie jahrelang nicht sehen wollen."

„Du bist neu hier."

„Es wird viel geredet in diesem Palast. Die anderen Frauen haben großen Respekt vor Ihnen, sie lieben Sie. Man fragt sich, was er bezweckt."

Wut stieg in Elena auf. „Was willst du mir damit sagen? Dass ich zu alt für ihn bin? Dass er mich nicht mehr will und es aus Mitleid tut?"

„Nein." Zazouela wich erschrocken zurück.

„Geh! Ich kann mich auch allein um meine Haare kümmern. Und solltest du noch einmal diese unangebrachten Bemerkungen von dir geben, werde ich dem Scheich davon berichten."

„Bitte tun Sie das nicht. Ich mach mir Sorgen, ich wollte nur, dass Sie auf der Hut sind." Hastig verließ sie nach dieser Bemerkung das Zimmer.

Elena sank in ihrem Sessel zusammen. Sie hätte den Eunuchen Ali rufen können. Der hätte das Mädchen ausgepeitscht, wenn sie es gewünscht hätte. Da war er altmodisch, er duldete diese Art von Geschwätz nicht. Aber sie tat es nicht. Das Mädchen hatte etwas ausgesprochen, das in den hintersten Ecken ihres Kopfes ebenfalls herumspukte. Sie war im Laufe der Jahre eine Meisterin darin geworden, solche Gedanken zu verdrängen. Zu verdrängen, dass nicht alles eitel Sonnenschein war in diesem Palast. Und sie wusste auch, dass Abid seinen Reichtum nicht nur auf legale Weise vermehrte. Aber je weniger sie wusste, desto größer war die Chance, hier ihren Lebensabend zu verbringen, ob mit oder ohne ihn. Zu viele waren im Laufe der Jahrhunderte hingerichtet worden. Die ersten Frauen waren fast nie eines natürlichen Todes gestorben. Sie hatten immer zu viel gewusst. Erschwerend kam hinzu, dass sie Abid nie einen Nachfolger geschenkt hatte. Jetzt war es zu spät. Er würde sich früher oder später eine neue Frau zur ersten Frau nehmen müssen. Eine die noch gebärfähig war. Sie hielt sich die Faust vor den Mund und versuchte wieder ruhig zu atmen. Zazouela hatte ihr einen Schleier weggerissen und nun war sie gezwungen, sich damit auseinander zusetzen. Wie hatte sie nur immer in dieser Traumwelt leben können? Wo war der Verdrängungsmechanismus hin? Sie musste alles tun, um zu überleben. Denn etwas musste sie in diesem Leben noch erledigen.

Etwas sehr Wichtiges.

*

Rachel hatte schlecht geschlafen. Genau gesagt, so gut wie gar nicht. Die fast kalte Dusche war wenig hilfreich gewesen, um sie jetzt wach zu machen. Der letzte Ausweg hieß jetzt Kaffee. Am besten zwei bis drei Kannen. Als sie die Küche betrat, duftete es schon nach dem schwarzen Gebräu und ein Korb voll mit frischen Croissants stand auf dem Tisch. Aus dem Computerzimmer hörte sie das stetige Surren er Rechner. Barrett war also schon auf. Himmel. Und beim Bäcker war er auch gewesen. Es war 8.30 Uhr. Ihr Magen knurrte schon wieder verdächtig. Sie schnappte sich ein Croissant und wollte sich gerade einen Becher mit Kaffee eingießen, als Barrett in der Küche auftauchte. „Morgen."

Ein kleiner Klecks Kaffee ging daneben. Er lief schon wieder mit nacktem Oberkörper durch die Gegend.

„Kannst du dir nicht mal was überziehen, oder hast du nicht genug Klamotten dabei?" Insgeheim hoffte sie, dass Letzteres der Fall war, an den Anblick konnte sie sich mit Leichtigkeit gewöhnen. Er grinste schief. „Hier drin sind es achtundzwanzig Grad."

„Es ist Winter."

„Ja, ich habe schon verstanden, aber reichen nicht auch zweiundzwanzig Grad? Die Heizung kann man doch sicher so einstellen."

„Zweiundzwanzig Grad sind keine angenehme Zimmertemperatur."

„Dann ziehe ich mir eben nichts über."

Himmel jetzt stritten sie sich schon über Gradzahlen. Rachel nahm einen Schluck Kaffee und ging zur Heizungsanlage, die in einer kleinen Abstellkammer untergebracht war.

„Können wir uns auf vierundzwanzig Grad einigen?", rief sie überflüssigerweise, denn er stand hinter ihr. Legte seine Hand auf ihre und drehte den Hebel noch ein Stück.

„Ich komme dir entgegen." Er stellte die Temperatur auf fünfundzwanzig Grad. In diesem Abstellraum war kein Platz. Nur für die Heizung und vielleicht für einen halben Menschen. Barrett stand so nah hinter ihr, dass sie die Piercings spürte. Und da war noch etwas, da war eine Erhebung in seiner Hose. Wenn sie sich umdrehte, dann würde ihr Gesicht unmittelbar vor seinem sein. Dann würde sie …, nein, das würde sie nicht. Sie würde ihn nicht küssen. Sie konnte kaum noch atmen. Warum ging er nicht. Die Sache war doch nun erledigt. „Würdest du mich bitte rauslassen?"

Es dauerte einen Moment und er trat einen Schritt zurück. Sie wagte es, sich umzudrehen. Sein Blick traf sie wie ein Hammer vor die Stirn. Seine Augen waren so schön. Selbst hier in diesem gelblichen Licht der Glühbirne leuchteten sie so blau wie ein dunkler Ozean. Sie drohte, darin zu versinken, wagte nicht wegzusehen. Sie konnte nicht. Er war kein Arschloch. Er sah sie an und sie sah ihn. Einen Menschen, einen verletzlichen Menschen. Einen wunderschönen Menschen, trotz der Narben. Dauerte es eine Ewigkeit oder nur ein paar Sekunden? Sie hätte es nicht sagen können, aber er trat einen weiteren Schritt zurück. Die Wärme seines Körpers verließ sie und sie fröstelte.

Betreten sah er kurz auf den Boden, als hätte er etwas getan, das er nicht hätte tun sollen. Ohne ein Wort drehte er sich um, ging die Treppen rauf und verschwand in seinem Zimmer. Wahrscheinlich um, wie versprochen, ein T-Shirt anzuziehen.

Schade eigentlich.

*

Barrett schloss seine Tür und lehnte sich dagegen. Ihm war nicht nur heiß, er brannte förmlich. Er brauchte eine Badewanne voll Eis oder einen Kühlraum, in den er sich einschließen konnte. Die Frau da unten würde ihn um den Verstand bringen. Das konnte nur einen Grund haben. Sieben Jahre Einsamkeit rächten sich jetzt. Selbst wenn sie aussehen würde, wie einer der sieben Zwerge oder wie der Glöckner vom Notre Dame würde er sich zu ihr hingezogen fühlen. Er stieß sich ab und nahm ein schwarzes T-Shirt aus dem Schrank. Nein, das war nicht wahr. Es war nicht nur ihr Aussehen, da war noch etwas anderes, das ihn für sie brennen ließ. Aber er konnte es nicht genau benennen. Da war mehr hinter der harten Agentinnenfassade. Er musste sich dringend aus dem Kopf schlagen ergründen zu wollen, was es war. Am besten er tapezierte sein Zimmer und den Computerraum mit Post-its mit der Aufschrift *Schlag sie dir aus dem Kopf* oder so was in der Art. Vielleicht konnte er sich in seinem Computerraum einschließen?

„Barrett!“ Ihre Stimme, die von unten zu ihm drang, riss ihn aus seinen bekloppten Gedanken.

Es klang dringend. Er seufzte. Irgendwann musste er wieder runter, warum also nicht jetzt?

Sie saß am Küchentisch und hatte sich über ihr Netbook gebeugt.

„Was ist los?“

Ihre Wangen glühten. Sie schien aufgeregt zu sein. Ob sie so auch beim Sex aussah? Jesus! Konnte ihm mal jemand mit einem Holzhammer oder einer Bratpfanne eins überziehen. Zumindest die Sache mit den Post Its sollte er durchziehen.

„Es gibt Neuigkeiten. Peter hat gerade Kontakt zu mir aufgenommen.“

„Peter?“

„Mein Boss Peter Dobson.“

Ach ja, er erinnerte sich dunkel, er war Barrett Manor, Spezialagent und hatte einen Auftrag und der hieß nicht Rachel Adams flachlegen.

„Der Teufelskerl hat jemand Neuen für uns bei Sheik Al Taran eingeschleust, obwohl unsere Vorgesetzten das untersagt haben."

Teufelskerl, aha. Stand sie etwa auf den Typen? Falscher Modus. Ihn sollte eher interessieren, was es für Neuigkeiten gab und nicht dieser Peter Teufelskerl Dobson.

„Ja und?"

„Ich wusste auch nichts davon, er hat mir gerade mitgeteilt, dass es geklappt hat. Es ist eine junge Rekrutin. Sie ist britische Staatsbürgerin. Ihre Eltern sind Marokkaner. Peter hat sie in den Harem des Scheichs eingeschleust und sie ist ziemlich nah am Geschehen dran."

Barrett wartete, dass sie mehr erzählte.

„Sie nennt sich dort Zazouela und ist der ersten Frau des Scheichs zugeteilt. Durch diese Frau kommt sie vielleicht an Informationen."

Super, der Scheich unterhielt einen Harem und er selbst war schon mit einer Frau überfordert. Rachel lief jetzt auf und ab.

„Sie sagte, dass es ihr komisch vorkommt, dass der Scheich sich wieder mit seiner ersten Frau abgibt. Er hat sie mehrere Jahre links liegen lassen."

Sie blieb stehen. „Jetzt sag doch mal was dazu."

„Wenn man in einem Harem lebt, dann kann es wohl schon mal zu mehreren Jahren in der Warteschleife kommen, oder?"

Entgeistert sah sie ihn an. Er musste lächeln. Ihr Mienenspiel war zu niedlich. Entgeisterung wandelte sich zu Entrüstung und dann zu Missbilligung.

„Aber sie ist die erste Frau am Hof. Die hat doch normalerweise Vorrang, die lässt man nicht mehrere Jahre warten."

„Du scheinst dich ja bestens auszukennen."

Jetzt wurde sie ernst. „Was soll das denn bedeuten?"

Fühlte sie sich jetzt tatsächlich angegriffen? Er hatte das doch gar nicht böse gemeint.

„Nichts."

„Ich tue alles für meinen Job, aber auch für mich gibt es Grenzen. Ich war nie in einem Harem und ich habe keine sexuellen Beziehungen während eines Auftrages."

„Schon klar, ich habe verstanden." Er war ihr zu nah gekommen. Es würde nicht mehr passieren. Er schalt sich einen Narren. Hatte er tatsächlich gedacht, dass sie sich irgendwann im Laufe des Auftrages zu ihm hingezogen fühlen würde? Er war ein Idiot und versuchte, sich wieder auf die Sache zu konzentrieren.

„Das mit dieser Zazouela ist interessant, aber wie soll uns das jetzt helfen?", fragte er.

„Im Moment nicht viel, aber wir haben wieder einen Informanten. Begreifst du das denn nicht, Barrett?"

„Ja, ich bin doch kein Idiot!" Na ja zumindest nicht, was seinen Beruf betraf. Konnten sie sich nicht einmal normal unterhalten? „Ich verlass mich erstmal lieber auf meine eigenen Informationen. Wenn du mich suchst, ich bin im Computerraum."

Sie öffnete den Mund, als wolle sie etwas sagen, nickte dann aber nur. Er brauchte Abstand. Ganz dringend.

4

Die Heizung war abgestellt. Der Frühling hatte Einzug gehalten. Sie gingen auf Ende März zu. Barrett kam aus der Dusche und mied wie immer den Blick in den Spiegel. Seit weit über einem Monat lebten er und Rachel jetzt zusammen in diesem Häuschen. Er trocknete sich ab. Irgendwie hatten sie sich arrangiert. Jeder Tag hatte dieselbe Routine. Er stand früh auf, ging einkaufen. Tagsüber beschäftigten sie sich beide mit ihren Aufgaben an den Rechnern. Er um sich beim Scheich einzuhacken. Was sich als schwieriger erwiesen hatte, als angenommen. Gestern war es ihm endlich gelungen.

Rachel saß am Rechner, um den Notfallplan *Ascot* zu entwerfen und mit Zazouela in Kontakt zu bleiben. Zwischendurch verschwand sie, wahrscheinlich zum Joggen.

Nachmittags gingen sie in den kleinen Fitnessraum im Keller. Natürlich getrennt. Abends kochte er für sie beide. Wenn sie sich unterhielten, dann über ihren Auftrag. Corey hatte ihm versprochen mehr über Rachel herauszufinden, war aber gerade sehr in einen anderen Fall eingebunden. Barrett hatte beschlossen, die Sache selbst in die Hand zu nehmen.

Er fischte die letzte saubere Jeans aus dem Schrank und stellte fest, dass er dringend waschen musste. Auch das machten sie streng getrennt. Zurück im Bad griff er nach seinem Rasierer. Seit zwei Monaten hatte er sich die Haare nicht mehr abrasiert. Mit der flachen Hand strich er sich über die kurzen nachgewachsenen Haare. Er wollte gerade den Rasierer ansetzen, als er innehielt. Hatte Rachel nicht erwähnt, dass ihr Männer mit langen Haaren gefallen? Er legte den Rasierer wieder weg und schloss die Augen. Was für ein Unsinn, lange Haare würden an seinem Gesicht nichts ändern. Dieser verdammte Selbsthass kam wieder hoch. Er zwang sich, die Augen zu öffnen und sich wieder zu betrachten. Was war so schlimm daran, dass sein Gesicht eine narbige Landschaft war? Es änderte nichts an dem Menschen, der in ihm war. Der immer da gewesen war. Es kam darauf an, was er daraus machte und gemacht hatte. Sie hatten sein Äußeres verletzt, die Oberfläche angekratzt, aber hatten Camerons Leute vor mehr als sieben Jahren auch in seine Seele geschnitten? Ja. Aber er hatte etwas aus seinem Leben gemacht. Er machte einen guten Job, er stand auf der Seite der Guten. Er tat etwas, was wichtig war. Eine Seele konnte heilen. War seine Seele wieder in Ordnung? Er lächelte sich selbst zu. Fast. Es gab keinen Grund, sich selbst zu hassen. Es war nicht notwendig sich vor der Welt zu verstecken. Im Grunde war er immer noch der Junge, der andere zum Lachen gebracht hatte, der mit seinem Bruder die Bars unsicher gemacht hatte. Der Wrestling und Tennis geliebt hatte. Der jedes gesunde Essen für einen fettigen Burger stehen ließ. Die Tage in Frankreich waren heilsam. Oder war es Rachels Anwesenheit? Er wusste es nicht.

Beim Verlassen des Bades griff er zu seinem Handy. In den USA war es noch mitten in der Nacht, aber er hatte den Drang, diesen Anruf jetzt zu erledigen. Es dauerte eine Weile, bis am anderen Ende eine verschlafene Stimme „Hallo" sagte. Auf einmal war sein Mund trocken. Er schluckte mehrmals.

„Hi." Es kam keine Reaktion. „Ich bin es, Barrett."

Er hörte, dass eine Bettdecke zurückgeschlagen wurde.

„Ist alles in Ordnung mit dir? Geht es dir gut?"

Das war typisch für Aidan, immer der große, besorgte Bruder. Seit ihre Eltern bei einem Unfall ums Leben gekommen waren, hatte Aidan die Vaterrolle übernommen. Wahrscheinlich machte er sich immer noch jeden Tag große Sorgen um ihn.

„Alles in Ordnung. Ich …" Barrett wusste nicht, was er sagen sollte. Wie sollte er erklären, dass er sieben Jahre nicht in der Lage gewesen war, seinen Bruder zu besuchen, ihn anzurufen. War noch nicht mal in der Lage gewesen, ihm zu seiner Hochzeit oder der Geburt seiner Kinder zu gratulieren.

„Ist schon gut, Barrett. Ich bin gerade auch sprachlos. Ich …, ich bin so froh, deine Stimme zu hören."

„Es tut mir leid."

„Hey kleiner Bruder, dir muss gar nichts leidtun. Wie geht es dir?"

„Ganz gut, ich habe meinen ersten Außenauftrag."

„Und du kannst mir nicht sagen, wo du gerade bist. Ich weiß."

Barrett war dankbar, dass er nicht viel erklären musste. Schließlich war Aidan selbst ein Special Agent of Justice gewesen. Er war ausgestiegen, um eine Familie mit der großen Liebe seines Lebens zu gründen. Der Ausstieg war nur möglich gewesen, weil Barrett sich gegen ihn eingetauscht hatte. Und es war gut so.

„Wie geht es Scarlett und meinen Nichten?"

„Sehr gut. Deine Nichten würden dich gern kennenlernen."

„Ich …"

„Hey. Ich bin überglücklich, dass du mich endlich angerufen hast. Es ist okay. Unser Haus steht dir immer offen. Komm, wenn du so weit bist."

„Danke."

„Wofür? Ich muss dir dankbar sein. Ohne dich hätte ich keine Familie."

„Ich liebe dich großer Bruder."

„Und ich dich. Pass auf dich auf, ja?"

„Werde ich. Ich verspreche es dir."

Und dieses Versprechen wollte er halten. Er musste Aidans Familie nach diesem Auftrag endlich sehen.

*

Rachel saß in der Küche und fragte sich, warum heute keine Croissants auf dem Tisch standen. Hatte Barrett verschlafen? Der Kaffee war durchgelaufen und sie goss sich ihren Becher voll. Sie hörte ihn die Treppe herunterkommen. Sie erwartete wie jeden Morgen ein kurzes gemurmeltes *Morgen*, aber er strahlte sie förmlich an.

„Hey! Guten Morgen!"

Irgendwas war anders an ihm. Sie beobachtete ihn, während er sich auch einen Kaffee einschüttete. Er war gelöster, er lächelte immer noch leicht vor sich in. Das stand ihm. Es ließ einen erahnen, wie hübsch er mal gewesen war. Hübsch war vielleicht nicht das richtige Wort, aber sie hatte es geschafft, ihn die letzten Wochen auf Abstand zu halten. Zuzugeben, dass er früher und vielleicht jetzt auch noch attraktiv auf sie wirkte, kam nicht infrage.

Doch sie konnte nicht umhin, festzustellen, dass da kleine Grübchen in seinen Wangen waren, wenn er lächelte. Fast hätte sie ihren Becher zu fest auf den Tisch gestellt. Ging das schon wieder los! Grübchen sollten sie nicht interessieren. Nur weil er heute Morgen gute Laune hatte, musste sie das doch nicht aus der Bahn werfen.

Er lehnte sich an die Anrichte und trank seinen Kaffee. Irgendwann sah er zu ihr.

Sie hatte jeden Morgen darauf gewartet, dass er wieder mit Glatze erscheinen würde, aber auch heute war das nicht passiert. Es fiel ihr auf, weil er sich einmal durch die Haare strubbelte. „Ich glaube, ich lasse sie wachsen."

Das Lächeln bei diesem Satz war schlichtweg umwerfend. Er hätte jetzt auch sagen können, dass der Kühlschrank mit 2000 Watt lief. Der Satz hätte sie aufgrund des Lächelns genauso aus den Schuhen gehauen. Die Grübchen! Wie hatte sie die übersehen können? Wenn sie es recht überlegte, hatten sie beide in letzter Zeit wenig gelächelt.

„Hat dir das die Sprache verschlagen? Ich kann sie auch wieder abrasieren."

„Nein!" Scheiße, das war zu schnell und hastig gekommen. „Ich meine, nein, das hat mir nicht die Sprache verschlagen. Wenn du dich so wohler fühlst, dann lasse sie wachsen."

Er sah sie halb nachdenklich, halb lächelnd an.

Sie fühlte sich ertappt. Scheiß drauf. „Also ich finde Haare stehen dir."

Er schenkte ihr ein erneutes Lächeln. „Komm. Ich lade dich zum Frühstück ein. Da gibt es so ein nettes kleines Bistro am Hafen."

Vor Überraschung verschluckte sie sich kurz an ihrem Kaffee. „Was?"

„Essen. Frühstück. Oder hast du keinen Hunger?"

„Doch."

Er hielt ihr seine Hand hin.

Sie wollte erwidern, dass sie allein aufstehen konnte, aber ihre Hand war schon automatisch zu seiner gewandert. Für einen Moment zog er sie etwas näher an sich heran als nötig. Sie konnte seinen Blick nicht deuten. Aber da war wieder dieses Gefühl in ihrem Inneren. Wie ein Sog, der sie zwang, in die blauen Augen zu sehen. Wieder hatte sie kurz das Gefühl in einem Ozean zu versinken. Schwerelos zu sein. Aber der Moment verging und er ließ ihre Hand los.

Er nahm ihre Lederjacke vom Haken an der Eingangstür, warf sie ihr zu, öffnete die Tür, verbeugte sich kurz und bedeutete ihr mit der Hand, hinauszugehen. „Nach Ihnen, Madame."

Zum ersten Mal an diesem Morgen musste auch sie lächeln.

*

Die Sonne brannte heiß vom Himmel. Abid schwitzte, als er vom Pferd stieg. Er hatte den Araberhengst richtig ausgepowert und sich gleich mit. Es ärgerte ihn, mit Mitte vierzig hatte ihn so ein Ritt nicht angestrengt. Er war jetzt fünfundfünfzig, dieser kleine Stachel nagte an ihm. Aber er hatte die besten Ärzte der Welt um sich. Er konnte gut und gern neunzig bis hundert werden. Sein Vater war mit achtundneunzig an Herzversagen gestorben. Sein Großvater mit fünfundachtzig. Wenn er auf sich achtgab, hatte er noch viele Jahre vor sich.

Hussein erwartete ihn bereits bei den Ställen. Hoffentlich würde er ihn nicht ausgerechnet heute daran erinnern, dass er noch einen Erben zeugen musste. Das wusste er selbst. Nicht dass er es nicht versucht hätte. Lange hatte er gedacht, es liege an Elena. Aber er hatte Ali angewiesen, die Pillen der anderen Frauen durch Placebos zu ersetzen. Keine war schwanger geworden. Aber besser Elena gab sich die Schuld dafür, als dass die Wahrheit ans Licht kam. „Was gibt es, Hussein?"

„Die nächste Lieferung hat ihren Bestimmungsort erreicht."

„Sind sie behelligt worden?"

Hussein lächelte zufrieden. „Nein. Dieses Mal nicht."

Erleichtert atmete Abid aus. „Können wir den Zeitplan einhalten?“

„Ja. Im April und Mai wird eine weitere Lieferung fällig. Dann sollten sie im Juni so weit sein.“

„Ich verlasse mich darauf.“

„Ich habe noch mehr gute Neuigkeiten.“

Gute Neuigkeiten waren ihm die Liebsten. „Ja?“

„Er ist drin. Er hat sich vor ein paar Stunden in unser System eingehackt.“

„Hervorragend! Das wurde aber auch Zeit.“

„Es wäre auffällig gewesen, wenn wir es ihnen zu leicht gemacht hätten.“ Hussein lächelte selbstzufrieden vor sich hin. Aber Abid musste ihm lassen, dass er wie immer alles einkalkulierte. Er hatte ja recht. Geduld war wichtig in diesem Unternehmen.

„Möchtest du, dass ich eine Massage veranlasse?“

„Wieso? Sehe ich aus, als hätte ich eine nötig?“

Hussein trippelte neben ihm her. „Nein, aber du bist auch nicht mehr der Jüngste.“

Abid blieb abrupt stehen. „Ich habe mich nie besser gefühlt.“

„Wenn die Sache im Juni über die Bühne ist, dann solltest du dir sofort eine neue offizielle Ehefrau nehmen. Das weißt du, nicht wahr?“

„Ja, wir haben oft genug darüber diskutiert.“

„Hast du schon eine Frau in die engere Wahl gezogen?“

„Ja.“

Sie waren mittlerweile in seinen Gemächern angekommen. Hussein konnte seine Neugier nicht verbergen. Das sah man daran, dass seine Lippen geschürzt waren. Jetzt sah er tatsächlich aus wie eine Ratte. Abid hatte nie an Allah geglaubt. Aber wenn es ihn gab, dann war er ihm dankbar für sein gutes Aussehen. Er hätte um nichts in der Welt mit Hussein tauschen wollen.

„Also gut, ich verrate es dir.“ Langsam entledigte er sich seiner Reitkleidung und stieg in die heiße Wanne. „Zazouela.“

„Was?“

„Was passt dir nicht an meiner Wahl?“
„Sie ist eine Schwarze.“
„Sie ist Nordafrikanerin und hat eine dunklere Hautfarbe, na und?“ Er ließ sich tiefer in das heiße Wasser gleiten und seine Muskeln entspannten sich langsam. „Ein Sohn wird wunderbar aussehen. Meine und ihre Gene. Das ist die perfekte Mischung.“ Hussein konnte ja nicht ahnen, dass diese perfekte Mischung niemals das Licht der Welt erblicken konnte. Aber über dieses Problem konnte er sich immer noch den Kopf zerbrechen, wenn es so weit war.

*

„Ich fasse es nicht. Wir sind in einem verschlafenen Fischerdorf in der Bretagne und die Leute sind durch und durch Franzosen. Und du schaffst es, den Inhaber zu überreden dir ein amerikanisches Frühstück zu machen.“
„Falls du es nicht wusstest, man nennt mich auch Prince Charming.“
Rachel musste lachen und betrachtete noch einmal den Berg Rührei mit Speck auf seinem Teller. Sie saßen draußen an einem der äußersten Tische. Sie streckte ihr Gesicht der Sonne entgegen. Der Frühling war wunderschön in Erquy. Nicht heiß, aber schön warm. Frühling war schon immer ihre liebste Jahreszeit gewesen.
„Ich habe es gestern am späten Abend geschafft. Ich bin drin.“
Sofort war ihre Aufmerksamkeit geweckt.
„Im Ernst? Du hast dich bei ihm einhacken können?“
„Hast du etwa an mir gezweifelt?“
Sie blieb ihm die Antwort schuldig und lächelte nur. Das musste reichen.
„Ich komme an seine Mails, seine Datenbanken, an alles, was er über seine Rechner laufen lässt.“ Er kaute genüsslich an einem Speckstreifen herum. „Und das ist ne Menge.“
„Sehr gut.“
„Gibt es was Neues von Zazouela?“

„Nichts Konkretes.“ Es war ärgerlich, dass die Informantin noch nicht wirklich weitergekommen war. „Aber sie hat mir ein paar Infos über die erste Frau im Palast zugespielt. Ihr Name ist Elena. Mit Anfang zwanzig muss Al Taran sie von einer Europareise mitgebracht haben. Sie hat alle anderen Frauen verdrängen können. Sie war lange Jahre die offizielle Ehefrau an seiner Seite. Der Westen duldet seinen Harem nur inoffiziell. Alle wissen davon, aber es wird so behandelt, als wäre Elena seine einzige Ehefrau. Er hat es geschafft, sie in den letzten zwei Jahrzehnten zu allen Anlässen mitzunehmen. Aber alle Fotos, die jemals von ihr gemacht wurden, sind auf sein Geheiß vernichtet worden. Dann wurde es in den letzten vier Jahren still um sie, mit der Begründung, sie sei krank. Laut Zazouela erfreut sich Elena aber bester Gesundheit und ist jetzt wohl wieder die Frau an seiner Seite.“

„Ist das so ungewöhnlich? Vielleicht war er ihrer einfach überdrüssig und holt sie jetzt wieder aus der Versenkung hervor.“

Rachel dachte darüber nach. „Aber aus welchem Grund?“

„Vielleicht hat er wirklich wieder Gefallen an ihr gefunden?“

„Das glaube ich nicht. Er hat etwas mit ihr vor. Außerdem muss er sie loswerden.“

Barrett ließ die Gabel sinken. „Wieso?“

„Sie hat ihm nie einen Erben geschenkt. Das ist oberste Bedingung, um bis an ihr Lebensende seine erste Frau bleiben zu können.“

„Dann würde es nahe liegen, sie die Queen erledigen zu lassen. So hat er zwei Fliegen mit einer Klappe geschlagen.“

„Genau das.“ Sie betrachtete Barrett.

Er schien sein üppiges Frühstück vergessen zu haben. „Das ergibt alles keinen Sinn.“

„Und wieso nicht?“

„Uns fehlt immer noch das Motiv und Al Taran arbeitet doch in anderen Größenordnungen. Das passt doch eher in eine kleine Seifenoper. Die eigene Frau zu benutzen, um sie loszuwerden.“

„Ich weiß nicht. Ich finde es ist gar nicht so abwegig. Er kann sich nicht einfach scheiden lassen, in seinem kleinen aber mächtigen Emirat, wäre das für ihn eine politische Katastrophe."

„Er könnte sie ermorden lassen und es als natürlichen Tod hinstellen, das sollte doch für ihn kein Problem sein. Warum dieser Aufwand?"

Rachel musste zugeben, dass an Barretts Überlegungen etwas dran war. Sie hatte keine Antwort darauf.

„Was hat er davon, die Königin von England zu töten? Nichts. Ihr seid von seinen Öllieferungen abhängig. Er hat euch in der Hand. Ansonsten würden wir nicht hier sitzen, sondern der gesamte MI6 die Queen schützen. Habe ich recht?"

„Na ja …"

„Warum drängt man sie nicht einfach, dieses Ascot Ding abzusagen?"

„Das geht nicht!" Sie hörte selbst die Entrüstung in ihrer Stimme. „Es ist Tradition. Es werden sogar Wetten abgeschlossen, welche Farbe ihr Hut hat, wenn sie in der Kutsche vorfährt. Wir lassen uns nicht erpressen. Die Königin würde da nie mitspielen." Sie sah den Unglauben in seinem Gesicht. „Du bist Amerikaner, du verstehst das nicht."

„Du sagst das so, als wäre das eine Krankheit."

Sie warf ihm einen Blick zu, halb ernst, halb belustigt.

„Vielleicht nicht direkt eine Krankheit …", den Rest des Satzes ließ sie unausgesprochen, schenkte ihm stattdessen ein verschmitztes Lächeln. Die Antwort kam prompt von ihm, auch er lächelte. Sie hätte stundenlang so sitzen und ihn betrachten können. Wo waren sie noch gleich stehen geblieben?

„Vielleicht verstehe ich euren Hang zur Monarchie nicht, aber mein gesunder Menschenverstand, sagt mir, dass da was faul ist. Es kann nicht nur um Lizzie gehen."

„Lizzie?"

„Elizabeth die Zweite."

„Es ist respektlos sie so zu nennen."

„Warte ab, wenn ich ihr das Leben gerettet habe, dann wird sie mir das sowieso anbieten."

Sie verdrehte theatralisch die Augen und lächelte ihn an.

„Du bist echt verrückt, oder sollte ich sagen amerikanisch?“

„Und du hast ein wunderschönes Lächeln.“

„Holst du jetzt den Prince Charming wieder raus? Vergiss nicht, dass es bei mir nichts Essbares geben wird.“

„Wie könnte ich das vergessen? Aber ich glaube, du hast andere Qualitäten.“

Flirtete er etwa mit ihr? Ihre Wangen glühten. Sie hätten sich doch in den Schatten setzen sollen. Mit aller Kraft zwang sie ihre Hände, ruhig liegen zu bleiben und nicht über den Tisch zu greifen. Sie hätte jetzt gern seine Hand gehalten. Sie brauchte ein unverfängliches Thema. Ganz schnell. „Ja, ich habe andere Qualitäten und die wirst du heute noch kennenlernen.“ Sie grinste ihn an. Was er konnte, konnte sie schon lange. „Wir sind nicht nur hier, um hinter den Rechnern zu hocken. Heute Nachmittag werden wir deine Nahkampffähigkeiten überprüfen.“

Jetzt war er es, der sich an seinem Kaffee verschluckte. Zufrieden lehnte sie sich zurück.

*

Als er den Keller betrat, hatte sie in der freien Mitte eine Matte ausgebreitet. Sie hatte Trainingshose und ein T-Shirt ohne Ärmel an. Sie war durchtrainiert. Ihre Arme waren schlank aber muskulös. Sie nahm ihr Training ernst, wie ihren Job, das war offensichtlich und gefiel ihm. Sie gefiel ihm, ihr Auftreten als Frau, wem wollte er da noch was vormachen. Aber sie zu erobern kam nicht infrage, auch wenn sie heute Morgen ein wenig geflirtet hatten. Das sollte er sich einfach aus dem Kopf schlagen.

„Willst du da Wurzeln schlagen?“

Barrett ging zu ihr.

„Und jetzt?“

Ihr Fuß traf ihn unmittelbar in den Magen. Er schnappte nach Luft. „Sag mal, spinnst du?“

„Du musst besser aufpassen. Ein potenzieller Angreifer schickt auch keine Blaskapelle voraus, um sich anzukündigen." Sie stand einfach nur da, aber wer sagte ihm, dass sie nicht gleich wieder zu einem Schlag ausholte.

„Deiner Akte konnte ich entnehmen, dass man dich bei den SAJs in Taekwondo geschult hat."

„Sag mal, wenn du mich ansiehst, sehe ich dann aus wie ein Stück Papier? Bin ich eine Akte für dich?"

Sie schnaubte. Der nächste Tritt kam wieder schnell und unvermittelt, aber er war jetzt besser vorbereitet. Er konnte ausweichen. Sie tänzelte ein wenig um ihn herum.

„Schon besser."

„Ach?" Er hatte noch nie mit einer Frau trainiert. Er hätte auch zu einem Schlag ausholen können, aber er hatte Skrupel. Als sie ihn erneut mit einem Tritt am Bein traf und er einen Schlag an der Schulter abbekam, reichte es dann aber doch. „Okay. Wie du willst." Dem nächsten Tritt musste er ausweichen, er hatte damit gerechnet, dass sie das linke und nicht das rechte Bein benutzen würde. Sie setzte nach und wollte wieder einen Tritt mit einer Kombination aus Schlägen anbringen. Blitzschnell hielt er ihr Bein am Knöchel fest. Aber auch das konnte sie auskontern. Sie nutzte seine Hand als Stütze, drehte sich und traf ihn mit dem anderen Bein. Er musste loslassen und taumelte ein Stück zurück. Rachel stand wieder auf zwei Beinen. Verdammt, er war wirklich ein wenig eingerostet. Er hätte es kommen sehen müssen und mehr Konzentration wäre auch nicht schlecht. Aber das fiel ihm in ihrer Gegenwart gerade nicht leicht. Sie beeindruckte ihn, sie war in der Lage, sich zu wehren. Eine starke Frau auf der ganzen Linie. Ihm blieb nicht viel Zeit, gedanklich abzuschweifen, denn er vermutete, dass sie nicht lockerlassen würde und der nächste Angriff kurz bevorstand. Er sammelte sich und konzentrierte sich. Versuchte, sich zu erinnern, was er alles über Selbstverteidigung wusste und was man ihm beigebracht hatte. Ihrem nächsten Fußtritt konnte er ausweichen, sie fand aber zu schnell ihr Gleichgewicht wieder, als dass er die Überraschung, dass er dieses Mal aufgepasst hatte, hätte ausnutzen können. Angriff ist die beste Verteidigung, also dachte er nicht mehr darüber nach, was sie als Nächstes vorhaben könnte, sondern konzentrierte sich. Das war einer der wichtigsten Punkte beim Taekwondo. Konzentration, die gesamte Kraft genau im Moment des Schlages auf eine möglichst kleine Fläche wirken zu lassen. Dann die Reaktionskraft, die Kraft des Gegners für den eigenen Angriff mit auszunutzen. Oberstes Gebot war es, das Gleichgewicht zu halten und die Atmung zu kontrollieren. In seinem Fall kam erschwerend hinzu, dass er sie nicht verletzen, geschweige denn, vollständig außer Gefecht setzen wollte.

Er spannte die Bauchmuskeln an, konzentrierte sich auf seine Atmung und tat das, was er gelernt hatte.

Ihr entfuhr ein Schrei, als er sie mit seinem Bein an der Hüfte traf und sie auf dem Boden landete. Das war vielleicht etwas heftig gewesen, er hatte ihr auf keinen Fall wehtun wollen. Doch im nächsten Moment hatte sie mit einer unglaublichen Schnelligkeit irgendwie ihre Beine um ihn geschlungen und er landete ebenfalls auf seinem Hintern. Sie stand schon wieder und wollte ihm einen Tritt an der Schulter verpassen, aber er packte ihr Bein und schaffte es sie erneut auf die Matte zu befördern. Er legte sich auf sie.

„Ich denke, das reicht für heute“, flüsterte er ihr ins Ohr.

*

Rachel schnappte nach Luft. Nicht unbedingt, weil er auf ihr lag, eher wegen der Nähe. Sie spürte seinen Körper nur allzu deutlich. Irgendwas war in den letzten Tagen oder Wochen mit ihm passiert. Er war locker geworden. Fröhlich. Der verschlossene verbitterte Mann war tatsächlich dem Prince Charming gewichen. Gut für ihn, aber war das auch gut für sie? Etwas schien dieses Dörfchen ihm gezeigt zu haben. Die Narben in seinem Gesicht schienen ihm nichts mehr auszumachen. So schien es zumindest. Die Leute beim Frühstück hatten ihn wie einen alten Freund begrüßt. Sie hatte keine Ahnung, was er an den vielen Morgen getrieben hatte, wenn er mit frischen Croissants wiedergekommen war. So wie es aussah, hatte er sich überwunden und Kontakt zu Menschen aufgenommen. Es wunderte sie, dass sie sich darüber freute. Er war vorübergehend ihr Partner, was interessierte sie da sein Seelenheil? Sie hatte genug mit ihrem Eigenen zu tun. Sie hatte zwar keine äußerlichen Narben, aber Narben konnte man auch innerlich davontragen. Sie musste aufhören, ihn anzustarren. Wieder hatte sie das Bedürfnis sein Gesicht zu berühren, ihm zu zeigen, dass seine Narben nichts Abstoßendes waren. Er hatte trotz allem, was ihm zugestoßen war, die wunderschönsten Augen der Welt. Sein Lächeln konnte ebenfalls jedes Frauenherz höherschlagen lassen, vielleicht sogar die Pole zum Schmelzen bringen. Obwohl eine Narbe bis an den Rand seiner Oberlippe reichte, erschienen sie ihr als das Sinnlichste, was sie je gesehen hatte. Wenn er sie so ansah, breitete sich Wärme in ihr aus. Eine Wärme, die sie schon ewig nicht mehr gespürt hatte. Seine Augen leuchteten, und war da so etwas wie Begehren in seinem Blick? Die Wärme wurde zur Hitze. Sie musste duschen, sie musste aus dieser Umklammerung heraus.

„Ich bekomme keine Luft mehr."

Er grinste. „Versuch dich zu befreien."

„Das ist kein Spiel Barrett. Lass mich los." Nein, lass mich nicht los. Bitte nicht.

Er hob seinen Körper ein wenig an, damit sie mehr Spielraum hatte. Sein Gesicht war aber immer noch viel zu nah an ihrem. Sie starrte wieder auf seine Lippen. Sie spürte, dass sie wütend wurde. Wütend auf sich. Wenn sie nicht schnell aus diesem Raum entkam, könnte sie etwas tun, was sie für alle Zeit bereuen würde. Sie würde ihn berühren, ihn dazu auffordern sie zu küssen. Ihr Herz pochte bis zum Hals. Konnte er es auch spüren?

„Was versteckst du eigentlich hinter dieser professionellen Kratzbürstenfassade?"

„Bitte?"

Er sah sie mit diesen tiefblauen Augen an und sie schloss die Lider. Irgendwie musste sie schließlich verhindern, dass er bis tief in ihre kaputte Seele sehen konnte. Sie spürte seinen Atem an ihrer Wange. „Ich finde es heraus", flüsterte er an ihrem Ohr. Dann sprang er unvermittelt auf die Füße. Sie war wieder frei. Kälte überkam sie. Sie fröstelte und beeilte sich, aufzustehen. Sie konnte ihn nicht ansehen. Er würde nichts herausfinden. Ab sofort gab es kein Nahkampftraining mehr. Sie musste sich zusammenreißen, nicht aus dem Raum zu rennen. Sie brauchte eine Dusche, um wieder einen klaren Kopf zu bekommen. Was passierte nur gerade mit ihr? Warum fühlte sie sich so allein und verwirrt? Warum wollte sie lieber mit ihm in einem Raum sein?

Als sie ihr Zimmer erreicht hatte, sank sie hinter der Tür zusammen. Kaputt. Sie war total kaputt und sie musste unter allen Umständen verhindern, dass er irgendetwas über sie herausfand, sonst konnte sie ihren Job an den Nagel hängen.

*

Er sah ihr nach. Erlaubte es sich auf ihren Hintern zu starren. Der war echt anbetungswürdig, aber es war nicht nur ihre sexuelle Anziehungskraft, sie faszinierte ihn auf eine Art und Weise, die ihn nachdenklich stimmte.

Sie wusste viel über ihn und er kaum etwas über sie, doch auch dies war nicht der Grund. Er interessierte sich ehrlich für sie. Da steckte eine interessante Frau in dieser Hülle der knallharten Agentin. Gar nicht gut, dass er herausfinden wollte, wer sie wirklich war, aber er konnte sich nicht überreden, die Finger davon zu lassen. Duschen war wirklich keine schlechte Idee und dann musste er dringend an seine kleine Schaltzentrale.

*

Abid hatte eines der *Liebeszimmer* gewählt, um Zazouela zu empfangen. Die schöne Frau mit den dunklen unergründlichen Augen stand vor ihm. Knackig, jung, schön und exotisch. Vielleicht würde ja doch noch ein Wunder passieren und seine Spermien endlich erwachen. Wie ein Schatten legte sich dieser Gedanke über ihn. Er durfte sich nicht unter Druck setzen. Vielleicht würde es helfen endlich einen seiner Leibärzte einzuweihen. Aber er traute ihnen nicht. Dann würde Hussein es am Ende noch erfahren. So sehr er ihm auch vertraute, Hussein würde alles daran setzen, die Erwartungen des Volkes und die Gesetze des Landes zu erfüllen. Dann war es mit seiner Herrschaft vorbei. So mächtig er auch war, es gab immer Menschen, die einem an die Karre pissen konnten.

Er ließ Zazouela absichtlich warten. Sie sollte ruhig nervös werden. Vielleicht sogar ein bisschen ängstlich. Er mochte das. Demut, Unterwürfigkeit, Angst. Frauen waren eben nur Frauen. Dazu da ihn zu befriedigen und ihrem Land zu dienen. Zazouela würde es noch verstehen, genau wie Elena damals. Sein Königreich war jetzt ihre Heimat. Wenn er es nicht wollte, dann würde sie hier nie wieder herauskommen. Er betrachtete sie langsam von Kopf bis Fuß und schwenkte dabei seinen Cognac im Glas. Er stand neben dem kleinen antiken Tisch auf einer Empore. Langsam setzte er sich in Bewegung und stieg die zwei Stufen hinab. In den meisten Frauen konnte er lesen. Sie waren einfach gestrickt. Es gab die, die aufgeregt und voller Vorfreude waren, weil sie dachten, mit ihm das große Los gezogen zu haben. Es gab die, die vor Angst zitterten, weil sie nicht freiwillig hier, sondern von ihren Vätern verkauft worden waren. Die wenigen, die Widerstand geleistet hatten, hatte er schnell aussortiert. Und dann waren da die demütigen Frauen, die aber voller Liebe ihm gegenüber waren. So wie Elena. Sie hatte diese Haltung geradezu perfektioniert. Auch wenn er ihrer überdrüssig war, würde es schwer sein, eine Nachfolgerin zu finden.

Zazouela war anders. Ob es an ihrer Herkunft lag? Ihre Haltung verriet nichts von alldem. Sie stand neutral, aber umwerfend schön vor ihm. Vielleicht endlich mal eine Herausforderung? Er blieb unmittelbar vor ihr stehen, führte das Glas mit der braunen, starken Flüssigkeit an ihren Mund.

Ihre vollen dunklen Lippen öffneten sich leicht.

Er fasste ihren geflochtenen Zopf und bog ihren Kopf nach hinten, schüttete die Flüssigkeit in sie hinein.

Sie schluckte, ohne mit der Wimper zu zucken, geschweige denn zu husten.

Sein Kuss war hart und fordernd, das wusste er. Machte er ihr keine Angst? Sie erwiderte den Kuss. Hart und leidenschaftlich. Er konnte sich nicht helfen. Tief in seinem Inneren spürte er endlich etwas. Ein Gefühl. Der Geschmack des Cognacs auf ihrer Zunge kitzelte nun auch ihn. Lag es daran, dass sich Hitze in ihm ausbreitete? Er riss ihr die Kleider vom Leib. Er entflammte für sie. Er fühlte! Brutal stieß er sie vorwärts und drängte sie mit dem Rücken gegen die Wand. Sie schlang ihre Arme um ihn und kratzte ihn im Nacken. Gott war das gut, das hatte noch keine gewagt. Er fühlte, das Blut seinen Nacken hinunterlaufen. Er konnte nicht anders. Er musste es ihr sagen. Schon jetzt. Er sog den Duft ihrer Haut ein und vergrub seinen Kopf an ihrem Nacken. „Ich werde dich zu meiner ersten Frau machen."

Ein zufriedenes Schnurren war die Antwort und ein Biss in seine Unterlippe, der weiteres Blut fließen ließ.

Zufrieden lachte er auf. Bei Allah, sie war die Richtige.

*

Barrett spielte mit seinem Kugelschreiber. Seit dem Training hatte er Rachel nicht mehr gesehen. Sie hatte geduscht und dann vermutlich das Haus verlassen. Zum Abendessen war sie auch nicht erschienen. Langsam wurde es dunkel. Zum womöglich hundertsten Mal sah er aus dem Fenster. Warum sollte er sich Sorgen machen. Sie waren in einem kleinen verschlafenen Fischerdorf, das einzige Verbrechen, das hier begangen wurde, war freitags keinen Fisch zu essen. Außerdem konnte sie sehr gut auf sich selbst aufpassen. Totaler Blödsinn sich um sie zu sorgen.

Er versuchte, sich wieder auf seine Arbeit zu konzentrieren. Er hatte genug damit zu tun, sich durch den Stapel an Informationen zu arbeiten, den er nun schon aus den Daten des Scheichs zusammengetragen hatte. Doch es half nichts. Er ertappte sich dabei, wie er vor sich hinstarrte. Sie war nicht da. Vielleicht sollte er einfach die Gelegenheit ergreifen und versuchen, mehr über Rachel herauszufinden. Wer sich heimlich bei der CIA umsehen konnte, hatte doch auch kein Problem damit, beim MI6 Nachforschungen anzustellen. Er hatte jedoch das Gefühl, dass er außer einem lupenreinen Lebenslauf nichts finden würde. Sie verbarg etwas, nicht nur vor ihm. Er musste es auf anderem Wege herausfinden. Über sie. Also widmete er sich wieder den Daten, die auf seinem Schreibtisch lagen. Der Scheich benutzte Verschlüsselungen, die aber kinderleicht zu knacken waren. Die Haustür schlug so laut zu, dass er zusammenfuhr.

Rachel stand mit geröteten Wangen und außer Atem vor ihm. Was für ein Bild! Sie war vermutlich joggen gewesen, ihre kurzen Haare standen in alle Richtungen ab, während in ihren schönen Augen ein Funkeln lag, dass das Feuer in ihm sofort wieder anfachte. Sie hatte sich so gut unter ihm angefühlt im Trainingsraum. Schnell wischte er den Gedanken wieder fort. „Ist was passiert?“

„Ja.“ Sie kam wieder zu Atem. „Zazouela hat mich gerade kontaktiert. Das könnte der Durchbruch sein. Sie ist nah an ihm dran. Er will sie zu seiner ersten Frau machen.“

Die erste Frage, die ihm einfiel, war, wie sie das geschafft hatte, aber er klappte den Mund wieder zu. Er konnte es sich denken. Die Marokkanerin war eine Agentin. Wie Rachel. Wie weit war sie gegangen, um so nah an den Scheich heranzukommen? Wie weit würde Rachel für ihren Job gehen? Die gute Laune des Tages, das Gefühl, das er gehabt hatte nach dem Telefonat mit seinem Bruder, waren verflogen. Als senke sich ein dunkler Schleier über ihn. Wie naiv war er eigentlich? Hatte er tatsächlich geglaubt, er könne das alles hier in eine Romanze verwandeln? Viel mehr beschäftigte ihn auf einmal die Frage, wie weit er für seinen Job gehen würde. Corey wollte ihn als Nachfolger. Nur dieser eine Außenauftrag wurde von ihm verlangt. Aber war er tatsächlich in der Lage, zu töten, wenn es sein musste? Konnte er den Befehl zum Töten geben? All die Jahre am PC hatte er die Arbeit der SAJ nur aus der Ferne betrachtet. Es hatte nicht ihn betroffen. Er hatte nie wirklich darüber nachgedacht. Vielleicht war er gar nicht der Richtige, vielleicht war das alles nicht richtig, was sie taten? Für Rachel war es das. Sie war anders als er. Sie würde es tun. Er fragte sich, wie oft sie schon getötet hatte, wie weit sie schon gegangen war, für ihr Land und ihre Karriere.

„Barrett warum starrst du mich so an, als wären deine Rechner unrettbar von Viren befallen? Das ist doch großartig! Vielleicht können wir dadurch die Geschichte abkürzen."

Abkürzen. Etwas in ihm zog sich schmerzhaft zusammen. Das bedeutete, dass sich ihre Wege bald wieder trennen würden. „Ja, das ist großartig."

Sie legte den Kopf schief und sah ihn nachdenklich an. Am liebsten hätte er sie in die Arme genommen, hätte durch die zersausten Haare gestrichen und ihr den verrückten Vorschlag gemacht, einfach irgendwohin zu verschwinden. Der Gedanke erschreckte ihn. Hieß das etwa, er hatte sich in sie verknallt? Er konnte sie nicht weiter anstarren. Er drehte sich weg und widmete sich einem der zahlreichen Bildschirme, ohne wahrzunehmen, was dieser anzeigte.

„Alles in Ordnung mit dir?"

Ihre Stimme klang besorgt.

„Ja, alles bestens." Er hörte ihre Schritte. Sie stellte sich hinter ihn. Ihre Hand legte sich auf seine Schulter. Er konnte nicht anders, er musste sich wieder zu ihr umdrehen. Zu nah. Der verdammte Prince Charming hatte sich verabschiedet. Herzlich willkommen Mr. Selbstzweifel! Ihr Blick war so intensiv, dass er sich nackt fühlte. Sie sah ihm in die Augen.

„Ist nicht so leicht …, manchmal, oder?"

Was genau meinte sie damit? Ahnte sie, worüber er gerade nachgedacht hatte. Waren diese Zweifel normal bei einem ersten Außeneinsatz? Machte das jeder Agent durch? Vielleicht wüsste er es jetzt, wenn er öfter mit seinem Bruder gesprochen hätte. „Es ist wirklich alles in Ordnung."

Sie sah ihn immer noch an. War immer noch nah. Sie glaubte ihm nicht und ihre Hand ruhte immer noch auf seiner Schulter. „Das alles wird schnell vorbei sein. Wir bekommen das hin." Ihre Hand strich über seinen Arm, wanderte zu seinem Hals, zu seinen Wangen.

Er war unfähig, sich zu rühren. Sie berührte die Narben in seinem Gesicht. Selbst wenn er gewollt hätte, zurückweichen war unmöglich, der Schreibtisch machte eine Flucht unmöglich. Er zwang sich, weiter in ihre Augen zu sehen. Er hatte

Angst dort Mitleid zu entdecken. Aber da war immer noch dieses Funkeln.

„Sei stolz darauf. Sie machen dich zu dem, was du bist und trotz unserer Schwierigkeiten, glaube ich, dass in dir mehr steckt, als du für möglich hältst.“ Langsam ließ sie die Hand wieder sinken. „Auch wenn du mir das nicht glaubst, du bist schön.“

Hastig drehte sie sich um und joggte die Treppe hinauf. Kurze Zeit später hörte er das Wasser der Dusche laufen. Aber er konnte sich immer noch nicht rühren.

*

Rachel schloss die Augen und ließ das heiße Wasser über ihren Körper fließen. Was hatte sie sich nur dabei gedacht?

Du bist schön. Der Satz hallte in ihrem Kopf wieder. Sie hatte die Wahrheit gesagt. Seit ihrer Flucht aus dem Trainingsraum hatte sie nur ihn, seine Augen, sein Lächeln vor sich gesehen. Hatte seinen Körper gespürt und hatte sich doch allein gefühlt. Sie war immer weiter vom Haus weggelaufen und mit jedem Schritt von ihm weg, hatte sie sich mehr nach ihm gesehnt. Nach einer Umarmung, danach ihn zu berühren. Ihm die Wahrheit zu sagen. Wie glücklich sie war, dass die Verbitterung aus seinen Zügen verschwunden war. Es hatte sie erschreckt, dass er eben auf einmal wieder so ernst und verschlossen wurde. Sie hatte es einfach tun müssen, hatte ihm sagen müssen, dass es keinen Grund gab, Selbstzweifel zu haben. Zumindest nicht für ihn. Wenigstens einer von ihnen beiden sollte mit heiler Seele aus dieser Sache herauskommen. Sie wusste, dass er es wert war. Er war kein Macho, kein Arschloch, er war anders. In Gedanken dachte sie an die letzten Wochen. Sie hatte noch nie so eng mit einem anderen Menschen zusammengelebt. In ihren Beziehungen hatte sie auf getrennte Wohnungen bestanden. Jetzt erst wurde ihr klar, wie viel Zeit sie mit Barrett schon allein verbracht hatte. Sie mochte es, wie er voller Begeisterung vor seinen Rechnern sitzen konnte. Sie mochte, dass er sportlich war. Vor allen Dingen mochte sie es, dass er seit geraumer

Zeit nicht mehr so kurz angebunden und verbittert gewesen war. Er hatte Humor, konnte sie zum Lachen bringen. Er konnte albern sein wie ein Teenager. Fast beneidete sie ihn darum. Vergessen zu können, dass die Vergangenheit noch in die Gegenwart reichen und einem das Leben schwer machen konnte. Bei Barrett reichte ein Blick in den Spiegel, dennoch ließ er sich nicht unterkriegen. Warum war sie nie auf den Gedanken gekommen, ihm mal ein kleines Geschenk mitzubringen? Vor zwei Tagen hatte er einfach einen Strauß Blumen in ihr Zimmer gestellt. Es hatte sie ehrlich gefreut. Mittlerweile wusste er, dass sie am liebsten Brombeermarmelade aß, es war immer ein Glas davon da, das morgens auf ihrer Seite des Tisches stand. Er wusste, wie sie ihren Tee und Kaffee trank. Er war einfach aufmerksam. Wenn er sie schon so behandelte, wie würde er wohl eine Frau behandeln, mit der er in einer Beziehung war? Die er liebte? Da war keine Unsicherheit mehr. Er war selbstsicher und charmant geworden. Hatte sie vielleicht sogar einen Anteil daran? Es wäre schön, wunderschön, wenn sie ihm geholfen hatte, sein wahres Ich hervorzuholen. Sie stöhnte auf, als der Gedanke sie streifte. Er war der Mann, der ihr viel eher hätte begegnen müssen.

5

Barrett hatte nicht geschlafen. Am frühen Morgen saß er immer noch an seinen Rechnern. Er wusste, dass er sich durch seine Arbeit von seinen Gedanken ablenkte, an Schlaf war ohnehin nicht zu denken, dafür kannte er sich zu gut.

Er hatte die Daten von Abid ruhen lassen und sich seiner alten Sache zugewendet. Der Funkspruch, den er vor langer Zeit aufgefangen hatte. Das Ganze war nach so langer Zeit zwar eine Sisyphusarbeit, aber sie hielt ihn davon ab, an Rachel zu denken. An ihr Lächeln, ihre Stimme, ihren Duft und wie sich ihre Finger angefühlt hatten auf seiner Haut. Reiß dich zusammen, Barrett.

Mit einem unterdrückten Seufzer stellte er fest, dass er nach all den Stunden auch nicht schlauer war als vorher, außer, dass seine innere Stimme ihm immer wieder sagte, dass er da auf etwas gestoßen war, das er nicht ruhen lassen wollte.

Ein Frachter segelte unter falscher Flagge von Nordafrika aus nach Japan, gab einen eigenartigen Funkspruch über Kaffee und Bananen ab und verschwand kurz darauf vom Schirm. Schmuggel? Hatten sie bemerkt, dass er sich in den Funkverkehr eingeschleust hatte. Kurz danach war er zu diesem Auftrag mit Rachel verdonnert worden. Er schüttelte über sich den Kopf. War es wirklich zu weit hergeholt, als dass es da einen Zusammenhang geben konnte? Die CIA hatte einen Informanten beim japanischen Geheimdienst. Den würde er mal auf die Sache ansetzen. Natürlich inoffiziell. Er hatte als SAJ zwar kein Recht dazu, aber der Name seines Bosses würde ihm die Türen öffnen. Ein Lächeln stahl sich auf seine Lippen. Manchmal hatte er den Eindruck, dass Corey der mächtigste Mann der Welt war. Natürlich auch inoffiziell.

Barrett achtete darauf, dass Rachel nicht in der Nähe war und erledigte, was er zu erledigen hatte.

Kurze Zeit später stand sie in der Küche. Sie musste leise das Haus verlassen haben, denn heute hatte sie das Frühstück besorgt. Er ging zur Kaffeemaschine. „Morgen."

„Guten Morgen." Sie hantierte geschäftig mit dem Korb für das Baguette und konzentrierte sich darauf, mehrere Gläser Marmelade auf dem Tisch zu verteilen. Täuschte er sich oder zitterte sie etwa. Sie benötigte mehrere Versuche um eines der Gläser zu öffnen und dann rutschte es ihr fast aus der Hand. Er stellte seinen Kaffee ab und trat hinter sie. Er legte ihr die Hände auf die Schultern und drehte sie zu sich. Er musste es wissen. Wie weit würde sie gehen?

„Warum bist du Agentin geworden?"

Die Frage schien sie wirklich zu überraschen. „Was?"

„Warum?"

„Es hat sich so ergeben." Sie blickte unruhig nach rechts und links und vermied es, ihn anzusehen.

Das war nicht die Antwort, die er gewollt hatte. Aber es war auf einmal egal. Auf einmal war etwas anderes wichtig. „Sieh mich an." Seine Stimme war rau. Sie hatte keine Chance ihm zu entkommen, der Tisch hinter ihr verhinderte das. Seine Hände lagen immer noch auf ihren Schultern und sie hielt sich krampfhaft an der Tischkante fest. Ihr Atem ging zu schnell. Langsam senkte sie ihre Lider und öffnete die Augen erneut und sah ihn an. Sein Puls beschleunigte sich. Sie wollte ihn. So sehr wie er sie wollte. Warum sollten sie weiter Spielchen spielen. Warum an das Morgen denken? Er nahm ihr Gesicht in seine Hände und erlaubte sich endlich das, was er seit dem ersten Moment hatte tun wollen. Mit seinem Mund strich er über ihre Lippen und genoss das Gefühl ihrer zarten Haut. Sie machte ein anbetungswürdiges Geräusch, was man als Seufzen deuten könnte und öffnete zaghaft ihren Mund. Seine Zunge suchte sich den Weg durch diesen kleinen Spalt und drang in ihren Mund. Er musste sie schmecken. Musste wissen, wer und was sie war. Was er erwartet hatte, war genau die Süße, die ihn empfing, doch was er nicht erwartet hatte, war seine Reaktion darauf. Noch während sein Kuss leidenschaftlicher und verlangender wurde, fegte er mit einer Handbewegung den Küchentisch leer. Klirrend landeten Kaffeetassen und Teller auf dem Boden. Er hob sie rücklings auf den Tisch. Sie erwiderte seinen Kuss immer heftiger, und somit erledigte sich seine Frage, ob sie ebenfalls dieses Gefühl hatte, zu fallen und gleichzeitig aufgefangen zu werden. In seinem Kopf machte es Klick und seine rationalen Gedanken wurden von dem Drang ihr noch näher sein zu wollen weggespült. Sie rissen gegenseitig an ihrer Kleidung, wie zwei Ertrinkende, die verzweifelt versuchten, ans rettende Ufer zu schwimmen und sich jeglichen Ballastes entledigten. Ihre Beine schlossen sich um seine Hüften, sein Schwanz pochte schmerzhaft in seiner Jeans. Sie hörten nicht auf sich zu küssen, endlich hatten sie sich so weit aus ihrer Kleidung befreit, dass er sich an ihrem weiblichen Zentrum reiben konnte. Sie war so feucht so bereit für ihn. Er musste sie jetzt und hier nehmen, sofort. Und da meldete sich diese kleine Stimme, tief aus seinem benebelten Bewusstsein. Es war falsch, es war alles falsch. Es ging zu schnell und es hatte keine Zukunft.

*

„Tu es." Rachel unterbrach ihren Kuss, jetzt durfte er nicht aufhören. Nicht jetzt. Sie mussten es hinter sich bringen. Danach konnten sie zur Tagesordnung übergehen und ihren Job erledigen, aber jetzt musste sie ihn hart und heftig in sich haben. Barrett sollte ihr verdammt noch mal für ein paar Minuten den Verstand rauben. Sie wollte ihn aus ihrem System bekommen und das hier schien ein guter Weg. Ihr Körper reagierte so heftig auf ihn, wie sie es mit keinem anderen Mann bisher erlebt hatte. Etwas an der Situation beunruhigte sie zutiefst. Nicht nur ihr Körper reagierte auf ihn. Zu ihrem Entsetzen hätte sie beinahe geweint, als er sie an den Schultern berührt hatte. Sie wollte sich in seinen Armen vergraben und weinen, weil sie zum ersten Mal seit langer Zeit so etwas wie Wärme und Glück verspürte. Es machte ihr Angst. Das durfte nicht sein. Sie musste sich immer wieder sagen, dass es nur um das Eine ging. Vielleicht würde es helfen, es auszusprechen? Es noch abzuklären?

„Lass es uns tun, einmal. Wir brauchen es doch beide. Dann können wir endlich …" Sie bäumte sich ihm entgegen.

Aber er hörte abrupt auf. „Was?"

„Ähm, was sollte das denn sonst hier werden?"

Er bewegte sich ein Stück vom Tisch weg. Seine Männlichkeit ragte immer noch gewaltig zwischen seinen Beinen hervor, aber er zog hastig seine Hose drüber. Was hatte das denn nun zu bedeuten? Schnell bedeckte sie sich notdürftig mit seinem T-Shirt, das griffbereit neben ihr lag, und richtete sich auf.

„Wenn dir meine Wortwahl nicht gefällt, dann entschuldige ich mich dafür, aber ich dachte du bist ein erwachsener Mann und kannst verkraften, wenn eine Frau ihre Wünsche äußert."

Er sah auf den Boden. „Ich will dich aber nicht vögeln."

Das hier wurde gerade mehr als peinlich. „Okay." Sie versuchte, sich das Haar ein wenig zu richten. „Dann habe ich den Kuss falsch verstanden, tut mir leid." Sie rutschte vom Tisch. Wütend auf sich, auf ihn und auf die Welt.

„Nein, hast du nicht."

Er sah sie wieder an. Scheiße! Es lag in seinem Blick, sie konnte es genau sehen. Wie dämlich war sie bloß? Er wollte sie nicht vögeln, er wollte sie lieben. Ihr blieb die Luft weg. Das ertrug sie noch weniger als ein kommunikatives Missverständnis.

„Ich muss hier raus." Damit konnte sie nicht umgehen. Sie zog sich sein Shirt über und schlüpfte in ihre Hose. Ohne zurückzublicken, hastete sie zur Haustür und trat ins Freie. Dann rannte sie. Es war ihr egal, dass sie barfuß war.

*

Barrett schlug mit der Faust gegen den Kühlschrank. Im nächsten Moment entfuhr ihm ein Fluch. Der Kühlschrank konnte nichts dafür, und sich die Knöchel daran zu brechen, machte es auch nicht besser. Er rieb über seine schmerzende Hand. Was hatte er sich nur dabei gedacht. Er hatte gar nicht gedacht, das war das Problem. Sollte er hinter ihr hergehen? Unschlüssig stand er da und versuchte das Pochen in seiner Hand zu ignorieren. Vielleicht würde ein Blick in den Spiegel ihn wieder auf den Boden der Tatsachen holen, aber als er in die kleine Diele trat und sich im Spiegel betrachtete, blieb das Gefühl aus, dass er vor und noch am Anfang dieser Reise verspürt hatte. Die selbst auferlegte Einsamkeit schien ihm nicht mehr verlockend. Sein Gesicht war so, wie es war. Es waren die Narben seines Lebens. Er hatte in den letzten Wochen einen Weg gefunden, damit klarzukommen. Die Menschen in Erquy hatten ihn wie jeden anderen auch behandelt und Rachel begehrte ihn. Egal, wie es eben geendet hatte. Nicht er brauchte Hilfe, sondern sie. Aber die Frage war immer noch, warum? Ein Summen riss ihn aus seinen Gedanken. Es war Rachels Handy, das auf dem kleinen Tischchen in der Diele vor sich hinvibrierte. Sie musste es nach ihrem Einkauf dort abgelegt haben. Der Anruf war sicher wichtig und konnte nur den Auftrag betreffen, also nahm er ab.

„Ja?“

„Wo ist Rachel?“

Es war eine Frauenstimme.

„Hier ist Barrett.“

„Ihr Partner? Zazouela hier. Ich habe wichtige Informationen für Rachel.“

„Sie ist nicht da. Du kannst es auch mir sagen.“

Er bemerkte das Zögern. „Sie hat ihr Handy immer dabei.“

„Jetzt nicht. Es geht ihr gut und ich bin tatsächlich ihr Partner.“

„Das ist gegen die Vorschriften.“

Das hatte ihm gerade noch gefehlt. „Ich weiß aber nicht, wann sie zurückkommt. Wir haben uns gestritten.“ Vielleicht half die Wahrheit, auch wenn die nicht gerade professionell war.

„Aha.“

„Und?“

„Ihr hättet eine Gelegenheit das Ganze schnell zu beenden, meiner Meinung nach.“

„Was hast du herausgefunden?“

„Abid ist ein selbstverliebtes Arschloch. Er ist schlau und machtbesessen, aber es gibt jemanden der schlauer ist als er. Der hier eigentlich alle Fäden zieht. Ich denke, ohne ihn ist

Abid ein Nichts und wird die Pläne nicht weiter forcieren können."

„Was auch immer die genauen Pläne sind."

„Einen Teil davon kennen wir ja."

Barrett schwieg. Ihm reichte dieser kleine Teil nicht. Er wartete, dass sie weitersprach.

„Sein Assistent ist Hussein Mofasset. Er hat hier alles unter Kontrolle. Schaltet ihr ihn aus, denke ich, werden die Pläne auf Eis gelegt oder unter den Tisch fallen."

„Warum schaltest du ihn nicht aus?"

„Was?"

Das war doch wohl eine einfache und berechtigte Frage. Die Frau war Agentin, saß an der Quelle, warum machte es der britische Geheimdienst so kompliziert?

„Du bist doch an ihm dran."

„Ich habe keine Genehmigung dafür, die kann nur Rachel bekommen. Ich bin auch nur Informantin, ich wurde nicht dazu ausgebildet noch habe ich die offizielle Erlaubnis, Feinde zu eliminieren oder gefangen zu nehmen."Also blieb es an Rachel und ihm hängen.

„Okay, wann und wo?"

„Sobald Rachel die Genehmigung hat, kann ich euch sicher eine passende Situation verschaffen. Sag ihr bitte auch, dass sie mich dann hier sofort abziehen müssen."

„Selbstverständlich." Er gab ihr seine Handynummer. Als er aufgelegt hatte, wurde ihm klar, was so sehr an ihm genagt hat. Die ganze Nacht hatte er sich ausgemalt, wie weit Rachel für den Geheimdienst gehen würde. Er hatte sein Revier markieren wollen. So einfach war das. Diese toughe Frau, die unter der Oberfläche so verletzlich war, hatte angefangen, ihm etwas zu bedeuten. Er wollte nicht, dass sie für ihren Job draufging. Er wollte nicht, dass sie fiel, denn sie stand am Abgrund. Das war mehr als offensichtlich. Und jetzt würde einer von ihnen einen Menschen eliminieren müssen. Wenn Rachel es tat, war es Routine für sie oder würde sie noch weiter zerbrechen? Und wenn er es tat, was würde dann mit ihm passieren? Was würde überhaupt mit ihnen passieren, wenn das Ganze hier vorbei war?

*

Elena hielt den Kopf aus der Tür und schaute sich nach links und rechts um. Der Gang war leer. Leise schlüpfte sie aus ihrem Zimmer. Zufällig hatte sie gesehen, wie Abid aus den Ställen gekommen war und mit Hussein diskutiert hatte. Dann war Abid in seinen Gemächern verschwunden, zumindest hatte er den Eingang dorthin benutzt. Kurze Zeit später war Zazouela ebenfalls aus den Ställen gekommen. Was hatte die Neue dort verloren gehabt? Zu allem Überfluss benutzte Zazouela ebenfalls den Eingang, der zu Abids Heiligtum führte. Sie musste einfach herausfinden, was da lief. Es konnte doch nicht sein, dass sie schon wieder abserviert wurde? Ihr war bewusst, gegen jede Palastregel zu verstoßen, wenn sie jetzt herumspionierte, auch wenn sie die erste Frau war. Früher hätte sie sich das nie getraut, aber sie hatte zu viel zu verlieren. Sie war immer zu demütig gewesen und hatte es bis heute nicht geschafft, sich eigene Spione heranzuzüchten. Sie hatte nie jemandem in diesem Palast hundertprozentig vertraut. Aber vielleicht war das auch besser so. Zum Glück hatte Abid untersagt, in seinem Flügel Kameras einbauen zu lassen. Da war er eigen. Er liebte es, andere zu überwachen, aber sich gestand er die Freiheit zu, unbeobachtet zu sein. Elena wusste nach all den Jahren, wie sie den Kameras im allgemeinen Palastbereich ausweichen konnte, sodass noch nicht einmal jemand bemerken würde, dass sie sich Abids Gemächern näherte. Ihr Herz klopfte ihr bis zum Hals. Nicht aus Angst, entdeckt zu werden, sondern viel mehr davor, was sie entdecken könnte. Wie immer hatte Abid seine Leibwächter am späten Nachmittag fortgeschickt. Das hieß, er hatte nichts mehr vor, außer vielleicht sich mit dieser Afrikanerin zu vergnügen.

So leise wie möglich betrat sie den Vorraum. Von dort aus konnte man ins Schlafzimmer, Wohnzimmer und auch in seinen kleinen Fitnessraum gelangen. Alle Türen waren geschlossen. Die Stimmen, eher das Lachen kam eindeutig aus dem Schlafzimmer. Elena gefror das Blut in den Adern. Dieses kleine Miststück schlief mit ihm. Das hätte sie nicht aus der Bahn werfen sollen. Wozu unterhielt ein Mann schließlich einen Harem? Aber nach den letzten Wochen hatte sie gedacht, dass er vielleicht älter und ruhiger geworden war. Dass er ihre Liebe zu ihr wirklich und wahrhaftig neu entdeckt hatte.

Ihr war bewusst, er musste noch einen Erben zeugen. Das würde ihm nicht gelingen. Denn eines wusste Elena mit Sicherheit, dass sie ihm keinen Sohn geschenkt hatte, konnte nicht an ihr gelegen haben. Angewidert entfernte sie sich wieder aus Abids Teil des Palastes. Brauchte sie noch mehr Beweise? Noch mehr Gründe, um endlich aufzuwachen?

*

Barrett saß am Küchentisch und wartete auf Rachel. Irgendwann war sie nach Hause gekommen und wortlos in ihr Zimmer verschwunden. Er hatte ihr noch ein paar Minuten Zeit gegeben, dann war er nach oben gegangen und hatte ihr vom Gespräch mit Zazouela berichtet.

Sie hatte ihn mit den Worten „Ich muss dann ein Telefonat führen" hinausgeschickt. Fluchend kam sie jetzt die Treppe herunter gehinkt. Ihr linker Fuß war bandagiert.

„Was ist mit deinem Fuß?"

„Bin in was reingetreten. Das ist aber jetzt unwichtig, ich habe die Genehmigung für den AdP."

Als Special Agent of Justice hätte er sich diese Genehmigung nicht einholen müssen. Der Akt der Prävention war die Philosophie der Einheit. Er hatte nie wirklich darüber nachgedacht. Bis jetzt.

„Als SAJ sollte dich das nicht aus den Schuhen hauen Barrett. Dafür wurdest du ausgebildet."

Sie hatte ja recht. Dennoch.

„Bisher war ich der SAJ am PC." Er seufzte. Das alles war nie real gewesen. Etwas, das auf dem PC, auf dem Papier, irgendwo in der Welt da draußen existierte. Nicht in seiner Welt in International Falls in Minnesota. „Es ist gegen alles, was das Rechtssystem ausmacht."

Sie starrte ihn an und hatte jegliches Recht dazu. „Du hast Zweifel? Warum hast du dich dann für den Job verpflichtet?“

Berechtigte Frage. Barrett hatte immer geglaubt, das Richtige zu tun. Damals war es ihm zumindest richtig erschienen. „Ich habe mich verpflichtet, damit mein Bruder aussteigen konnte.“

Sie setzte sich zu ihm an den Küchentisch. Wenn sie daran dachte, was eben auf diesem Möbelstück passiert war, ließ sie sich nichts anmerken. „Ich werde es tun. Du hältst mir nur den Rücken frei und holst wenn nötig Zazouela da raus.“

So einfach war das nicht. Er hätte gern ihre Hand genommen. Wagte es aber nicht. „Hast du nie darüber nachgedacht? Ich meine sollte man nicht erstmal alles versuchen, jemanden dingfest zu machen, bevor man Menschen auf Verdacht umnietet?“

Sie ließ sich Zeit mit ihrer Antwort und kaute dabei an ihrer Unterlippe.

Fasziniert betrachtete er den kleinen Schönheitsfleck oberhalb ihrer Lippe.

„Ja, natürlich habe auch ich darüber nachgedacht, aber es geht doch nicht darum, einen Einbruch oder eine Steuerhinterziehung oder so zu verhindern. In unserer Branche geht es um das Leben von Tausenden von Menschen.“

„In diesem Fall auch?“

„Ich denke schon.“

„Aber im Moment wissen wir es nicht genau. Im Moment wissen wir nur, dass die Queen in Gefahr ist. Gibt uns das das Recht dazu einen Menschen aufgrund von Vermutungen zu ermorden?“ Er fuhr sich mit der Hand über das Gesicht. Seine Narben spürbar deutlich unter seinen Fingerspitzen. Gott, es war nicht die richtige Zeit, um alles infrage zu stellen. Er hatte sich verpflichtet und damit basta. Hätte sein Bruder Cameron damals eher ausgeschaltet, dann würde er jetzt über ebenmäßige Haut streichen. Aber niemand hatte vorher ahnen können, dass es so enden würde. Was wusste er schon? Sie hatten die Genehmigung und im Grunde den Befehl, diesen AdP auszuführen. Vielleicht sollte er sich einfach mal zusammenreißen.

„Ich werde es tun und du kümmerst dich um Zazouela."
Erstaunt sah sie ihn an.
„Bist du sicher?"
„Ja." Er hatte sich diesen Job ausgesucht und er würde Rachel nicht die Drecksarbeit überlassen. Seine Entscheidung stand fest. Er hatte bisher alles verkraftet, den frühen Tod seiner Eltern, die Entführung, die Folterung. Zeit, die Frau, die er liebte zu beschützen. Rachel würde keine Drecksarbeit mehr erledigen. Nur ihr das klarzumachen würde wahrscheinlich die schwierigste Aufgabe seines Lebens werden.

*

Rachel konnte sich nicht helfen, aber tief in ihrem Inneren wusste sie, dass seine Zweifel berechtigt waren. Diese Entscheidung, einen Akt der Prävention auszuführen, war immer ein Drahtseilakt. Bisher war ihr das erspart geblieben. Nur einmal hatte sie einen Menschen töten müssen. In Afghanistan. Daran wollte und durfte sie jetzt aber nicht mehr denken. Sie war Agentin geworden, um Informationen zu beschaffen und ihrem Land zu dienen. Wenn der AdP dazugehörte, dann musste sie das so akzeptieren. Barrett gehörte einer anderen Welt an, aber dass er Zweifel hatte, machte sie doch nachdenklich. Wieder wurde ihr klar, dass er nicht der Macho war, für den sie ihn gehalten hatte. Er war trotz seiner Hackervergangenheit ein Mensch mit großem Gerechtigkeitsempfinden. Er hatte sich für seinen Bruder geopfert. Wenn er jemanden liebte, dann würde er tausendprozentig hinter diesem Jemand stehen. Und küssen konnte er zu allem Überfluss auch verdammt gut. Wenn sie nie in Afghanistan gewesen wäre, würde sie ab sofort das Wort Team anders auslegen. Aber nach dem heutigen Fiasko musste sie ihn auf Abstand halten.

Sie wusste, was er für sie empfand, konnte es in ihm lesen. Er durfte sich nicht weiter in sie verlieben, egal, was sie dafür tun oder sagen musste. Egal, wie sehr sie ihn verletzen musste. Am Ende war es besser für ihn. Der Entschluss beruhigte sie.

„Ich denke, Zazouela wird sich morgen melden. Vielleicht hat sie dann schon eine Gelegenheit für uns arrangiert. Finde du in der Zwischenzeit so viel wie möglich über diesen Hussein heraus."

Das war gut. Sie musste in den absolut professionellen Modus übergehen. Barrett die Befehle erteilen, ihn auf seinen Job vorbereiten. Es kam außer einem Grinsen keine Reaktion von ihm.

„Na los. Beweg deinen Hintern an den PC."

Anstatt zu gehen, beugte er sich ein Stück nach vorn. Für einen Moment glaubte sie, dass er gleich ihre Hand nehmen oder sie vielleicht sogar wieder auf den Tisch heben würde.

„Ich habe mir nur gerade vorgestellt, wie du im Schlafzimmer Befehle erteilst."

Sein Grinsen wurde noch breiter, während ihr dummerweise der Mund offen stehen blieb. Er stand auf und bewegte seinen knackigen Hintern tatsächlich zu den Rechnern. Sie vergrub ihr Gesicht in den Händen. Ihre Mauer bröckelte. Wie konnte sie die nur reparieren?

*

Elena starrte die Decke an. An Schlaf war nicht zu denken. Sie hatte zu viele Bilder im Kopf. Bilder, die sie schon immer hätte sehen müssen. Sie war nie Abids einzige Frau gewesen. Aber nie hatte es sie gestört, denn er hatte ihr immer ein anderes Gefühl vermittelt. Sie hatte gehofft ihm einen Sohn schenken zu können, aber das war nie passiert. Über dieses Thema hatten sie allerdings nie gesprochen. Sie kannte die Regeln. Jetzt war sie zu alt und er würde sie loswerden müssen. Loswerden bedeutete in diesem Fall ihren Tod, das musste sie für sich nicht mehr beschönigen. Es gab Gesetze und Regeln in diesem Emirat. Gesetze und Regeln, die Abids Vorfahren gemacht hatten. Lange Zeit hatte sie geglaubt, dass er sie ändern würde. Für sie beide, für ihre Liebe, aber das hatte er nie vorgehabt und auch er war Regeln unterworfen. Vielleicht konnte er diese Änderungen gar nicht vornehmen. Er steckte selbst in Schwierigkeiten, da er unter dem Druck stand, dem Land einen Erben zu schenken.

Ein bitteres Lachen entfuhr ihr und kam ihr unendlich laut in der Stille ihres Zimmers vor. Es gab vielleicht einen Ausweg. Sie stand auf. Es war warm, dennoch fröstelte sie, als sie zur Bibliothek lief. Sie machte Licht und setzte die Suche, die sie schon vor so langer Zeit begonnen hatte, fort. Neben all den Romanen, Originalausgaben und Fotobänden gab es auch eine *Heimatsektion*. Bücher, die die Geschichte des Emirates Shabir erzählten, die Gesetzestexte enthielten. Es musste einen Weg für sie geben. Ansonsten gab es nur noch einen Ausweg: Flucht. Und das kam nicht infrage. Abid würde sie finden. Da machte sie sich nichts vor. Selbst wenn ihr eine Flucht gelingen würde, wie sollte sie sich in der Welt da draußen zurechtfinden? Sie hatte zu lange bei Abid in Abgeschiedenheit gelebt.

Nicht alle Bücher gab es auch in der englischen Fassung. Mittlerweile war sie dabei, die Arabischen durchzuarbeiten. Sie konnte kaum arabisch, also musste sie ein Übersetzungsprogramm benutzen. Das alles hielt auf. Sie blätterte in dem Band, in dem es hauptsächlich um die Herrscherfamilie ging. Es war ein sehr alter Band. Er reichte weit in die Geschichte zurück. Über zwei Stunden vertiefte sie sich darin. Ihre Augen brannten bereits, sie hatte das Licht gedämmt, um ihre Ruhe zu haben. Es musste ja keiner wissen, was sie hier tat. Zum wiederholten Male versuchte sie, eine bestimmte Passage zu übersetzen. Aufregung befiel sie. Konnte es tatsächlich sein? War das möglich? Oder hatte sie einen Fehler bei der Übersetzung begangen? Wenn nicht, dann war sie gerettet. Eine Weile starrte sie auf die fremden Buchstaben. Sie klappte das Buch zu und drückte es an sich. Sie musste es mitnehmen. Sie musste mit Abid reden. Vielleicht würde das, was sie entdeckt hatte, alles ändern.

6

Barrett hätte es nicht gedacht, aber man konnte sich tatsächlich in dem Häuschen aus dem Weg gehen. Rachel schaffte dieses Kunststück. Aber er hatte ja genug zu tun. Ein Dossier über Hussein war fertiggestellt. Da Rachel sich in ihrem Zimmer eingeschlossen hatte, legte er es vor ihre Tür. Für den Geheimdienst schien Hussein bisher eher uninteressant gewesen zu sein. Sie hatten sich immer auf die Herrscherfamilie konzentriert. Barrett war ein wenig verwundert darüber, da Husseins Familie seit Ewigkeiten mit den Al Tarans eng verbunden war und das niemand bislang auf die Idee kam, dass die Familie Berater haben könnte. Die Fotos, die er gefunden hatte, zeigten einen unattraktiven Mann, der nicht verheiratet war und offiziell kinderlos. Bei seiner Recherche war Barrett aber auf einige uneheliche Kinder gestoßen, für die er regelmäßig und großzügig aufkam. Außer mit dem Scheich und dessen Familie schien er keine Freundschaften zu pflegen. Er ließ sich teuerste Kleidung aus Europa einfliegen, Tee aus Indien und hatte enge Verbindungen nach Asien. Regelmäßige Kontakte gab es nach Südkorea. Aber mit wem genau er da in Kontakt kam, hatte Barrett noch nicht ermitteln können. Nachdem er mehrfach vergeblich um Einlass in Rachels Zimmer gebeten und das Dossier vor der Tür abgelegt hatte, entschloss er sich seinen Kontaktmann in Japan anzurufen. Vielleicht konnte er ihm auch in dieser Sache mit Hussein behilflich sein. Er wählte die sichere Leitung und hatte ihn kurze Zeit später am Apparat.

„Ich wollte mich sowieso bei dir melden.“ Kam ohne Umschweife vom anderen Ende der Leitung. Barrett kannte nicht mal den Namen des Mannes, er war nur eine Nummer. Keine 007, er kannte ihn unter einer sechsstelligen Nummer.

„Was ist los?“

„Ich habe ehrlich gesagt nicht gedacht, dass an dieser Sache was dran sein könnte, aber ich habe hier und da ein paar Informanten. Einer ist mittlerweile tot.“

Barrett hatte vor seinem Schreibtisch gestanden und sank jetzt in den Lederstuhl. Er konnte kaum glauben, was er da hörte. Bananen und Kaffee und jetzt ein toter Informant?

„Wegen dieser Sache?“

„Ich hatte zwei Treffen mit ihm. Beim Zweiten ist er vor meinen Augen von einem Heckenschützen erschossen worden, ich konnte mich gerade noch in Sicherheit bringen. Ich bin im Moment untergetaucht.“

Barrett wusste, dass er sich die Frage nach dem Aufenthaltsort sparen konnte.

„Was hast du herausgefunden?“

„Der japanische Geheimdienst ist seit Fukushima etwas durcheinander. Die sind ahnungslos über die meisten Dinge, die hier vor sich gehen. Japan ist derzeit ein toller Ort um Waffen zwischenzulagern und nach Nordkorea zu schmuggeln. Die CIA konzentriert sich derzeit mehr auf den Iran und Vorderasien. Auch andere Geheimdienste tun das.“

„Na super, währenddessen rüstet Nordkorea auf.“

„Ich glaube, dass du eine dieser Waffenlieferungen entdeckt hast.“

„Das Schiff kam aus Nordafrika.“

„Ich glaube aber nicht, dass die Waffen da herkamen. Mein Informant sagte mir, dass Araber an Bord waren.“

Barrets Gedanken überschlugen sich. Er fragte nach Hussein.

„Ich werde sehen, ob ich was über den Typen herausfinden kann. Ich glaube zwar nicht, dass deine Sache mit dieser hier in Zusammenhang steht, bleibe aber dran.“

Sie beendeten das Gespräch. Barrett starrte auf den Bildschirmschoner. Hussein hatte Verbindungen nach Südkorea. Araber lieferten Waffen nach Nordkorea. Gab es da einen Zusammenhang? Aber was hatte die Queen damit zu tun? Sollte er Rachel in die Sache einweihen? Er entschied sich dagegen. Noch wusste er nicht mit Sicherheit, ob alles im Zusammenhang stand. Er wollte keine erneute Diskussion über ihre bevorstehende Aufgabe provozieren.

*

Rachel lag auf ihrem Bett und starrte seit einer Stunde die Decke an. Mit einer kurzen Unterbrechung. Einmal war sie aufgestanden, um das Dossier über Hussein reinzuholen. Das hatte sie aus dem Gedankenkarussell rund um Barrett herausgeholt. Aber die Gedanken in ihrem Kopf überschlugen sich weiterhin. Immer mehr Zweifel an der Unternehmung kamen in ihr hoch. Was hatten sie? Den Hinweis darauf, dass ihre Majestät, die Königin von England ermordet werden sollte. Sie wussten, wann und wo. Was hatten sie dagegen unternehmen wollen? Den MI6 so gut wie möglich heraushalten und sie war abgestellt worden, das nach Möglichkeit vorab zu verhindern. Als Hilfe hatte man ihr einen amerikanischen Agenten, der obendrein der beste Hacker der Welt war, an die Seite gestellt. Der Auftrag lautete, den Attentäter zu eliminieren und das Ganze zum Wohle der Diplomatie unter den Teppich zu kehren. Sie war lang genug beim Geheimdienst, solche Praktiken waren durchaus üblich. Dennoch konnte sie die Alarmglocken nicht mehr ignorieren. Warum die Amerikaner mit einbeziehen? Warum den MI6 mehr oder weniger heraushalten? Warum einfach töten, ohne zu wissen, was dahinter steckte? Sie brauchte Antworten auf diese Fragen und griff zu ihrem Mobiltelefon. Peter war nach dem dritten Klingeln am Apparat. „Wir müssen reden, Peter."

„Hat Zazouela sich gemeldet?"

„Nein, noch nicht. Es geht nicht um sie, es geht um das große Ganze."

„Das große Ganze?"

Das Erstaunen in Peters Stimme war nicht zu überhören.

Rachel redete nicht lange drum herum, die Fragen, die ihr durch den Kopf gegangen waren, verließen nun ihren Mund.

Zunächst war ein Seufzen die Antwort aus der Leitung. „Kann es sein, dass ich dich nicht damit hätte beauftragen sollen? Dass du Afghanistan noch nicht verkraftet hast?"

Rachel hielt den Atem an. Mit allem hatte sie gerechnet, aber nicht damit. „Was soll das Peter? Du weißt, dass ich eine der besten Agentinnen bin. Was sollen diese unangebrachten Fragen?" Sie konnte ihre Verärgerung nicht verbergen. „Es geht hier doch nicht um mich. Ich habe dir ein paar einfache Fragen gestellt, auf deren Beantwortung ich ein Recht habe."

„Auf deren Beantwortung du kein Recht hast. Befehle gilt es, zu befolgen. Du bist Agentin und unserem Staat unterstellt. Vergiss das nicht."

Das war immer ihr grundlegendes Problem gewesen. Das hatte man ihr oft vorgeworfen. Sie stellte zu oft Befehle infrage. Sie war nie ein Mensch gewesen, der einfach folgte, dann hätte sie die Soldatenlaufbahn einschlagen können. Sie war Agentin geworden, weil sie so eigenständig, wichtige Entscheidung treffen musste. In diesem Fall sah es aber anders aus, und das schmeckte ihr nicht. Hatte Peter recht? Lag es an ihr? Waren diese Zweifel, die an ihr nagten, unberechtigt? Nein, begehrte ihr gesunder Menschenverstand auf. Sie zwang sich, sich zu beruhigen und sachlich zu bleiben. „Das vergesse ich nicht Peter und mir geht es gut. Ich bitte dich nur, meine Fragen zu beantworten. Du kennst mich, seit ich beim MI6 angefangen habe."

Wieder ein Seufzen. „Also schön. Die Amerikaner, weil wir, wenn was schiefläuft, es am Ende denen in die Schuhe schieben können. Außerdem hast du es selbst gesagt, er ist der beste Hacker, den es gibt. Er ist uns nützlich. Das Warum müssen wir nicht wissen, das Wichtigste ist, unsere Königin zu schützen, deshalb führt ihr den Akt der Prävention aus. Das ist einfach und sauber. In ein paar Tagen bist du wieder zu Hause."

„Und du glaubst tatsächlich, wenn wir diesen Hussein eliminieren, ist die Königin in Sicherheit? Dann lässt der Scheich alle Pläne fallen? Peter das schmeckt mir nicht. Wir müssen nach dem Warum fragen."

„Ich kann auch einen anderen Agenten darauf ansetzen, Rachel."

Diesen drohenden Unterton in Peters Stimme ihr gegenüber kannte sie nicht. Er hatte ihr immer den Rücken freigehalten, hatte sie unterstützt, sie darin bestärkt, die Karriereleiter nach oben zu klettern. Er war immer wie ein Vater zu ihr gewesen. Mittlerweile lief sie wie ein Tiger im Käfig in ihrem Zimmer hin und her. Sie ging nicht auf diese Drohung ein.

„Peter, ich schlage vor, Hussein gefangen zunehmen und ihn zu verhören."

„Was willst du machen? Einen Diplomaten kidnappen und ihn foltern? Wir kommen in Teufels Küche."

„Aber nicht, wenn wir ihn einfach ermorden?"

„Nein, mir ist egal, wer es von euch erledigt, offiziell war es der Amerikaner. Wir sind raus aus der Nummer, der Scheich ist geschwächt und unsere Königin in Sicherheit."

Rachel startete einen letzten Versuch. Sie hatte Peter immer vertraut. Hatte viel auf sein Urteil gegeben. „Du willst also Barrett opfern, dabei riskieren, dass die Beziehungen der Amerikaner zum Nahen Osten gestört werden, und glaubst, dass die Königin dann in Sicherheit ist?" Für wie naiv hielt er sie eigentlich. „Was steckt wirklich dahinter, Peter?"

„Du weißt alles. Tut es dir leid um den Ami? Läuft da was?"

„Nein." Sie biss sich auf die Zunge. Ihre Verneinung war eindeutig zu schnell herausgekommen.

„Es steckt nichts weiter dahinter. Tu, was ich sage, und in ein paar Tagen bist du wieder in London. Kriegst du das hin? Oder soll ich dich lieber von der Sache abziehen?"

„Nein." Auch das klang zu panisch. „Keine Sorge, du weißt ja wohl, dass ich zuverlässig bin."

„Deswegen bist du meine beste Agentin." Sein warmes Lachen konnte sie dieses Mal nicht beruhigen. Das Gespräch hatte sie von ihren Zweifeln befreien sollen, aber sie hatte damit das genaue Gegenteil erreicht.

*

Sie warteten auf den Anruf von Zazouela; Barrett auch noch auf ein Lebenszeichen von seinem Kontaktmann aus Asien. Warten konnte einen Menschen wahnsinnig machen. Sie konnten sich nicht ewig mit Sport die Zeit vertreiben. Barretts Augen tränten. Stunde um Stunde vor dem Rechner zu sitzen war derzeit auch nicht die richtige Ablenkung. Zumal die Datenauswertungen des Scheichs zu keinem brauchbaren Ergebnis führten und das Ganze am Ende gar keinen Sinn mehr machte, wenn sie in den nächsten Tagen Hussein beseitigten.

Rachel saß ausnahmsweise in der Küche. Sie hatte einen Apfel in der Hand, schien den aber erst wahrzunehmen, als er ihr aus der Hand fiel und über den Boden kullerte.

„Ich habe fast das Gefühl, die wissen, dass ich bei ihnen im System bin."

„Was?" Sie schien meilenweit weg gewesen zu sein. Sie blinzelte ein paar Mal.

Er verlor sich für einen kurzen Moment in ihren ausdrucksstarken grünen Augen. Was hätte er darum gegeben sich einmal kurz in ihren Kopf hacken zu können, um zu erfahren, was sie beschäftigte. Wer sie war. Sie fragen, konnte er sich schenken. Er würde keine Antworten bekommen. So gut kannte er sie bereits.

„Ich habe den größten Teil der Daten ausgewertet. Datenbanken, Emails und so weiter. Da ist nichts Brauchbares dabei. Alles sauber und langweilig. So als hätten sie dieses System, in das ich mich eingehackt habe extra für mich kreiert."

„Glaubst du, das ist möglich?"

„Möglich ist alles, aber dann hätten sie wissen müssen, dass ihr an ihnen dran seid und einen Spezialisten beauftragt habt." Er rechnete damit, dass Rachel entrüstet verneinen und den MI6 sofort verteidigen würde, aber sie sah ihn nur nachdenklich an. „Vertraust du Zazouela?"

„Die Frage ist nicht, ob ich Zazouela vertraue, sondern Peter Dobson. Der hat sie schließlich eingeschleust."

Ach ja, dieser Peter *Teufelskerl* Dobson. Vielleicht sollte er den mal durchleuchten? Auf der anderen Seite war er ein ziemlich hohes Tier beim MI6. „Und vertraust du ihm?"

„Ja."

Da er Dobson nicht kannte, war er sich unsicher, ob er ihrer spontanen Antwort trauen konnte. „Dann ist der Scheich vorsichtiger als jeder andere auf dieser Welt. Jeder hinterlässt Spuren. Telefonate, Mails, verschlüsselte Daten auf PCs."

„Vielleicht hast du noch nicht gründlich genug gesucht. Oder sie sind besser als du?"

„Nein."

Sie legte den Kopf ein wenig schief. Ein paar schwarze Strähnen ihres kurzen Haares fielen ihr in die Stirn. Sie pustete einmal, aber sie blieben hartnäckig an dieser Stelle.

„Du bist schon ziemlich von dir eingenommen, was diese Hackersache angeht, oder?"

„Das ist mein Job und ich bin der Beste. Und ich sage dir, da stimmt was nicht."

„Muss uns das überhaupt noch interessieren? Sobald sich Zazouela meldet, ist das nicht mehr wichtig."

Barrett hatte da Zweifel. Das Gefühl etwas Grundlegendes übersehen zu haben, nagte zudem an ihm. Interessant wäre zu sehen, was passierte, wenn er sich im System bemerkbar machte. Wenn es offensichtlich wurde, dass er sich beim Scheich eingehackt hatte. Dann mussten sie darauf reagieren. Taten sie es nicht oder nur halbherzig, dann wollten sie, dass er sich genau dort befand. Gute Ideen waren dazu da, umgesetzt zu werden. Also überließ er Rachel sich selbst und dem Küchentisch. Was ihn kurz an das Intermezzo auf eben diesem erinnerte, es aber schnell wieder beiseitewischte.

Die Sache war schnell erledigt. Nur ein plumper Versuch, auf Mails zuzugreifen, und sie würden wissen, dass er da war. Sein Magen knurrte. Wieder eine gute Idee. Er kehrte in die Küche zurück, um das Abendessen zuzubereiten. Vielleicht war er danach schon schlauer.

Rachel saß immer noch am Tisch und der Apfel lag immer noch auf dem Boden.

„Alles in Ordnung mit dir?"

„Was sollte denn nicht in Ordnung sein? Ich warte auf den Anruf von Zazouela."

„Du bist so nachdenklich." Er stellte die Töpfe auf den Herd und schälte die Kartoffeln.

Keine Antwort von ihr.

Er legte die Möhren vor sie auf den Tisch. „Kannst du schon mal für den Salat raspeln."

Kein Gemecker, kein entsetzter Gesichtsausdruck. Nichts. Wortlos nahm sie die Reibe und arbeitete.

Barrett beließ es dabei. Er wusste von sich nur zu gut, wenn jemand nicht an einer Unterhaltung interessiert war, ließ man ihn am besten in Ruhe.

„Scheiße!“

Er drehte sich zu ihr um und sah das Blut. „Du solltest die Möhren, nicht die Finger raspeln.“

Sie strafte ihn mit einem bösen Blick und öffnete hastig die Küchenschubladen. „Hier muss doch irgendwo …“

„Das Pflaster ist in meinem Badezimmer, da ist der Medikamentenschrank. Halt den Finger erstmal kurz unter fließendes Wasser.“ Er drehte den Hahn auf. Sie trat neben ihn und tat, was er ihr geraten hatte. Das hatte sie richtig gut hinbekommen. Die Fingerkuppe war zerfetzt und blutete stark.

Er gab ihr Küchenpapier von der Rolle, damit sie nicht alles volltropfte. „Halt es auf die Wunde und komm mit.“

Sie folgte ihm nach oben in sein Badezimmer.

„Ich desinfiziere das kurz.“

„Das kann ich selbst.“

„Warum hast du so ein Problem damit, dass andere dir behilflich sind?“ Er ließ sie nicht an das Fläschchen mit der Desinfektionslösung und hielt ihre Hand. „Halt still.“

Sie presste die Lippen aufeinander und sagte keinen Ton, als er die Fingerkuppe desinfizierte. „Da reicht kein Pflaster. Ich verbinde dir den Finger.“ Er betrachtete die Wunde genauer. „Wie hast du das nur hinbekommen. Ich fürchte fast, das muss genäht werden.“

Sie warf nun auch einen längeren Blick auf ihren Finger. „Das kann ich selbst machen.“

„Mit einer Hand? Es gibt auch einen Arzt hier im Dorf.“

„Ich hasse Ärzte, das kommt nicht infrage. Lernt ihr das Vernähen von Wunden bei den SAJs?“

„Dr. Barrett Manor. Stets zu Diensten.“

„Du bist ein Idiot. Ich hole alles, was du brauchst aus meinem Zimmer.“

„Du hast einen Arztkoffer dabei?“

„Natürlich, hätte doch sein können, dass ich dich bei unserem Training ernsthaft verletze.“

Barrett entfuhr ein Lachen, als sie das Zimmer verließ. „Vergiss bitte meinen Arztkittel nicht.“

*

Rachels Finger blutete immer noch und pochte stark. Sie biss die Zähne zusammen, als sie Barrett das sterile Nahtmaterial übergab.

„Gibt es irgendwas zur Betäubung in deinem Arztkoffer?“

„Brauche ich nicht.“

Er hob die Augenbrauen, widersprach ihr aber nicht. Sie beruhigte sich damit, dass es nur wenige Stiche sein würden.

„Da ist ein Antibiotikum, das kann ich anschließend nehmen.“

Er nickte und forderte sie auf sich zu setzen. „Willst du nicht doch zu einem Arzt?“

„Nicht für so eine Kleinigkeit.“

„Dann lege ich los.“

Sie wappnete sich und atmete einmal tief durch. Sagte sich immer wieder, dass es wirklich nur eine Kleinigkeit war. Gott sei Dank hatte es den Mittelfinger und nicht ihren „Abzugfinger“ getroffen. Den würde sie sicher in den nächsten Tagen benötigen.

Die sanfte Berührung seiner Hand war ein starker Kontrast zu dem stechenden Schmerz beim Nähen. Aber er arbeitete geschickt und schnell. Sie konnte nicht verhindern, dass ihr ein paar Tränen in die Augen stiegen, aber sie schaffte es, weder zu stöhnen noch sonst irgendeinen Laut von sich zu geben.

„Du bist ein toughes Mädchen. Wir sind schon fertig.“ Er reichte ihr die Packung mit den Schmerztabletten.

Dankbar schluckte sie eine davon und das Antibiotikum. „Danke.“

„Bedank dich nicht dafür, dass ich dir wehgetan habe.“ Sein Mund verzog sich zu einem Grinsen. „Oder stehst du auf so was?“

„Hat dir schon mal jemand gesagt, dass du ein ziemlich loses Mundwerk hast?“

„Schon öfter."

Sie stand vom Bett auf, im nächsten Moment drehte sich der Raum und alles wurde kurz schwarz. Sie spürte, wie zwei starke Arme sie sanft packten und wieder auf das Bett drückten.

„Ruh dich aus, ich kann dir das Essen auch ans Bett bringen. Gehört zu meinem Arztservice."

Aufbegehren machte keinen Sinn, also legte sie sich hin. Barrett saß auf der Bettkante und sah sie an. Jetzt wo die Wunde vernäht war, reichte ein Pflaster, das er zum Schutz darüberklebte. Er hielt ihre Hand länger als nötig.

Sie schaffte es nicht, sie wegzuziehen.

Während er mit der einen Hand ihre verwundete Hand festhielt, strich er ihr ein paar Haarsträhnen aus der Stirn.

Gänsehaut bildete sich auf ihrem Körper bei der Berührung. Sie konzentrierte sich, um das Zittern, das sie überfallen wollte, zu verhindern. Sein Blick war so intensiv, sie fühlte sich nackt, dennoch war ihr warm. Den Drang sich aufzusetzen, ihm näher zu kommen unterdrückte sie und lag wie erstarrt da. Unfähig sich zu rühren, unfähig eine Entscheidung zu treffen. Sie musste verhindern, dass ihr Verstand wieder aussetzte. Denn dann würde sie ihn berühren, würde sich vielleicht in seine Arme legen. Seine Nähe genießen.

Sanft zog er die Decke ein Stück über sie.

Diese Geste löste ein Prickeln aus. Das hatte niemand mehr getan, seit ihre Mutter fortgegangen war. Wieder strich er über ihr Gesicht und kam ein wenig näher. Wenn er sie küsste, würde sie sich nicht wehren können, das wusste sie. Sie konnte ihn nur anstarren. Wahrscheinlich waren ihre Augen weit aufgerissen. Gott, sie verlor die Kontrolle. Vielleicht war das Schmerzmittel einfach zu stark. Er legte seine Stirn an ihre. Sein Atem streifte sie. *Küss mich endlich.* Sie konnte es nicht aussprechen.

„Warum siehst du mich so panisch an? Was glaubst du, was ich tun werde?" Seine Stimme war so sanft wie sein Verhalten und seine Lippen streiften sanft über ihre Schläfen, dann über ihre Wangen. Mehr nicht. Er richtete sich wieder auf.

„Ich würde nie etwas tun, zu dem du nicht bereit bist. Ich wünsche mir, dass du mich willst, Rachel. Wirklich willst. Vielleicht täusche ich mich, aber ich habe das Gefühl, dass du die Erste bist, die mich sieht. Ich habe einen Spiegel. Ich weiß, dass ich nicht der Traum der Frauen bin. Aber bei dir fühle ich mich anders. So als wäre ich es. Nur du hast ein Problem das zuzugeben, oder? Ich weiß einfach nicht warum. Ich würde gern wissen, wer du wirklich bist. Aber du lässt mich gegen eine Mauer rennen." Er stand auf. „Ich bin für dich da. Ich wollte nur, dass du das weißt." Er verließ das Zimmer.

Seine Worte hatten sie tief in ihrem Inneren berührt. Er war ehrlich zu ihr. Im übertragenen Sinne hatte er sich gerade nackt vor ihr ausgezogen. Das Glücksgefühl, das aufsteigen wollte, wurde von Angst verdrängt. Sie würde ihm wehtun. Das wollte sie nicht. Sie konnte sich keinem anderen Menschen öffnen. Das tat weh. Sehr sogar.

Sie erlaubte sich, einfach noch eine von diesen Schmerztabletten zu schlucken und schloss die Augen. Vielleicht würden die Schmerztabletten auch gegen den seelischen Schmerz helfen. Müdigkeit überfiel sie und sie fiel in einen Halbschlaf. Einerseits träumte sie andererseits hätte sie schwören können, sie sei wach. Sie griff ab und zu zu ihrem Handy, um zu überprüfen, ob sie in diesem Zustand am Ende Zazouelas Anruf verpasst hatte.

Irgendwann öffnete sich auch wieder ihre Zimmertür und der Duft von einem köstlichen Essen stieg ihr in die Nase. Sie hatte nicht die Kraft, zu essen, geschweige denn, sich aufzurichten. Das konnte doch nicht nur an ihrer Verletzung und den Schmerztabletten liegen? Nein, das lag am akuten Schlafmangel. Sie hatte die letzten Nächte maximal ein bis zwei Stunden geschlafen. Das ging schon seit über zwei Wochen so, wenn sie ehrlich war. Das würde in einer Panikattacke enden. In einem schlimmen Anfall. Das durfte nicht passieren. Sie musste schlafen.

„Hey, du solltest was essen."

Barrett hatte sich wieder auf die Bettkante gesetzt. Wie sollte sie ihm erklären, dass sie in einem Zustand völliger Kraftlosigkeit gefangen war. Das wäre auch passiert, wenn sie sich nicht den Finger zersäbelt hätte. Sie konnte es ihm nicht erklären, würde es noch nicht einmal schaffen, sich aufzurichten und Messer und Gabel zu halten. Sie musste Barrett loswerden. Er durfte es nicht merken.

„Alles okay?“ Er sah besorgt aus und strich ihr mit der Hand über die Stirn, als wolle er ihre Temperatur überprüfen.

„Alles in Ordnung.“ Irgendwie schaffte sie es, ihre Stimme normal klingen zu lassen. „Ich bin nur müde. Ich esse später.“

„Dann ist es kalt und schmeckt nicht mehr.“

Sein Lächeln war umwerfend. Trotzdem musste er raus hier.

„Ich würde gern schlafen.“

„Du solltest nach den Medikamenten besser was essen. Hast du heute überhaupt schon was gegessen?“

Er ließ sich einfach nicht abwimmeln. Dann musste sie halt ein paar Bissen zu sich nehmen, um ihn zu beruhigen, aber sie konnte sich noch nicht mal allein aufsetzen. Ihr Zustand hatte sich in der letzten halben Stunde verschlimmert, sie würde jetzt noch nicht mal mehr zum Handy greifen können, wenn Zazouela anrief. Gequält schloss sie die Augen. Sie war schon einmal in so einem Zustand gefangen gewesen. Kurz, nachdem sie aus Afghanistan zurückgekommen war. Zum Glück war sie allein zu Hause gewesen und nach einigen Stunden hatte sie sich wieder bewegen können.

„Ich glaube ich habe eine allergische Reaktion auf die Tabletten. Ich sollte schlafen.“ Vielleicht kaufte er ihr das ab.

„Okay.“

Um Himmels willen, was tat er da? Er stand auf, hob sie einfach hoch und trug sie nach unten. Er musste bemerkt haben, dass sie unfähig war, sich zu bewegen.

„Barrett, was machst du?“

„Dich an die frische Luft bringen.“

Sie hätte sich sowieso nicht wehren können, also ließ sie sich nach draußen tragen. Hinter dem Haus hatten sie einen kleinen verwilderten Garten. Eine einsame Bank stand an einer Steinfigur, die so von Efeu überwuchert war, dass man nur mit Mühe erkennen konnte, dass sie einen Engel darstellen sollte. Der Abend war noch angenehm warm. In London regnete es jetzt bestimmt. Der Frühling in Frankreich war doch um einiges schöner, als in England. Fast hätte sie gelacht. Sie dachte wie eine alte Frau, die überlegte, in welchem Land das Wetter am besten war, um Rheuma oder Ähnlichem zu entgehen. Vor der Bank stellte er sie auf die Füße. Wie sie erwartet hatte, gaben ihre Knie nach.

Er fing sie auf und setzte sie auf die Bank. Schwäche. Sie hasste Schwäche.

„Allergische Reaktion?“ Er glaubte ihr wohl nicht. „Hast du so was schon mal gehabt?“

Zum Glück arbeitete ihr Gehirn noch. „Ja.“

„Okay. Und du kannst dich jetzt nicht bewegen?“

„Na ja.“ Sie schaffte es, einen Arm anzuheben und aufrecht sitzen zu bleiben. „Schlaf hilft am besten.“ Frische Luft anscheinend auch, denn so kraftlos wie eben im Bett fühlte sie sich nicht mehr. Nur allein würde sie es nie wieder nach oben schaffen. „Aber die frische Luft tut auch gut.“

„Soll ich dir dein Essen holen?“

Konnte es sein, dass sie tatsächlich Hunger hatte? Wie dem auch sei, sie würde sich nicht von ihm füttern lassen. Noch mehr Schwäche kam nicht infrage.

Kurze Zeit später saß er auf einem kleinen klapprigen Gartenstuhl ihr gegenüber und fütterte sie dennoch. Es schmeckte hervorragend. Es tat gut. Es fühlte sich in diesem Moment auch richtig an. Was war schlimm daran, einmal im Leben schwach zu sein. „Wo hast du gelernt, so gut zu kochen?“

Er lachte kurz auf. „Ich dachte du hast eine Akte über mich.“

„Alles über dich steht da nun auch nicht drin.“ Sie musste ihn ebenfalls anlächeln. Es blieb ihr einfach keine Wahl und er interessierte sie wirklich. Nicht als Agent, als Mensch.

Er sah sie nicht an, sondern auf das restliche Essen auf dem Teller in seiner Hand. „Meine Eltern sind bei einem Unfall ums Leben gekommen, als ich noch sehr jung war. Mein Bruder und ich sind bei meiner Tante untergekommen, aber die hat sich nicht wirklich um uns gekümmert. Als

Aidan alt genug war, hat er sich dann allein um uns gekümmert. Wir waren es schnell leid nur von Fast Food zu leben, also hat er sich das Kochen beigebracht und mir gleich mit."

Sie wartete, ob er noch mehr erzählen würde, während sie Gabel für Gabel entgegennahm.

„Die letzten Jahre habe ich mir nur pappige Fertiggerichte in die Mikrowelle geschoben. Ich koche lieber für andere, als für mich." Er sah kurz verschämt auf den Boden. Das Gespräch wurde persönlich. Sie wollte jetzt nicht aufhören, wollte mehr wissen.

„Warum hast du keinen Kontakt mehr zu deinem Bruder, ihr habt euch doch sehr nahegestanden?"

„Deine Akte ist ziemlich umfangreich, nicht wahr?" Er schien nicht verwundert. „Er hat geheiratet und zwei Töchter. Ich dachte mir, es macht keinen Sinn, dort aufzutauchen. Ich will ja keine kleinen Kinder erschrecken."

„Aber du würdest gern zu ihnen gehen." Es war keine Frage mehr. Es war eine Feststellung. Sein Tonfall war durchzogen gewesen von Sehnsucht.

„Ich habe ihn angerufen. Von hier aus. Das erste Mal seit …, na ja, seit das mit mir passiert ist und ich nach Minnesota verschwunden bin."

„Und wie hat er reagiert?"

Er hatte den leeren Teller beiseitegestellt. „Ist dir kalt? Soll ich dir eine Decke holen?"

„Nein, setz dich einfach zu mir."

Sein Körper wärmte sie auf Anhieb. Sie rückte nah an ihn heran und lehnte ihren Kopf an seine Schulter.

Zögernd legte er den Arm um sie. „Es war so, als wären nicht sieben Jahre Pause in unserer Beziehung. Er ist mir nicht böse, er sagte, ich solle kommen, wenn ich so weit bin."

„Bist du es?"

„Ich weiß nicht, aber ich denke schon."

Sie setzte sich auf und sah ihn an. „Warum hast du die Behandlungen abgebrochen?" Sie hatte in seiner Akte gelesen, dass es eine Operation an seinem Gesicht gegeben hatte, und dann keine mehr.

„Sie können nicht mehr viel verändern. Also, warum sollte ich diese Torturen über mich ergehen lassen. Die Narben gehören zu mir. Das bin nun mal ich. Aber ich glaube das habe ich erst hier kapiert. Endlich."

„Es ist in Ordnung, wie es ist." Sie lehnte sich wieder an ihn, und ihr fielen die Augen zu. Entfernt bemerkte sie, dass er sie in ihr Bett zurücktrug, sie wieder zudeckte und ihr einen Kuss auf die Stirn gab. Dann fiel sie in einen tiefen Schlaf.

*

Er war kein Arzt, aber eine normale allergische Reaktion war das sicher nicht gewesen. Im Internet ihren Zustand zu googeln machte auch nicht wirklich Sinn. Was sollte er eingeben? Bewegungsunfähigkeit? Er hatte gehofft, als er ihr mehr über sich erzählt hatte, ebenfalls mehr über sie zu erfahren. Aber wieder hatte sie sich ihm nicht geöffnet. Das Vibrieren ihres Handys riss ihn aus den Gedanken. Er hatte es aus ihrem Zimmer mitgenommen. Das konnte nur Zazouela sein. Er lag richtig mit seiner Vermutung.

„Ich kann nicht lange reden. Ich glaube, ich habe die perfekte Gelegenheit für euch gefunden. Hussein wird in zwei Tagen nach Zürich reisen. Die Schweiz ist ein neutrales Land. Ideal, um ihn dort zu erwischen. Er wird für den Scheich einige Diamanten entgegennehmen."

„Was ist mit dir? Es war geplant, dich mitzunehmen."

„Niemand wird mich mit dieser Sache in Verbindung bringen. Niemand weiß, dass ich von den Diamanten und der Reise weiß. Lasst es so aussehen, als wäret ihr hinter den Diamanten her."

Barrett setzte in Gedanken Diamantenraub mit auf die To-do-Liste. „Er reist mit nur einem Personenschützer, weil er ein wenig paranoid ist und sobald es um Diamanten geht, keinem mehr traut."

„Okay. Wann genau und wo holt er die Diamanten ab?"

„Der Bodyguard ist auch sein Fahrer. Schaltet ihn aus, dann könnt ihr Hussein im Auto erledigen. Koordinaten des Juweliers hast du schon auf deinem PC. Ebenso die zu erwartende Ankunftszeit."

Zazouela legte auf. Es ging also los. Nun musste sich nur Rachel bis dahin erholen.

*

Elena wartete in Abids Büro. Das rote Sternchen im Kalender bedeutete, dass er wieder Diamanten aus Zürich bekam. Das bedeutete auch, dass Hussein für ein paar Tage nicht da sein würde. Die perfekte Gelegenheit um ihre Angelegenheiten mit Abid zu besprechen. Sie hatte sich nie etwas vorgemacht. Abid war immer abhängig von Hussein gewesen. Keine Entscheidung ohne Hussein. Jedes Geheimnis, das man Abid anvertraute, landete zwangsläufig einige Zeit später bei Hussein. Wäre der damals nicht mit ihr als erster Frau einverstanden gewesen, dann wäre sie niemals in diesem Palast gelandet. Wenn sie eine Chance haben wollte, Abid auf ihre Seite zu ziehen, dann in den nächsten Tagen, wenn Hussein in Zürich weilte.

Allerdings konnte Zazouela ebenfalls ein Problem bedeuten. Die schnüffelte zu viel herum. Elena hatte fast den Eindruck gehabt, als hätte sie eben in den Papieren von Abid etwas gesucht, als sie eingetreten war. Was hatte Zazouela im Büro verloren? Blumen gießen gehörte nicht zu ihren Aufgaben und war nur eine lahme Ausrede, wenn man keine Gießkanne in der Hand hatte. Sie musste unbedingt ein Auge auf diese Frau haben. Andererseits kannte sie Abid zu gut. Der würde sicher nichts Wichtiges offen im Büro herumliegen lassen, und dass das rote Sternchen mit Hussein und den Diamanten zu tun hatte, das konnte Zazouela unmöglich wissen. Sie hatte Jahre gebraucht, die Bedeutung des roten Sternchens im Kalender zu entschlüsseln. Ob Abid ihr einen Diamanten zugedacht hatte? Sie schüttelte den Kopf. Sie verfiel in alte Gewohnheiten. Hoffte auf ein Geschenk von dem Mann, den sie mehr als ihr Leben liebte. So wahnwitzig es Außenstehende vielleicht finden würden, aber es war die Wahrheit. Ob es jetzt krankhaft war oder nicht. Sie liebte

Abid und deswegen musste sie es in den nächsten Tagen versuchen.

Abid betrat das Büro. „Was willst du? Ich habe nicht nach dir geschickt.“ Er sah gestresst aus.

„Ich dachte es würde dich freuen mich zu sehen.“

„Malika, hab bitte Verständnis, dass ich mich wichtigen Geschäften zuwenden muss.“

„Natürlich.“ Sie verbeugte sich. Wenigstens hatte er sie „meine Königin“ genannt. „Darf ich dich um ein Treffen in zwei Tagen bitten? Ich möchte etwas mit dir besprechen.“

Er warf einen Blick in seinen Kalender. „Ja, komme am Nachmittag zum Tee zu mir.“

Sie verbeugte sich erneut. Sie hatte es geschafft. Ein Treffen an einem Tag, an dem Hussein nicht anwesend war. Das war alles, was sie sich von diesem Gespräch erhofft hatte.

*

Abid wartete, bis Elena den Raum verlassen hatte. Seit wann bat sie um ein Treffen mit ihm. Es war das erste Mal in all der Zeit. Ob er Hussein dies mitteilen sollte? Sie hatte jahrelang ausgeharrt und gewartet, bis er sie wieder in seine Gemächer ließ. Oder war sie etwa …? Nein, er war unfruchtbar und Elena eine alte Frau, das konnte nicht sein. Seine Neugier würde in zwei Tagen befriedigt werden. Er drückte den grünen Knopf und ein paar Sekunden später erschien Hussein im Raum. „Gibt es Neuigkeiten?“

„Beunruhigende Neuigkeiten. Entweder er hat einen dilettantischen Fehler begangen oder er hat uns durchschaut.“

„Er weiß, dass er nicht im richtigen System ist?“

„Er hat sich offen gelegt.“

„Und nun?“

„Wir müssten darauf reagieren. Neue Sicherheitsprogramme, ihn entfernen, die Firewalls verstärken.“

Abid winkte ab. Von diesen Dingen hatte er keine Ahnung. „Tu, was immer du für richtig hältst.“

„Ich weiß nicht, ob wir ihn dann nicht auf die richtigen Pfade aufmerksam machen. Die Sicherheitsmaßnahmen könnten ihn auf die richtigen Wege lenken und ihn tatsächlich auf unser verstecktes System aufmerksam werden lassen. Dort, wo wir den Auslandsaustausch vollziehen. Es ist nämlich so, dass die Sicherheitsprogramme …“

„Hussein, ich verstehe davon nichts. Tu das Richtige und lass mich damit in Ruhe. Oder lösche alles. Das muss doch möglich sein. Lass es uns wie in guten alten Zeiten handhaben. Wie sieht es in Zürich aus?“

„Ich hole die Diamanten ab und liefere sie an den Mittelsmann. Sie werden dieses Mal nicht in die Nähe unseres Landes kommen.“

„Sehr gut. Zweig einen für Zazouela ab, ja.“

„Sehr wohl.“

„Sonst noch etwas?“

„Ja, Abid. Der japanische Geheimdienst macht mir Sorgen.“

„Ach, die sind ein unorganisierter Haufen.“ Abid lehnte sich in seinem Stuhl zurück, manchmal war Hussein einfach zu vorsichtig.

„Ich vermute, dort versteckt sich ein Doppelagent. Könnte auch für die Amerikaner arbeiten.“

„Lass ihn eliminieren.“

„Der erste Versuch schlug leider fehl.“

Abid wurde nun doch hellhörig. „Seit wann sind deine Operationen von Misserfolg gekrönt?“ Als er das zerknirschte Gesicht von Hussein sah, tat ihm sein lauter Tonfall schon wieder leid. „Ach lass nur. Jeder macht mal einen Fehler. Du bügelst das schon wieder aus.“

„Der Mann ist so gut wie tot.“

Jetzt konnte auch Hussein wieder lächeln.

7

Rachel setzte sich in ihrem Bett auf. Die Sonne schien ins Zimmer. Sie hatte tief und fest durchgeschlafen und fühlte sich erfrischt und ausgeruht. Die erwartete Panikattacke blieb aus. Üblicherweise überrollten diese sie zwischendurch und besonders schlimm war die nach ihrem letzten Anfall der Bewegungsunfähigkeit gewesen. Dieses Mal nicht. Lag es an Barrett und seiner „Behandlung“? Sie dachte an den gestrigen Abend zurück. Er hatte sich um sie gesorgt, sich um sie gekümmert und ihr Persönliches von sich preisgegeben. Erwartete er jetzt dasselbe von ihr? So sehr sie ihn mochte, ihn in ihr Herz geschlossen hatte, so sehr weigerte sie sich immer noch, sich ihm anzuvertrauen. Sie konnte ihm einfach nicht vertrauen. Wenn sie ihm die Wahrheit über ihren Zustand sagte, wer garantierte ihr, dass er es nicht an den MI6 weitergeben würde? Selbst wenn es aus Sorge um sie geschehen sollte, es würde ihre Karriere beenden. Das konnte sie nicht zulassen, sie hatte zu hart dafür gekämpft, da zu stehen, wo sie jetzt war. Sie wollte zu ihrem Handy greifen. Es war nicht da! Im nächsten Moment war sie erleichtert. Sicher hatte Barrett es an sich genommen. Wahrscheinlich hatte Zazouela sich gemeldet. Ihr Finger pochte ein wenig, und beim Duschen bemühte sie sich, ihn nicht mit Wasser und Seife in Berührung kommen zu lassen. Dann wappnete sie sich für den Tag und ging in die Küche.
Barrett saß lässig auf einem der Küchenstühle und hatte einen Stadtplan in der einen, ein Croissant in der anderen Hand. Sein T-Shirt war voller Krümel und die kurzen braunen Haare waren zersaust. Er sah zum Anbeißen aus. Er strahlte sie an, als sie auf ihn zuging. Auch die blauen Augen strahlten und ließen die Narben verblassen, sodass er wie ein zerzauster Junge aussah. Für einen Moment wurde ihr richtig warm ums Herz. Am liebsten hätte sie sich auf seinen Schoß gesetzt, nahm aber lieber Kurs auf die Kaffeekanne.

„Es geht dir besser.“

„Ja, alles gut. Ich sagte doch, war keine große Sache.“

„Die Antibiotika Tabletten kannst du aber nehmen?“

„Ja, ich glaube die vertrage ich."

„Dann iss lieber was." Er schob ihr den Korb mit dem französischen Gebäck hin, als sie am Tisch Platz nahm. „Es gibt Arbeit. Zazouela hat sich gemeldet."

Sofort war ihr Interesse geweckt und Professionalität vertrieb den Wunsch, ihn zu berühren. Zumindest so weit, dass sie sich konzentrieren konnte.

„Ich hatte ja auf eine Reise in dieses reiche Emirat gehofft, aber so wie es aussieht, müssen wir in die Schweiz."

Er erzählte ihr von seinem Telefonat mit Zazouela und schob ihr den Züricher Stadtplan zu, auf dem er bereits den Zielort rot eingekreist hatte.

Während Rachel einen Blick auf den Plan warf, wurde ihr wieder klar, was in den nächsten Tagen passieren würde. Einer von ihnen würde einen Menschen töten, aber die Schuld würde man auf jeden Fall Barrett zuweisen. Was das Ende seiner Karriere bedeuten konnte, wenn es schlimm kam. Ob die Amerikaner das wussten? Eher nicht. Barretts Boss war um Hilfe gebeten worden, weil sie so ein Spielchen nicht mit der CIA treiben konnten. Mit der SAJ-Splittergruppe schon. Der MI6 spielte falsch. Hatte sie eben noch so etwas wie positive Gefühle in sich gehabt, machte sich jetzt überall das schlechte Gewissen breit. Sie würden nicht nur einen Menschen töten, sondern auch einen amerikanischen Agenten opfern. Ein weiteres Szenario erschien in ihrem Kopf. Was, wenn die Amerikaner gezwungen waren, den Mörder, also Barrett, an den Scheich auszuliefern, um die diplomatischen Wogen zu glätten? Rachel schloss die Augen. Sie wusste, was dann im Bereich des Möglichen lag. Folterung.

„Ist dir nicht gut?"

Barretts besorgte Stimme holte sie in die Realität zurück. Verdammt er hatte das nicht verdient. Nicht noch einmal. Aber was konnte sie schon ausrichten? Ihm die Wahrheit sagen, aber dann würde das Unternehmen zum Scheitern verurteilt sein. Ihre Karriere beim MI6 wohl auch. Es musste noch eine andere Lösung geben.

„Hey, Rachel!"

Sie riss die Augen auf. „Was?"

„Geht es dir gut?"

„Ja, alles bestens." Sie zwang sich zu einem Lächeln. „Ich habe nur über die Vorgehensweise nachgedacht."

„Es gibt noch etwas Neues. Ich hatte recht. Sie haben mich quasi eingeladen. Das System, in das ich mich eingehackt habe, ist nur Schein. Ich habe mich zu erkennen gegeben, aber bis eben ist nichts passiert."

„Vielleicht haben sie es noch nicht bemerkt?"

„Doch, da müssen sozusagen alle Alarmlampen angegangen sein. Es gibt nur zwei Möglichkeiten. Sie belassen es dabei oder es kommt gleich doch ein Rausschmiss, um den Schein zu wahren. Letzteres wäre besser."

„Wieso?"

„Vielleicht komme ich dann in das richtige System."

Rachel runzelte die Stirn. „Muss ich nicht verstehen, oder?"

„Nein, ist kompliziert, und wenn es in Zürich gut läuft, auch nicht mehr wichtig."

Ach ja, Zürich, da war es wieder in ihrem Kopf, das Folterszenario für Barrett. Wie sollte sie sich da nur auf die Aufgabe konzentrieren? Das Frühstück blieb ihr fast im Hals stecken, aber sie würgte es hinunter. Sie musste Abstand zwischen sich und Barrett bringen. Nur noch zwei Tage, dann war der Auftrag erledigt. Barrett war vergessen, was auch immer mit ihm geschehen würde, es war nicht mehr ihre Angelegenheit. Sie war ihrem Land verpflichtet, hatte nur dem britischen Volk und der Königin zu dienen, alles andere war für sie nicht relevant. Solche Opfer gab es immer wieder, wenn man auf diese Weise Staatsoberhäupter und den Weltfrieden retten konnte, musste man damit leben. Warum fühlte es sich dann aber so grundlegend falsch an?

*

Barrett räumte den Tisch ab und setzte sich wieder zu Rachel, um die genaue Vorgehensweise in Zürich zu diskutieren. Irgendwie hatte er das Gefühl, das sie nicht bei der Sache war. Eigenartig. Sie war sonst ein Muster an Professionalität. Vielleicht ging es ihr doch noch nicht so gut? Aber wenn sie nicht mit ihm darüber sprach, konnte er ihr auch nicht helfen.

„Gibt es Überwachungskameras bei diesem Juwelier?" Rachel lief mittlerweile in der Küche auf und ab.

„Das habe ich schon gecheckt. Nur im Laden. Das hilft uns nicht. Die Gasse wird nicht überwacht und es gibt keine Satellitenbilder."

„Verdammt, ich will wissen, wie es da genau aussieht."

„Kein Problem. Wozu gibt es Google Earth."

„Ist das nicht ein bisschen unprofessionell?" Rachel sah äußerst skeptisch aus und eine Falte erschien zwischen ihren Augenbrauen.

„Du siehst echt süß aus, wenn du mich so entgeistert ansiehst." Sofort glättete sich die Falte. „Hey, das wird zwar mein erster Außeneinsatz, aber wir kriegen das hin. Die *Google-Earth*-Bilder sind ziemlich aktuell. Außerdem ist der Plan sehr gut." Er schob ihr den Laptop hin und sie betrachtete die kleine Nebenstraße, in der sich der Juwelierladen befand. Die Straße war sehr eng. Ein Parkplatz stand neben dem Laden zur Verfügung. Sehen konnte man ihn vom Juwelierladen aus nicht. Das war gut und kam ihnen mehr als entgegen. Als Tourist getarnt würde Barrett mit dem Stadtplan in der Hand zum Fahrer gehen und eine Frage stellen. In der Zeit konnte Rachel von der anderen Seite ins Auto steigen und ihn erledigen. Schnell auf den Rücksitz mit dem Kerl und Barrett konnte als Fahrer getarnt warten, während Rachel mit der Leiche hinten in der Limousine warten würde. Dank der getönten Scheiben würde Hussein nichts merken, bis er im Auto säße. Die Frage war nur, was befand sich um den Juwelierladen herum? Das mussten sie jetzt via *Google Earth* herausbekommen.

Auch hier hatten sie Glück. Eine Lagerhalle, die ihr Tor auf der anderen Seite in einer kleinen Straße hatte. Ein Restaurant, das erst abends öffnete, eine Diskothek, die am Vormittag auch keine Besucher haben würde. Wohnhäuser waren etwas weiter entfernt. Sie mussten schnell und unauffällig sein.

Barrett konnte sich vorstellen, dass Rachel Bedenken hatte. So etwas war für ein eingefleischtes Team kein Problem, aber das waren sie nicht und es war, wie Barrett gesagt hatte, sein erster Außenauftrag. „Hey, wir kriegen das schon hin."

„Du hast so etwas noch nie gemacht."

„Was ist mit dir? Warst du schon mal in einem Killerkommando?"

„Sind wir das?"

„Was sonst?" Sein Bruder Aidan hatte so etwas getan. Barrett fragte sich zum wiederholten Male, ob er dazu in der Lage sein würde.

„Darum geht es nicht. Ich frage mich eher, ob es nicht sinnvoller wäre ihn gefangen zu nehmen und zu verhören."

Barrett sah sie an. Es schien ihr ernst zu sein. „Dein Befehl lautet anders."

„Es ist im Moment auch dein Befehl."

„Wie stellst du dir das vor, nehmen wir ihn mit nach Erquy? Hoffen, dass er hier auspackt?"

Tief in seinem Inneren musste er ihr recht geben. Wer sagte, dass mit Husseins Tod die Gefahr vorüber war. Doch im Moment hatte er keine andere Lösung parat. Er konnte nur hoffen, dass sein japanischer Kontakt sich vorher melden würde und vielleicht noch ein wenig Licht in die Angelegenheit bringen konnte. Bis dahin mussten sie am Plan feilen. Trotzdem wurde er das Gefühl nicht los, dass etwas Grundlegendes mit Rachel nicht stimmte. Oder war es seine eigene Aufregung wegen der Reise nach Zürich. Rachel blieb stehen und unterbrach ihre „Tiger-Käfig-Wanderung, „Ich muss an die frische Luft." Schon war sie draußen.

Barrett blieb nichts anderes übrig, als sich an den Rechner zu setzen.

*

Rachel lief einfach drauf los. In dem Tempo würde sie das kleine Dorf schnell verlassen haben und in zwei Tagen in Zürich zu Fuß ankommen. Warum rannte sie so? Sie verlangsamte ihr Tempo und zwang sich, tief durchzuatmen. Wenn sie doch noch einmal mit Peter sprach? Aber nach der letzten Unterhaltung konnte sie sich nicht vorstellen, dass er seine Meinung ändern würde. Wahrscheinlich würde er ihr vorwerfen, sie vernachlässige ihre Pflicht, weil sie sich in Barrett verliebt hatte. War das so? Was wäre, wenn Barrett nichts in ihr berühren würde. Was, wenn Barrett ihr rein gar nichts bedeuten würde. Würde sie dann den Auftrag einfach ausführen können und ihm seinem Schicksal überlassen? Sie wusste es nicht. Denn das Barrett ihr mittlerweile etwas bedeutete konnte sie nicht mehr leugnen. Aber es lag nicht nur daran. Sie hatte tatsächlich zum ersten Mal in ihrer gesamten Laufbahn als Agentin das Gefühl, etwas Falsches zu tun. Sie strich ein weiteres Telefonat von der Liste der Optionen, die sie hatte. Zweite Option wäre reinen Tisch zu machen und Barrett die Wahrheit über dessen Rolle in diesem Spiel zu erzählen. Aber auch diese Option gefiel ihr nicht. Sie kannte ihn nicht gut genug. Sie hatte keine Ahnung, wie er darauf reagieren würde. Das war zu unsicher. Blieb letztendlich wirklich nur noch die Möglichkeit, Hussein gefangen zu nehmen. Aber Barrett hatte recht. Was sollten sie mit ihm machen. Zurück nach Erquy? Ihn in ein Schweizer Hotel bringen? Er würde nichts sagen, sie hatten nichts in der Hand, womit sie ihn unter Druck setzen konnten. Und Foltermethoden verabscheute sie zutiefst. Dennoch war es die einzige Möglichkeit, die sie hatten. Sie musste nur Barrett davon überzeugen. Sie sah sich um und fluchte. Sie stand auf einem Weg, von dem sie keine Ahnung hatte, wohin er führte. Sie hatte nicht darauf geachtet, wohin sie gegangen war und hatte sich verlaufen. Schnaubend setzte sie sich auf einen dicken Stein, der am Wegesrand lag. Das passte ja hervorragend zur derzeitigen Situation.

*

Barett saß vor den Rechnern. Rachel war schon ziemlich lange weg. Er konnte mal wieder nicht anders, als sich Sorgen um sie zu machen. Besonders nach ihrem Gesundheitszustand vom gestrigen Abend. Aber sie hatte heute Morgen keine Symptome mehr gezeigt. Er versuchte, sich wieder auf seine Arbeit zu konzentrieren. Sie hatten ihn aus dem System geschmissen und eine lächerliche neue Barriere installiert, die er längst hätte umgehen können, wenn er auch nur ansatzweise gedacht hätte, dass ihn die Hackerei weiterbringen würde. Sein japanischer Kontakt meldete sich nicht. Er griff zu seinem Handy.

„Mein Lieblingsagent“, begrüßte Corey ihn.

„Hey Boss. Sag mal, hört irgendeiner der NSA-Vereine den Scheich ab?“

Corey lachte. „Offiziell hören sie niemanden ab.“

„Ist schon klar.“ Er erzählte seinem Boss von der Situation.

„Sie wollten also, dass du dich einhackst. Interessant. Am Donnerstag sollt ihr den Akt der Prävention ausführen. Auch sehr interessant.“

„Wo wir schon mal dabei sind, ich habe noch ein paar interessante Neuigkeiten.“ Barrett erzählte von seinen Nachforschungen und dem Kontakt zum japanischen Mittelsmann.

„Soweit ich weiß, hört niemand die Emirate ab. Aber mit Sicherheit weiß ich das nur von Homeland. Was mit den anderen ist, kann ich dir nicht hundertprozentig sagen. Du weißt, dass die Engländer dir das am Ende anhängen werden? Alles.“

Barrett lehnte sich zurück. „Ist mir schon klar.“

„Dann solltest dir auch etwas anderes klar sein.“

Barrett sah aus dem Fenster und betrachtete die untergehende Sonne. „Und was?“

„Ich hatte noch einen Grund, dich zu schicken. Ich hätte es ablehnen können. Was interessieren uns die Engländer? Es geht nicht nur um das Angebot meiner Nachfolge. Es geht um dich.“

„Um mich?“ Fast wäre Barrett mit dem Stuhl nach hinten gekippt.

„Du warst an etwas dran. Als die Bitte des MI6 kam, war mir klar, dass dich jemand aus dem Weg haben will. Es gab und gibt nur einen Weg, herauszufinden, was wirklich los ist. Deswegen habe ich nachgegeben.“

„Indem ich mitspiele.“

„Richtig."
„Hättest du mir das nicht sagen können?"
„Wieso?" Corey lachte. „Du bist doch auch so klargekommen."
„Du bist wie immer zu gütig zu mir."
„Ich denke, du weißt, was du zu tun hast. Ich kann mich weder an die Regierung noch an die NSA wenden. Wir sind denen sowieso ein Dorn im Auge."
Barrett nickte und erst dann wurde ihm klar, dass Corey ihn nicht sehen konnte. „Ich verstehe."
„Du bist auf dich allein gestellt. Du musst das hinbekommen, ich fürchte, dass tatsächlich der Weltfrieden von dir abhängt."
Barretts Magen zog sich zusammen. Corey neigte nicht dazu, theatralisch zu werden. Wenn er von Weltfrieden sprach, dann war dem auch so. Scheiße. Und irgendwie hing es mit ihm zusammen. Da konnte er sich nur gratulieren. Totale Arschkarte.
„Na dann." Mehr fiel ihm als Antwort nicht ein.
„Ich weiß, dass du es schaffst." Schon war Corey aus der Leitung verschwunden. Ein tiefer Seufzer entrang sich seiner Brust. Corey hatte den Kontakt abgebrochen. Der NSA mit ihren Vereinen konnte er nicht trauen, dem MI6 schon mal gar nicht. Konnte er Rachel vertrauen? Wohl eher nicht. Sie war Britin durch und durch. Ihr musste doch auch klar geworden sein, dass er geopfert werden sollte. War es ihr egal? Der kleine Stich in seiner Brust ärgerte ihn. Ihm wäre es nicht egal. Er schlug mit der Faust auf den Tisch. Deswegen sollte man in diesem Job keine Gefühle haben und keine Beziehungen zu anderen Agenten aufbauen. Langsam wurde es dunkel. Er hatte ein ungutes Gefühl. Er holte sich in der Küche eine Cola.. Ihr Handy lag auf dem Küchentisch. Super. Wenn sie Hilfe brauchte, konnte sie nicht anrufen. War es albern, sie zu suchen? Vielleicht ja. Trotzdem schnappte er sich seine Lederjacke und verließ das Haus.

*

Rachel zitterte. Sie hatte weiterlaufen wollen und irgendwie versuchen wollen sich an den Weg zu erinnern, den sie gekommen war. Aber plötzlich hatten ihre Beine unter ihr nachgegeben. Sie saß gegen den Stein am Wegesrand gelehnt. Wie lang, konnte sie nicht mehr sagen.

„Brauchen Sie Hilfe?"

Sie blinzelte. Ihr waren die Augen zugefallen. Ein Mann in den Vierzigern mit zwei faulen Eckzähnen und langen ungepflegten Haaren stand grinsend vor ihr. Er hatte einen Rucksack umgeschnallt. Seine Kleidung musste schon bessere Tage gesehen haben. Wahrscheinlich ein Landstreicher. Erleichterung machte sich in ihr breit. Der Mann würde ihr sicher sagen können, wie sie zurück nach Erquy kam.

„Geht es Ihnen gut?"

Er beugte sich ein Stück zu ihr herunter. Eine Wolke aus fauligem Atem gemischt mit Alkohol, Urin und Schweiß schlug ihr entgegen.

Plötzlich fühlte sie es. Die Panikattacke, die sie vergangene Nacht erwartet hatte. Sie kam. Von einem Moment auf den anderen wurde ihr heiß, dann wieder eiskalt. Das Zittern wurde schlimmer. Die Atemnot. Sie schnappte mehrfach nach Luft. Die Welt um sie herum drehte sich. Trotzdem konnte sie erkennen, dass der Mann ein Messer aus einer Scheide an seinen Stiefeln zog.

„So ein hübsches Ding und so verloren im Nirgendwo."

Irgendwie funktionierte ein Teil ihres Verstandes noch. Der Mann hätte es nicht treffender ausdrücken können. Bei diesen Panikattacken verlor sie sich tatsächlich im Nirgendwo. Aber das durfte nicht passieren. Nicht hier und nicht jetzt, denn in dem noch funktionierenden Teil ihres Verstandes wurde ihr klar, dass der Typ nicht vorhatte, ihr zu helfen. Er wollte etwas anderes. Unter anderen Umständen hätte sie darüber gelacht und ihm ihre Nahkampffähigkeiten gezeigt, aber ihre Beine geschweige denn ihre Arme wollten ihr nicht mehr gehorchen. Wieder musste sie nach Luft schnappen.

„Ich mag es, wenn sie Angst haben."

Sie wollte schreien, aber es ging nicht. Sie konnte nur beobachten, wie er sich vor sie setzte.

„Du siehst aus wie ein verletztes Reh.“ Er strich ihr mit dem Messer über die Wange. „So süß, so unschuldig.“

Er schnupperte an ihrem Hals. Sein Gestank überwältigte sie fast. Ihr Zittern wurde immer unkontrollierter. Sie musste hier weg. Sie versuchte, vor ihm wegzukriechen. Bekam wieder Atemnot. Er packte sie. Verzweifelt versuchte sie, zu atmen und gleichzeitig nach einem Stein Ausschau zu halten, den sie ihm an den Kopf knallen konnte. Ihre Lungen schmerzten, weil sie keine Luft bekam. Endlich schaffte sie es, zu schreien. Er sagte irgendwas, aber sie hörte nur noch das Blut in ihren Ohren rauschen. Grelle Blitze tanzten vor ihren Augen. Sterben. Einfach sterben. Warum nicht? Er ließ von ihr ab. Die Blitze waren nicht mehr da. Der Gestank ließ nach. Sie blinzelte. Ihr Blick war verschleiert, sie musste geweint haben. Immer noch rang sie nach Luft. Egal. Sie ließ sich auf den Rücken fallen. Sollte er tun, was auch immer er tun wollte. Sie hatte keine Kraft mehr.

*

Barrett hätte sie am liebsten gepackt und durchgeschüttelt. Stattdessen bettete er sie vorsichtig auf seinen Schoß. Fühlte ihren Puls und wischte ihr die Tränen aus dem Gesicht. Ihr Puls war normal. Aber sie war ohnmächtig. Für den Moment wahrscheinlich besser so. Er nahm sie hoch und trug sie zum Auto. Er sah sich kurz um, aber dieser Penner war weg, getürmt, als er gesehen hatte, dass Barrett mit dem Auto anhielt. Er hätte ihn gern in Stücke gerissen, aber Rachel war jetzt wichtiger. Vorsichtig legte er sie auf den Rücksitz, breitete eine Decke über sie und sah zu, so schnell es ging, in ihr Haus zu fahren. Als er Rachel vom Rücksitz hob, schlug sie die Augen auf. „Hey, da bist du ja wieder.“

„Du hast mich gefunden.“

„Gerade rechtzeitig, würde ich sagen.“ Er legte sie vorsichtig auf der Couch ab.

„Was ist mit …“

„Der ist abgehauen.“ Bedauernd zuckte er mit den Schultern. Hoffentlich würde der Penner nicht so bald ein neues Opfer finden. Er holte ihr ein Glas Wasser.

Sie trank es gierig aus. Ihre Haare waren zersaust und sie war leichenblass.

„Verdammt Rachel, warum hast du mir nichts gesagt? Warum hast du mir nicht gesagt, dass du Panikattacken hast?“ Er hatte doch ihre Symptome gegoogelt und war darauf gestoßen. Barrett war wütend. Nicht auf sie. Er war wütend auf das Unbekannte. Auf das, was sie so leiden ließ. Es tat ihm weh, sie so zu sehen. „Warum hast du nicht mit mir gesprochen? Warum vertraust du mir nicht?“

„Du bist Amerikaner.“

Als wäre das eine Antwort. Er machte einen Schritt auf sie zu. „Ja, ich bin Amerikaner und ja ich bin ein Mann. Im Gegensatz zu dir, du bist Britin und eine Frau, aber in erster Linie bin ich ein Mensch. Wir sind beide Menschen. Du bist keine Maschine.“

„Weißt du, wie hart ich arbeiten musste, um dahin zu kommen, wo ich jetzt bin?“ Sie fuhr sich durch die Haare. „Du hast doch keine Ahnung, was es bedeutet in diesem Job eine Frau zu sein.“

Er kniete sich vor sie hin. Ihre Hände zitterten,

Er ergriff sie. „Rachel, hör mir zu. Du bist ein Mensch mit Gefühlen und Schwächen. Wenn du dir nicht erlaubst, diese Gefühle und eben auch die Schwächen manchmal rauszulassen, dann bahnen sie sich irgendwann ihren eigenen Weg an die Oberfläche. Dann verlierst du die Kontrolle, so wie heute.“

„Ich darf die Kontrolle nicht verlieren.“

Ihre Stimme war nur ein Wispern. Sie sah so verletzlich aus, dass es ihm tief ins Herz schnitt, sie so zu sehen. „Dann lass es nicht zu und gib dir eine Chance. Du musst nicht immer funktionieren, du darfst auch schwach sein.“

Sie schnaubte und entzog ihm ihre Hände. „Du hast leicht reden, du bist nicht in meiner Situation.“

„Nein, aber jeder Mensch hat Angst, es ist egal, ob du ein Mann oder eine Frau bist. Ich habe mir damals fast in die

Hose gemacht, als man mich entführt und gefoltert hat. Ich hatte eine Scheißangst! Und ich habe Jahre gebraucht, um damit klarzukommen. Ich hatte Albträume, und ich habe geweint, verdammte Scheiße."

Erstaunt sah sie ihn an.

Wieder nahm er ihre Hände, die sie ihm entzogen hatte. „Und ich hatte kein Problem, es vor dir zuzugeben."

Ein leichtes Lächeln umspielte ihre Lippen, gleichzeitig löste sich eine Träne aus ihrem rechten Auge.

„Es ist okay, Rachel. Lass es raus." Er setzte sich zu ihr und zog sie in seine Arme. Da war kein Widerstand mehr. Sie bettete ihren Kopf an seine Schulter. Er bemerkte, dass der Stoff seines Hemdes nass wurde. Zunächst war es ein lautloses Schluchzen, dann wurde ihr Schniefen lauter. Er strich ihr über die Haare, über den Rücken und ließ sie weinen.

„Es ist in Ordnung. Weine ruhig." Und das tat sie.

Irgendwann sah sie ihn an. „Barrett, sie werden dich opfern."

Er musste einfach lächeln.

„Das ist ernst Barrett. Wenn wir nach Zürich fahren und ihn töten, dann …"

„Ich weiß. Ich bin froh, dass du es mir gesagt hast und ehrlich zu mir bist. Ich dachte schon, ich bedeute dir gar nichts."

„Aber was sollen wir tun?"

Er strich ihr über die seidigen Haare. „Das hat Zeit bis morgen. Ich denke, es gibt Dinge, die wichtiger sind."

*

Rachel genoss es, wieder atmen zu können. Sie sah ihn an. Tauchte in die Tiefen seiner blauen Augen ein. Was konnte wichtiger sein, als über Zürich zu reden? Natürlich. Er wollte von ihr wissen, woher diese Panikattacken kamen.

„Ich will nicht darüber reden. Es geht mir gut."

„Klar. Dir geht es super. Ist offensichtlich. Rachel, irgendwann musst du mit jemandem darüber reden. Etwas ist dir passiert, das diese Attacken ausgelöst hat. Du kannst mir vertrauen. Ich hör dir zu."

„Und was soll mir das bringen. Funktioniere ich dann wieder? Was ist, wenn das während eines Einsatzes passiert?“ Sie war lauter geworden, als sie beabsichtigt hatte, aber die Angst wurde wieder größer. Die Angst, schwach zu sein und zu versagen.

„Rachel, hey. Sieh mich an. Ich kann dir die Attacken nicht nehmen. Ich würde es tun, wenn ich es könnte, aber ich kann für dich da sein, ich werde alles in meiner Macht stehende tun, um dir zu helfen.“ Wieder berührte er sie sanft und strich ihr über die Haare.

Es fühlte sich an, als könne er sie damit lebendig machen. Energie strömte durch ihren Körper, die sich in ihrer Mitte sammelte. Seine Worte berührten sie wieder, aber das war etwas, das sie nie gewollt hatte. Die Hilfe eines anderen Menschen. Sie war unabhängig und immer so stolz darauf gewesen. Barrett hatte sie in ihrem schwächsten Moment gesehen. Das war nur schwer zu ertragen.

„Okay.“ Er stand auf und hielt ihr die Hand hin. „Dann ruh dich am besten ein wenig aus.“

„Ich kann einfach nicht. Das verstehst du doch?“ Vielleicht hatte er recht, vielleicht würde sie sich besser fühlen, wenn sie sich alles von der Seele geredet hatte. Aber es ging nicht. Der Gedanke daran, sich einem anderen Menschen auszuliefern, ihn in ihre Seele sehen zu lassen, erschreckte sie immer noch zutiefst. Sie erlaubte sich, sich kurz an ihn zu lehnen. Seine Hand wanderte ihren Rücken hinunter, hinterließ eine prickelnde Spur auf ihrer Haut. Trotz der Kleidung, die sie trug.

„Ich versuche, es zu verstehen.“ Seine Stimme war leise. Erotisch. Nein, nicht nur seine Stimme, auch sein Blick. Seine Hand ruhte jetzt auf ihrem Hintern. Der Mann war purer Sex. Das hätte ihr vielleicht geholfen, alles zu vergessen. Aber dann dachte sie an die Episode auf dem Küchentisch. Es ließ sich nicht mehr leugnen. Er würde sie nicht einfach nur vögeln. Sie bedeutete ihm etwas. Er wollte mehr von ihr. „Ich will dich Barrett.“ Es war ihr einfach so über die Lippen gekommen. Himmel, was tat sie da nur. Was würde er jetzt sagen?

Er schwieg. Er hob sie hoch und trug sie in ihr Zimmer. Als sie auf ihrem Bett landete, wurde ihr klar, dass sie alles verkomplizierte. Noch konnte sie es stoppen.

Aber als er sie küsste, so zärtlich und ihre Zungen miteinander verschmolzen, waren alle Gedanken, diese Sache abzubrechen, ,vergessen. Ihr Herz klopfte wild. Ihr stockte der Atem, aber dieses Mal störte es sie nicht. Es hatte nichts mit Angst und Panik zu tun, sondern mit dem Verlangen in ihrem Inneren. Dem Drang, ihn zu berühren und mit ihm zu verschmelzen. Während er sie küsste, zog er sie aus. Seine Hände waren überall, streichelten ihre Haut und hinterließen kleine Feuer darauf, die nur er mit weiteren Berührungen löschen konnte. Sie ließ es geschehen. Schloss die Augen und ließ sich fallen, genoss. Sie hätte schwören können, dass ihre Hände sich nicht bewegten, aber sie hatten wohl ein Eigenleben entwickelt und ihm schon längst Hemd und Hose ausgezogen. Sein Körper war hart, seine Muskeln angespannt. Sie berührte seine Brust, seinen Bauch. Sie mochte, was sie dort fühlte. Er war so verdammt männlich, so perfekt. Sie musste wissen, ob der Rest auch perfekt für sie war. Während seine Lippen über ihren Hals wanderten, glitt sie tiefer und streichelte seine Männlichkeit. Ein raues Stöhnen war seine Antwort. Seine sanften Küsse steigerten ihr Verlangen ins Unermessliche. Sie griff fester zu. Er hielt inne und schaute auf sie herab.

„Du hast es wohl eilig?“

Sein Lächeln brachte sie fast um den Verstand. Sein Blick war so zärtlich, dass es ihr fast die Tränen in die Augen trieb. Hatte ein Mann sie jemals so angesehen? In diesem Moment wurde ihr klar, dass er alles für sie tun würde. Ihre Kehle schnürte sich zusammen. Er schien etwas zu bemerken.

„Was ist? Sollen wir aufhören.“ Er klang besorgt und nicht sauer. Er dachte nicht an sich, an seine Befriedigung. Er dachte an sie.

„Nein.“ Sie schlang die Arme um seinen Nacken und zog ihn wieder zu sich herab. „Komm zu mir Barrett.“ Ihre Stimme war nicht mehr als ein Flüstern. Sie schlang die Beine um ihn und küsste ihn.

*

Er hatte sich Zeit lassen wollen. Im Grunde hatte er es gar nicht tun wollen. Aber jetzt wollte sie zu sehr. Jede Faser seines Körpers sehnte sich nach ihr. Es hatte ihm fast den Verstand gekostet, als er Rachel mit diesem Penner gefunden hatte. Er musste sie jetzt einfach in seinen Armen halten. Sie vergewissern, dass sie sicher war, bei ihm. Am liebsten hätte er sie für immer festgehalten. Aber Rachel war stark. Sie musste nicht beschützt werden. Und das machte ihn umso mehr an. Sie musste nur wieder zu sich selbst finden.

Ihr Kuss war leidenschaftlich und entführte ihn in eine Welt, die er schon fast vergessen hatte. Die er gar nicht mehr hatte betreten wollen. Sein Körper reagierte so stark auf sie, als hätte er sein Leben lang auf diese Frau gewartet. Ihre Beine waren eng um ihn geschlungen und er fühlte ihre feuchte Weiblichkeit. Sie duftete wieder nach Blumen. Nach mehr. Ihr Körper war durchtrainiert, aber ihre Haut so seidig weich, dass er am liebsten jeden Millimeter gestreichelt hätte. Sie war kostbar, ein Schatz, den er wie seinen Augapfel hüten würde. Wenn sie doch nur ihm gehören würde. Für einen Moment unterbrach er den Kuss und strich immer wieder mit dem Zeigefinger über ihre perfekten Lippen. Sie saugte seinen Finger ein, benutzte ihre Zunge, um mit ihm zu spielen. Erotischer konnte eine Frau nicht aussehen. Er hätte sie stundenlang betrachten können. Sie war erregt, die kleine Falte an ihrer Stirn vertiefte sich, ihre Augen dabei halb geschlossen. Sie war dabei in eine andere Welt abzutauchen und da wollte er auch hin. Mit ihr gemeinsam. Er war an ihrer Mitte. Als hätte er sein Leben lang nichts anderes getan glitt er in sie. Ihre Lippen trennten sich von seinem Mund und sie bog den Kopf zurück. Sie drängte sich näher an ihn und er füllte sie aus. Bewegte sich langsam in ihr, weil er sie spüren wollte. Sie, ihr Herz und ihre Seele. Es war das Unbeschreiblichste, was er in seinem Leben bisher erlebt hatte. Wenn es die totale Vereinigung zwischen zwei Menschen gab, dann musste es das hier sein. Er glaubte ihren Herzschlag hören zu können, der rhythmisch mit seinem schlug. Ihr Körper war wie eine

Ergänzung zu ihrem. Das Stück, das ihm seit der Folter gefehlt hatte, schien jetzt an den richtigen Platz zu rücken. Sie war so eng und heiß. Diese Hitze drang bis in sein Innerstes, füllte ihn aus, trieb ihn an noch tiefer in sie einzudringen. Ihr gemeinsamer Rhythmus wurde schneller. Rachels Hände waren an seinem Körper, dann waren es wieder ihre Lippen. Er küsste sie wieder, dann musste er sie wieder ansehen. Sie war so unglaublich schön, besonders in diesem Moment mit den leuchtend grünen Augen und den vor Verlangen geröteten Wangen. Die langen schwarzen Wimpern senkten sich ein wenig und ihr Blick verklärte sich. Ein Schrei entrang sich ihrer Kehle. Sie krallte sich an seinen Schultern fest. Sie war wahrhaftig, das Schönste, was er in seinem Leben gesehen hatte. Kontraktionen traktierten seine Männlichkeit und brachten jetzt auch ihn zu einem unvergesslichen Höhepunkt. Er kostete jede Sekunde aus und genoss dabei ihren Anblick. Ein leichtes Lächeln umspielte ihre Lippen. Langsam ließ er sie zurück in die Kissen gleiten. Nach einer Weile normalisierte sich ihr Atem wieder ein wenig. Mit dem Finger strich er über das Muttermal an ihrer Oberlippe. Das wollte er schon seit Wochen tun.

„Ich wollte es mir immer entfernen lassen."

„Du bist perfekt Rachel, so wie du bist."

Er versteifte sich unwillkürlich ein wenig, als sie die Hand hob und seine Narben streichelte.

„Du bist auch perfekt, Barrett."

*

Elena bürstete sich die Haare. Sie stoppte und verzog den Mund zu einem Lächeln. Ihr Spiegelbild gefiel ihr. Da war wieder Glanz in ihren Augen. Trotzdem entfuhr ihr ein Seufzen. Irgendwie kam es ihr so vor, als hätte sie ihr Leben lang nichts anderes getan, als sich die Haare zu bürsten. Haare bürsten und in der Abhängigkeit zu leben. Aber sie bereute die Abhängigkeit zu Abid nicht. Hatte es ihr schließlich ein luxuriöses Leben ermöglicht. Ein schönes Leben. Ein Leben, das bald vorbei sein würde, wenn sie nicht endlich etwas unternahm. Sie griff zur Puderdose, legte sie aber wieder zurück auf den Kosmetiktisch. Nein, damit war es ab sofort vorbei. Das Muttermal über ihrer Oberlippe würde sie nicht mehr überschminken. Jahrelang hatte sie es getan, weil es das Einzige war, das Abid nicht an ihr gemocht hatte. Abid. Der Mann, von dem sie abhängig war, der ihr Leben in der Hand hatte. Aber auch Abid war abhängig. Abhängig von den Regeln und Gesetzen eines Staates, den seine Familie aufgebaut hatte. Auch sein Leben konnte eine fatale Wendung nehmen. Denn etwas fehlte ihm. Etwas, das sie ihm würde geben können. Sie lächelte wieder in den Spiegel. Die Zeiten begannen, sich zu verändern, sie selbst veränderte sich. Bald würde Abid von ihr abhängig sein.

8

Rachel lag in Barretts Armbeuge gekuschelt und lauschte seinem Herzschlag. Wie lange hatte sie nicht mehr so ruhig neben einem Mann gelegen und sich so gut gefühlt? Zu lange, denn sie konnte sich gar nicht mehr daran erinnern. Außerdem hätte sie sich gern selbst einen Orden verliehen, dass sie damals in Paris die Kondompackung wieder aus dem Papierkorb gefischt und eingepackt hatte. Sie versuchte, die kleine böse Stimme in ihrem Kopf zu ignorieren, die immer wieder darauf hinwies, dass sie sich lieber nicht an dieses Gefühl gewöhnen sollte.

Barrett bewegte sich. „Hey, ich denke wir sollten reden."

Nein, nein, nein. Nicht reden. Und schon mal gar nicht über das, was zwischen ihnen passiert war. War das nicht eigentlich auch der Frauenpart, über so etwas reden zu wollen? Sie setzte sich auf, nun, wenn er es so wollte. Sie entfernte sich ein Stück von ihm und setzte sich im Schneidersitz ihm gegenüber.

Er lehnte lässig gegen das Kopfkissen.

Allein der Anblick seines nackten Oberkörpers ließ ihren Schoss wieder heftig reagieren. Sie war ebenfalls nackt, erneutes Begehren blitzte in seinen Augen auf. Also ging es ihm nicht besser. Das beruhigte sie ein wenig. Warum sollte sie hier auch allein leiden? „Dann schieß los. Was willst du mir sagen."

Er grinste frech. So als wüsste er, dass sie nicht über den Sex mit ihm reden wollte, er es aber genoss, sie ein wenig mit diesem Gespräch zu ärgern.

„Wir werden nicht nach Zürich fahren."

„Was?" Zürich? Ach ja, sie hatten ja auch noch eine Aufgabe zu erledigen.

„Wir sollten endlich ehrlich zueinander sein."

„Sind wir das nicht?"

Barrett seufzte. „Ich habe dir etwas verschwiegen. Bevor ich in diesen Auftrag verwickelt wurde, habe ich einen Funkspruch vor der japanischen Küste abgefangen. Ich habe dem keine große Bedeutung beigemessen. Bin aber an der Sache dran geblieben. Ich dachte, es ginge um einfachen Schmuggel, aber mittlerweile bin ich mir sicher, dass diese Lieferungen nach Japan mit unserem Fall zu tun haben."

Rachel war auf ein Beziehungsgespräch eingestellt gewesen. Jetzt musste sie erstmal wieder in den Agentenmodus finden, was ihr beim Anblick eines nackten Barrett, dessen Männlichkeit nur notdürftig von der Bettdecke verdeckt wurde, nicht sonderlich leicht fiel. „Aber was sollte die Ermordung der Königin mit Schiffen vor Japan zu tun haben?"

„Genau genommen nichts. Denn es geht nicht um die Königin."

„Sie ist unser Auftrag."

„Nein. Es geht um mich."

Jetzt war sie wirklich baff. Wollte er sie verschaukeln? Aber er machte ein so ernstes Gesicht, dass sie einfach weiter zuhörte.

„Ich schätze mal, sie haben gemerkt, dass ich in ihrem Funkverkehr war. Sie haben Angst, dass ich etwas herausfinde. Etwas Großes. Also mussten sie einen Weg finden, mich hier herzubringen, mich abzulenken. Vielleicht wird die Königin als Nebeneffekt tatsächlich einem Anschlag zum Opfer fallen, vielleicht auch nicht, aber es geht hier um etwas viel Größeres. Und wenn wir morgen nach Zürich fahren und diesen Akt der Prävention ausführen, dann haben sie mich."

So seltsam es klang, es machte auf eine unglaubliche Art und Weise Sinn. Barrett war der beste Hacker der Welt. Damit war er einer der gefährlichsten Geheimdienstler für alle, die Dreck am Stecken hatten. Ihn einfach aus dem Weg zu räumen war schwierig. Einen amerikanischen Agenten ermorden zu lassen, war immer eine heikle Sache. Da war es einfacher, ihm etwas anzuhängen und so aus dem Verkehr zu ziehen.

„Und was denkst du, worum es geht?"

„Nordkorea rüstet auf. Mithilfe von Abid. Sie planen etwas. Etwas, das vielleicht den 11. September in den Schatten stellt."

Rachel wusste, wie grausam und verrückt diese Welt war. Für einen Außenstehenden mochte sich das vielleicht unglaublich oder gar surreal und paranoid anhören, für sie nicht. „Dann lass uns trotzdem nach Zürich fahren und, wie ich vorgeschlagen habe, den Assistenten einkassieren."

Er sah sie lange an. „Zum einen denke ich nicht, dass es etwas bringt, und außerdem glaube ich nicht, dass du in der Verfassung dazu bist."

Rachel spürte, wie sich ein Sturm in ihr zusammenbraute. „Was willst du damit sagen?"

„Hey, jetzt sei nicht sauer auf mich. Aber was ist, wenn du eine Panikattacke bekommst, während wir den Wagen überfallen?"

„Du glaubst ich bin zu schwach für so eine simple Aufgabe?" Sie hielt es nicht mehr im Bett aus. Hastig warf sie den Bademantel über. „Wage es nicht noch mal, mir meine Panikattacken vorzuwerfen. Mir geht es gut. Was glaubst du eigentlich, wer du bist?" Sie musste raus hier. Dringend. Einmal die Tür zuknallen würde sicher helfen. Also schnappte sie sich ihre Klamotten und verließ das Zimmer.

*

Shit. Barrett fuhr sich mit der Hand über das Gesicht. Das hatte er nicht gewollt. Was er glaubte, wer er war? Der Mann, der sie liebte, so sehr ihn dieser Gedanke auch selbst erschreckte. Aber er würde nicht zulassen, dass sie in diesem Zustand mit ihm nach Zürich kam. Er stand auf, schlüpfte in seine Hose und lief ihr nach. Sie hantierte an der Kaffeemaschine in der Küche und drückte wild zwei Knöpfe gleichzeitig.

„Du solltest Wasser in die Maschine tun, sonst wird das nichts."

Sie drehte sich um und ihm blieb fast das Herz stehen. Sie war wütend, sehr wütend und schöner, als je zuvor. Ihre geröteten Wangen, die blitzenden grünen Augen konnten ihn um den Verstand bringen. Allerdings wäre er jetzt tot umgefallen, wenn Blicke hätten töten können.

„Ich hasse es, dass du immer recht behalten musst." Sie füllte Wasser in die Maschine und er trat hinter sie. Er zwang sie sich zu ihm umzudrehen und hielt sie an den Schultern fest.

„Mir ist es scheißegal, ob ich recht habe oder nicht. Ich will nur nicht, dass dir was passiert. Und ich denke, dass ein Trip nach Zürich nichts bringen wird. Ein paar Tage Ruhe können nicht schaden und dann sollten wir nach Asien aufbrechen."

„Nach Asien?"

„Ich sehe keine andere Möglichkeit. Ich hatte einen Kontaktmann in Japan, aber ich fürchte, sie haben ihn eliminiert."

„Ich muss Peter über die Planänderung informieren."

Er hielt sie fest. „Nein. Auf keinen Fall."

„Lass mich los, warum denn nicht?"

„Niemand wird mehr über irgendetwas informiert. Wir trauen niemandem mehr."

„Wir? Du bist amerikanischer Agent und ich bin Britin. Wenn ihr keine Vorschriften habt, dann ist das nicht meine Sache. Ich werde mit Peter darüber sprechen."

Sie versuchte, sich loszureißen.

„Ich glaube, dass er mit drinhängt."

Er hatte gewusst, dass diese Reaktion kommen würde.

Sie riss sich los. „Niemals. Du leidest an Verfolgungswahn. Wahrscheinlich bist du auch größenwahnsinnig. Peter ist seinem Land treu ergeben und er ist mein bester Freund. Niemals." Sie war sehr laut geworden.

„Aber jetzt denk doch mal logisch nach."

„Ich bin die Logik in Person. Du hast hier Probleme. Dein Einsiedlertum ist wohl deinem Verstand nicht bekommen."

Peter Teufelskerl Dobson war ihr wohl doch wichtiger als er. Für einen Moment war er wie erstarrt und wusste nicht mehr, was er sagen sollte. Aber als sie zu ihrem Handy greifen wollte, erwachte er und war schneller. Er riss es ihr aus der Hand.

„Was erlaubst du dir?" Sie versuchte, an das Handy zu kommen. Er traute ihr zu, dass sie ihm gleich mal wieder ihre Nahkampffähigkeiten zeigen würde, also tat er das, was ihm auf die Schnelle einfiel. Er zerstörte ihr Handy, indem er es gegen die Küchenwand schleuderte.

Rachel sah ihn perplex an.

„Ich kann nicht riskieren, dass du ihm Bescheid gibst."

„Und was willst du als Nächstes tun? Mich wie ein kleines Kind in meinem Zimmer einsperren und mir mein Netbook wegnehmen?"

„Das liegt bei dir."

„Ach, fick dich doch." Sie drehte sich um und das mit dem Einschließen in ihrem Zimmer erledigte sie selbst.

*

Rachels erster Impuls war gegen die Wand zu treten. Anschließend hatte sie sich kurz auf das Bett gesetzt, aber jetzt stand sie wieder mitten im Raum und wünschte, es würde sich ein großes Loch im Boden auftun, das sie zum Südpol beförderte. Abgesehen von ihrer Wut auf Barrett wegen Peter, schämte sie sich zutiefst. Sie hatte ihn verletzt. Warum war sie in letzter Zeit nicht mehr in der Lage, die Kontrolle zu behalten. Er hatte ihr nie etwas getan, und wenn sie tatsächlich logisch darüber nachdachte, dann konnte sie seine Vorsicht verstehen. Er war es schließlich, der hatte geopfert werden sollen. Warum sollte er dann Leuten wie Peter vertrauen, die er noch nicht einmal kannte. Wenn sie noch weiter nachdachte, dann wurde ihr auch klar, dass er sich nur Sorgen um sie machte. Er wollte nicht, dass ihr etwas geschah. Das war das Problem, wenn man als Team arbeitete und Gefühle im Spiel waren. Ihre Wut gegen Barett verebbte. Sie war auch nie wirklich gegen ihn gerichtet gewesen, sondern gegen sich selbst. Gegen ihre eigene Schwäche. Sie hatte es nur an Barrett ausgelassen. Welche Konsequenz sollte sie daraus ziehen? Sie musste sich entschuldigen. Das Loch im Boden war leider immer noch nicht da, also blieb ihr wohl nichts anderes übrig. Langsam ging sie in die Küche zurück.
Er saß mit einem Kaffee am Tisch.
Sie setzte sich zu ihm. Sie war nicht gut in diesen Dingen. Diplomatie war nicht ihre Stärke und Entschuldigungen schon mal gar nicht. Sie war es gewohnt, ihren Kopf durchzusetzen, um ihre Ziele zu erreichen. Sie räusperte sich. Barrett sagte nichts. Sein Kaffee schien interessanter zu sein.

Was sie ihm noch nicht mal verdenken konnte, aber er hatte auch nicht das Recht dazu einfach ihr Handy gegen die Wand zu schmeißen und über sie zu bestimmen. Aber irgendwie musste sie anfangen. „Ich sollte mich vielleicht entschuldigen."

Er sah sie an und versuchte, einen gleichgültigen Gesichtsausdruck aufzulegen, was ihm aber nicht gelang. Sie kannte ihn mittlerweile zu gut. Da war etwas in den blauen Augen. Er war verletzt. „Es tut mir leid. Ich war einfach nur so wütend auf dich."

Er drehte den Kaffeebecher in der Hand und schaute wieder in die schwarze Flüssigkeit. „Anscheinend hattest du recht. Du bist Britin, ich bin Amerikaner, Vertrauen streichen wir dann wohl von der Tagesordnung."

„Wie soll es jetzt weitergehen?"

„Ich kann dich nur bitten, Peter nicht zu informieren und mit mir nach Japan zu kommen. Wie du dich letztendlich entscheidest, liegt bei dir."

Verdammt, warum war auf einmal alles so kompliziert geworden? Warum war es in diesem Leben so schwer, das Richtige zu tun? Warum fiel es gerade ihr so schwer? „Und wie soll das laufen? Hast du einen Ansatzpunkt?"

Er stand auf und kippte den Rest seines Kaffees in die Spüle. „Ja, den habe ich. Wir können morgen früh aufbrechen. Ich habe eine Maschine gechartert." Er ging ins Nebenzimmer an seine Rechner. Rachel schleppte sich langsam die Treppen hinauf. Sie hätte Peter informieren können. Via Netbook, wahrscheinlich hätte Barrett ihr sogar sein Handy gegeben. Ihr fehlte die Kraft. Da war eine unglaubliche Leere in ihr. Der Mann, dem sie sich vor ein paar Stunden noch so nahe gefühlt hatte, der ihr für einen Moment Geborgenheit gegeben hatte, war jetzt meilenweit entfernt. Es war ihre eigene Schuld.

*

Elena war nervös. Es konnte immer noch zu viel schief gehen. Aber daran durfte sie nicht denken. Sie sah aus dem

Fenster seines Büros. Von hier aus hatte sie Blick auf den Swimmingpool. Pool war untertrieben, es war eine riesige Badelandschaft mit allem erdenklichen Luxus. Hunderte von Liegen säumten den langen Pool, der von verschiedenen kleinen Whirlpools umrankt wurde. In Abständen hatte man immer wieder kleine Cocktailbars aufgebaut. Ein einziger Urlaubstraum, der kaum genutzt wurde. Es sei denn, Abid hatte reiche Geschäftspartner und deren Familien geladen, um sie hier zu bewirten und zu umgarnen. Er verstand sich auf so etwas, war darin der Beste. Wiederholt schaute sie auf die große Standuhr in der Ecke. Er war schon fünf Minuten zu spät. Nicht ungewöhnlich für ihn, allerdings verlangte er von anderen absolute Pünktlichkeit. Sie hatte gehofft ein privates Treffen in seinen Gemächern zu bekommen, aber im Grunde war ihr Anliegen doch mehr geschäftlich, auch wenn ihr eigenes Leben davon abhing. Mit Liebe und Sex kam sie nicht mehr weiter. Das war eine Sackgasse. Für einen Moment wünschte sie sich doch, noch einmal in den Verdrängungsmodus verfallen zu können und willenlos zu sein. Aber das hielt nicht länger an. Sie wollte leben. Die Zweifel, die sie in den letzten Stunden heimgesucht hatten, waren laut gewesen, aber sie hatte es geschafft, diese zu überhören. Schließlich zog sie einen anderen Menschen mit hinein, nur um ihr eigenes Leben zu schützen. Sie bekam keine Gelegenheit weiter darüber nachzudenken, denn Abid betrat das Zimmer.

Er ließ sich auf seinen Schreibtischstuhl fallen, legte die Fingerspitzen gegeneinander und sah sie an. Schweiß brach ihr aus. Wenn er sie so ansah mit den geheimnisvollen Augen, wusste sie wieder, wie viel Macht er über sie hatte. Sie schluckte. Er grinste, so als wisse er, was in ihr vorging. Wahrscheinlich tat er es auch. Aber sie würde ihn gleich überraschen. Vielleicht sogar aus der Fassung bringen. Dieser Gedanke gab ihr den nötigen Auftrieb. „Ich kenne dein Geheimnis."

Er grinste immer noch. Selbstsicher, siegessicher, mächtig und ein wenig verschlagen. Sein Schweigen verunsicherte sie etwas, aber sie hatte angefangen. Es gab jetzt kein Zurück mehr. „Ich weiß, dass du keine Kinder zeugen kannst."

Jetzt regte sich doch etwas in seinem Gesicht. Es war nur ein kurzes Aufblitzen in den Augen gewesen, ein leichtes Zucken um seine Mundwinkel.

Sie wartete, dass er etwas sagte, aber das tat er nicht. Jetzt wuchs ihre Verunsicherung. „Du musst aber einen Erben präsentieren, sonst wird dieses Königreich an deinen Cousin gehen und er kann sein Emirat vergrößern."

„Du glaubst ziemlich viel zu wissen, nicht wahr, Elena?"

Arroganz war seine größte Stärke. Ja, verdammt noch mal sie wusste viel, ziemlich viel. Und in ein paar Minuten würde er vor ihr kriechen. Nun gut, das würde er niemals tun, aber die Vorstellung gab ihr Auftrieb. „Ich weiß, dass dir die Vorstellung nicht gefällt, alles an deinen Cousin zu verlieren."

„Wenn ich tot bin, kann es mir doch egal sein, wer dieses Reich hier bekommt." Er hatte sich nach vorn gebeugt, seine braunen Augen durchbohrten sie förmlich. Er hatte recht, und da er nicht gläubig war, rechnete er auch nicht damit, ins Paradies zu kommen oder seine Vorfahren wiederzusehen.

Elena lächelte. Sie hielt seinem Blick stand. „Du weißt aber auch, dass sie wie die Geier darauf warten, dich abzusetzen. Wenn du nicht bald einen Erben präsentierst, dann werden sie genau das tun." Sie kannte ihn gut genug, um in seinen Augen zu sehen, dass er genau wusste, dass sie richtig lag. Nicht umsonst hatte er in den letzten Jahren das Sicherheitspersonal verstärkt.

„Und du glaubst, die Lösung für mein Problem zu haben."

Sie hatte sein Interesse geweckt. Innerlich erlaubte sie sich ein wenig zu jubeln, aber noch war die Sache nicht in trockenen Tüchern.

„Ja, die habe ich." Sie holte den Gesetzestext, den sie gefunden hatte, aus ihrer Tasche und reichte ihn rüber.

Abid warf einen fragenden Blick in ihre Richtung und las.

„Hast du das gewusst?"

„Nein, aber ich sehe nicht, wie das zur Lösung des angeblichen Problems beitragen soll, das ich laut dir habe."

Fast hätte sie die Augen verdreht. Warum konnte er es nicht einfach zugeben? Immer noch versuchte er, den Schein zu wahren.

„Du brauchst also nicht unbedingt einen männlichen Erben. Einst hat es sogar eine Frau gegeben, die über dieses Emirat geherrscht hat. Deine Vorfahren schienen der Gleichberechtigung gegenüber doch sehr aufgeschlossen." Jetzt genoss sie es, ihn zappeln zu lassen. Da war dieses nervöse Zucken an seiner Oberlippe. „Zufälligerweise habe ich eine Tochter."

Seine Augen waren weit aufgerissen, er starrte sie an. Es dauerte eine kleine Ewigkeit, bis er sich gefangen hatte. „Das ist nicht möglich." Er stand auf und sah sie mit einer Mischung aus Misstrauen und Entsetzen an. „Das hättest du mir nie verschwiegen."

Irgendetwas machte Klick in Elena. Wut stieg in ihr hoch. „O doch, das habe ich. Glaubst du etwa, ich wüsste nicht, was du getan hast? Du hast Paul töten lassen. Sonst hätten wir niemals heiraten können, aber du hast nicht ausreichend recherchiert. Da war noch ein Kind."

„Ich habe ihn nicht …"

„Erzähl mir doch keine Märchen, das hast du lang genug getan. Ich weiß, dass du mich loswerden willst. Du wirst dir eine jüngere Frau nehmen und irgendwie an ein Kind kommen, um dich und dieses Leben hier zu retten. Aber du kannst es einfacher haben. Ich gebe dir meine Tochter."

„Du hast Kontakt zu ihr?"

„Nein, aber für dich sollte es doch ein Leichtes sein, diesen herzustellen."

„Du glaubst sie ist einverstanden zu ihrer Mutter zurückzukehren, die sie damals einfach verlassen hat?"

Elenas Zweifel nagten wieder an ihr. War ihre Tochter so wie sie? Würde sie all den Luxus hier haben wollen und dafür ihr altes Leben aufgeben? Aber welche Frau würde das nicht wollen? „Das werden wir schon hinbekommen. Aber ich will dafür eine Gegenleistung."

„Dein Leben."

Jetzt redeten sie doch endlich Klartext. „Ja, die erste Frau an deiner Seite.“

„Dann muss ich deine Tochter nur noch finden.“

„Ja.“

„Ich brauche ihren Namen. Den Rest werden meine Leute herausfinden.“

„Ihr Name ist Rachel Adams.“

Abid schien für einen Moment erstaunt, fing sich aber schnell wieder.

„Lass mich jetzt allein. Ich habe zu tun.“

„Natürlich.“ Ein beschwingtes Gefühl machte sich in ihr breit. Bald schon würde sie ihre Tochter wiedersehen. Bald schon würden sie eine richtige Herrscherfamilie bilden.

*

Abids erster Impuls war es, Hussein zu informieren, aber den wollte er in Zürich lieber nicht stören. Andererseits, wenn sein Verdacht sich bestätigte ..., aber dieser Zufall wäre einfach zu groß. Er musste mit Dobson sprechen. Aus dem Geheimfach der untersten Schublade holte er die Akte heraus. Rachel Adams, ihr Foto interessierte ihn im Augenblick am meisten. Sie hatte auch dieses Muttermal über der Oberlippe. Konnte es tatsächlich möglich sein, dass sie Elenas Tochter war? Die Agentin des MI6, die unwissentlich eine so große Rolle in seinem Plan spielte? Das würde alles ändern. Er musste nachdenken, bevor er Kontakt zu Peter Dobson aufnahm. Jetzt nur nicht überstürzt handeln. Vielleicht sollte er auch erst einmal abwarten, wie es in Zürich gelaufen war. Er schenkte sich einen großen Cognac ein.

9

Hatte sie eine Wahl gehabt? Rachel stieg aus dem Flugzeug aus. Das war eine Premiere. In Tokio war sie noch nie gewesen. Die Reise über hatte es unaufhörlich in ihrem Kopf gearbeitet. Irgendwie musste sie es schaffen, Peter zu informieren. Sie konnte nicht so einfach mit Barrett nach Asien verschwinden. Egal was Barrett sagte, Peter war nicht nur ihr Vorgesetzter, er war auch ihr Freund. Mehr noch, er war wie ein Vater. Er würde sie nicht hintergehen. Gut, das vergangene Telefonat war nicht zu ihrer Zufriedenheit gelaufen. Aber es gab keinen Grund, ihm nicht zu vertrauen. Ein paar Antworten fehlten ihr tatsächlich, aber die würde sie im Laufe der Zeit schon bekommen. Es konnte hier einfach nicht um Barrett gehen. Sie hatte nicht gewagt, ihr Netbook im Flugzeug einzuschalten. Mit Sicherheit hatte sie schon diverse Mails von Peter im Account. Schließlich hätten sie am gestrigen Tag den Akt der Prävention und damit den Fall abschließen sollen. Stattdessen war ihr Handy tot ihr Account unbenutzt. Allerdings war auch ihre Kreditkarte unbenutzt geblieben. Der MI6 war also nicht für ihren Transport aufgekommen. Sie musste sich davon verabschieden, dass Barrett der unerfahrene Agent war, er schien genau zu wissen, was er tat.

Konnte sie ihm überhaupt vertrauen? Er verlangte von ihr sich gegen Peter zu stellen, aber was, wenn Barrett nicht sauber war? All das hatte sie während des Fluges beschäftigt und ihr Kopf schien zu einem einzigen Karussell zu werden. Wie es aussah, hatte Barrett alles unter Kontrolle, ein Wagen wartete bereits auf sie. Sie kamen ungehindert durch sämtliche Kontrollen. Wie sie es hasste, die Dinge nicht mehr unter ihrer Kontrolle zu haben! Am Charles de Gaulle Airport war er ihr noch hinterhergedackelt. Jetzt war sie an der Reihe. Er hatte zwei Reisetaschen dabei. Eine mit seinen Klamotten und die andere mit zwei Laptops und ein paar Waffen. Niemand hielt ihn auf. Sie mussten noch nicht einmal die Taschen durchleuchten lassen. Er zeigte nur einen Ausweis vor und zack, war die Sache erledigt. Erst jetzt sah sie, dass ein Mann am Steuer des Wagens saß, der vor dem Flughafengebäude auf sie wartete. Sie verstaute ihre Reisetasche im Kofferraum und schickte sich an, um den Wagen herum zu gehen.

„Nach hinten."

Super, jetzt fing Barrett auch noch an, ihr Befehle zu erteilen. Wo hätte sie auch sonst Platz nehmen sollen. Nach vorn und sich auf seinen Schoß setzen? Sie nahm also auf der Rückbank Platz und betrachtete den Mann, der am Steuer saß von der Seite. Der nahm keine Notiz von ihr, sondern wendete sich an Barrett. „Gab es Probleme?"

„Nein, der Pass hat uns alle Türen geöffnet."

Was war das für ein Pass gewesen, den Barrett benutzt hatte? Und wer zum Teufel war der Kerl am Steuer, der sich jetzt in den mörderischen Verkehr einfädelte. Er war kein Japaner. Vielleicht Amerikaner mit asiatischem Einschlag. Er schien zwischen dreißig und vierzig zu sein und sprach ein akzentfreies britisches Englisch. Das verwirrte sie.

„Ich dachte echt, die erwischen dich."

Barrett blickte kurz auf den Fahrer. „Sie haben es jetzt zweimal versucht."

Rachel hielt es nicht mehr aus. „Hey Jungs, könnte mich vielleicht mal einer von euch aufklären? Mein Name ist übrigens Rachel, und ich wüsste gern, in wessen Auto ich hier sitze."

Sie hörte Barretts leises Lachen.

„Wessen Auto das ist, kann ich leider nicht sagen. Es ist geklaut", sagte der Mann hinter dem Steuer.

„Was?", entfuhr es ihr.

Die schmalen Lippen des Mannes pressten sich noch enger aufeinander. Versuchte er da etwa, ein Lachen zu unterdrücken? In Ermangelung einer Idee für eine Antwort betrachtete sie ihn noch einmal. Pechschwarze dichte Haare, leicht dunkle Hautfarbe. Seine Augen waren schwarz mit schmalen Brauen. Er sah recht exotisch aus. Wie die Menschen in der Mongolei. „Sie sind Mongole, oder?"

„Ist das wichtig?"

„Rachel teilt die Menschen gern nach Geschlechtern und Nationalität ein, damit sie sie in eine Schublade stecken kann."

Dafür hätte sie Barrett gern in den Nacken gehauen. Aber verdammt, irgendwie so um sieben Ecken hatte er ja recht. Sie hatte schließlich oft genug insistiert, dass er ein Mann und Amerikaner und sie Britin und eine Frau sei, und deswegen Vertrauen und eine Beziehung unmöglich waren. Natürlich würde sie das niemals vor ihm zugeben. Beide Männer grinsten sich kurz an.

„Sie wird nicht locker lassen, oder?", fragte Mr. Mongole.

„Ich fürchte nicht."

Barretts tiefe Stimme schaffte es immer noch ihr Schauder über die Haut zu jagen, selbst wenn sie wütend auf ihn war.

„Hey! Ich sitze hier! Könntet ihr bitte aufhören, über mich in der dritten Person zu reden!"

„Nenn mich Can. Und ja ich komme aus der Mongolei."

„Du bist Agent?"

„So was in der Art."

Die Antwort befriedigte sie nicht, aber ihr war klar, dass er nicht mehr verraten würde. Sie musste einfach geduldig sein, immerhin bildete sie noch ein Team mit Barrett und da würde er ihr früher oder später mehr verraten müssen. „Wo fahren wir hin?"

„An einen sicheren Ort." Diese vage Antwort kam dieses Mal von Barrett. Die beiden Kerle konnten einen echt in den Wahnsinn treiben. Je mehr Fragen sie stellte, desto mehr Fragen hatte sie nach den Antworten im Kopf. Also beschloss sie, nichts mehr zu sagen und sich zurückzulehnen. Irgendwann würden sie schon am Bestimmungsort ankommen.

*

Barrett wunderte sich etwas, dass Rachel nicht schon im Flugzeug mehr Fragen gestellt hatte. Er war sich sicher, dass sie Peter Dobson bisher nicht informiert hatte. Vielleicht würde sie es auch nicht tun, aber sicher sein konnte er nicht.

Mehr als alles andere wünschte er, ihr vertrauen zu können. Ein echtes Team mit ihr zu bilden. Aber das war im Moment utopisch, da machte er sich nichts vor. Es war dennoch die einfachste Lösung gewesen, sie mitzunehmen. So hatte er sie besser unter Kontrolle, als wenn er sie in Erquy zurückgelassen hätte. Vielleicht wollte er sich auch einfach noch nicht von ihr trennen. Er war wohl zu einem verliebten Narr mutiert, und der Gedanke gefiel ihm nicht.

Rachel hatte aufgehört Fragen zu stellen und Can konzentrierte sich auf die Fahrt.

Barrett betrachtete die Menschen und Autos. Sie kamen nur im Schneckentempo voran. Tokio war absolut nicht mit International Falls in Minnesota zu vergleichen, auch nicht mit Austin in Texas, seiner Heimatstadt. Es erinnerte ihn eher an New York. Einmal war er mit seinem Bruder dort gewesen. Es schien ihm eine Ewigkeit her zu sein. Er hatte gerade die Highschool abgeschlossen und Aidan hatte ihm eine Woche New York geschenkt inklusive Shopping-Tour, Sightseeing und jeder Menge Alkohol. Allerdings brav im Luxushotel, da er zu dem Zeitpunkt natürlich noch keine einundzwanzig gewesen war. Schon damals hätte er lieber zu Hause am PC gesessen, aber sein Bruder hatte ihm eine Freude machen wollen, und alles in allem hatte der Trip Spaß gemacht. New York war ihm zu bunt und zu voll gewesen. Dasselbe konnte er jetzt über Tokio sagen. Was wusste er eigentlich über Tokio? Dass es genau genommen keine Stadt war, sondern ein Gebiet aus dreiundzwanzig Bezirken in der Kanto-Region im Osten der japanischen Hauptinsel Honshu. Die Bezirke bildeten zusammen mit den Städten und Gemeinden der westlich gelegenen Tama-Region und den südlichen Izu- und Ogasawara-Inseln die Präfektur Tokio.

Der Name bedeutete Östliche Hauptstadt. Mit 9.059.903 Einwohnern nicht nur die bevölkerungsreichste Stadt Japans, sondern der Sitz der japanischen Regierung sowie des Tenno und auch de facto die Hauptstadt Japans. Außerdem war Tokio das Finanz-, Industrie-, Handels-, Bildungs- und Kulturzentrum Japans mit Universitäten, Hochschulen, Forschungsinstituten, Theatern und Museen. Das Wichtigste aber, Tokio stellte mit den Flughäfen Narita und Haneda und mit dem Ausgangspunkt der meisten Shinkansen-Linien auch das Verkehrszentrum des Landes dar. Was auch immer hier in den Schiffen aus Nordafrika ankam, würde nicht lange in Japan verweilen, sondern vermutlich nach Nordkorea gebracht. Ob es wirklich Waffen waren, die die Schiffe an Bord hatten, musste er noch herausfinden und natürlich, was aus diesen Lieferungen werden sollte.

Er warf einen Blick in den Rückspiegel. Ob Rachel bewusst war, dass sie ihre schönen Lippen zu einem Schmollmund verzogen hatte? Wahrscheinlich nicht. Die Falte hatte sich wieder zwischen ihren Augenbrauen gebildet. Er konnte förmlich sehen, dass sie angestrengt nachdachte. Erneut traf ihn der Wunsch, sich in ihr Gehirn hacken zu können. Wenn er doch nur gewusst hätte, was in ihr vorging. Es hätte alles einfacher gemacht. Mittlerweile hatten sie die extrem vollgestopften Straßen hinter sich gelassen und die Fahrt ging etwas zügiger voran.

Ihr Ziel war ein kleines Appartement in der Nähe der Bucht von Tokio. Schneller als Barrett gedacht hatte, waren sie angekommen.

Rachel stellte keine weiteren Fragen, sondern folgte ihnen. Can schloss auf, überreichte ihm die Schlüssel mit der Bemerkung, dass der Kühlschrank voll sei. Barrett ließ seine Reisetaschen auf die kleine Couch fallen. Erst dann bemerkte er, dass Rachel immer noch mit ihrer Tasche mitten im Raum stand.

„Wo geht er hin?"

„Keine Ahnung." Barrett wusste es wirklich nicht.

Jetzt ließ auch Rachel ihre Tasche neben sich auf den Boden gleiten. „Du vertraust ihm?"

„Ich vertraue niemandem." Das war die Wahrheit.

„Wieso hat er uns dann abgeholt und hergebracht?"

„Wir brauchen ihn. Das heißt aber nicht, dass ich ihm vertrauen muss, oder?"

Rachel zögerte einen Moment. Er sah, dass sie etwas erwidern wollte. Wieder bildete sich die Falte zwischen ihren Augenbrauen.

„Du hast *wir* gesagt, aber du vertraust niemandem. Also auch mir nicht."

Was sollte er darauf erwidern? „Nein."

„Was tue ich dann hier?"

Ihre Augen glitzerten schon wieder so verdächtig. Sie wurde wütend und dann war sie besonders schön. Gar nicht gut. „Wir sind immer noch ein Team. Das Team, das die Queen retten soll."

„Ich habe eher das Gefühl, dass du dein eigenes Ding durchziehst und ich nur hier bin, damit du mich unter Kontrolle halten kannst."

„Was würdest du an meiner Stelle tun?"

Rachel starrte ihn an, klappte den Mund wieder zu und schwieg. Er ging ein paar Schritte auf sie zu. Nicht zu nah, wenn ihre Augen diese Funken sprühten, musste er wohl mit ihrer Kampffertigkeit rechnen. Nicht dass er was dagegen gehabt hätte mit ihr auf dem Boden zu landen, aber im Moment war es vielleicht doch wichtiger, ein paar Dinge zu klären. „Du hast noch nicht darüber nachgedacht?"

Ihre Wut verebbte, er konnte es sehen. Rachel schüttelte den Kopf. So als würde ihr jetzt erst klar, dass er keine große Wahl hatte. Der MI6 wollte ihn opfern und Rachel gehörte nun mal diesem Verein an.

„Ich würde wahrscheinlich genauso handeln."

Ihre Stimme war kaum hörbar gewesen.

Zuzugeben, dass andere im Recht waren, fiel ihr schwer, aber er mochte ihren Dickkopf. Viel zu sehr. Das war nicht gut. Es war auch nicht gut, noch einen Schritt auf sie zuzugehen. Der Drang, sie zu berühren, wurde übermächtig. Für einen Moment wünschte er sich zurück nach Erquy. Zurück in den Garten, wo er sie gefüttert und dann ins Bett getragen hatte. Sie waren sich nah gewesen, sehr nah. Nicht nur auf körperlicher Ebene, aber es hatte nicht gereicht. Denn eine letzte Mauer hatte sie immer noch um sich gehabt, was jetzt dazu führte, dass er sich besser von ihr fernhielt. Der Wunsch, sie zu berühren, war noch da, aber er beherrschte sich. „Es gibt hier nur ein Schlafzimmer. Ich nehme die Couch."

Sie betrachtete das kleine abgewetzte Teil, das an der Wand stand. Außer einem Schreibtisch war nichts in dem Raum, sodass die Bezeichnung Wohnzimmer die Übertreibung des Jahres war.

„Du bist größer als ich, Barrett, ich nehme die Couch."

„Punkt eins: Der Größenunterschied ist nicht der Rede wert zwischen uns, also zählt das nicht. Punkt zwei: Ich bin der Mann und ich bin ein Gentleman. Also schlafe ich auf der Couch."

Sie schnaubte.

„War das ein Ja? Oder übst du die Rolle des Pferdes in Ascot?"

„Idiot. Ja, ich nehme dann das Schlafzimmer. Nutzt ja nichts mit dir deswegen rumzustreiten. Du wirst nicht nachgeben, habe ich recht?"

„Hast du." Zufrieden sah er ihr hinterher, als sie im angrenzenden Schlafzimmer verschwand. Das hatten sie dann wenigstens geregelt. Der Rest würde nicht so einfach werden.

*

Abid spielte mit dem lupenreinen Diamanten. Ein wunderschön geschliffenes Exemplar. Der Juwelier in Zürich war sein Geld wert. Jeden einzelnen Dollar. Die anderen Steine hatte Hussein schon auf den Weg gebracht. Heutzutage zahlte man in Edelsteinen. Sie gingen jetzt um die Welt. Trafen auf die richtigen Leute, um sicherzustellen, dass am Tag X alles glattgehen würde. Dieser eine Diamant hier in seiner Hand war nicht als Bezahlung gedacht, sondern als Geschenk. Zazouela würde sich freuen. Der Tag X. Die Pläne mussten geändert werden. Die Situation hatte sich verändert. Er hatte bisher weder Peter Dobson noch Hussein informiert. Er war sich nicht sicher, wie er genau vorgehen sollte. Im Grunde hatte es ihm immer leidgetan, die Königin von Großbritannien töten zu müssen. Elisabeth war ihm ans Herz gewachsen. Sie teilten beide die Vorliebe für Vollblutpferde, deren Zucht und deren Einsatz auf der Rennbahn. Er hatte oft überlegt, ob es anders gehen könnte. Hatte nach

einem anderen Opfer gesucht, aber sie war die beste Lösung um die Operation „Red Crucify“ in die Wege zu leiten. Und sie war der perfekte Aufhänger gewesen, um diesen Barrett Manor auszuschalten. An die SAJ-Leute kam man schlecht ran, insbesondere an diesen. Dass er mit dem Mord an der Queen auch Elena loswerden konnte, war ihm erst später eingefallen. Aber das machte die Sache so perfekt. Elena war ihm hörig und würde die Queen sicher für ihn töten. Und zur Not gab es noch andere Mittel und Wege sie dazu zu zwingen. Seine Gedanken wanderten zu Hussein. Der hatte ihn darauf aufmerksam gemacht, dass er nach geltendem Recht in seinem Land Elena dann zum Tode verurteilen konnte. Hussein hätte den Tag X nicht mehr erlebt. Er wäre in Zürich draufgegangen. Barrett Manor ihm ausgeliefert worden und auch tot. Jetzt war alles anders. Hussein lebte noch. Es gab auch keine Notwendigkeit mehr, ihn zu töten. Er hatte schließlich einen Erben beziehungsweise eine Erbin. Hussein war nützlich, war er immer gewesen und er war sein Freund. Aber ohne einen Nachfolger wäre er zu seinem Feind geworden. Sein Plan war so genial gewesen. Kompliziert und verwinkelt, aber genial – und jetzt war alles durcheinander. Er musste es ordnen. Dringend. Frage Nummer eins war, warum die Agentin und Barrett nicht in Zürich aufgetaucht waren. Dies konnte er natürlich unmöglich mit Hussein erörtern. Also doch endlich Kontakt zu Dobson aufnehmen. Er ließ den Diamanten in ein Samtkästchen gleiten und griff zum Telefon. Er wählte die Nummer, die ihm eine sichere, verschlüsselte Leitung garantierte.
Peter Dobson war sofort am Apparat. „Was ist los bei dir? Ich versuche, seit Donnerstagabend ein Gespräch mit dir zu bekommen.“

Dobson war also sauer. Abid hatte seine Anrufe nicht beantwortet. Natürlich wollte der Mann vom MI6 wissen, was in Zürich schiefgelaufen war. Woher zum Teufel sollte er das wissen?

„Ich war beschäftigt.“

„Die Agenten sind nicht in Zürich aufgetaucht und ich kann Rachel nicht erreichen.“

Oha, das war interessant. „Hussein lebt noch."

„Das ist mir klar."

Dobson schien ungeduldig zu sein. Schlechte Angewohnheit. Aber Abid hatte selbst manchmal Probleme mit dieser angeblichen Tugend. „Es ist deine Agentin. Ich dachte, du könntest ein wenig Aufklärung in der Zürich-Angelegenheit beisteuern. Aber das ist nicht der Hauptgrund meines Anrufes."

„Nicht?" Echte Überraschung war in Peter Dobsons Stimme zu vernehmen.

„Ich habe Informationen, die einiges von Grund auf ändern könnten." Es fiel ihm schwer darüber zu sprechen, aber Peter kannte schließlich sein Geheimnis. Er fuhr sich durch die Haare. „Ich habe eventuell die Lösung meines Problems, sodass Hussein am Leben bleiben kann."

„Hussein wäre nur einer von vielen gewesen, die dich gestürzt hätten."

Darüber wollte er nicht diskutieren. „Was weißt du über die Familie von Rachel Adams?"

„Wie?"

Wieder Überraschung in der Stimme. Abid musste grinsen. „Deine Agentin. Familie, Background, alles eben."

„Warum ist das wichtig?"

Jetzt war Misstrauen in der Stimme. Er hätte gern Peters Gesicht und Körpersprache während des Telefonates gesehen. Normalerweise war das in solchen Gesprächen unerlässlich. Aber eine sichere Leitung mit Peter per Videokonferenz herzustellen war schwierig.

„Ich sage es dir, wenn du mir geantwortet hast." Immer diese Tänzchen um den heißen Brei, bei jedem Gespräch ging das so. Es nervte. Abid spielte mit dem goldenen Brieföffner.

„Na schön."

Fast glaubte Abid, ein Zähneknirschen von Peter zu vernehmen, bevor dieser weitersprach. „Hauptsächlich in der Türkei aufgewachsen. Ihr Vater hat dort für eine Stahlfirma gearbeitet. Die Mutter hat die Familie früh verlassen. Einfach verschwunden. Rachel wurde von ihrem Vater großgezogen, war kurz in der Royal Army und ist dann aufgrund ihres Talentes in vielen Bereichen schnell bei uns gelandet. Ihr Vater ist vor einigen Jahren an einem Herzinfarkt gestorben. Es schien Rachel egal gewesen zu sein."

Ja, der Herzinfarkt war Abid sehr gelegen gekommen. Er hatte Elena geheiratet, obwohl sie offiziell noch mit einem anderen Mann verheiratet gewesen war. Er hatte es immer vor sich hergeschoben, den Mann zu suchen. Mehr aus Faulheit. Als er es dann getan hatte, war Elenas Mann schon tot gewesen. Wenigstens in diesem Punkt hatte er sich die Finger nicht mehr schmutzig machen müssen. „Was ist mit der Mutter?"

„Der Name war Lisa E. Monroe."

Der Brieföffner glitt ihm aus der Hand. Dann hatte Elena die Wahrheit gesagt. Der Name ihres Mannes war Adams gewesen. Elena hatte ihm gegenüber immer ihren zweiten Vornamen und den Mädchennamen benutzt.

„Soweit ich weiß, hat sie nie versucht, ihre Mutter zu finden. Sie hat ihr wohl nie verziehen, dass sie die Familie einfach verlassen hat."

Abid musste sich räuspern, bevor er wieder sprach. „Peter, diese Rachel ist Elenas Tochter."

Lange Zeit kam vom anderen Ende der Leitung nichts mehr. Irgendwann ein Klirren, so als werfe jemand einen Eiswürfel in ein Glas, dann das Geräusch vom Öffnen einer Flasche. Ein Drink, das war gar keine schlechte Idee. Das Gespräch konnte länger dauern. Sie hatten einiges zu besprechen und vor allen Dingen mussten sie klären, warum Rachel gerade jetzt nicht mehr für ihren Vorgesetzten erreichbar war.

*

Rachel war sauer. Dieser Can war irgendwann wieder aufgetaucht und hatte mit Barrett die Wohnung wieder verlassen, natürlich ohne sie zu informieren, wo sie hingehen wollten. Jetzt saß sie hier in dieser kleinen Bruchbude und war zur Untätigkeit verdammt. Etwas, das sie mehr als alles andere auf der Welt hasste. Zumal sie nun das Gespräch mit Peter nicht weiter hinausschieben konnte. Er war ihr Vorgesetzter und ihr Freund und mittlerweile würde er sich sicher Sorgen um sie machen. Er musste erfahren, dass sie in Tokio war. Er würde sich auch fragen, warum der Akt der Prävention in Zürich nicht ausgeführt worden war. Dass sie einen Zusammenbruch gehabt hatte, wollte sie ihm allerdings nicht mitteilen. Ein Handy hatte sie nicht mehr und Barrett hatte seines natürlich mitgenommen. Aber ihr Netbook war noch funktionsfähig. Internettelefonie war äußerst unsicher, aber Peter würde da sicher was verschlüsseln können. Irgendwie beneidete sie Barrett um dessen Kenntnisse. Sie hatte sich immer nur im allernötigsten Maß für diesen technischen Kram interessiert. Sie hatte keine Ahnung, wie lange Barrett und Can wegbleiben würden, also griff sie zum Netbook und stellte die Verbindung zu Peter her.

Er schien überrascht zu sein, ihr Gesicht am Bildschirm zu sehen. Schnell erklärte sie ihm, dass ihr Handy den Geist aufgegeben hatte. Er versprach, sie via Internet über eine sichere Leitung zurückzurufen. Es dauerte fünf Minuten.

„Rachel, was ist los? Warum wart ihr nicht in Zürich?"

Es tat gut, das vertraute Gesicht von Peter zu sehen. Die Güte in seinen Augen, aber da war auch Besorgnis.

„Er … wir haben uns dagegen entschieden. Er weiß, dass wir ihn opfern wollten."

Wenn Peter ihr nicht glaubte oder misstrauisch war, so ließ er sich nichts anmerken. Sie war immer noch nicht mit sich übereingekommen, wie viel sie Peter sagen wollte.

„Ist schon gut Rachel. Die Dinge haben sich ein wenig geändert. Ich bin froh, dass du mich kontaktieren konntest. Wo bist du?"

„In Tokio."

Jetzt war eindeutig Überraschung in seinem Gesicht zu erkennen. Seine buschigen Brauen schnellten nach oben.

„Was zum Teufel macht ihr dort? Ist Barrett in der Nähe?"

„Ich bin im Moment allein. Weiß aber nicht, wie lange. Er glaubt, dass es um ihn geht. Dass es nicht darum geht, die Königin auszuschalten, sondern ihn, weil er einen Funkspruch aufgefangen hat. Er denkt, dass Abid Größeres vorhat. Peter?"

„Ja?"

„Ist da was dran?" Sie musste ihn einfach noch mal fragen. Sie erinnerte sich an das letzte Gespräch mit Peter. Es war nicht zu ihrer Zufriedenheit gelaufen. Sie konnte nur hoffen, dass Peter endlich mit offenen Karten spielte.

„Rachel, du musst mir jetzt gut zuhören. Seid ihr allein in Tokio?"

„Er hat hier einen Kontaktmann. Er nennt sich Can."

Peter nickte. „Die Sache ist anders, als wir alle dachten. Barrett spielt falsch. Er will dich glauben machen, dass er zu den Guten gehört. Mittlerweile weiß ich, dass er mit drinhängt. Er hat irgendwas in Asien vor. Wir müssen die Sache beenden. Du wirst diesen Can und auch Barrett ausschalten."

Rachel konnte nicht verhindern, dass sie nach Luft schnappte. „Peter, wir waren es doch, die die SAJs kontaktiert haben. Wie kann es sein, dass er mit drinhängt?"

„Wenn ich das alles so genau wüsste. Aber es ist ein Fakt. Die Beweise liefere ich dir in ein paar Tagen, wenn du die beiden erledigt hast. Wir treffen uns dann in drei Tagen in Dubai. Von da aus begeben wir uns zu Abid, in die Höhle des Löwen."

Vieles hatte sie erwartet, aber nicht, dass sich Peter persönlich einschalten würde.

„Ich verstehe das alles nicht, Peter."

„Du wirst es in drei Tagen verstehen, wenn wir uns in Dubai treffen. Vertrau mir."

Sie hatte ihm immer vertraut. „Aber ich bin keine Auftragskillerin."

Peter lachte kurz auf. „Aber du hast die Lizenz zu töten und in Zürich wäre es doch auch dazu gekommen. Rachel, du bist stark. Die Sicherheit von vielen Nationen hängt davon ab. Schalte diesen Can und Barrett aus. Das sollte doch kein Problem sein. Sie rechnen nicht damit. Wir sehen uns dann in drei Tagen."

Rachel nickte nur. Sie konnte nichts sagen. Ihr Gehirn schien leer zu sein. Ihre Lippen fühlten sich taub an, ihre

Eingeweide hohl, eine Gänsehaut hatte sich an ihrem Körper gebildet und ihr Herz war schwer wie ein tonnenschwerer Stein.

„Rachel? Du wirst es tun?“

„Du kannst dich auf mich verlassen, Peter.“

Jetzt war da wieder diese Güte in Peters Augen. Das beruhigende, vertraute Lächeln. „Das ist mein Mädchen. Wenn das alles vorbei ist, steht dir eine große Zukunft bevor. Ich lasse dich in den nächsten Stunden wissen, wo unser Treffpunkt in Dubai sein wird.“

„Ist gut.“ Hatte Peter sie überhaupt gehört? Ihre Stimme schien verschwunden zu sein. Anscheinend schon, denn er nickte, dann flackerte der Bildschirm kurz auf, bevor er schwarz wurde. Das Gespräch war beendet.

10

Barrett trank einen Schluck von dem weißen Tee, den Can ihm aufgeschwatzt hatte. Er beobachtete die Leute, die geschäftig am Hafen umherliefen. Er fühlte sich wohl hier. Obwohl viele Menschen diesen Ort frequentierten, schien keiner auf den anderen zu achten. Perfekt für Menschen mit entstellten Gesichtern und perfekt, um sich als Verbrecher frei zu bewegen. Perfekt auch für Agenten. Er widmete seine Aufmerksamkeit wieder Can. „Also die NSA bezahlt dich."

Can grinste breit. „Nicht regelmäßig. Ich bin Freelancer. Die NSA hat so viele Untergruppen, dass die da selbst nicht mehr durchblicken."

Barrett fragte erst gar nicht. Er wusste es ohnehin. Can war offiziell Angestellter des japanischen Geheimdienstes. Von denen bekam er sicher auch noch ein nettes Gehalt. Jeder, wie er es für richtig hielt. Can stellte seine Teetasse auf den Tisch.

„Ich habe mich mal bei den SAJs beworben, aber Snyder hat mich abgelehnt. Der nimmt nur handverlesene Leute auf."

Barrett lehnte sich zurück, dann war er wohl was Besonderes. Hätte er auch gut drauf verzichten können.

„Die Frau, Rachel." Can machte eine kunstvolle Pause. „Läuft da was mit ihr?"

„Wie kommst du darauf?"

Ein Schulterzucken war die Antwort. „Ist nicht gut, weißt du. Ich spreche da aus Erfahrung. Menschen in unserem Job sollten lieber keine Beziehungen unterhalten."

Etwas war in Cans dunklen Augen, das Barrett innehalten ließ. Da war ein tief sitzender Schmerz. Irgendwann musste etwas in Cans Leben verdammt schiefgelaufen sein. Aber das ging ihn nichts an.

„Du wolltest mir deine neuesten Informationen geben." Barrett zog es vor, das Thema Rachel nicht weiter zu vertiefen.

Wieder folgte dieses breite Grinsen. „Ich stelle meine Dienste Snyder in Rechnung."

„Davon bin ich ausgegangen."

„Die haben mich auf dem Kieker. Ihr müsst verdammt vorsichtig sein. Da läuft was richtig Großes. Ich bin mir ziemlich sicher, dass da Waffen an Bord sind. Es kommen regelmäßig Schiffe an. Aber ich glaube nicht, dass es nur um Waffenlieferungen geht."

Barrett war überrascht. „Warum nicht? Nordkorea rüstet doch gern auf, oder nicht?"

„Ja, aber was wollen sie damit anfangen? Südkorea angreifen? Dann haben sie die Welt am Hals. Keine Chance für so ein kleines Land. China und Russland werden sich raushalten. Also keine große Hilfe zu erwarten. Die sind schneller platt, als sie *Atomwaffe* sagen können. Das ergibt keinen Sinn."

Barrett dachte darüber nach. Can hatte wohlmöglich recht. „Dann sind die Waffen nur Tarnung?"

„Wie die paar Lebensmittel, die an Bord sind? Vielleicht. Die Waffen sind wahrscheinlich nur dazu da, um das eigene Volk weiter in Schach zu halten."

„Nachvollziehbar." Der Kellner kam an den Tisch und Can bestellte noch einen Tee.

Barrett bevorzugte einen Kaffee. „Also müssen wir auf eine Lieferung warten und das Schiff durchsuchen."

„Ziemlich gefährliche Angelegenheit."

„Hast du eine bessere Idee?"

Can lehnte sich zurück. Es dauerte eine Weile, bis er antwortete. „Das schaffst du nicht allein. Und die Frau, traust du ihr?"

Im ersten Moment wollte Barrett ja sagen, sein Herz wollte es. Aber sein Verstand warnte ihn. „Derzeit nicht."

„Ich kann dir helfen. Ein paar Leute mobilisieren."

Uneigennützigkeit gab es im Agentenmilieu nicht. „Was ist dein Preis, Can?"

„Der ist nicht hoch. Ich will zu den SAJs, ich habe die Scheiße hier satt."

Barrett wunderte sich, war sich aber sicher, dass Can ihm nicht verraten würde, warum er so scharf auf einen Job bei den SAJs war. „Ich kann dir da aber nicht helfen. Snyder hat dich abgelehnt. Ich kann ihn noch mal fragen, aber wenn er einmal eine Entscheidung getroffen hat, dann bleibt er meiner Erfahrung nach dabei."

Can lachte. „Ich will doch auch gar nicht unter Snyder arbeiten. Ich bin ein Meister im Informationenbeschaffen. Und ich weiß, dass du eines Tages sein Nachfolger werden sollst. Dann wirst du wieder von mir hören."

Barrett nahm einen Schluck des viel zu wässrigen Kaffees. Verdammt. Er hatte noch gar nichts unternommen, außer in Erquy herumzusitzen und kaum ging der Auftrag los, schuldete er schon jemandem etwas. Es war ein Scheiß Geschäft, mit dem er da seinen Lebensunterhalt verdiente. „Verrat mir, warum Snyder dich nicht wollte."

Can konzentrierte sich auf seinen Tee. Bedächtig nahm er einen Schluck nach dem anderen.

Barrett fragte sich schon, ob der Mongole überhaupt noch antworten würde, als er die Tasse klirrend auf den Tisch stellte.

„Wusstest du, dass Snyder eine Tochter hat?"

„Er hat Familie?" Das war ihm neu. Wenn Barrett an seinen Boss dachte, dann war er einfach nur der Boss. Ein Neutrum, das nur für die SAJs lebte. Er hatte nie darüber nachgedacht, dass er ein Leben außerhalb der Truppe führen könnte. Eine Frau und Kinder, das passte so gar nicht zu Corey.

„Er hat eine Tochter. Verheiratet war er nie."

Barrett schüttelte den Kopf. Er war nie auf den Gedanken gekommen, seinen Boss einmal zu durchleuchten.

Can grinste wieder mal. „Also wusstest du es nicht."

„Nein."

„Reicht es dir, wenn ich dir sage, dass da mal was zwischen seiner Tochter und mir lief und ich den Job deswegen nicht bekommen habe? Er hütet sie wie seinen Augapfel. Wahrscheinlich wird er ihr den Mann aussuchen. Wenn er das nicht schon getan hat. Ich habe mir abgewöhnt, Informationen über sie zu beschaffen."

Da war wieder dieser Schmerz in den dunklen Augen. Die Geschichte war wahrscheinlich nicht so einfach, aber Barrett beließ es dabei.

„Und? Ich helfe dir hier. Wenn du der Boss bist, dann verschaffst du mir einen Job bei den SAJs. Haben wir einen Deal?“

„Ja. Den haben wir.“

„Wenn sie die Abstände einhalten, wird in zwei Tagen wieder ein Schiff einlaufen.“

Barrett nickte nur. In zwei Tagen ging die Aktion also richtig los. Da hatte er ja noch genug Zeit, sich zu überlegen, ob er Rachel einweihen sollte, oder nicht.

*

Elena zog sich langsam an. So als könne sie damit hinauszögern, Abids Gemächer verlassen zu müssen. Er hatte mit ihr geschlafen. Es war ihr aber nicht entgangen, dass er nicht bei der Sache gewesen war. An was oder wen hatte er gedacht? Etwa an dieses Flittchen Zazouela? Das musste sich ändern. Sie hatte ihm schließlich eine Erbin geliefert. Zugegeben, noch war Rachel nicht da, aber Abid hatte ihr versichert, dass sie in drei bis vier Tagen hier sein würde. Sie knöpfte ihre Bluse zu. Abid machte keine Anstalten, das Bett zu verlassen. Dennoch hatte er sie aufgefordert, zu gehen. Demütigend. Es war demütigend. Das war es immer gewesen. Diese Erkenntnis traf sie wie eine meterhohe Welle. Sie schnappte nach Luft. Jetzt würde sie ihrer Tochter ebenfalls ein solches Leben angedeihen. Abid überlegte bereits, mit wem er Rachel verheiraten konnte, damit sein Reich nach seinem Tod in guten Händen war. Er beachtete sie noch nicht einmal, als sie das Zimmer verließ. Was hätte sie denn anderes tun sollen? Sie hatte keine Wahl. Die hatte sie nie gehabt. Ihre Tochter würde das verstehen. Sie war schließlich ihr eigen Fleisch und Blut. Sie würden reden müssen. Alles würde gut werden. Sie straffte die Schultern, so als könne sie so das Gefühl der Demütigung, das sie eben verspürt hatte, mit dieser Geste verschwinden lassen. Ja, sie musste mit ihrer Tochter reden. Denn sie musste noch etwas anderes erfahren. Etwas, das viel wichtiger war. Wichtiger als Abid, der Luxus und all die Entscheidungen, die sie deswegen in ihrem Leben getroffen hatte. Ein raues Lachen entfuhr ihr. Es hallte von den Wänden wider und erschreckte sie. Sie schritt die Stufen hinauf in den obersten Stock. Oben hielt sie sich am Geländer fest. Von hier oben hatte sie die beste Sicht in die Eingangshalle. Direkt auf den Springbrunnen. Das Plätschern des Wassers war im zehnten Stock immer noch gedämpft zu hören. Sie war etwas kurzatmig. Sie war schon lange nicht mehr in den obersten Stock gegangen. Für einen Moment überlegte sie, ob Abid trauern würde, wenn sie sich jetzt einfach fallen ließe. Nein. Das konnte sie nicht tun. Sie musste auf Rachel warten. Sie musste ihre Tochter sehen. Es war wichtiger denn je. Die Tiefe unter ihr schien sie magisch anzuziehen. Sie sah, dass ihre Knöchel hervortraten, sie hatte nicht gemerkt, dass sie sich so fest an das Geländer klammerte. Sie hatte es immer getan, sich immer an irgendetwas geklammert. An Luxus, an Fantasien. Es wurde Zeit, loszulassen. Seit gestern wusste sie es. Sie musste nur noch auf Rachel warten.

*

Abid sprang schnell unter die Dusche. Er musste sich beeilen. Er hatte Zazouela zu sich bestellt. Auf den Sex mit Elena hatte er zwar keine Lust gehabt, aber er musste sie schließlich bei Laune halten. Solange, bis er Rachel hatte und sie mit einem Mann seiner Wahl verheiratet war und ihm einen Enkelsohn geschenkt hatte. Gott sei Dank hatte Rachel schwarze Haare. Diese verdammten grünen Augen mussten weg. In der Öffentlichkeit würde sie dunkle Kontaktlinsen tragen müssen. Alles war perfekt geplant. Sie war ab sofort seine Tochter. Die verschollene Tochter, die nach der Geburt entführt worden war und wundersamer Weise plötzlich ohne Erinnerung wieder aufgetaucht war. Gefälschte DNA Tests waren schon in Arbeit. Die Öffentlichkeit würde es schlucken. Er hatte Hussein auch eine Lügengeschichte erzählen müssen. Hussein hatte es ihm abgekauft. Peter Dobson war der Einzige, der eingeweiht war. Er kümmerte sich auch um DNA Tests und diesen Kram. Hussein war erst misstrauisch gewesen, aber zum Glück hatte er damals noch nicht immer im Palast gelebt. Eine Schwangerschaft von Elena hätte ihm durchaus entgehen können. Nur die Entführungsgeschichte wäre unglaubhaft gewesen, denn davon hätte Hussein damals erfahren müssen. Also war die Hussein-Version, dass Elena das Kind einfach ihrem Ex-Mann gegeben hatte. Hussein hatte natürlich den Grund für Elenas angebliches irrwitziges Verhalten erfahren wollen. Abid hatte es mit post-nataler Depression entschuldigt und gehofft, dass sie noch einen männlichen Erben zeugen würden. Das war nicht geschehen, also holten sie jetzt die Tochter zurück.

Erstmal hatte er verschwiegen, dass Rachel die Agentin war, die mit Barrett Manor zusammenarbeitete. Ihm rauchte vor lauter Plänen und Lügen schon der Kopf. Er war sich nicht sicher, ob er Hussein am Leben lassen sollte. Vielleicht könnte Zazouela dessen Platz einnehmen. Sie schien genauso verschlagen und genial wie Hussein zu sein. Bei dem Gedanken musste er lächeln. Eingehüllt in seinen Bademantel legte er sich auf das Bett und wartete auf sie.

Zwei Minuten später betrat Zazouela den Raum. Er musste sich zwingen, still liegen zu bleiben. Sie war schwimmen gewesen. Es war wohl Berechnung, dass sie sich nicht mehr umgezogen hatte. Aber wen störte es schon, wer beschwerte sich schon über den Anblick einer wunderschönen Frau im Bikini? Ihre mokkafarbene Haut war makellos. Er betrachtete sie eingehend. Die Figur war perfekt. Sportlich mit den richtigen Rundungen. Dieser Hintern, so prall. Er leckte sich über die Lippen, woraufhin sie ihn anlächelte. Ihm fielen tausend Dinge ein, die er jetzt gern mit ihr gemacht hätte, aber das musste ein paar Minuten warten. Er griff in seine Nachttischschublade.

„Ich habe etwas für dich." Den lupenreinen Diamanten aus Zürich hatte er in eine Fassung bringen lassen und nun baumelte er an einer goldenen Kette. Er stand auf und legte sie ihr um den schlanken Hals. Seine Lippen streiften dabei ihren Mund. Er schaute nach unten. Die Länge war perfekt. Der Anhänger baumelte genau oberhalb ihrer Brüste. Sie riss die dunkelbraunen Augen auf. Bevor sie etwas sagen konnte, legte er den Finger an ihre Lippen.

„Nicht mit Worten. Zeig mir deine Dankbarkeit mit Taten.“

Und das tat sie. Ihre Nägel zerfetzten ihm die oberste Hautschicht oberhalb seiner Brustwarzen. Der Schmerz brachte seinen Schwanz zum Stehen. Ja, das war sie, seine kleine Wildkatze. Das Raubtier, nach dem er sich immer verzehrt hatte. Gleich würde sie ihm wieder so viel Lust bereiten. Lachend ließ er sich auf das Bett fallen. Wenn diese Rachel auch so drauf war, könnte er sich glatt dazu hinreißen lassen einen Dreier zu veranstalten. Nach eingehender Betrachtung der Fotos hatte er „seine Tochter“ Rachel für attraktiv eingestuft. Ein wirklich guter Gedanke. Er sah Rachel vor sich, während Zazouela ihm die Augen verband. Das war der spannendste Moment. Auf welchen Trip würde sie ihn wohl dieses Mal mitnehmen?

*

Rachel konnte sich nicht mehr erinnern, wie lange sie einfach nur auf den schäbigen Boden des Appartements gestarrt hatte. Sie hatte erwartet, dass sie vielleicht eine Panikattacke bekommen würde, aber nichts weiter war geschehen. Körperlich fühlte sie sich gut. Ihr Kopf machte ihr Sorgen. Ihr Verstand genauer gesagt. Der schien lieber den Dienst quittieren zu wollen. Schien nicht verarbeiten zu können, was in den nächsten Tagen passieren sollte. Die Sache war doch einfach. Sie hatte einen Auftrag bekommen und den musste sie ausführen. Das war alles. Sie war dafür geschult worden. Sie dachte an ihre Ausbildung. Sie hatte sich nie Gedanken gemacht über Ethik und Moral. Selbst, als sie die obligatorischen Gespräche mit den Psychologen des MI6 hatte führen müssen, um die Lizenz zum Töten zu bekommen, war das alles einfach nur aufregend gewesen. Niemals beängstigend. Sie würde die Bösen töten und die Welt besser machen. Verdammte Scheiße. Das Leben war aber kein James-Bond-Film. Diese verdammte Lizenz zum Töten gab es tatsächlich. Wie auch diesen Akt der Prävention, der doch bei genauer Betrachtung recht fragwürdig war. Sie stand auf und ihr entfuhr ein Schrei. Ein Wutschrei. Es nützte nichts, jetzt alles infrage zu stellen. Es brachte sie nicht weiter. Barrett war also einer der Bösen. Kein Problem. Sie würde ihn töten. Allein bei diesem Gedanken gefror ihr das Blut in den Adern und Übelkeit machte sich in ihr breit. Sie sah ihn vor sich. Wie besorgt er sie in Erquy angesehen hatte, als es ihr nicht gut ging. Wie konnte so ein Mensch, der so fürsorglich war auf einmal zur feindlichen Seite gehören? Vielleicht durch das, was ihm passiert war. Er war vielleicht wegen der Folter so verbittert, dass er sich Abid und seinen Leuten angeschlossen hatte. Vielleicht sogar erst, während sie in Erquy gewesen waren. Peter würde sie darüber schon noch aufklären. Verdammt, wenn der MI6 ihn angefordert hatte und Barrett erst in Erquy übergelaufen war, dann war sie die Schuldige. Es war dann in ihrer Obhut passiert. Sie war schuld daran. Dann musste sie die Suppe auch auslöffeln.

Der Schlüssel, der sich im Türschloss drehte, weckte sie aus ihren Gedanken. Barrett trat mit einer Tüte voller Lebensmittel ein. Essen. Sie würde nichts essen können. Erst wieder, wenn sie es hinter sich gebracht hatte. Nur wann und wie? Einfach so? Ihn hier in der Wohnung erschießen? Doch Can war nicht dabei. Den musste sie auch erledigen. Als Barrett auf sie zukam und sie schüttelte, wurde ihr erst klar, dass sie seit seinem Eintreten wie eine Irre gelacht hatte. Wie durch einen Nebel sah sie sein besorgtes Gesicht. Er hatte sie an den Schultern gepackt und sagte etwas. Sie konnte ihn nicht richtig erkennen. Nicht hören. Jetzt wusste sie auch warum. Sie weinte. Das war kein Nebel. Das waren Tränen und sie schluchzte so laut, dass sie ihn nicht verstanden hatte. Im nächsten Moment vergrub sie ihren Kopf an seiner Brust und ließ sich von ihm festhalten. Warum weinte sie bloß? Die Antwort war einfach und ließ noch viele Tränen folgen. Sie musste den Mann, in den sie sich verliebt hatte, töten. Sie würde sich selbst damit zerstören. Sie war zu tief drin, sie würde es tun. Sie musste es tun.

*

Barrett war froh, dass Can nicht mitgekommen war. Er wollte nicht, dass jemand Rachel so sah. Ob sie wieder eine Panikattacke gehabt hatte? Oder war sie endlich dabei, die Dinge zu verarbeiten, die sie so belasteten? Er hielt sie fest. Sie zitterte und konnte nicht mehr aufhören, zu weinen. Es dauerte Ewigkeiten, bis sie den Kopf hob und ihm in die Augen sah.

„Ich sehe bestimmt furchtbar aus." Sie zog undamenhaft die Nase hoch und löste sich von ihm. Süß, das war einfach unglaublich süß und sein Herz wäre am liebsten zersprungen. Oder auch in die Hose gesunken, weil ihm wieder klar wurde, wie viel diese Frau ihm bedeutete.

„Afghanistan, oder?" Rachel war auf dem Weg ins Bad gewesen. Jetzt drehte sie sich um und sah ihn erstaunt an.

„Du hattest schon mal einen Partner. Er ist tot nicht wahr?" Es war ein Schuss ins Blaue. Barrett hatte nicht wirklich Nachforschungen angestellt. Nur ein kleines bisschen in ihrer MI6 Akte geblättert. Die nicht ergiebig gewesen war. Ihr Blick verdunkelte sich. Als hätte sich ein Schatten über sie gelegt. Die Luft schien eisig zu werden. War er zu weit gegangen, weil er diese Vermutung geäußert hatte?

„Hast du dich beim MI6 eingehackt?"

Ihr Ton war ruhig und genauso eisig wie die Atmosphäre.

„Du hast eine Akte über mich, Rachel. Es gibt auch eine über dich. Im Gegensatz zu dir habe ich aber nur eins und eins zusammengezählt." Es war mehr oder weniger die Wahrheit. Er hatte immer wieder darüber nachgedacht, mit seinen Hackerfähigkeiten mehr über sie herauszufinden. Im Großen und Ganzen aber die Finger davon gelassen.

„Du glaubst, mich zu kennen?"

„Wäre das so schlimm? Wenn wir uns tatsächlich kennenlernen würden? Ich meine nicht im Bett. Ich meine uns selbst. Die Menschen, die wir sind. Ich glaube nämlich, dass du ein großartiger Mensch bist. Du versteckst deine Gefühle hinter deinem Ehrgeiz."

„Du sagst das, als wäre Ehrgeiz etwas Negatives."

„Ist es nicht. Solange man dadurch nicht hart wird und jegliche Menschlichkeit verliert. Du versuchst das gerade und dafür muss es doch einen Grund geben."

„Du hältst mich für unmenschlich?“

Ihr Ton wurde immer eisiger. Im Raum mussten mittlerweile Minusgrade herrschen. Shit. Wahrscheinlich hatte er die falschen Worte gewählt. Er war einfach nicht gut in diesen Dingen. Besonders nicht, wenn sein Herz beteiligt war. „Ich mach mir Sorgen um dich, Rachel.“

Er ging auf sie zu. Er hatte erwartet, dass sie zurückweichen würde, aber das tat sie nicht. Sie sah ihn an. Ihre Tränen waren versiegt, aber ihre Augen und Nase noch gerötet. Ihre Lippen hatte sie zu einem schmalen Strich zusammengepresst, so als wolle sie mit aller Gewalt verhindern, dass sie den Mund aufmachte und vielleicht endlich mal über das sprach, was ihr passiert war. Es gab tausend Dinge, die er ihr sagen wollte, aber nichts davon erschien ihm passend. Jetzt war sie an der Reihe. Sie musste reden. Sich ihm endlich öffnen. Er musste einfach die Gewissheit haben, dass er ihr vertrauen konnte. Dass er sich nicht über den Menschen, der in ihr war, getäuscht hatte. Er glaubte fest, dass da mehr war als die ehrgeizige Agentin, die sie mit aller Gewalt sein wollte. Er hatte es doch in Erquy gesehen. Irgendwie war alles aus dem Ruder gelaufen. Die Minuten vergingen. Sie stand einfach nur da und sah ihn an. Er fühlte sich hilflos. Wollte sie berühren, wusste aber, dass dies ein Fehler gewesen wäre. So schwer es ihm fiel, er wartete einfach.

*

Rachel fühlte sich wie durch einen Fleischwolf gedreht. Sie hätte sich in den Hintern treten können, dass sie eben hatte weinen müssen. Ihre Nase war immer noch verstopft von der Heulerei. Warum hatte sie eigentlich so geweint? Schon zum zweiten Mal, seit sie mit Barrett ein Team bildete. Hatte sie um sich geweint? Um das, was in Afghanistan passiert war? Oder hatte sie geweint, weil es wieder geschehen würde? Weil sie einen Menschen, den sie dummerweise in ihr Herz gelassen hatte, verlieren würde? Sie hatte sich schon als Kind geschworen, dass sie niemanden mehr an sich heranlassen würde. Damals als ihre Mutter einfach ohne ein Wort verschwunden war. Doch dann war ihr vor einigen Jahren Bill zugeteilt worden. Er war der erste Mann gewesen, den sie in ihr Herz gelassen hatte. Alles war furchtbar schiefgelaufen.

„Sein Name war Bill, eigentlich William.“ Holy Shit, hatte sie das gerade tatsächlich ausgesprochen? Hatte sie ihre Geschichte begonnen? Ja. Was auch immer in den nächsten Tagen geschehen würde. Es zählte nicht. Es war soweit. Es musste alles raus. „Ich habe ihn aber immer nur Bill genannt. Er hasste den Namen William, er fand ihn altmodisch.“ Sie standen immer noch vor der Badezimmertür. Rachel ging zur Couch. Barrett folgte ihr und zog sich einen Stuhl heran. Er setzte sich und stützte seine Arme auf den Beinen auf. Lässig. Er war so lässig, so attraktiv. Bill war anders gewesen.

„Bill kam aus reichem Haus. Oxford. Er war einer der intelligentesten Menschen, die mir je begegnet waren. Zwei Jahre jünger als ich, aber talentierter. Jurastudium in Windeseile abgeschlossen. Ein Sprach- und Physikgenie. Begnadeter Kampfsportler. Kein Wunder, dass der MI6 ihn haben wollte. Ich sollte ihn ein wenig unter meine Fittiche nehmen, aber es stellte sich schnell heraus, dass er mir mehr beibringen konnte, als ich ihm. Zwei Jahre haben wir in der Informationsbeschaffung zusammengearbeitet. Wir waren ein hervorragendes Team. Niemand hat etwas gemerkt. Wir haben uns in den zwei Jahren ineinander verliebt. Wir hatten eine Beziehung.“

Rachel musste eine Pause machen. Sie hatte das Gefühl, als ginge es in dieser Geschichte gar nicht um sie. Sie hatte mal eine Beziehung geführt. Es erschien ihr so weit entfernt, so unmöglich. Aber damals war sie wirklich glücklich gewesen. Sie hätte wissen müssen, dass alles schiefgehen würde. Sie hätte es ahnen müssen, und das ärgerte sie am meisten. „Alles war Friede, Freude, Eierkuchen. Es lief einfach zu gut. Ich hätte misstrauischer sein müssen.“

Barrett saß ruhig da. Er drängte sie nicht, er stellte keine Zwischenfragen. Er hörte einfach nur zu. Es tat gut, es zu erzählen. „Dann bekamen wir einen neuen Auftrag. Einer der unsere Karrieren hätte pushen können. Wir sollten nach Afghanistan, nach Kabul. Die CIA war damit beschäftigt, Osama Bin Laden zu jagen. Wir sollten uns um einen Vertrauten von ihm kümmern. Der Befehl lautete, ihn gefangen zu nehmen und den Amerikanern auszuliefern. Sie hatten dem MI6 versichert, dass er vor ein internationales Kriegsverbrechertribunal gestellt würde. Wir hatten Hinweise darauf, wo er sich versteckte. Es sah alles recht einfach aus. Er war schon lange abgetaucht. Schien jetzt aber wieder in Kabul zu sein, weil er dort Frau und eine Tochter hatte. Die waren immer in Kabul geblieben. Wir sind also hin, mussten aber feststellen, dass er wohl gewarnt worden war. Er war weg. Die ganze Reise umsonst. Bill konnte sich nicht damit abfinden. Er drängte mich, noch mit ihm zu bleiben. Peter vertraute uns und so blieben wir. Wir schafften es, das kleine Netzwerk an Informanten weiter auszubauen und durch Bestechung an Frau und Kind der Zielperson heranzukommen. Der Plan war, Frau und Kind gefangen zu nehmen und ihn so zu zwingen, nach Kabul zu kommen. Niemandem sollte etwas passieren. Er kam nicht. Bill war verzweifelt. Ich drängte ihn, mit mir zurück nach England zu gehen. Wir würden sicher noch andere Gelegenheiten bekommen, ihn zu schnappen. Wir hatten mächtig Streit deswegen. Die Frau und das Kind waren noch in unserer Gewalt. Ich schwöre ich wusste nicht, was Bill vorhatte. Ich hätte versucht, ihn daran zu hindern.“

Rachel hatte das Gefühl beim Sprechen keine Luft mehr zu bekommen. Aber sie musste weitermachen. Das Grauen von damals schien in ihre Eingeweide zurückzukehren. Die Schuld, die sie auf sich geladen hatte, lastete wieder tonnenschwer auf ihren Schultern.

Barrett war aufgestanden und reichte ihr ein Glas Wasser. Er setzte sich wieder.

Sie trank gierig, das Wasser tat gut. „Eines Tages war Bill aufgeregt. Er sagte, er hätte einen Plan. Dann verschwand er in den Keller unserer Räumlichkeiten. Als er wieder nach oben kam, trug er die Leiche der Frau auf den Armen. Ich dachte erst, sie wäre in dem provisorischen Gefängnis zusammengebrochen, doch dann sah ich die Schusswunde in ihrem Kopf. Bill hatte sie vor den Augen ihres Kindes hingerichtet. Wir hatten ein kleines Team vor Ort. Bill gab Anweisungen die Leiche als Botschaft an die Leute zu senden, von denen wir wussten, dass sie Kontakt zu unserer Zielperson haben mussten. Ich hätte das alles unterbinden müssen. Immerhin habe ich dieses Team angeführt. Aber ich war wie gelähmt. Ich konnte nicht. Ich ließ ihn gewähren. Dachte nur daran, dass das Kind jetzt allein war, unten in diesem Keller. Ich war mir auch sicher, dass der Plan nicht funktionieren würde. Wegen des Kindes würde er nicht zurückkommen. Es war schließlich ein Mädchen. Aber ich hatte mich getäuscht. Er lieferte sich tatsächlich aus. Ich habe noch nie so viel Schmerz gesehen. Er musste seine Frau wirklich geliebt haben. Er bat darum, sein Kind noch einmal in die Arme schließen zu dürfen. Bill untersagte es. Ich weiß, der Mann war ein Kriegsverbrecher. Er hatte unzählige Menschen – auch Frauen und Kinder – auf dem Gewissen, aber dennoch erwachte ich endlich aus dieser Starre der letzten Tage. Irgendwie erinnerte ich mich endlich daran, dass ich die Chefin des Teams war."

Rachel wunderte sich, sie hatte die ganze Zeit, während sie erzählt hatte, die Hände zu Fäusten geballt gehabt. Ihre Nägel hatten sich tief in ihre Handinnenflächen gebohrt. Jetzt, wo sie die Finger ausstreckte, bemerkte sie, dass sie zitterte. Ihr war auf einmal unglaublich kalt. „Ich gab den Befehl, die Fesseln abzunehmen und das Mädchen zu ihm zu führen. Bill war sauer. Nein sauer ist nicht der richtige Ausdruck, er war wütend. Nicht nur auf mich. Da war auf einmal so viel Hass in ihm. Warum weiß ich bis heute nicht. Er beschimpfte mich, die Moslems, die ganze Welt, glaube ich. Wir stritten, während das Kind nach oben zu seinem Vater gebracht wurde. Und dann ging alles so furchtbar schnell. Bill grinste auf einmal. *Weißt du, was die perfekte Strafe für den Kerl wäre?* , hat er gesagt. Ich hätte es mir denken sollen, aber so schnell funktionierte mein Gehirn in diesem Moment nicht. Die perfekte Strafe war für Bill, das kleine Mädchen in den Armen ihres Vaters zu erschießen. Ich sah das Entsetzen in den Augen des Vaters. Ich sah die Genugtuung in Bills Augen und ich sah, wie er die Pistole auf den Menschen richtete, den wir vor dem Tribunal abzuliefern hatten." Für einen Moment musste sie die Augen schließen, bevor sie Barrett ansah. „Da habe ich Bill erschossen. Der Befehl war, die Zielperson lebend zu den Amerikanern zu bringen. Diesen Befehl habe ich befolgt."

*

Barrett war erschüttert. Sie hatte zugesehen, wie der Mann den sie geliebt hatte, eine unschuldige Frau und ein Kind ermordet hatte. Und sie hatte den Mann, den sie liebte oder zu lieben glaubte erschossen, um einen Kriegsverbrecher am Leben zu halten. Man hätte stundenlang diskutieren können, wer letztendlich der Verbrecher gewesen war. Wer wusste schon, was Bill in Afghanistan alles gesehen hatte. Menschen mordeten in der Regel nicht ohne Grund. Irgendwann gibt es einen Auslöser. Dann reagiert man nicht mehr rational auf extrem belastende Situationen. Aber es würde Rachel nicht helfen über moralische und psychologische Aspekte zu diskutieren. Sie hatte ihre Geschichte beendet und starrte vor sich in.

„Hey. Darf ich dich was fragen?" Er gab sich Mühe, sanft zu klingen.

Sie sah zu ihm auf, als bemerke sie erst jetzt, dass er noch im Raum war. Sie nickte.

„Was ist aus dem Kriegsverbrecher geworden?"

„Verurteilt. Ein paar Hundert Mal lebenslänglich." Sie sah ihm jetzt wieder fest in die Augen. „Wenn ich eher geschossen hätte, hätte ich das Kind vielleicht retten können."

„Du konntest nicht ahnen, dass er so weit gehen und ein Kind erschießen würde."

Sie raufte sich die Haare. „Aber ich war mit ihm zusammen. Ich hätte ihn doch kennen müssen. Wahrscheinlich war ich wie immer viel zu sehr mit mir selbst und meiner Karriere beschäftigt." Sie war wütend. Wütend auf sich. Das war das Schlimme daran. Sie gab sich die Schuld an allem. Sie langte nach dem leeren Glas und fegte es vom Tisch.

„Verdammte Scheiße Barrett, manchmal habe ich einfach das Gefühl, dass eh alles egal ist, das es gar kein Richtig oder Falsch mehr gibt. Diese Welt ist so krank, so kaputt."

„Hast du mal darüber nachgedacht, den Job an den Nagel zu hängen?"

Das Entsetzen in ihrem Gesicht sprach Bände. „Ich kann nichts anderes."

Jetzt musste er lachen. „Soweit ich das mitbekommen habe, sprichst du mehrere Sprachen fließend. Da allein ließe sich doch schon was draus machen."

„Man steigt nicht so einfach aus. Ich habe auch nicht all die Jahre so hart gearbeitet, um jetzt schlappzumachen."

„Dann musst du mit dem, was passiert ist, klarkommen. Du musst einen Weg finden, deinen Frieden mit alldem zu schließen. Du musst es hinter dir lassen. Du hast getan, was du für richtig gehalten hast. Und ich habe dir schon einmal gesagt, du bist nur ein Mensch, du bist keine Maschine. Du kannst nicht vorhersehen, was andere tun. Du kannst nicht alles Schlechte in dieser Welt zum Guten wenden. Du kannst nur dein Bestes geben und das ist es, was du jeden Tag tust. Ich bewundere dich dafür. Dafür, dass du deinen Job mit Leib und Seele machst. Ich bin da als junger, naiver Mensch irgendwie reingerutscht und habe mir vorher nie Gedanken gemacht, dass das alles real ist. Dass wirklich Menschen sterben, Agenten am Rande von Moral und Legalität operieren und auch noch damit klarkommen müssen. Du bist stark Rachel. Ich bin es auch. Aber allein ist das alles schwierig. Ich bin für dich da. Wann immer du mich brauchst."

*

Rachel schloss die Augen. Es war alles raus. Sie hatte es Barrett erzählt. Er war nicht vor Entsetzen zurückgewichen. Er hatte ihr keine Moralpredigt gehalten und hatte es auch nicht als Lappalie abgetan. Er war für sie da. Scheiße. Sie traute sich nicht, die Augen aufzumachen. Sie hatte es einmal in ihrem Leben getan. Sie hatte den Mann, den sie liebte, erschossen. Wenn sie es jetzt noch einmal tat, dann konnte sie sich auch gleich erschießen. Sie öffnete die Augen. Wäre es jetzt nicht schön, zu ihm zu gehen? Sich in Barretts Armen zu verkriechen und nie wieder nach draußen zu müssen? Aber sie wusste, dass sie nicht so ein Typ war. Dass sie eines Tages wieder in die Welt würde hinausgehen wollen. „Ich glaube, ich sollte mich etwas hinlegen."

Barrett nickte. Sie spürte, dass er ihr nachsah. Sie hätte sich gern umgedreht und ihn aufgefordert mit ins Schlafzimmer zu kommen. Das wäre ein Fehler. Sie hatte einen Befehl zu befolgen, auch wenn sie schon zitterte, wenn sie nur daran dachte.

11

Barrett hatte kein weiteres Wort über ihre Beichte verloren. Wäre auch schwierig gewesen, denn als Rachel aufgestanden war und den Raum betreten hatte, hatte Barrett aufgesehen und sie angelächelt. Dieses Lächeln war so warm, so voller Verständnis gewesen, dass es ihr das Herz zusammenschnürte und ihr einen Kloß in die Kehle trieb.

Sie goss sich einen Kaffee ein und gesellte sich zu den beiden Männern.

Can hatte seinen Satz unterbrochen, als sie eingetreten war.

„Sie wird uns helfen. Du kannst offen sprechen."

Can schien nicht überzeugt, was auch immer die beiden vorhatten. Barrett zumindest schien sie mit einbeziehen zu wollen.

Nach kurzem Zögern nahm Can das Gespräch wieder auf. „Das Schiff läuft gegen 22 Uhr morgen Abend im Hafen ein. Ich habe drei Leute mobilisieren können. Wird ne fette Rechnung für Snyder. Die sind nicht billig."

„Was habt ihr vor?" Rachels Neugier siegte über den Plan, sich erstmal rauszuhalten und nur zu zuhören.

Es war Barrett, der antwortete. „Morgen Abend wird wieder ein Schiff aus Nordafrika kommen. Um herauszufinden, was wirklich gespielt wird, müssen wir wissen, was sie schmuggeln."

„Ihr wollt das Schiff durchsuchen?"

Can sah sie immer noch misstrauisch mit zusammengezogenen Brauen an. „Wir gehen davon aus, dass sie sofort ausladen. Mit dir sind wir zu sechst. Wir müssen abwarten, wie sich die Sache entwickelt. Durchsuchen wird vielleicht nicht nötig sein. Je nachdem, wie die Ware weitertransportiert wird."

„Das hört sich alles stark nach Improvisation an." Rachel war skeptisch. Was hatten die beiden vor? Wollten sie sie von ihren eigentlichen Plänen ablenken? Was hatte Abid ihnen aufgetragen, zu tun?

„Hast du eine bessere Idee?" Wieder dieses warme Lächeln von Barrett. Verdammt, er vertraute ihr. Wahrscheinlich der größte Fehler seines Lebens. Wenn sie sich in ihrem Leben jemals schlecht gefühlt hatte, dann war das kein Vergleich zu ihrem derzeitigen Befinden. Sie würde in der Hölle landen und bis in alle Ewigkeit im Fegefeuer schmoren. Das hatte sie mehr als verdient. Can stand auf und riss sie aus ihren Gedanken. „Dann ist ja alles geklärt."

Rachel sah ihm nach, wie er die Wohnung verließ, das war einfacher, als Barrett anzusehen. Aber seine Stimme konnte sie nicht ausblenden.

„Wie geht es dir?"

„Alles in Ordnung." Nichts war in Ordnung. Der Schmerz in ihrem Inneren zerriss sie fast. Schmerz über das, was sie getan hatte, was sie gesehen hatte in ihrem Leben und was sie noch würde tun müssen. Aber eines Tages würde sie diesen Schmerz nicht mehr fühlen. Nur wann? Wann würde es endlich aufhören? In den letzten Monaten hatte sie gedacht, dass der Job sie retten würde. Wenn sie endlich eine wirklich hohe Position innehätte, dort wäre, wo sie immer hingewollt hatte. Mittlerweile bezweifelte sie das. Der Job würde sie nicht heilen. Nichts würde sie heilen können, außer vielleicht … Nein. Es war schon zu spät. Sie konnte mit Barrett nicht neu anfangen, sie steckte schon zu tief in ihrer persönlichen und beruflichen Hölle.

Barrett stand vor ihr und nahm ihr die Kaffeetasse aus der Hand. Zärtlich strich er ihr die Haare aus der Stirn. Ihr Herz klopfte wie wild.

„Danke für dein Vertrauen." Seine Stimme war samtweich, wie eine warme Frühlingsbrise, die für einen Moment die Kälte des Winters in ihr vertrieb. Ja, sie hatte ihm gestern Abend alles anvertraut. Zumindest, was ihre Vergangenheit betraf. Jetzt vertraute er ihr auch wieder. Aber die Gegenwart war eben nicht die Vergangenheit. Sie würde es morgen Abend tun müssen. Der MI6 und Peter erwarteten es von ihr. Ihr Land erwartete es von ihr. Aber jetzt und hier war niemand da. Niemand würde erfahren, wenn sie noch einmal mit Barrett schlief. Noch einmal seine Nähe spürte. Sie nahm sein Gesicht in ihre Hände und küsste ihn. Er schien überrascht, erwiderte den Kuss aber sofort. Seine Hände wanderten ihren Rücken entlang, streichelten ihren Nacken, entfachten diese unglaubliche Sehnsucht in ihr. Sie drängte sich dicht an ihn. Sie wollte jede Sekunde genießen. Sie wollte etwas haben, woran sie sich erinnern konnte. Selbst wenn diese Erinnerung, den Schmerz noch vergrößern sollte. Denn sie würde nur das verlieren, was sie letztendlich nicht verdiente.

*

Barrett war überrascht, als sie ihn mit solcher Intensität und Leidenschaft küsste. Er hatte die halbe Nacht wach gelegen und über das nachgedacht, was sie ihm erzählt hatte. Sie war keine eiskalte Killerin. Sie war ein warmherziger Mensch. Er hatte selbst früh seine Eltern verloren, aber sein Bruder hatte für ihn gesorgt. Rachel hatte keine Liebe erfahren. Ihre Mutter war gegangen, und soweit er wusste, war ihr Vater ein hartherziger Mensch ohne echtes Interesse an seiner Tochter gewesen. Sie versuchte, die Harte zu sein. Hatte ihr Leben lang nach etwas gesucht. Wahrscheinlich glaubte sie tatsächlich, dass die Karriere alles im Leben war. Dann war sie mit Gefühlen konfrontiert worden und es war alles schiefgelaufen. Was auch immer Bill zu seinem Verhalten veranlasst hatte, hatte Rachel in einen tiefen Abgrund gestürzt. Barrett hatte vergangene Nacht noch ein wenig beim MI6 recherchiert.
Der Vorfall war unter den Teppich gekehrt worden. Sie hatte ja im Grunde auch nichts falsch gemacht. Sie hatte die Zielperson lebend vor das Kriegsverbrechertribunal gebracht. Seine Familie und der Tod von Bill waren Kollateralschäden. Er hatte überlegt, ob es eine Möglichkeit gegeben hätte Bill zu entwaffnen, aber der Mann hatte vor ihren Augen ein Kind erschossen und war Sekunden davon entfernt gewesen, einen weiteren Menschen zu erschießen. Da blieb keine Zeit für einen Plan. Sie hatte einfach reagiert.

Sie drängte sich eng an ihn. Ihre Körperwärme entfachte ein Feuer in ihm. Sie war so wunderschön, so weich. Er hob sie hoch und brachte sie zum Bett im Nebenraum. Dieses Mal wollte er sich mehr Zeit lassen. Wollte jeden Zentimeter ihres Körpers entdecken. Ihre langen schlanken Beine hatten sich wie auch schon beim ersten Mal um ihn geschlungen. Er befreite sich mit einem Lächeln.

„Nicht so schnell.“

Sie nahm die Beine herunter. In ihrem Blick war etwas Gehetztes. Er beugte sich zu ihr hinunter. „Lass dich fallen, Rachel. Du musst nicht immer die Kontrolle behalten.“ Er entkleidete sie. Nach und nach kam immer mehr nackte Haut zutage. Ihr verführerischer Duft streichelte seine Sinne und er streichelte sie.

Er sah, wie sie tiefer in die Kissen sank. Langsam wanderte er mit seinem Mund über ihren Körper, verteilte Küsse auf ihren Brüsten, auf ihrem flachen Bauch und streichelte ihre Oberschenkel. Vorsichtig wanderte er mit den Händen unter ihren Körper und hob ihn ein Stück an. Ihr weibliches Zentrum glitzerte. Sie schmeckte süß wie Honig. Ihr glückliches Seufzen ließ ihn weitermachen. Mit der Zungenspitze neckte er sie, sofort drängte sie sich ihm weiter entgegen. Er ließ sich Zeit, erforschte sie, genoss es, wie sie mit rhythmischen Bewegungen seiner Zunge immer wieder entgegenkam. Er verstärkte den Druck, als ihr Atem schneller ging, drang in sie ein und verteilte die Nässe wieder auf ihrem Venushügel. Ihre Finger krallten sich in seine Haare, sie bäumte sich ihm noch weiter entgegen. Er leckte, küsste und knabberte an ihr, so lang, bis ein Beben durch ihren Körper drang und noch mehr Feuchtigkeit an seinen Mund und seine Zunge gespült wurde. Sie zitterte und er wartete, bis die letzte Welle ihres Orgasmus verebbt war. Er teilte ihre Beine und strich mit seinem Finger über ihre empfindlichste Stelle. Sie zitterte, schien sich kaum noch unter Kontrolle zu haben. Das war das Zeichen für ihn sich aufzurichten. Er nahm sie in die Arme und zog sie ein Stück zu sich hoch.

„Willst du wissen, wie du schmeckst?“ Ihre Augen blitzten auf vor Lust, ihre Wangen waren gerötet und die Lippen geschwollen von seinen Küssen und weil sie sich darauf rumgebissen hatte. Sie öffnete den Mund und er küsste sie. Gab ihren Honiggeschmack an sie weiter und rieb sich an ihr. Ihr Kuss war voll Verlangen. Er glaubte, ihr Herz mit seinem gemeinsam schlagen zu hören. Sie hielt sich wie eine Ertrinkende an ihm fest.

„Barrett, bitte, ich will dich tief in mir." Ihre Stimme war nur ein Flüstern. Dennoch war dieses Flüstern, die schönste Melodie für ihn. So langsam er vermochte, drang er in sie ein. Tauchte ein in eine Welt, die er nie wieder aufgeben wollte. Das wusste er jetzt. Es musste einen Weg geben, diese Welt für immer festzuhalten. Er liebte sie. Sein Körper hatte es vom ersten Moment an gewusst, sein Herz auch, nur sein Verstand hatte sich eine Zeit lang geweigert. Aber wenn er all diese Komponenten in Einklang bringen konnte, dann würde er auch einen Weg finden. Er ließ zu, dass er mit ihr verschmolz. Sie atmeten in einem Rhythmus, sahen sich in die Augen. Ihre Hände an seinem Rücken jagten ihm immer wieder wohlige Schauder über die Haut, er atmete ihren Duft ein. Aus den Tiefen seiner Seele und seines Herzens vereinigte sich etwas mit dem Verlangen seines Körpers, als sie erneut erbebte und ihm dabei in die Augen sah. Es prickelte in seinem Nacken in nie gekannter Intensität, das Prickeln bewegte sich an seiner Wirbelsäule entlang und explodierte in seiner Mitte. Für einen Moment fegte ihn sein Höhepunkt aus dieser Welt. Er sah nur noch das Grün ihrer Augen. Versank in ihr und verschmolz mit ihr. Er wollte es ihr sagen, wollte ihr sagen, dass er sich in sie verliebt hatte, aber er konnte nicht sprechen, ihm fehlte die Luft und noch etwas anderes hielt ihn davon ab. Er hatte in ihren Augen Erfüllung und Glückseligkeit gesehen, aber im nächsten Moment war da noch etwas Anderes gewesen. Angst? Verzweiflung? Er konnte es nicht benennen. Irgendwas stimmte immer noch nicht. Solang er nicht wusste, was es war, waren Liebeserklärungen fehl am Platz.

*

Es war noch ergreifender gewesen, als beim ersten Mal, als sie miteinander geschlafen hatten. Barrett konnte Rachel aus dieser Welt heraus katapultieren, sie alles vergessen machen. Sie hatte ihm die Kontrolle überlassen. Das war ihr im Bett immer schwergefallen, aber mit Barrett konnte sie es lernen. Sie lag wie beim letzten Mal in seinen Armen. Der Orgasmus, all die Gefühle, die sie überwältigt hatten, hatten die Realität für eine kurze Weile verdrängt.

Diese Realität war jetzt wieder da. Es fiel ihr schwer einfach in seinen Armen zu liegen, als wäre alles in Ordnung. Fast hätte sie gelacht. Die größte Angst, die sie immer gehabt hatte, wenn sie mit einem Partner arbeiten musste, war, dass diesem Partner etwas passierte. Das war bei Bill so gewesen und das war nun bei Barrett nicht anders. Wie krank war das eigentlich? Denn Bill war nicht durch den Feind ums Leben gekommen, sondern durch sie, und das würde bei Barrett nicht anders sein. Sie musste ein weiteres irres Lachen unterdrücken. Sie war der Feind in deren Bett.

*

Abid hatte viel nachgedacht in den letzten Tagen. Er hatte eine Veränderung an sich festgestellt. Er war tatsächlich nachdenklicher geworden. In den letzten Jahren hatte er sich viel zu sehr auf Angestellte und vor allem Hussein verlassen. Aber wenn er seinen Plan in die Tat umsetzen wollte, dann musste er selbst mehr Verantwortung übernehmen. Es gab Wichtigeres als sich mit Pferden, Falken und Frauen zu vergnügen. Die Zukunft aller arabischen Länder hing von ihm allein ab. Die anderen wussten es nur noch nicht. Hussein betrat das Büro.

„Setz dich."

„Es wird Zeit, dass wir uns unterhalten, Abid. In letzter Zeit …"

„Schweig." Ja, der Tonfall war scharf genug.

Hussein schien überrascht. Dieses oberlehrerhafte Gehabe, das hatte ihm schon immer an ihm missfallen. Der Mann nahm sich und seine Position eindeutig zu wichtig. Das war Abids Schuld. Er beschönigte nichts, aber ab sofort wurden andere Seiten aufgezogen. „Du hast gute Arbeit geleistet. Ich gehe davon aus, dass alle Steine an den nötigen Orten sind."

Hussein schien immer noch überrascht, bemühte sich aber dies zu verbergen. „Natürlich. Unsere Leute in Afrika haben gute Arbeit geleistet. Die Diamanten sind um die Welt gegangen, unsere Verbündeten zur Genüge bezahlt."

„Das hör ich gern. Wie sieht es in Japan aus?"

„Ich bin dabei, das Problem mit dem japanischen Agenten zu lösen. Er ist untergetaucht. Aber selbst wenn er etwas herausgefunden hat, er wird nicht genug wissen."

Abid stand auf und ließ sich Zeit, um sich die nächsten Sätze genau zurechtzulegen. „Wir sind dabei, eine neue Welt entstehen zu lassen. Nichts darf schiefgehen. Das Problem in Japan wird sich in den nächsten Stunden erledigen. Ich habe mich bereits darum gekümmert." Abid drehte sich wieder vom Fenster weg, um Husseins Reaktion zu beobachten.

Der nahm wieder rattenähnliche Gestalt an, hatte seine Gesichtszüge nicht unter Kontrolle und schürzte die Lippen. „Ach ja?"

„Nicht nur die Welt wird sich verändern mein lieber Hussein. Auch hier werden Veränderungen stattfinden. Du warst all die Jahre mein treuer Freund und Verbündeter. Ich möchte dich dafür entlohnen."

Husseins Augenbrauen zuckten wie wild.

Die arme Rachel. Diese hübsche Frau hätte weiß Gott einen attraktiveren Mann verdient gehabt, aber es ging nicht anders. „Du hast all die Jahre genug getan. Jetzt ist es an der Zeit für dich, die Früchte deiner Arbeit zu ernten."

Hussein saß ruhig in seinem Stuhl nur seine Gesichtszüge hatte er nicht mehr so recht unter Kontrolle. Die Nasenflügel bebten und seine Augen verrieten Misstrauen. „Wir sind mitten in der Operation. Was willst du mir sagen, Abid?"

Abid registrierte das leichte Beben in Husseins Stimme. „Ich möchte, dass du meine Tochter Rachel heiratest und einen Erben mit ihr zeugst. So wird deine Familie endlich offiziell in die Herrscherhierarchie eingebunden. Das war doch der Traum deines Vaters." Seine Tochter Rachel, wie leicht ihm diese Lüge von den Lippen kam.

Ein Augenaufreißen war die erste Antwort von Hussein. Dem jetzt wohl auch klar wurde, dass er – falls Abid etwas passieren sollte, bevor der gezeugte Erbe alt genug war – zum Herrscher über das Emirat werden würde. Allerdings würde Abid ein wachsames Auge auf Hussein haben, damit er sicherstellen konnte, dass ihm eben nicht zufällig etwas passierte.

„Es wird mir eine Ehre sein, mein Freund."

Hussein war aufgestanden. Die beiden Männer umarmten sich. Ja, die Freude war echt. Dennoch war da etwas Misstrauen in Husseins Augen. „Aber das würde mich doch nicht daran hindern, weiterhin an der Operation teilzunehmen."

Abid brachte wieder etwas räumlichen Abstand zwischen sie und setzte sich an seinen Schreibtisch. Rachel war keine Lebensaufgabe, da hatte Hussein recht. Er musste ja nur ein paar Mal mit ihr schlafen. Aber es gab keine andere Möglichkeit. Hussein hätte in Zürich ums Leben kommen sollen, auch um Platz für Peter Dobson zu machen. Nun musste er umdisponieren und Hussein anderweitig einsetzen. Die Idee, ihn mit Rachel zu vermählen, war ihm zusammen mit Peter gekommen. „Ich möchte, dass du eine reine Weste behältst, wenn etwas schiefgeht, musst du die Kohlen für unser Land aus dem Feuer holen, wie man so schön sagt." Das war eine glatte Lüge, denn es würde nichts schiefgehen. Dafür würden er und Peter schon sorgen. „Setz dich doch bitte wieder, Hussein. Wir haben noch einiges zu besprechen."

Hussein nickte und tat, wie ihm geheißen. „Du willst eine Übergabe machen."

„Richtig, es gibt sicher noch einige Details, die du mir zu nennen hast."

„Dann hole ich die Akten."

Abid nickte. Schriftliche Dossiers waren immer noch das Beste. Kein Hacker der Welt konnte etwas erreichen, wenn nichts elektronisch gespeichert, sondern altmodisch handschriftlich und per Schreibmaschine niedergelegt war. Einige Minuten später war Hussein mit einem Karton wieder da. Aus der ersten Akte lugte bereits das Foto des Mannes heraus, der den Stein ins Rollen gebracht hatte. Pak Yun Un, der derzeitige Diktator in Nordkorea. Das notwendige Übel. Abid war der Mann zuwider. Ein selbst verliebter und realitätsferner Mensch. Aber der Preis für das, was er zu bieten hatte, war nicht allzu hoch. Der Mann hatte sich und sein Land unter Wert verkauft, aber das war nicht Abids Problem, im Gegenteil. Alles was Pak wollte, waren Waffen, um Südkorea angreifen zu können. Die letzte Lieferung war heute am späten Abend fällig. Seit zwei Jahren lieferten sie genug Waffen und Munition. Pak Yun Un würde ein leichtes Spiel mit Südkorea haben, sobald Abid seinen eigenen Plan in die Tat umgesetzt hatte. Niemand würde Südkorea verteidigen. Niemand würde sich überhaupt noch dafür interessieren.

Er blätterte sporadisch in den verschiedenen Akten. „Sind sie wirklich alle vertrauenswürdig?"

Hussein nickte geflissentlich. „Wir haben jeweils einen Mann in Washington, in der Nähe des russischen Präsidenten, in Frankreich, in Deutschland und in Australien. Die Afrikaner haben wir ja schon lange in der Tasche."

„Großbritannien fehlt zwar noch, aber Dobson hat mir versichert, dass er das Problem bald gelöst hat."

„Vertraue Dobson nicht. Er ist gierig."

Fast hätte Abid gelacht. Waren sie das nicht alle? „Keine Sorge. Ich weiß, was ich tue. China fehlt noch. Die sind zu wichtig."

„Schwierig. Aber ich bin dran."

„Wen hattest du im Auge?"

„Ich habe Kontakt zu einem hochrangigen Mitglied der chinesischen Regierung. Er ziert sich, aber sein Sohn ist morphiumsüchtig. Ich habe ein bisschen gegraben und siehe da, langsam wird der Mann zugänglich um seinen Sohn zu schützen."

„Bring das zu Ende."

„Natürlich Abid. Wann kann ich meine zukünftige Frau begrüßen?"

„Sie sollte in ein paar Tagen hier sein."

Abid musste lächeln. Hussein schien mit der Entwicklung nicht unzufrieden zu sein. Die Operation „Red Crucify" würde auch ohne Husseins weiteres Zutun ein Erfolg werden, daran hegte Abid keinen Zweifel.

*

Das Schiff hatte angelegt. Can hatte drei weitere Leute angeheuert und mit Rachel lagen sie nun zu sechst auf der Lauer am Hafen. Sie hatten sich an mehreren Punkten verteilt und warteten ab. Zunächst tat sich nichts. Sie warteten fast eine halbe Stunde, ohne dass sie auch nur einen Menschen zu Gesicht bekamen. Ebenso wenig tat sich etwas am Hafen. Die Anlegestelle war ziemlich weit außerhalb. Es gab auch keine Lagerhallen. Barrett wunderte sich, was mit der Ladung geschehen sollte. Wenn wirklich Waffen an Bord waren, konnten sie die Kisten nicht einfach am Hafen stehen lassen. Es sei denn, sie warteten auf ein weiteres Schiff. Kaum hatte er diesen Gedanken zu Ende geführt, erkannte er in der Dunkelheit, dass tatsächlich ein weiteres Schiff Kurs auf die daneben freie Anlegestelle nahm. Es handelte sich bei beiden Schiffen um übliche Handelsschiffe mittlerer Größe. Can war an seine Seite getreten. Sie lagen auf dem Dach eines leer stehenden Bootsverleihs gut dreißig Meter von den Schiffen entfernt.

„Es tut sich was. Die Besatzung kommt raus." Barrett sah durch sein Nachtsichtgerät. „Sie tauschen die Ladung aus und verschwinden wieder."

„Nicht gut", brummte Can, „so finden wir nie heraus, was sie tauschen."

„Waffen gegen Waffen halte ich für nicht wahrscheinlich", stimmte Barrett ihm zu. „Wir müssen in beide Schiffe und die Ladung kontrollieren. Außerdem müssen wir wissen, wo das zweite Schiff herkam."

„Nordkorea?"

„Ist aber nur eine Vermutung. Wie haben sie es geschafft, an den Südkoreanern vorbeizukommen? Oder den dort stationierten ausländischen Truppen?"

Can seufzte. „Wo ein Wille ist, ist auch ein Weg."

„Möglich, aber das sind mir zu viele Spekulationen."

Can spielte mit einem Taschenmesser. „Was schlägst du vor? Wir können uns nicht einfach unter die Besatzung mischen. Das ist eine Mischung aus Arabern und Afrikanern auf dem einen Schiff und Asiaten auf dem anderen. Da fallen wir auf."

Barrett grinste. „Muss ich mich halt ein bisschen nass machen."

Can rümpfte die Nase. „In den Sud willst du rein?"

„So wie du guckst, machst du es nicht für mich, außerdem muss ich das hier anbringen."

„Das sieht aus wie ein Sender."

„Ja, jedes Schiff bekommt eines an den Bug. Habe ich selbst entwickelt die Dinger. Ist so eine Art Zwischenspeicher. Mit einer Zahlenkombination kann ich mich mit dem Sender verbinden und das GPS-Signal der beiden Schiffe verfolgen. So wissen wir immer, wo sie sind."

„Und wenn du die Dinger drangepappt hast, steigst du noch eben ein und kontrollierst die Ladung."

„Ja, so hatte ich mir das vorgestellt. Sie werden noch einige Zeit brauchen."

Can nickte bedächtig, auch wenn Barrett das in der Dunkelheit nur erahnen konnte. Sie machten gerade die Laderäume frei, indem sie Kisten an Deck stapelten. Vielleicht hatte er tatsächlich eine Chance, ungesehen hinten an Bord zu kommen und kurz in der Dunkelheit einen Blick in die Kisten zu werfen.

„Viel Glück."

Barrett setzte sich in Bewegung.

*

Rachel war auf der anderen Seite positioniert und kauerte hinter ein paar Stromkästen. Cans Männer waren mit Can und Barrett auf der linken Seite des nordafrikanischen Schiffes und sie auf der rechten Seite des anderen Handelsschiffes. Woher auch immer es kam. Sie hatte eine denkbar schlechte Position zugeteilt bekommen. Irgendwie musste sie in die Höhe. Vom Boden aus bekam sie nicht genug mit. Sie verschmolz in ihrer schwarzen Kleidung mit der Nacht und sah sich um. Einige Meter weiter stand ein ausrangierter Ladecontainer. Er war weit genug entfernt, dass man sie vielleicht nicht erkennen konnte, wenn sie sich flach darauf presste. Sie musste nur ein Stück ohne Deckung hinter sich bringen, um dorthin zu gelangen. Sie sah auf die Schiffe. Die Mannschaften waren an Deck beschäftigt. Augen zu und durch. Sie sprintete zum Container und lehnte sich für einen Moment atemlos dagegen. Niemand hatte ihr Anweisungen gegeben. Can hatte sie auf ihre Position beordert. Es schien niemanden zu interessieren, was sie hier trieb. Umso besser. Jetzt musste sie nur noch auf den Container rauf kommen. Jemand mit einer Räuberleiter hätte schon genügt, aber es war keiner da. Wieder schaute sie sich suchend um. Nicht weit von ihr lag eine Plastiktonne. Die würde genügen und kurze Zeit später lag sie auf dem Container und hatte einen viel besseren Überblick als vorher. Mit dem Nachtsichtgerät suchte sie das Schiff ab und sah sich dann nach Barrett und Can um. Eine schwarze Gestalt bewegte sich zu den Schiffen hin. Lässig aber geschickt, von den Schiffen aus würde diese Gestalt schwer auszumachen sein. Rachel erkannte Barrett sofort. Die geschmeidigen Bewegungen, er bewegte sich anmutig wie eine Raubkatze, aber sie wusste, wie viel Kraft in ihm steckte. Für einen Moment verlor sie sich einfach nur in diesem Anblick. Was hatte er vor? Er war noch ein ziemliches Stück von den Schiffen entfernt. Von ihrer Position aus hätte sie nichts hören können, aber sie war sich sicher, dass er kaum ein Geräusch machte, als er ins Wasser glitt. Er wollte zu den Schiffen schwimmen. Allein! Sorge breitete sich in ihr aus. Verdammt. Wenn sie ihren Job durchziehen wollte, war sie die wesentlich größere Gefahr für Barrett. Würde sie es tun können? Wenn ja, dann musste sie jetzt hinter ihm her. Can musste auch noch erledigt werden, aber um den konnte sie sich später kümmern. Sie lag regungslos auf dem Container, redete sich ein, dass sie auf eine passende Gelegenheit warten musste. Einfach ziellos zu einem der Schiffe zu schwimmen machte nicht wirklich Sinn. Niemand hatte sich gewundert, als sie aus dem Waffenarsenal zu einem Scharfschützengewehr mit Nachtsicht gegriffen hatte. Warum auch? Immerhin wäre es möglich gewesen, dass sie sich der Mannschaft hätten entledigen müssen, ohne großes Aufsehen zu erregen. Also griff sie zum Gewehr, das sie neben sich liegen hatte. Sie richtete sich ein wenig auf und versuchte zu erkennen, wo Barrett hingeschwommen war. Eine Zeit lang konnte sie ihn nicht sehen. Er schien sich im Wasser um die Schiffe aufzuhalten. Was auch immer er dort trieb, ihr hatte er nichts gesagt. Sie dachte an Peter. Bald würde sie ihn in Dubai treffen. Er würde ihr die Beweise geben, dass Barrett mit in dieser Sache steckte. Aber was hatte das alles hier mit den Schiffen auf sich? Verunsicherung traf sie wieder. Wem sollte sie glauben? Wem sollte sie vertrauen? Barrett? Peter? Oder nur sich selbst? Aber sie wusste zu wenig, um ausschließen zu können, dass Barrett tatsächlich nur ein amerikanischer Agent war, der versuchte, das Richtige zu tun. War es tatsächlich so einfach? Auf ihr Herz hören? Peter kannte sie viel länger. Er hatte sie nie hintergangen, nie angelogen. Sie sollte seinen Befehl nicht infrage stellen. Sie hielt den Atem an, als eine schwarze Gestalt am Heck des Schiffes erschien. Eines musste man Barrett lassen, er hatte an alles gedacht. Sie kannte diese Spezialausrüstung. So eine Art riesige Gummipfropfen, an denen man sich an Schiffen, Häusern und anderen Objekten hochhangeln konnte. Er war so schnell gewesen, dass die Besatzung nichts gemerkt hatte. Sie waren auch zu sehr am vorderen Teil des Decks beschäftigt. Sie musste schnell sein. Sehr schnell, denn Barrett war es auch. Sie musste genau zielen. Er musste zwischendurch in ihr Sichtfeld kommen, wenn er die Ladung kontrollierte. Es war klar, dass er genau das vorhatte. Noch besser wäre es auf dem zweiten Schiff, das war näher. Sollte sie warten, bis er drüben war? Aber die Gefahr, dass man ihn entdeckte, war nicht gerade gering. Besser sie erledigte es, sobald sie die Gelegenheit bekäme. Egal auf welchem Schiff. Sie schaute durch das Zielfernrohr. Sie zitterte. Wenn sie treffen wollte, wenn es für Barrett kurz und schmerzlos ablaufen sollte, musste sie aufhören, zu zittern. Die Sicht verschwamm. Verdammt, sie würde doch nicht schon wieder heulen? Sie hatte es einmal getan, weil es nötig war, also konnte sie es auch ein zweites Mal tun.

„Verzeih mir Barrett.“

*

Die Sender waren angebracht. Barrett hatte es auch auf das Schiff geschafft. Natürlich waren die Kisten fest verschlossen. Sie waren alle als Lebensmittellieferungen deklariert. Er konnte sich nicht lange hier aufhalten. Früher oder später würde man ihn entdecken. Er duckte sich hinter einer der Kisten, die ihm bis zur Hüfte reichten. Mit Hilfe von Cans Schweizer Taschenmesser wollte er ein paar Schrauben lösen. Ein Königreich für einen Akkuschrauber, aber jetzt musste es dieses provisorische Ding an dem Messer auch tun. Er blieb in der Hocke und löste die oberen Schrauben. Bald würden sie sich auch mit den hinteren Kisten am Heck befassen. Zum Glück hatten sie erstmal begonnen, die Ladung vom anderen Schiff in den leeren Laderaum zu bringen. Das ersparte ihm einen Weg. Solange die Kisten noch hier rumstanden, konnte er hier nachsehen. Wenn alles erledigt war, hieß es schnell verschwinden. Fast hätte er ein Schnauben von sich gegeben. Leichter gesagt, als getan, aber jetzt musste er sich auf die Kiste konzentrieren. Auf der einen Seite hatte er die Schrauben gelöst. Vielleicht konnte er den Deckel bereits anheben. Er richtete sich etwas auf, duckte sich aber sofort wieder. Einer aus der Mannschaft hatte sich gerade in seine Richtung bewegt. Barrett zwang sich, ruhig zu atmen und wartete. Die Schritte kamen näher, stoppten und entfernten sich wieder. Okay, zweiter Versuch. Wieder richtete er sich auf. Keine Chance den Deckel anzuheben, er würde noch zwei weitere Seiten mit Schrauben lösen müssen. Fuck, das dauerte alles viel zu lange. Aber sie brauchten die Informationen, was hier ausgetauscht wurde, denn Cans Intel war einfach zu vage. Alles nur Hörensagen von Informanten. Es kam ihm wie eine Ewigkeit vor, bis er endlich in der Hocke alle Schrauben gelöst hatte. Keine Zeit, sie wieder anzubringen. Was vielleicht besser gewesen wäre. Vorsichtig spähte er über den Rand der Kiste. Die Gelegenheit war günstig. Er hob den Deckel ein Stück an. Stroh und ein Raketenbausatz. Okay. Also wurde Nordkorea tatsächlich mit diversen Waffen und Waffenteilen beliefert. Es wäre sicher interessant, zu sehen, was noch in dieser Richtung in den anderen Behältern zu finden war. Es blieb aber keine Zeit dazu. Die Mannschaft hatte begonnen, die Kisten rüberzubringen. Die Ladung vom zweiten Schiff war jetzt im Lagerraum unter ihm. Da musste er hin. Er würde ein gutes Ziel abgeben. Er konnte nur auf den Zufall hoffen, dass er vom anderen Schiff aus nicht gesehen wurde und das alle beschäftigt waren und keiner unten im Laderaum war. Er richtete sich auf.

*

Der Knall hallte in Rachels Ohren wider. Ihr Herz drohte zu zerspringen. Das war alles viel zu laut und sie bekam keine Luft mehr. Sie hatte das Gewehr entsichert und Barrett war genau da, wo er sein sollte. Ihr Finger hatte sich um den Abzug gekrümmt und dann war Can aufgetaucht und hatte sich auf sie gelegt und das Gewehr mit einem Knall auf den Rand des Containers befördert. Er lag immer noch auf ihr.

„Die sind gerade alle auf dem anderen Schiff, wen zum Teufel wolltest du da gerade ins Jenseits befördern?“

Wenn er gesehen hatte, dass in diesem Moment nur Barrett auf dem einen Schiff gewesen war, dann erübrigte sich die Frage. Also gab sie ihm keine Antwort. Vor allem hätte es wenig Sinn gemacht, ihm zu sagen, dass sie es nicht hätte tun können. Ihr Finger war auf einmal wie gelähmt gewesen. Aber wie hätte Can ihr das glauben sollen? Sie holte Luft und versuchte es mit einer Gegenfrage. „Solltest du nicht auf der anderen Seite sein, auf dem Dach des leer stehenden Restaurants?“

Cans Lachen war leise und bitter. „Er hat mir gesagt, ich solle ein Auge auf dich haben. Der Typ liebt dich. Ich glaube er hat echt gehofft, dass er sich irrt. Es wird ihm das Herz brechen, wenn ich ihm nachher die Wahrheit sagen muss.“

Scheiße. Scheiße. Scheiße. Sie zerstörte alles. Immer. Barrett war so verbittert gewesen, als sie ihn kennengelernt hatte, dann war er zu Prince Charming geworden. Ihrem Prince Charming. Und jetzt? Jetzt machte sie alles kaputt. Barrett riskierte da unten gerade sein Leben. Das war so offensichtlich und ihr wurde es erst jetzt klar. Wie blind war sie eigentlich? Zu spät wurde ihr die Wahrheit klar, wie eine Offenbarung hatte es eben klick in ihrem Kopf gemacht. Der MI6 hatte ihn angefordert. Peter hatte ihn angefordert. Rachel musste lächeln. Sie drehte sich unter Can auf den Rücken. Es gab eines, was sie jetzt tun musste. Mit aller Kraft trat sie Can zwischen die Beine. Der keuchte nur und rollte sich mit Tränen in den Augen von ihr runter. Rachel schnappte sich das Gewehr und kletterte vom Container.

„Tut mir leid, Kumpel."

Aber besser sie hatte ihn zwischen die Eier getreten, als Peters wahnwitzigen Befehl zu befolgen und Can und Barrett zu töten. Es wurde Zeit die Dinge in Ordnung zu bringen. Peter wartete in Dubai auf sie. Dort musste sie hin. Allein.

12

Barrett hatte es geschafft, unbemerkt in den Lagerraum zu kommen. Die Kisten des anderen Schiffes sahen etwas anders aus. Sie waren kleiner, aber es waren Unzählige davon. Er hörte, dass an Deck immer noch große Geschäftigkeit herrschte. Über die Frage, wie er hinterher wieder hier rauskommen wollte, konnte er sich immer noch Gedanken machen. Es waren kleine flache Kisten, die höchstens Kniehöhe hatten. Schnell hatte er eine geöffnet. Zwischen Packpapier befanden sich zahlreiche kleine Tütchen. Im ersten Moment überlegte er, ob es sich um Drogen handeln könnte, aber es war kein weißes Pulver darin, sondern kleine, beigefarbene Dinger. Er nahm eine Tüte heraus. Er hatte keine Ahnung, um was es sich handeln konnte, also nahm er eines der durchsichtigen Tütchen und steckte es in die Innentasche seiner triefend nassen Jacke. Die verschweißte Tüte würde den Inhalt schützen. Er verschloss die Kiste und wollte gerade nach oben, als er Schritte auf der Treppe hörte. Barrett sah sich um. Die Kisten waren zwar aufeinandergestapelt, aber sie gaben nicht wirklich Deckung bei seiner Größe. Er hatte nur eine Chance. Er hastete zur Treppe und stellte sich darunter. Sofort kam der erste Fuß in Sichtweite. Er griff durch die offene Treppe, packte den Mann am Knöchel und zog. Der Typ schlug mit lautem Gepolter auf den untersten Stufen und dann am Boden auf. Entweder war er ohnmächtig oder tot, aber sich darüber Gedanken zu machen, war jetzt fehl am Platz. Barrett stieg die Stufen hinauf, lauschte. Der Rest der Mannschaft schien immer noch beschäftigt und hatte nichts von dem Gepolter mitbekommen. Vorsichtig kletterte er an Deck. Es lag noch genug Zeug herum, hinter dem er Deckung suchen konnte, um zur Reling zu gelangen. Er musste nur schnell genug sein. Während er von Deckung zu Deckung kroch, holte er aus seinem Rucksack die Handschuhe und Überschuhe mit den Gummipfropfen heraus. Besser er kletterte langsam das Schiff hinunter als mit einem lauten Platsch im Wasser zu landen. Als er sicher war, dass niemand in seine Richtung sah, schwang er sich über die Reling, kletterte hinunter und schwamm an die Stelle, wo er abgetaucht war. Can erwartete ihn bereits. Er half ihm aus dem Wasser.

„Ich habe die anderen weggeschickt. Lass uns verschwinden. Mutige Aktion."

Barrett musste lächeln. Immerhin war es seine allererste Aktion im Außendienst dieser Art gewesen. Wahrscheinlich hatte er ein Opfer hinterlassen. Man würde vermuten, dass der Typ die Treppe runtergestürzt war. Alles in allem hatte er sich nicht schlecht geschlagen. Er konnte sich ja nachher mal selbst auf die Schulter klopfen. „Wo ist Rachel?"

Can zog ihn mit sich. Er hatte es eilig den Schauplatz der Spionage zu verlassen.

„Weg."

Barrett blieb stehen.

„Weg?"

„Komm, ich erkläre dir alles im Auto. Sei jetzt vernünftig und komm mit."

„Du kannst mir auch schon im Gehen erklären, was los ist."

„Du hast gut daran getan mich hinter ihr herzuschicken. Sie hatte dich im Visier. Ich kam gerade noch rechtzeitig."

Nein! Alles in Barrett schrie auf. Das konnte nicht sein. Er hatte sich schlecht gefühlt, weil er Can auf sie angesetzt hatte. Das aber auch mehr, weil er vermutet hatte, dass sie in ihrem Ehrgeiz irgendeinen Alleingang versuchen würde. Im Grunde hatte er Can hinter ihr hergeschickt, weil er sich Sorgen um sie gemacht hatte. Ein winzig kleiner Teil von ihm hatte ihr immer noch misstraut. Das musste er zugeben, er vermutete auch, dass sie Peter Dobson kontaktiert hatte. Er hatte sie nicht kontrollieren wollen.

„Bist du dir sicher?"

„Kumpel, du warst in dem Moment der einzige Mensch an Deck, sie hatte entsichert und den Finger um den Abzug gekrümmt. Wonach sieht das aus? Sie hat es auch nicht abgestritten."

Verdammt. Es tat weh. Mehr als weh. Barrett hatte das Gefühl, als würde er eine Tonne wiegen, als er sich auf den Beifahrersitz fallen ließ. Eine Frage durchkreuzte wie ein Mantra sein Gehirn. Warum? Für Geld? Für ihr Land? Sie hatte nicht gewollt, dass er in Zürich geopfert wurde. Er hatte in ihren Augen gesehen, dass sie etwas für ihn empfand. Sie hatte sich ihm endlich geöffnet und von Afghanistan erzählt. Also warum? Was war passiert?

„Wie ist sie entkommen?“

Can wand sich in seinem Autositz. „Sie hat mir fast die Eier ruiniert.“

Das passte zu ihr. „Hast du eine Ahnung, wo sie hin ist?“

„Nein, ich war zu sehr damit beschäftigt, gegen die Schmerzen anzukämpfen und zu hoffen, dass ich noch mal irgendwann Empfindungen der sexuellen Art haben könnte.“

Jetzt musste Barrett doch kurz auflachen. „Und?“

„Ich glaube, ich komme wieder in Ordnung.“ Nach einem kurzen Zögern ergänzte Can. „Vergiss sie, Barrett. Das wäre nie gut gegangen.“

„Aber sie hängt immer noch mit drin.“

„Womit wir bei der weitaus wichtigeren Frage wären. Was hatten die Schiffe geladen?“

„Waffen auf der einen Seite, wie du von deinen Informanten erfahren hattest. Und auf der anderen Seite …“ Barrett holte das Tütchen aus der Innentasche. „Keine Ahnung, was das ist.“

Die Ampel vor ihnen schaltete auf Grün und Can trat aufs Gaspedal.

„Sieht mir wie Pflanzensamen aus.“

„Für Pflanzensamen habe ich dann also gerade mein Leben riskiert. Super.“

„Hast du die Sender angebracht?“

„Klar.“

Sie waren fast an ihrem Appartement angekommen. Can verlangsamte das Tempo.

„Wir wechseln jetzt zur Sicherheit die Wohnung. Dann verfolgen wir mit deinem Supersender die Schiffe und nebenbei finden wir heraus, was das für ein Zeug in den Tütchen ist.“

Und Rachel finden wir auch noch. Barrett wagte es aber nicht, diesen Punkt laut zu ergänzen.

*

Lagebesprechung. Can hatte eine neue Location aufgetan. Ein verlassenes Büro in einem Mehrfamilienhaus. Barrett hätte mit Rachel hier sitzen sollen, stattdessen schlürfte Can seinen weißen Tee neben ihm. Es war schwer, Rachel aus seinen Gedanken zu verdrängen. Trotz allem, was sie ihm antun wollte, machte er sich Sorgen um sie und das ärgerte ihn. Sie hatte versucht, ihn umzubringen. Oder etwa nicht? Er konnte es sich einfach nicht vorstellen, es musste eine andere Erklärung für ihr Verhalten geben. Nur, warum war sie einfach verschwunden? Es brachte ihn nicht weiter, ständig darüber nachzudenken. Er musste sich auf die vorliegende Aufgabe konzentrieren und das hieß, die Schiffe zu verfolgen.

Can saß ebenfalls an einem Laptop und zog *Onkel Google* zurate. Er hatte das Tütchen mit den Pflanzensamen neben sich liegen.

„Irgendwelche Fortschritte?"

Der Doppelagent fuhr sich mit der Hand über das müde Gesicht.

„Die sehen auf den Bildern für meinen Geschmack alle gleich aus. Ich bin kein Botaniker. Google bringt uns nicht weiter."

„Wir bräuchten ein Labor, einen Spezialisten oder so was."

Can stand abrupt auf. „Ich werde sehen, was ich tun kann." Er stopfte das Tütchen in die Hosentasche. „Und wo sind die Schiffe?"

„Die Waffen sind in Nordkorea, wie wir vermutet hatten und die Samen sind noch auf dem Ozean."

„Dann muss die Pflanze in Nordkorea wachsen, irgendwas Seltenes."

„Bestandteil einer Droge?"

„Ich denke schon, aber das ist alles zu vage. Ich bin in ein paar Stunden wieder da."

Barrett blieb allein zurück. Im Moment konnte er nicht allzu viel tun. Das machte ihn wahnsinnig. Kurz hatte er überlegt, Corey zu kontaktieren, aber der hatte ihm klargemacht, dass er auf sich allein gestellt war. So war das nun mal bei diesen Aufträgen der SAJ. Außerdem würde ihm sicher nicht gefallen, dass er derzeit mit Can zusammenarbeitete. Schließlich gab es da diese Geschichte mit Can und Snyders Tochter. Himmel! Am liebsten hätte er sich selbst gegen die Stirn geschlagen. Die letzten Stunden schien sein Hirn wohl blockiert gewesen zu sein. Die ganze Zeit hatte er versucht, an Abid heranzukommen. Totaler Fehlschlag. Da sie jetzt aber einen weiteren Spieler im Geschehen kannten, konnte er doch mal die andere Seite durchleuchten. Seine Ausrüstung war zwar derzeit nur notdürftig, aber er musste einen Weg finden, an Pak Yun Un heranzukommen. Hatte sich jemals jemand in die nordkoreanische Regierung eingehackt? Natürlich hatten die Amerikaner ein Auge auf den Diktator, aber technisch gesehen hatte der sich hervorragend abgeschottet. Sie hatten sich immer auf Informationen des südkoreanischen Geheimdienstes verlassen. Vielleicht ein großer Fehler. Zeit, selbst tätig zu werden. Bisher hatte er keine Verbindung von Abid und Pak Yun Un nachweisen können. Er wusste von keinen Satelliten, die Nordkorea überwachten. Verdammter Mist. Aber die Regierung musste Telefone, Handys und Computer haben. Er musste nur irgendwo einen Anfang finden. Eine Idee formte sich in seinem Kopf und ein Lächeln auf seine Lippen. Rund um die Welt waren nordkoreanische Botschaften verteilt. Die hielten Kontakt mit ihrer Regierung. Da hatte er doch seinen Ansatzpunkt. Musste er von da aus rein. Er machte sich noch einen Kaffee und arbeitete dann konzentriert.

*

Abid war sauer und unruhig. Er lief in seinem Büro auf und ab. Normalerweise konnte ihn nichts so schnell aus der Ruhe bringen, aber er hatte immer noch nichts Positives von Peter gehört. Der saß in Dubai und wartete auf Rachel, ohne zu wissen, ob Barrett Manor erledigt war oder nicht. Nordkorea machte ihm große Sorgen. Er hatte sich geschützt. Manor hätte hacken können so viel er wollte, bei ihm war nichts zu finden. Aber als sie damals herausgefunden hatten, dass der SAJ den Funkspruch aufgefangen hatte und hellhörig geworden war, da war ihm klar gewesen, dass der Mann nur Ärger bringen würde. Das Ablenkungsmanöver, der schöne Plan war bisher in die Hose gegangen. Er musste davon ausgehen, dass Manor noch lebte, so lang er nichts anderes von Peter hörte. Irgendwann würde Manor auf den Gedanken kommen, dass Nordkorea mit im Spiel war. Er hätte vielleicht einfach einen Mann abstellen sollen und Manor in den USA erledigen, aber das war ihm zu riskant erschienen. Man machte sich die SAJs nicht zu Feinden. Sie waren wahrscheinlich die einzig wirklich gut funktionierende Truppe unter dem Dach der NSA. Sie hatten schon verdammt viele Pläne vereitelt. Sein Vater und sein Großvater hatten dies miterleben müssen. Bei ihm durfte einfach nichts schiefgehen. Er unterbrach seine Kreise im Büro und griff zum Telefon, dass speziell auf Gespräche mit Pak Yun Un eingerichtet war. Wie immer hatte er keine Lust, mit dem selbstverliebten, größenwahnsinnigen Arschloch zu sprechen, aber da musste er durch.

Als Pak abhob, hörte er Frauengekicher im Hintergrund. „Mein Freund Abid, was kann ich für dich tun?“

Bei *Freund* musste Abid einen Würgereiz unterdrücken. „Ich bin ein wenig in Sorge. Du erinnerst dich an diesen amerikanischen Agenten, über den wir gesprochen haben?“

„Natürlich mein Freund, ich leide nicht an Demenz. Du wolltest dich um ihn kümmern.“

„Er ist schwerer zu knacken, als wir dachten.“

Wieder Frauengekicher im Hintergrund. „Du enttäuschst mich doch nicht?“

Abid war dieses Gespräch jetzt schon zuwider, aber es musste sein.

„Wir sind dran. Er wird wahrscheinlich keine Schwierigkeiten machen, dennoch möchte ich, dass du vorsichtig bist. Rede nicht über unsere Sache am Telefon nur über diese Leitung. Vernichte alles an Daten, Mikrofilme, Mails, was auch immer du gesammelt hast.“

„Ich bin tatsächlich enttäuscht. Hältst du mich für so unvorsichtig?“

Ja. Abid biss sich auf die Zunge. Größenwahn machte unvorsichtig, aber das konnte er schlecht aussprechen. Bei Pak musste man vorsichtig sein und äußerst sensibel in der Wortwahl.

„Natürlich nicht. Das Problem wird sich sicher in den nächsten Stunden erledigt haben. Ich möchte nur nicht, dass wir so kurz vor dem Ziel irgendwie aufgehalten werden.“

„Meine Wissenschaftler schützen ihre Aufzeichnungen, da kommt er nicht ran. Unsere Transaktionen sind ebenfalls geschützt.“

„Er ist der beste Hacker, vergiss das nicht.“

Dieses Mal kein Frauengekicher, dafür ein Glucksen des Diktators. „Ich sagte doch, ich bin nicht vergesslich. Was weiß der kleine Wurm schon? Er hat einen nichtssagenden Funkspruch aufgefangen. Was soll er damit schon anfangen?“

„Er ist in Asien.“

„Asien ist groß.“

Langsam stieg in Abid die Wut hoch. „Vernichte alles.“

„Du sagtest doch, das Problem hätte sich bald erledigt.“

„Ja.“

„Dann ist alles geklärt, Abid. Ich habe zu tun.“

Das war offensichtlich. Es mussten mehrere Frauen im Raum sein. Aufgeblasenes Arschloch. „Tu es trotzdem.“

Pak Yun Un blieb ihm die Antwort schuldig.

Abid knallte das Telefon auf den Schreibtisch. Zazouela war hinter ihn getreten und massierte ihm den Nacken. Das tat gut.

„Es wird nichts schiefgehen. Peter und Rachel sind bald da. Sicher mit guten Nachrichten.“

Abid konnte kaum glauben, wie viel Zazouela ihm seit ein paar Tagen bedeutete. Sie war ständig bei ihm, und er hatte sie in einen Großteil des Planes eingeweiht. Er drehte sich zu ihr um und küsste sie hart und fordernd. „Meine Schönheit. Ich wünschte Elena wäre schon tot.“

„Brauchen wir sie nicht noch? Wegen Rachel? Ich kann warten.“

Ja, da hatte sie recht. „Du bist so verständnisvoll. Sei versichert, eines Tages wirst du die erste Frau an meiner Seite sein.“

Sie rieb sich an ihm und ein Schnurren war die Antwort. Nach all den Jahren hatte diese kleine Wildkatze es geschafft, sein Herz zu erwärmen. Nie hatte er größeres Verlangen nach einer Frau verspürt. Nie hatte er wirklich geliebt. Bis jetzt. Sollte es tatsächlich geschehen? Würde er bald am Gipfel all seiner Träume ankommen. Derzeit sah es danach aus.

*

Rachel saß in einer der Luxusmalls in Dubai. Neben ihr plätscherte ein Springbrunnen und Touristen und Einheimische schlenderten umher. Sie war schon einmal hier gewesen. Mit Bill, zu Beginn ihrer Beziehung, der erste gemeinsame Urlaub. Rachel blendete die Stimmen um sie herum aus, hörte nur das beruhigende Plätschern des Brunnens und ließ sich von den Erinnerungen forttreiben. Sie hatten viel Zeit in den Malls verbracht. Bill hatte Luxus geliebt. Im Endeffekt hatte er mehr eingekauft als sie. Kleidung, Schmuck und all diese Dinge waren ihr nie wirklich wichtig gewesen. Es hatte sie aber glücklich gemacht, wenn Bill glücklich war. Das war er beim Shoppen. Da war die Rollenverteilung zwischen ihnen wohl umgekehrt gewesen. Sie hatten damals ein paar faule Tage am Strand verbracht. Mussten aber feststellen, das faul rumliegen für sie beide nicht das Richtige war. Also hatten sie an einer kleinen Wüstenrallye teilgenommen und mächtig Spaß gehabt. Es hatte immer wieder kleine Streitereien gegeben, wer denn nun das Steuer übernehmen durfte. Rachel seufzte. Sie war keine typische Frau und sicher nicht einfach. Hatte sie unbewusst dazu beigetragen, dass Bill sich in Afghanistan so verändert hatte? Hatte er geglaubt, ihr beweisen zu müssen, dass er ein ganzer Kerl war, männlicher als sie und hatte er geglaubt, dass Brutalität dafür die Lösung war? Sie würde es nie erfahren. Sie würde auch nie erfahren, ob

Barrett und sie nicht doch ein gutes Team hätten abgeben können. Team war vielleicht nicht das richtige Wort. Selbst in Gedanken fiel es ihr schwer, das Wort *Liebespaar* zu benutzen. Liebe war etwas Kompliziertes. Etwas, womit sie wohl nicht umgehen konnte, das ihr nicht vergönnt war, weil sie nicht dazu geschaffen war, zu lieben. Wie hätte Barrett sie denn auch lieben können? Sie war zu selbstständig zu hart. Ihre Eltern hatten sie nicht geliebt. Bill hatte es vielleicht versucht, war aber gescheitert. Es war alles ihre Schuld. Sie stellte sich vor, dass Barrett jetzt hier in dieser Mall auftauchen würde. Jeder würde ihn anstarren wegen seiner Narben. Aber das wäre ihr egal. In ihrer Fantasie hatte er ohnehin nur Augen für sie. Sie würde sich wieder in seinen blauen Augen verlieren. Würde alles vergessen, wenn er sie berührte, wenn er sie hielte. Er war der Erste gewesen, bei dem sie schwach gewesen war. Sei es in Erquy bei ihrem Zusammenbruch oder auch als sie ihm von Bill erzählt hatte. Es war das erste Mal, dass es ihr nichts ausgemacht hatte, schwach zu sein. Denn Barrett war stark genug. Er war stärker als Bill. Das Leben hatte ihn so stark gemacht. Trotzdem hatte er die Fähigkeit, zu fühlen nicht verloren. Er hatte im Gegensatz zu ihr die Balance zwischen Stärke und Schwäche gefunden. Als sie die Augen öffnete, war es nicht Barrett, der vor ihr stand, sondern Peter.

„Gehen wir ein Stück?“ Er hielt Rachel die Hand hin und sie ließ sich von der Bank hochziehen. Sie hakte sich bei ihm unter und und sie verließen langsam die Mall.

„Ist es erledigt?“

Kein *Wie geht es dir*? Aber das hatte sie immer an Peter gemocht, er war direkt, redete nicht um den heißen Brei herum. Rachel musste sich zusammenreißen, sich nicht zu räuspern oder zu lange zu zögern. Es war wichtig, dass sie glaubhaft war. „Ja.“ Das war keine wirkliche Lüge, für sie war die Sache tatsächlich erledigt. Sie hoffte, dass sie mit diesem einzelnen *Ja* glaubhaft wirkte.

Peter verlangsamte sein Tempo nicht, wurde auch nicht schneller. Er war ein Meister, in anderer Leute Mimik zu lesen. Es wunderte sie, dass er diese Frage gestellt hatte, während sie nebeneinander herliefen.

„Sehr gut."

„Klärst du mich jetzt auf?"

„Lass uns da vorn in dem Café etwas trinken."

Sie schwiegen, während sie die paar Schritte gingen und sich auf einen der gepolsterten Sessel im Außenbereich setzten. Es war heiß, aber der überdimensional große Sonnenschirm über ihren Tisch hielt die heftigsten Sonnenstrahlen ab. Sie bestellten Cappuccino und warteten, dass er serviert wurde. Würde Peter jetzt endlich die Frage nach den Beweisen gegen Barrett beantworten? Früher oder später würde er herausfinden, dass Barrett noch lebte. Besser später, denn sie brauchte Zeit, um herauszufinden, was Peter im Schilde führte.

Er rührte die drei Löffel Zucker in seinem Cappuccino um. Lange, es schien eine Ewigkeit zu dauern. Irgendwann führte er die Tasse an seinen Mund. Sie versuchte, in seinem Gesicht zu lesen. Es war gütig, wie immer, mit einem leichten Lächeln.

„Ich bin froh, dass du es hergeschafft hast. Haben wir jemals zusammengearbeitet?"

„Als Team für den MI6 in einem Außenauftrag? Nein." Wollte er Zeit gewinnen? Rachel versuchte, sich wohler zu fühlen in seiner Gesellschaft. So wie früher, aber etwas war anders. Ein Bauchgefühl, etwas das sie nicht mit Worten hätte benennen können. Sie hatte das Gefühl, als müsse sie das Gespräch am Laufen halten. „Wie sind die Pläne für die nächsten Tage?"

„Wir brechen noch heute nach Shabir auf."

Also in die Höhle des Löwen, in das kleine aber mächtige Emirat von Abid. „Was genau hast du dort vor?" Rachel merkte, dass sich Schweißperlen auf ihrer Stirn bildeten. Sie hätte sich besser etwas Kaltes bestellen sollen bei den Temperaturen. Ihr Magen rumorte auch ein wenig. Wann hatte sie eigentlich zuletzt etwas gegessen? Peter schien sie genau zu beobachten.

„Ist dir nicht gut?"

„Mir ist nur heiß.“

Der Kellner schien sie ebenfalls zu beobachten. Als warte er auf etwas. Eine erneute Bestellung? Aber sie hatte den Cappuccino doch erst bis zur Hälfte ausgetrunken. Es gab genug andere Gäste hier draußen. Sie wollte Peter sagen, dass der Kellner ihr nicht geheuer vorkam, doch dann sah sie, dass der Kellner Peter zunickte und noch näher an den Tisch herantrat. Rachel versuchte, sich zu konzentrieren. Sie wollte ihre Frage wiederholen, konnte sich aber nicht mehr erinnern, was sie überhaupt gefragt hatte. Peter lächelte, aber seine Augen waren nicht mehr so gütig. Sie waren hart. Es erschreckte sie.

„Peter …“

„Ganz ruhig Kleines, ich bringe dich jetzt zu Abid.“

Verdammte Scheiße. Peter oder noch eher dieser Kellner mussten ihr etwas in den Cappuccino getan haben. Der Mann, dem sie immer vertraut hatte, hatte sie reingelegt. Als ihr schwarz vor Augen wurde, galt ihr letzter Gedanke Barrett, der nun nie erfahren würde, dass sie ihn liebte und ihn niemals hätte töten können.

*

Barrett fragte sich, ob Can jemals vorhatte, mit den Samen zurückzukommen. Zwei Tage waren vergangen, seit er dieses provisorische Büro verlassen hatte. Hatten Abids Leute ihn etwa erwischt? Dann saß er hier in der Tinte. Die letzten zwei Tage hatte er sich ausgiebig mit der Verfolgung der Ladung des zweiten Schiffes beschäftigt und natürlich mit Pak Yun Un. Er hatte einiges herausgefunden und das Puzzle nahm langsam Gestalt an, aber es fehlten noch zu viele Teile. Barrett hätte fast sein Essen fallen lassen, als die Tür aufgestoßen wurde und Can mit einem breiten Grinsen hineinstürmte. „Ich bin genial und unbezahlbar!“

„Eigentlich dachte ich, du wärest tot. Mein Sushi und ich wollten gerade eine Trauerfeier für dich abhalten.“

„Niemand hat mich in irgendeiner Weise behelligt. Ich vermute, dass die Welt da draußen im Moment noch denkt, Rachel hätte uns umgenietet."

Es war so als hätte jemand Barrett in den Magen geboxt. Die letzten beiden Tage hatte er trotz seiner Recherchen ständig an sie gedacht. Was ihn fast um den Verstand brachte. Er wusste nicht, ob er sich um sie sorgen sollte, sie hassen sollte, oder sie einfach vergessen. Wobei Letzteres eher unmöglich schien. Sie war wie ein Computervirus, der den Rechner infiziert hatte und bisher hatte er noch kein *Rachel-Antivirenprogramm* entwickeln können. Er überging Cans Bemerkung. „Untätig war ich auch nicht. Wer darf also zuerst?"

„Lass mich! Ich war doch so lange weg und konnte mit niemandem reden."

„Du hast mit tausend Leuten geredet, um was rauszufinden, ich habe hier allein in der Bude gehockt."

„Jetzt schmoll nicht. Ich bin unauffälliger als du. Ich meine damit nicht dein Gesicht, du bist kein Asiate."

Es machte ihm nichts mehr aus. Barrett musste selbst lächeln. „Du hast mongolische Wurzeln, aber japanisch siehst du deswegen nicht aus."

Can gluckste vor sich hin und klaute Barrett das kleine Tablett mit Sushi.

„Also", er stopfte sich zwei Hoso-Maki in den Mund, „ich habe kein vertrauenswürdiges Labor gefunden. Es brauchte wirklich einen Botaniker, um herauszufinden, welche Pflanze aus unseren Samen entsteht und welche Bestandteile sie haben. Also Alkaloide und so."

„Und so?"

„Ich erkläre dir gleich alles. Ich war auf dem Markt. Da gibt es diese alte Dame mit ihrem Stand. Ich glaube die ist mindestens hundert Jahre alt. Steht aber immer mit ihren Blümchen da wie ne Eins." Er beendete seine Sushimahlzeit und setzte Wasser vermutlich für einen Weißen Tee auf. „Die Frau hat große Augen gemacht. Ich habe ihr ein paar Samen gegeben und sie wurde aufgeregt. Ist dir aufgefallen, dass ein winzig kleines schwarzes Kreuz auf jedem Samen ist."

„Mensch, die Dinger sind schon total klein, wo soll denn da noch ein Kreuz sein?"

Can fingerte in seiner Hosentasche herum und holte das Tütchen hervor. „Halt mal die Hand auf."

Barrett tat, wie ihm geheißen und nahm das Vergrößerungsglas entgegen, das ihm unter die Nase gehalten wurde. „Gut, mit viel Fantasie, schon möglich."

„Dieses Kreuz ist typisch für Mohn. Du weißt schon, das Zeug, aus dem Opium gewonnen wird."

„Dann geht es hier um Drogen? Um Opiumschmuggel?"

„Nein, das denke ich nicht."

„Was denn dann?" Barrett war nun wirklich neugierig geworden.

„Die alte Dame vom Markt hat mich mitgenommen in ihren kleinen Laden. Im Hinterzimmer hat sie eine richtige Bibliothek mit sämtlichen Pflanzenbüchern, die wohl jemals in Asien auf dem Markt waren. Da kann auch unser Dr. Google nicht mithalten. Sie hat die Samen sämtlicher Mohnpflanzen mit unseren verglichen. Es muss eine neue Art sein, oder …"

„Oder was? Jetzt mach es nicht so spannend."

„Es gibt unter den Pflanzenkennern und –liebhabern immer wieder Gerüchte, dass in Nordkorea seltene Pflanzen wachsen. In Nordkorea gibt es doch diesen Vulkan Paektu, der wird auch Heiliger Berg genannt. Drumherum sind tiefe Wälder, die an die sibirische Taiga erinnern und auch einen kristallklaren Kratersee. Laut den Botanikern ist das der ideale Nährboden um neue Pflanzenarten entstehen zu lassen. Wahrscheinlich ist dies hier der Samen einer seltenen nur in Nordkorea vorkommenden Pflanze."

„Das ist alles sehr interessant, aber wie hilft uns das jetzt weiter."

„Wir müssen herausfinden, welche Eigenschaften ihre Inhaltsstoffe besitzen. Eben diese Stoffe wie Alkaloide und so. Wahrscheinlich kann man aus ihr so was wie Opium gewinnen, aber wenn die in großem Stil an Abid geliefert werden, muss es eine Besonderheit geben."

„Und wie sollen wir herausfinden, welche?"

„Werden sie denn an Abid geliefert? Wo ist das Schiff?"

„Na dann bin ich jetzt endlich an der Reihe. Das Schiff hat in Schanghai angelegt."

Can machte ein enttäuschtes Gesicht. „Toll, das wird aber sicher nicht der Bestimmungsort sein."

„Nein, aber ich bin genauso genial wie du. Ich habe auch einen Sender in eine der Kisten versteckt, weil ich mir schon dachte, dass die Ladung nicht den ganzen Weg per Schiff transportiert wird. Von Shanghai aus ging es mit dem Flugzeug nach Shabir."

„Also zu Abid."

„Waffen gegen Drogen. So sieht es im Moment aus. Aber deswegen muss er nicht so ein Theater veranstalten und mich aus dem Verkehr ziehen wollen. Ich bin mir immer noch sicher, dass da etwas Großes im Gang ist."

Can grinste. „Tja, so wie es aussieht, bist du der Einzige, der es herausfinden könnte, denn sonst hätte er nicht solche Angst vor dir."

„Warte mal." Barrett überkam ein Kribbeln, das Puzzle setzte sich zusammen. Er wühlte in den Unterlagen, die er in den letzten zwei Tagen erstellt hatte.

Can folgte ihm zum Schreibtisch. „Was ist?"

„Verdammte Scheiße. Jetzt ergibt das alles einen Sinn."

„Was ist denn, du bist ja kreidebleich."

„Weil Abids Plan genialer und größer ist, als wir alle uns je ausmalen konnten."

13

Abid lächelte, während er sich in der Badewanne räkelte. Er war erschöpft. Der Sex mit Zazouela war lang, ausgiebig und wild gewesen. Das anschließende Gespräch mit ihr hatte ihn aber noch mehr befriedigt. Sie hatte recht und seine letzten Zweifel, seine letzten Skrupel ausgeräumt. Es war das Beste, am Plan festzuhalten. Er war sich nie sicher gewesen, ob er die teure Elisabeth, Königin von England tatsächlich in die ewigen Jagdgründe schicken wollte. Sie war ihm in all den Jahren wirklich ans Herz gewachsen und eine teure Freundin geworden. Nun, man musste Opfer bringen. Es war das Einfachste so. Es musste geschehen. Einerseits um Elena loszuwerden, und andererseits würde sein Plan so leichter in die Tat umzusetzen sein. Das Zweifeln war vorüber. Am ersten Tag des Meetings in Ascot würde auf der königlichen Rennbahn eine Katastrophe passieren. Aber das wäre erst der Anfang.

Jemand klopfte an die Badezimmertür. „Ihre Tochter ist eingetroffen."

Endlich. Dann war sicher auch Peter im Palast. Die letzte Lieferung war heute Morgen aus Schanghai gekommen. Bald wäre die Produktion abgeschlossen. Ascot konnte kommen. Nichts würde ihn mehr aufhalten. Er stieg aus der Wanne und ging noch einmal unter die angrenzende Dusche. Der kalte Strahl erfrischte ihn und sämtliche Erschöpfung von seinem sexuellen Exzess fiel von ihm ab. Hoffentlich hatte Peter gute Nachrichten, was die Agenten betraf. Sonst musste er sein *Töchterlein* bestrafen, und das war kein guter Start in eine Vater-Tochter-Beziehung.

*

Can hatte das Gesicht auf die Hände aufgestützt und starrte Barrett fassungslos an. „Was du in zwei Tagen rausfinden kannst, dafür würde ich mit meiner Laufarbeit Jahre brauchen. Ich glaube, ich muss mir auch ein paar Rechner zulegen."

Sie hatten die Papiere auf dem Tisch ausgebreitet. „Aber ohne deine Hilfe wäre ich nicht so weit. Dann würde ich mich immer noch fragen, was das meiste Zeug bedeutet."

„Stets zu Diensten." Can grinste breit.

„Ich weiß, wird alles meinem Boss in Rechnung gestellt."

„Dann lass uns noch mal zusammenfassen, was wir haben." Barrett nahm einen Stapel mit Papieren.

„Also, diese Mails gingen unverschlüsselt an Pak Yun Un. Sie kamen aus einem Institut in der Bergregion um den Vulkan Paektu. Chemische Formeln und so ein Zeugs, vom dem ich zunächst keinen Schimmer hatte, was sie bedeuteten."

„Richtig und dann kam ich mit der Samengeschichte."

„Eigentlich bist du unbezahlbar."

„Erzähl das Corey. Also, was haben wir? Letztendlich waren es Entwürfe zu einem Rezept für eine Salbe. Schätze mal, die letzte Mail ist das Endprodukt."

„Richtig. Ein Bestandteil ist Thiopental. Das war leicht herauszufinden. Ein Natriumsalz aus der Reihe der Barbiturate. Besitzt eine kurze hypnotische Wirkung. Noch nichts Weltbewegendes. Wurde früher öfter als Schlafmittel eingesetzt." Barrett zog ein weiteres Blatt hervor. „Hiermit konnte ich zunächst nicht allzu viel anfangen. Ein Alkaloid gewonnen aus dem Saft einer Pflanze. So weit war ich, bis du kamst. Die Formel ist dem von Opium sehr ähnlich, bis auf einige wenige Details. Dank meines schlauen Chemiecomputerprogramms wissen wir jetzt, dass Thiopental in Verbindung mit dem Saft der Pflanze dessen Samen wir gefunden haben zu einer Salbe verarbeitet werden kann, die willenlos macht. Keine Halluzinationen, keine Nebenwirkungen. Nur absolute Willenlosigkeit. Ich trage sie bei jemandem auf, und er tut, was ich ihm sage. Stell dir mal vor, was du damit bei wirtschaftlichen und politischen Verhandlungen erreichen kannst."

Can pustete in die Luft. „Möchte ich lieber nicht. Könnte aber auch hilfreich sein, bei der Frau, die du liebst."

„Wer will denn so was?" Barrett schüttelte missbilligend den Kopf. Can zuckte mit den Schultern.

„Aber dazu braucht man Helfershelfer." Barrett zog die nächste Akte hervor. „Wenn Abid das wirklich geschafft hat, kann er unseren Planeten durcheinanderbringen."

Can nahm eine Kopie der Liste zur Hand. „Ein Dankeschön an Pak Yun Un, dass er die Liste für dich zugänglich gemacht hat."

Barrett lächelte verschmitzt. „Na ja, so einfach war es zwar nicht, aber der Kerl glaubt, vorsichtig zu sein. Wahrscheinlich will er Abid irgendwann mal unter Druck setzen können, oder er verfolgt seine eigenen Pläne. Da haben sich die zwei Richtigen zusammengetan."

„Es liegt an uns, diese Zusammenarbeit so schnell wie möglich zu verhindern."

„Lass uns die Liste noch mal durchgehen. Wen haben wir?"

Can begann mit der ersten Person. „Cecilia Strauss. Schwester der australischen Premierministerin. Mit Geld und Diamanten hat er sie wohl nicht kaufen können, eher mit ihrem dunklen Geheimnis. Die Affäre mit ihrem Schwager."

„Dann Debbie Rothschild. Engste Vertraute des amerikanischen Präsidenten. Bei ihr sind es die Diamanten. Die Frau ist skrupellos. Ihre Familie hat sämtliche Gelder in den Sand gesetzt. Sie versuchen mit aller Macht, den Status der Reichen aufrechtzuerhalten. Debbie hat einen Weg gefunden, sie aus der Scheiße zu ziehen."

Can las weiter. „Sun Kim Ling, engster Vertrauter des chinesischen Machthabers. Sein Sohn ist mal wieder in Schwierigkeiten. Drogen und zu viele Prostituierte, könnte Ling den Posten kosten und seinem Sohn den Kopf, also macht er mit."

„Suzanne Bartholo, die Frau des französischen Präsidenten. Lesbisch. Kommt in Frankreich nicht gut, wenn das herauskommt. Damit hat sie ihren Mann und den Staat jahrelang verarscht."

„Moritz Schauer. Persönlicher Assistent des deutschen Kanzlers. Geld. War schon immer käuflich, das wissen die Geheimdienste seit Langem."

„Russland. Das haut mich am meisten vom Hocker. Der beste Freund des Präsidenten. Vasili Lankow, ich dachte der sei absolut treu und ergeben. Muss auch das Geld sein." Can überlegte. „Ich glaube, der will da raus. Schätze mal der ist eher Sklave als Freund."

„Möglich", stimmte Barrett zu. „Damit hat Abid die mächtigsten in der Hand."

„Und wie sollen die Vertrauten die Salbe verabreichen?"

Barrett stand auf. Er konnte nicht mehr still sitzen.

„Ich habe nachgedacht. Ich dachte die ganze Zeit, der Tod der Queen von England sei nur ein Ablenkungsmanöver. Es würde nie passieren. Ich dachte, das sei von Dobson frei erfunden, um mich abzulenken."

„Was ist eigentlich mit Dobson?"

„Der ist ein ziemlich hohes Tier beim MI6. Keine Ahnung, was Abid ihm versprochen hat oder womit er ihn in der Hand hat, aber er wird derjenige sein, der sich um den britischen Premierminister kümmert."

„Warum ist er dann nicht auf der Liste?" Can waren die Zweifel ins Gesicht geschrieben.

„Dobson ist schlau. Er ist neben Abid einer der Drahtzieher. Der lässt sich nicht so einfach auf die Liste von Pak setzen. Pak hat keine Ahnung, dass er beteiligt ist."

„Auch wenn du das nicht gern hörst, aber deine Rachel muss da irgendwie mit drinhängen."

Das hörte er nicht gern. „Aber wie?"

„Du warst eigentlich bei der Queen stehen geblieben."

„Richtig. Überleg doch mal, was passiert, wenn die Königin von England stirbt?"

Can machte ein Gesicht, als ginge ihm gerade ein Licht auf. „Sie kommen alle mit ihren Assistenten, um dem königlichen Begräbnis beizuwohnen."

„Genau. Er wird sie alle an einem Ort versammeln. Abid ist ein Freund der Queen. Er wird es irgendwie schaffen, die Trauerfeierlichkeiten zu seinen Gunsten zu nutzen, den Assistenten die Salben zu überreichen und mit den jeweiligen Staatsoberhäuptern zu reden."

„Um Himmels willen, wenn sie willenlos sind, kann er sie alles unterschreiben lassen. Er kann alle Staatsgeheimnisse aus ihnen herauspressen."

„Genau das. In der Zwischenzeit kann Pak nebenbei sein heiß geliebtes Südkorea übernehmen, ohne dass sich jemand einmischen wird.“ Barrett setzte sich wieder.

Can schlug mit der Faust auf den Tisch. „Wie sollen wir das verhindern? Wir sind nur zu zweit.“

Barrett sah seinen neuen Freund ernst an. „Das ist das verdammte Problem.“

*

Abid traf zuerst Peter. Der saß lässig in einem der Salons und wartete auf ihn. Als Abid den Raum betrat, stand der britische Agent auf. Sie umarmten sich.

„Mein Freund es tut gut dich wieder zusehen.“ Abid durchströmte eine unglaubliche Freude auf all das, was in naher Zukunft kommen würde. Er goss ihnen einen Brandy ein und sie machten es sich auf den Ledersesseln bequem.

„Du siehst gut aus, Abid.“

Er musste lachen. „Ich glaube, ich habe einen Jungbrunnen entdeckt. Ihr Name ist Zazouela. Ich werde sie dir noch vorstellen.“

„Zazouela. Eine Neue in deinem Harem?“

„Ja, sie wird meine erste Frau werden, wenn Elena beseitigt ist.“

„Womit wir beim Thema wären.“ Peter trank seinen Brandy in einem Zug aus. „Der ist gut. Sehr gut.“

„Was hast du mir zu berichten, mein Freund? Hat Rachel es erledigt.“

Dass Peter einmal tief Luft holte, gefiel Abid nicht. „Sie sagt ja, aber ich glaube ihr nicht.“

„Wieso zweifelst du an ihrem Wort?“

„Ich kenne sie, seit sie beim MI6 angefangen hat. Sie war zu ruhig. Hat nicht genug Fragen gestellt. Ich habe nicht geantwortet, als sie nach den angeblichen Beweisen gegen Barrett fragte. Das hätte sie nicht einfach so hingenommen, wenn sie ihn getötet hätte.“

„Bist du sicher?“

„Ja. Er lebt noch. Dieser andere Agent womöglich auch.“

Der japanische Doppelagent machte Abid nicht wirklich Sorgen. „Ich bin mir nicht sicher, ob Pak vorsichtig genug war."

Peter schien nicht beunruhigt. „Verrate mir eines. Warum bist du so in Panik geraten, als ich dir erzählt habe, dass in den USA ein SAJ einen Funkspruch aufgefangen hat. Vielleicht hätte er es ruhen lassen. Ihn einzubeziehen, hat doch nur Chaos ausgelöst."

„Aber wir wären vielleicht nie darauf gekommen, dass Rachel Elenas Tochter ist. Schicksal? Es war einfach ein Gefühl, das mich veranlasst hat, dir zu sagen, dass du ihn anfordern sollst."

„Warst du es nicht, der mir immer sagte, Gefühle haben bei solchen Operationen nichts verloren?" Peter hatte sich vorgebeugt.

Abid nahm dies zum Anlass, aufzustehen und die leeren Brandygläser aufzufüllen. „Vielleicht war es tatsächlich ein Fehler. Ich glaube es aber nicht. Manor hätte nicht locker gelassen und von Amerika aus hätte er vielleicht wirklichen Schaden anrichten können."

Peter nahm dankend den Brandy entgegen. „Nun, wir werden es nie erfahren. Du bist bereit, Elisabeth zu töten. Du schätzt sie sehr, nicht wahr?"

„Ja, aber ich weiß, dass es sein muss. Anders bekommen wir sie nicht alle zusammen. Es jeden einzelnen Assistenten allein erledigen lassen, ist zu riskant. So können wir sie nach der Trauerfeier beaufsichtigen und ich kann meine Forderungen durchsetzen."

„Du denkst an meine Forderungen?"

Abid musste lachen. Nichts in diesem Leben war umsonst. „Natürlich. Du wirst Premierminister von Großbritannien. Nur Geduld mein Freund. Das ist ein wichtiger Bestandteil bei den Verhandlungen."

Peter nickte zufrieden. Die Zusicherung schien ihm zu genügen. „Rachel ist widerspenstig."

„Ich wäre enttäuscht gewesen, wenn nicht."

„Dann können wir die Salbe an ihr und an Elena testen", schlug Peter vor.

„Damit wird Elena auf jeden Fall die Queen töten."
„Ja, Zazouela fand diese Idee auch hervorragend."
Peter schien überrascht. „Du hast deine Neue in alles eingeweiht?"
„Ja, wir können ihr vertrauen."
Peter lächelte. „Davon bin ich überzeugt." Er stand auf. „Ich habe eine hervorragende Idee, wie wir Manor bekommen."
„Das ist es, was wir noch zu erledigen haben. Sprich."
„Ich glaube, dass Rachel sich in ihn verliebt hat und er womöglich auch in sie. Wir werden ihn wissen lassen, dass sie hier ist. Dann wird er freiwillig zu uns kommen und wir haben leichtes Spiel mit ihm."
„Ich habe noch eine bessere Idee. Wenn die beiden sich lieben, dann wird Rachel mit der Droge gefügig gemacht und ihn töten."
Peter entfuhr ein herzhaftes Lachen.
„Abid, du weißt schon, dass du ein Sadist bist?"
„Wenn nicht, wärst du doch sehr enttäuscht von mir."

*

Kurze Zeit später betrat Abid ein mit Liebe eingerichtetes Schlafzimmer. Elena hatte sich hier in den letzten Tagen als Innendekorateurin betätigt. Für seinen Geschmack war das alles zu mädchenhaft mit den rosafarbenen Vorhängen und den Rüschen an der Bettdecke. Elena hatte wohl vergessen, dass ihre Tochter kein kleines Mädchen, sondern eine erwachsene Frau und zudem eine Agentin war. Deswegen lag sie auch gefesselt auf dem Bett. Er machte sich nichts vor. Die Frau würde nicht freiwillig mitspielen. Da würde auch Elena nichts ausrichten können.
Sie sah ihn mit ihren grünen Augen hasserfüllt an. Die Frau hatte Feuer. Das gefiel ihm. Trotz des Knebels war sie sehr hübsch. Nur die kurzen Haare gefielen ihm nicht. Eine Frau musste lange Haare haben. Bis sie gewachsen waren, konnte man sicher mit einer Perücke oder Extension arbeiten.

„Rachel, wie schön, dass wir uns endlich persönlich gegenüberstehen.“

Ein erstickter Laut war die Antwort.

„Es gibt so viel, über das ich mit dir reden muss. Es gibt viele Leute, die ich dir vorstellen muss. Aber alles zu seiner Zeit. Du wirst mich demnächst Vater nennen müssen und mir Respekt zollen, denn ab sofort bist du meine Tochter.“

In ihren Augen spiegelten sich Erstaunen, Misstrauen und Ungläubigkeit. War das ein Wunder? Nein, natürlich nicht. Damit hatte sie nicht rechnen können. Sollte er sie noch weiter in Erstaunen versetzen? Warum nicht. „Deinen Ehemann wirst du in den nächsten Tagen kennenlernen.“

Es amüsierte ihn, wie sehr er sie überraschen konnte. Mit allem hatte sie wohl gerechnet, aber nicht damit. Ein kurzes Lachen entfuhr ihm. Macht erfüllte ihn. Dieses süße Gefühl der Macht, das ihn manchmal wie ein Orgasmus überflutete. Er holte die braunen Kontaktlinsen aus der Tasche. „Wir müssen ein paar Änderungen an dir vornehmen.“

Sie versuchte sich aufzubäumen, aber sie war wie ein Paket verschnürt.

Mit etwas sanfter Gewalt setzte er ihr die Kontaktlinsen ein.

„Schon besser. Mein Volk muss schließlich sehen, dass du zumindest meine Augenfarbe geerbt hast.“ Wenn er sich weiter mit ihr und der Vater-Tochter-Geschichte intensiv befasste, dann würde er es am Ende selbst noch glauben. Das brachte ihn zum Lächeln. „Ich erlaube dir nun einen Besucher. Besser gesagt eine Besucherin.“ Er stand auf. „Wir beide wissen, dass ich nicht dein leiblicher Vater bin. Es ist eine Lüge für mein Volk und auch für deinen zukünftigen Ehemann. Aber ich bin in der glücklichen Lage, dich mit deiner leiblichen Mutter zusammenzubringen.“

Ihre jetzt dunklen Augen waren weit aufgerissen.

Glaubte sie ihm? Wenn sie Elena zu Gesicht bekäme, würden ihre Zweifel sicher ausgeräumt. „Ich schicke sie zu dir.“

*

Rachels Kopf hämmerte wie wild. Sie fragte sich, was man ihr in diesen verdammten Cappuccino getan hatte. Sie war erst in diesem Bett wieder aufgewacht. Ihre Augen brannten von den ungewohnten Kontaktlinsen. Sie verstand die Welt nicht mehr. Nicht nur, dass Barrett recht gehabt hatte, Peter gehörte zu dieser Verbrecherbande. Wie hatte sie sich nur so in ihm täuschen können? Was hatte ihn dazu getrieben, den richtigen Weg zu verlassen? Geld? Macht? So hätte sie Peter nie eingeschätzt. Was sagte das über ihre Menschenkenntnis aus? In Bill hatte sie sich auch getäuscht. Sie hatte zu viele Fehlentscheidungen getroffen. Vielleicht hätte sie doch nicht immer nur ihr eigenes Süppchen kochen sollen, doch öfter unter Menschen gehen, anstatt immer nur an ihre Karriere zu denken. Vielleicht hätte sie dann eher gesehen, was mit Bill und Peter los war? Aber *hätte*, *wenn* und *aber* würden ihr nicht helfen. Vor allen Dingen zweifelte sie an ihrem Verstand. Was hatte Abid da gefaselt? Ehemann, er ab sofort ihr angeblicher Vater und ihre Mutter soll auch hier sein? Worum zum Teufel ging es hier eigentlich? Das Klebeband schnitt in ihre Handgelenke. Sie gab die Versuche auf, sich daraus zu befreien. Der, der sie so verschnürt hatte, hatte wirklich gute Arbeit geleistet. Die Tür öffnete sich und eine Frau betrat den Raum.

Rachel vergaß für einen Moment, zu atmen. Erinnerungen überfluteten sie. Die Frau, die jetzt auf sie herabsah, war älter als die Frau, die sie in den Kindergarten gebracht hatte, aber sie sah immer noch so aus. Blonde lange Haare, eine makellose Haut, große Augen und das Muttermal über dem Mund, der genau so geformt war, wie ihr eigener. Das konnte nicht sein. Oder doch?

„Meine Rachel."

Die Frau hatte Tränen in den Augen. „Meine Tochter." Hastig setzte sie sich auf das Bett und löste das Klebeband an Armen, Beinen und Mund. „Was haben sie nur mit dir gemacht. Ich werde Abid sagen, dass das nicht nötig ist. Die Tür zu deinem Zimmer ist ohnehin hinter mir abgeschlossen worden."

Rachel hustete. Sie rieb sich die Handgelenke. Das Taubheitsgefühl wollte noch nicht nachlassen.

Die Frau strich ihr über die Wangen. „Freust du dich, mich zu sehen?“

Rachel hatte das Gefühl, den Verstand zu verlieren. Das konnte alles nicht real sein.

„Mutter?“

Die Frau riss sie in ihre Arme. Sie schluchzte. Rachel konnte sich nicht überwinden, ebenfalls die Arme um diese Frau zu legen.

Irgendwann hatte sie sich beruhigt und tupfte sich die Tränen aus dem Gesicht. „Ich bin so froh, dass du endlich hier bist. Jetzt wird alles gut.“

Rachel musste sich mehrfach räuspern, bis sie endlich sprechen konnte. „Meine Mutter ist tot.“

„Du bist wütend auf mich, nicht wahr?“

„Wenn Sie wirklich meine Mutter sind, wäre das dann ein Wunder?“

Ein Schatten huschte über das Gesicht der Frau. Schuld? „Ich muss dir einiges erklären, oder?“

„Ich bin mir nicht sicher, ob ich es hören will.“

„Bitte.“

Rachel zuckte mit den Schultern. Was blieb ihr anderes übrig? Draußen waren sicher Abids Männer postiert, und von außen war abgeschlossen worden.

„Ich habe Abid im Hotel, in dem ich nebenbei als Zimmermädchen gearbeitet habe, kennengelernt. Noch nie hatte mich ein Mann so behandelt wie er. Wie eine Königin. Du weißt, wie hartherzig dein Vater war. Wir haben zwei intensive Wochen miteinander verbracht. Dann schlug er vor, mich mitzunehmen und mich zu seiner Frau zu machen. Er wusste nicht, dass ich eine Tochter habe. Ich wollte es ihm sagen, hatte aber Angst, dass er mich dann nicht mehr wollte. Ich wollte es ihm später sagen, wenn wir erst mal verheiratet waren. Aber dann wurde mir klar, dass er ein mächtiger grausamer Mann sein kann. Ich hatte Angst, dass er dich wie deinen Vater töten lassen würde.“

Jetzt musste Rachel lachen. „Er hat Vater nicht umgebracht. Vielleicht wollte er, dass du das glaubst, damit du nicht aufmüpfig wirst. Vater ist an einem Herzinfarkt gestorben."

Mit Genugtuung sah Rachel das Entsetzen in den Augen ihrer Mutter. Tja, Pech gehabt, die Rechtfertigung, warum sie ihre Tochter nicht zu sich geholt hatte, war nun hinfällig. Hass keimte in Rachel auf, gegen den sie sich nicht wehren konnte. All die Jahre der Wut und das Gefühl, von der eigenen Mutter nicht geliebt zu werden, kamen an die Oberfläche. „Du bist ein schwaches Miststück. Wenn du es mit Vater nicht mehr ausgehalten hast, warum bist du dann nicht mit mir fortgegangen? Er hat dir nie Gewalt angetan. Er hätte es akzeptiert. Stattdessen hast du mich eines Tages einfach nicht vom Kindergarten abgeholt. Du hast dich kaufen lassen von einem Verbrecher. War es das alles wert? Der Luxus? Das Leben in einem Harem? War es schön? Glaub nicht, dass ich bei irgendetwas, das ihr vorhabt, mitspielen werde. Sobald ich die Gelegenheit habe, werde ich deinen geliebten Abid töten. Von mir aus kannst du dabei zusehen, wie ich ihn filetiere."

„Rachel!"

Nein, diese Frau war nicht ihre Mutter, vielleicht im genetischen Sinne, aber Rachel empfand nichts mehr für sie. Mit Erleichterung stellte sie fest, dass sie wohl schon lange damit abgeschlossen hatte. Es war ihr nur nicht bewusst gewesen. „Egal, was Abids Pläne sind, ich werde alles dransetzen, sie zu verhindern. Auch wenn es das Letzte ist, was ich tue."

„Rachel. Bitte. Ich hatte so gehofft, dass wir eine glückliche Herrscherfamilie werden können."

Jetzt musste sie wirklich lachen. „Wie naiv bist du eigentlich? Warst du jemals in den letzten Jahren in der Welt da draußen? In der Realität?"

„Ja, in den letzten Tagen." Wieder rannen Tränen über die Wangen ihrer Mutter. „Rachel ich muss dir etwas sagen. Ich werde bald sterben. Ich habe einen Gehirntumor. Abid weiß es nicht. Ich muss ihn schon Jahre lang haben. Ich will mich nicht damit entschuldigen. Aber der Arzt sagte, dass ich deswegen manchmal Aussetzer hatte. Ich kann mich an viele Teile meines Lebens mit Abid nicht erinnern."

Rachels Eingeweide verkrampften sich. Übelkeit stieg in ihr hoch. Sagte ihre Mutter die Wahrheit? Ihre Gedanken überschlugen sich. Vielleicht war das vererbbar. Hatte sie auch so ein Ding? Kamen daher ihre Panikattacken? Ihre eigenen Aussetzer?

„Ich wollte es dir schonender beibringen. Es tut mir leid. Alles tut mir leid. Ruh dich jetzt aus. Wir haben noch Zeit, um miteinander zu reden. Dieses Leben hier ist nicht von Grund auf schlecht. Ich habe noch ein paar Monate zu leben, und die möchte ich mit dir verbringen. Ich lasse dich jetzt allein."

Rachel konnte nichts sagen. Sie ließ es geschehen, dass ihre Mutter ihr über den Kopf strich. Sie war wie gelähmt.

*

Cans Faust schlug mit voller Wucht auf den Tisch, weshalb der Blätterstapel in der Mitte einen kleinen Satz machte. Sie diskutierten nun schon seit Stunden darüber, was sie tun konnten.

„Corey zu informieren kommt nicht infrage. Was soll er denn tun? Unsere Truppe ist zu klein, und die anderen Vereine können schlecht hingehen und sämtliche Vertraute der Machthaber verhaften. Wer soll denn beispielsweise in Frankreich einmarschieren und die französische Präsidentengattin festnehmen, ohne dass sie sich etwas zuschulden hat kommen lassen. Wir können niemanden informieren, denn wir wissen nicht wem wir trauen können und wem nicht", wiederholte Barrett.

„Ich weiß, aber es muss doch einen Weg geben, das alles zu verhindern." Die pure Verzweiflung war aus Cans Stimme zu hören und Barrett empfand ebenfalls diese wütende Ohnmacht. „Dann müssen wir eben zurück zum Anfang. Ursprünglich bin ich rekrutiert worden, um den Tod der Königin von England zu verhindern. Dann warten wir einfach und erledigen das."

„Und dann? Was willst du dann tun? Deine Beweise vorlegen?“

Barrett wusste genau, worauf Can abzielte, und raufte sich die Haare. „Ja, meine ach so tollen Beweise, die ich illegal beschafft habe. Offiziell hacken wir uns nicht bei koreanischen Machthabern ein und überwachen auch keine Telefongespräche. Keiner der NSA-Vereine tut das.“

Can seufzte. „Ja offiziell sind wir alle Engel. Wenn Abid selbst die Queen töten würde, dann könnten wir es im letzten Moment verhindern und ihn ausschalten.“

„Aber den Gefallen wird er uns nicht tun. Wir können weder Dobson noch ihn drankriegen. Wenn sie es nicht persönlich erledigen schon mal gar nicht. Verdammte Scheiße!“ Jetzt krachte auch Barretts Faust auf den Tisch.

„Na ja, bliebe noch, Dobson und Abid zu eliminieren.“

Barrett schüttelte den Kopf. „Auch nicht gut. Gerade Dobson. Seine MI6 Akte ist lupenrein. Das hätte für uns beide ein Nachspiel, da können wir uns auch gleich eine Kugel in den Kopf jagen.“

Der weiße Tee schien Can nicht mehr zu beruhigen. Er holte aus einem der Schränke eine Flasche Wodka. „Wo hast du mich da bloß reingezogen?“

Barrett konnte sein Erstaunen nicht verbergen. „Hey, offiziell hast du gar nichts damit zu tun. Du kannst jederzeit aussteigen.“

Can machte sich nicht die Mühe, Gläser zu suchen. Er nahm einen großen Schluck aus der Flasche und reichte sie an Barrett weiter. „Weißt du, manchmal vergessen wir, warum wir diesen Job gewählt haben. Irgendwann geht es nur noch darum, sich mächtig zu fühlen, weil wir so viel mehr wissen, als andere. Dieses *mehr wissen* verkaufen wir dann zu einem hohen Preis. Ich glaube die meisten von uns merken gar nicht, welchen hohen Preis sie selbst dafür bezahlen. Wir vergessen, was richtig ist. Die Grenze zwischen Gut und Böse, richtig und falsch verschwimmt. Ich wollte nie, dass so ein Mensch aus mir wird. Hier haben wir die Chance etwas richtig zu machen. Das Böse zu verhindern und das Richtige zu tun.“

Barrett dachte einen Moment über das nach, was Can gesagt hatte. War er schon an dieser Grenze? Vielleicht, wenn er bedachte, wie skrupellos er sich in anderer Menschen Leben hackte, und sie via Computer ausspionierte. „Dann lass uns die Chance nutzen." Der Wodka wärmte ihn. Würde er mehr davon trinken, würde das hochprozentige Getränk ihn betäuben. Den Schmerz betäuben, der unterschwellig immer da war, seit Rachel verschwunden war. Ein verlockender Gedanke, aber er widerstand und lehnte die nächste Runde ab. Sie mussten einen klaren Kopf behalten.

Can stellte die Flasche beiseite.

In Barretts Kopf nahm eine Idee Gestalt an. „Hast du Verbindungen nach Südkorea?"

„Klar."

„Gut, dann wirst du sie warnen. Wir beide machen uns auf den Weg nach England. Ich wollte schon immer mal zum Pferderennen."

Cans Mundwinkel verzogen sich langsam zu einem Lächeln. Bevor er etwas sagen konnte, klingelte sein Handy. Erstaunt sah er auf das Display.

„Was ist?" Die Nachricht schien Can wirklich zu beunruhigen.

„Du erinnerst dich doch an den Informanten, den sie getötet haben? Der mir das mit den Waffen an Bord gesteckt hat? Ich habe sein Handy mitgenommen. Er hat gerade eine MMS bekommen."

„Na und?"

„Sie ist von unserem Freund Abid." Er reichte Barrett das Handy.

Barrett gefror das Blut in den Adern. Es war ein Foto von Rachel, sie lag gefesselt auf einem Bett. Darunter stand: „Hol sie dir, wenn du sie haben willst."

Nur entfernt hörte er Can. „Dann wird das wohl nichts mit meinem Besuch beim Pferderennen. Schade eigentlich."

Barrett starrte das Handy an, als wäre er allein schuld an der Situation. „Pack das Scheißding in eine Schublade."

„Wieso? Was ist, wenn noch eine Nachricht kommt?"

„Sie wissen nicht, wo wir sind, sonst hätten sie uns kontaktiert oder längst aus dem Weg geräumt. Die Nachricht auf dem Handy war ein Schuss ins Blaue. Sie haben deinen Informanten überwacht. Da das Handy des Toten sich weiterhin bewegt, gehen sie davon aus, dass du es hast. Mit Sicherheit können sie es aber nicht wissen. Hätte ja auch ein Penner mitnehmen können. Also tun wir so, als hätten wir die Nachricht nicht bekommen. Sollen sie sich ruhig den Kopf darüber zerbrechen, ob wir nun nach Shabir reisen oder nicht."

„Okay. So haben wir wenigstens, was den Zeitpunkt unserer Ankunft angeht einen kleinen Überraschungsmoment auf unserer Seite."

Barrett nickte. Das war nicht viel, aber vielleicht konnten sie diesen Minivorteil nutzen.

„Barrett, hast du mal darüber nachgedacht, dass das ein Trick sein könnte. Vielleicht steckt Rachel da mit drin. Nachdem, was sie am Hafen tun wollte, ist das doch wohl ein naheliegender Gedanke."

Natürlich war ihm das in den Sinn gekommen. Aber es fühlte sich nicht richtig an. „Ja, darüber habe ich nachgedacht. Ich denke seit ein paar Minuten an nichts anderes. Aber wir werden es nie herausfinden, wenn wir nicht versuchen, sie zu retten."

„Lass nicht zu, dass deine Gefühle deine Sicht trüben."

Er wäre gern wütend auf Can geworden, aber er konnte nicht. Er war nicht objektiv, was Rachel betraf. „Ich kann einfach nicht glauben, dass sie mich getötet hätte."

„Kennst du sie so gut?"

„Ich habe viel Zeit in Erquy mit ihr verbracht. Kein Mensch kann sich Tag und Nacht verstellen."

„Okay, ich vertraue dir Barrett. Bleibe aber lieber doppelt wachsam."

Can vertraute ihm. Hoffentlich war das kein Fehler, denn Barrett hatte soeben festgestellt, dass er seinem Herzen mehr vertraute, als seinem Verstand. War das gut oder schlecht? Richtig oder falsch? In kurzer Zeit würden sie es herausfinden. Wenn er sich irrte, dann bezahlten sie diesen Irrtum vielleicht mit dem Leben.

14

Der Plan war, über Land nach Shabir zu fahren, das an Dubai grenzte. Vom Fliegen nahmen Barrett und Can Abstand, da Abid mit Sicherheit den Flughafen überwachen ließ. Also mussten sie sich irgendwie über die Grenze schmuggeln. Waffen, egal welcher Art, brauchten sie ebenfalls. Ihre hatten sie in Tokio zurückgelassen.

Sie hatten sich ein ruhiges Plätzchen am Flughafen in Dubai gesucht.

„Ist Südkorea eingeweiht?"

Can nickte bedächtig. „Sie werden vorbereitet sein. Sind aber auch dabei, Paks Aktivitäten zu sabotieren."

„Gut, dann können wir uns auf unsere Mission konzentrieren."

„Wir haben nur ein Problem, ich habe keine Verbindungen hier."

„Ich aber. Auch wenn ich mein Leben nur am PC verbracht habe, kann ich zwischendurch mal nützlich sein. Wir brauchen nur ein Taxi."

„Na das kann ich zumindest organisieren."

Die beiden verließen den Flughafen und Barrett nannte dem Fahrer eines Taxis eine Adresse, die er dank seines fotografischen Gedächtnisses im Kopf hatte. Mitten in einer belebten Einkaufsstraße stiegen sie aus. Wenn Can sich wunderte, dann ließ er sich nichts anmerken. Barrett betrat den Laden, der Handtaschen namhafter Designer anbot.

Eine junge Frau kam auf sie zu. „Sie suchen sicher ein Geschenk für eine Dame?"

„Ich muss mit ihrem Chef sprechen. Sagen Sie ihm, dass ich eine blau-weiß-rote Versace Handtasche brauche. Er weiß dann Bescheid."

Als die Verkäuferin im Hinterzimmer verschwand, sah er Cans Stirnrunzeln.

„Blau-weiß-rote Versace Handtasche? Wahrscheinlich auch noch mit Sternchen drauf."

„So ungefähr."

Ein kleiner, untersetzter Mann betrat den Laden. Die Verkäuferin folgte ihm. Der Mann war um die sechzig und hatte einen grauen Haarkranz. Ein rundes Gesicht mit wachen, schwarzen Augen ließ ihn jünger und sympathisch erscheinen. Er war höchstens einsfünfundsechzig groß. Nach einer kurzen Musterung bedeutete er den beiden mit einer Handbewegung, ihm ins Hinterzimmer zu folgen. Nachdem er die Tür geschlossen hatte, stellte er sich auf Zehenspitzen und küsste Barrett rechts und links auf die vernarbten Wangen. Barrett war ein wenig überrascht.

„Barrett Manor! Ich hätte nie gedacht, dich mal persönlich in meinem Laden zu sehen. Und wer ist der Herr?“

„Ein Freund, vertrauenswürdig.“

Auch Can wurde nun von dem älteren Araber geherzt.

„Wie kann ich euch helfen?“

„Wir brauchen Waffen. Pistolen, Messer, Nachtsichtgeräte. Und wir müssen ungesehen über die Grenze nach Shabir kommen.“

Der kleine Mann strahlte und rieb sich die Hände. „Wunderbar. Nichts leichter als das.“ Er hantierte an einem Kaffeeautomaten. „Ich komme mit dem Ding nicht klar.“ Irgendwie bekam er die Maschine dann doch ans Laufen und servierte den Kaffee. „In drei Stunden habe ich eure Waffen. Spezielle Wünsche?“

Can rümpfte die Nase. Der Mann konnte ja nicht ahnen, dass Weißer Tee ihm lieber gewesen wäre. „Ich brauche ein paar Wurfmesser und am liebsten wäre mir eine Glock.“

„Kein Problem und du Barrett?“

„Zwei Dolche und eine Magnum.“

„Sollst du haben.“ Wieder rieb er sich die Hände. „Eine Magnum und Munition habe ich sogar noch auf Lager.“ Er öffnete seinen Tresor und holte einen Schlüssel raus. Nachdem er den Tresor wieder verschlossen hatte, verschwand der Mann im Wandschrank.

„Wow, ein Geheimgang. Was ist das für ein Typ?“

„Geschäftsmann, der kann dir alles besorgen.“

„Du scheinst ein besonderes Verhältnis zu ihm zu haben.“

„Er versorgt unsere Agenten hier in der Gegend mit Waffen, Munition und Informationen.“

„Deswegen fällt er dir um den Hals?“

„Okay, ich warne ihn, wenn es brenzlig wird, und er bekommt neue Identitäten, neue Läden, alles, was ich so für ihn organisieren kann.“

„Du bist also quasi der Schutzengel der Informanten und Waffenhändler, die euch dienlich sind.“

Barrett seufzte. „Ja, so was in der Art bin ich wohl.“

„Ich glaube, deine Kontakte könnten mich auf der Karriereleiter echt weiterbringen.“

„Vergiss es.“

Ihr Gespräch wurde unterbrochen, als der Araber wieder aus dem Wandschrank kam. Magnum und Munition wanderten in Barretts Hände. „Den Rest bekommt ihr heute Abend, dann habe ich auch einen Plan für die Grenzüberschreitung ausgearbeitet.“

„Gibt es einen Ort, wo wir ein paar Stunden schlafen können?“

„Aber natürlich.“

Der Tisch, an dem sie saßen, wurde beiseitegeschoben, der Teppich angehoben und eine Luke geöffnet.

Barrett und Can folgten dem Mann in den Keller. Keller konnte man das nicht nennen, es war ein riesiger Raum mit Schlafgelegenheiten und einer kleinen Küche.

„Macht euch ruhig etwas zu essen und ruht euch aus. Ich wecke euch, wenn alles für euch vorbereitet ist.“

„Danke.“

Ihr Gastgeber verbeugte sich. „Ich stehe in deiner Schuld Barrett für den Rest meines Lebens.“

*

Da die Außenseite ihres Fensters mit Stahl verkleidet war, hatte Rachel keine Ahnung, welche Tageszeit herrschte. Zu hören war auch nichts außer dem stetigen Surren der Klimaanlage. Sie hatte einen Vorrat an Wasser in Plastikflaschen erhalten. Zu essen hatte sie noch nichts bekommen. Sie versuchte, sich einzureden, dass sie in ihrer misslichen Lage sowieso keinen Hunger hatte. Das Knurren ihres Magens machte ihre Selbsttäuschung nur allzu offensichtlich. Im Schein des Kronleuchters an der Decke hatte sie das Zimmer erkundet. Viel war nicht zu erkunden gewesen. Ein Bett mit rosa Laken, die mit kitschigen Rüschen verziert waren. Rosafarbene Vorhänge zu einer noch heller rosafarbenen Tapete. Ein leerer Kleiderschrank und ein Nachttisch mit einem Foto von Abid und Elena darauf. Das hatte sie erst mal mit dem Bild nach unten auf die Nachttischplatte gelegt. Es gab keine Kameras im Zimmer. Sie hatte sogar die Bilder an den Wänden untersucht. Alle zeigten romantische Landschaften in Pastellfarben. Im Badezimmer war eine Dusche, eine Toilette, ein Waschbecken. Zumindest hatte man ihr Handtücher, Seife und Bademantel bereitgelegt. Alles in Rosa. Angewidert hatte sie sich frisch gemacht. Es hätte sie nicht gewundert, wenn in einer Ecke noch eine Spielkiste mit Barbiepuppen gestanden hätte. Was glaubten sie eigentlich, wen sie hier eingesperrt hatten? Einen Teenager? Sie war eine Agentin des MI6 mit der Lizenz ... für Fehlentscheidungen, wie es schien. Was hatte sie sich dabei gedacht, sich allein auf ein Treffen mit Peter einzulassen. Sie hätte über ihren Schatten springen und Barrett vertrauen müssen. Aber nein, ihr Dickkopf war im Weg gewesen. Ebendieser hämmerte immer noch, mittlerweile wohl auch, weil sie Hunger hatte. Was hatten sie vor? Sie durch Nahrungsentzug gefügig zu machen? Bisher hatte sie sich nicht die Blöße gegeben, gegen die Tür zu hämmern und herumzuschreien, auch wenn sie ein paar Mal kurz davor gewesen war. Sie zwang sich, ruhig auf dem Bett sitzen zu bleiben und nachzudenken. Sie brauchte eine Waffe. Konnte sie eines der Bilder verwenden und dem nächsten, der den Raum betrat, damit eins über den Schädel ziehen? Aber wer wusste, wie viele von Abids Leuten draußen im Flur auf sie warteten. So ein Fluchtversuch war riskant und wahrscheinlich dumm. Sie musste auf eine gute Gelegenheit warten. Bei Verstand bleiben, ihr Training für solche Situationen in Erinnerung rufen und hoffen, dass sich überhaupt so eine Gelegenheit ergab. Immer wieder wanderten ihre Gedanken zu

Barrett. Wo war er? Und vor allem: Was dachte er jetzt über sie, nachdem Can ihm gesagt hatte, dass sie mit dem Gewehr auf ihn gezielt hatte. Eine Frage, die sie lieber nicht beantwortet haben wollte. Dennoch kam sie immer wieder darauf zurück. Sollte sie ihn jemals wiedersehen, hatte sie keine Entschuldigung. Sie hatte sich einfach nur dumm angestellt. Sie dachte wieder an das Gespräch mit Elena. Vielleicht konnte sie alles mit einem Hirntumor entschuldigen. Ein bitteres Lachen entfuhr ihr und erschreckte sie. Wenn Elena wirklich so krank war, musste sie Näheres über die Aussetzer erfahren. Da war seit Stunden diese dumpfe Angst in ihr, dass es sich überhaupt nicht mehr lohnte, zu kämpfen. Was, wenn die Bewegungsunfähigkeit, die Atemnot, die Angstzustände, wenn all das tatsächlich einem Hirntumor zuzuschreiben war und nicht, wie sie dachte, Panikattacken waren. Wie lang blieb ihr dann noch? Andererseits hatte sie in dem Fall nichts mehr zu verlieren. Sie könnte versuchen, dieses Pack im Palast mit in den Tod zu reißen. Ein verlockender Gedanke. Die Frage war nur, wie?

Die Tür wurde geöffnet und eine Frau betrat das Zimmer. Sie trug ein Tablett mit Obst und einer Suppe in den Händen. Sie kannte die Frau. Zumindest von einem Foto her. Es war Zazouela. Peters Agentin. Für ein paar Sekunden hatte sich Erleichterung in ihr ausgebreitet, doch dann wurde ihr klar, dass Zazouela mit Sicherheit nicht ihre Verbündete war. Wenn Peter sie hier eingeschleust hatte, dann gehörte sie zu ihm.

Zazouela lächelte und stellte das Tablett auf dem Boden ab. „Schön, dich endlich persönlich kennenzulernen, Rachel. Peter hat mir viel von dir erzählt.“

„Wie viel Geld hat Abid dir und Peter geboten? Was springt für euch dabei raus?“

„Du weißt doch gar nicht, worum es geht. Wieso denkst du, dass es uns ums Geld geht?“

„Was dann? Was sind Abids Pläne?“

Zazouela schüttelte missbilligend den Kopf. „Warum so negativ? Urteile nicht, bevor du nicht alle Fakten kennst.“

„Ich brauche keine Fakten mehr. Ich werde entführt, soll irgendeinen Typen heiraten und Abids Tochter spielen. Ihr seid doch alle verrückt."

„Er kann keine Kinder zeugen, er braucht einen Erben. Da Elena eine Tochter hatte, lag diese Lösung doch nahe."

Immer noch dieses zuckersüße Lächeln, das Rachel ihr am liebsten aus dem Gesicht geschlagen hätte. Vielleicht war die Suppe schön heiß, dann hätte sie ihr die ins Gesicht gießen können. „Wie bedauerlich. Anscheinend gibt es doch einen Gott, der ein Einsehen mit dieser Welt hat." Sie versuchte, ebenso süffisant zu lächeln.

„Abid ist genial. Du wirst Barrett noch töten, glaube mir."

Also wussten sie, dass sie Peter angelogen hatte.

„Ihr könnt mich zu nichts zwingen."

„Doch das kann er. Wie deine Mutter die Königin von England töten wird und er die Staatsoberhäupter diverser Länder dazu bringen wird, Europa, Afrika, Asien, Nord- und Südamerika neu aufzuteilen."

Total verrückt. „Wie zum Teufel will er das denn anstellen?"

Zazouela lächelte nur und verließ das Zimmer. Jetzt war ihr wirklich der Appetit vergangen. Frage Nummer eins war, wieso hatte Zazouela ihr das erzählt? Frage Nummer zwei, wie wollte Abid all diesen Menschen seinen Willen aufzwingen? Frage Nummer drei, wenn sie Barrett töten sollte, war er dann etwa hier?

*

Abid gefiel sich in der Rolle des Gastgebers. Ein kleines Dinner für Peter, Zazouela und Hussein. Den musste er leider auch einladen. Er würde schließlich eine wichtige Rolle in Shabirs Zukunft einnehmen. Rachel war noch nicht so weit, dass sie solchen kleinen Feierlichkeiten beiwohnen konnte und Elena war nicht mehr erwünscht. Also ein kleiner Kreis, in dem man offen sprechen konnte. Er hatte erwartet, dass Peter von Zazouelas exotischer Schönheit beeindruckt wäre, aber sein Freund beachtete die neue Frau an seiner Seite kaum. Umso besser. Er liebte es, zu beobachten, wie ihre vollen Lippen sich um die Gabel schlossen, während sie aß. Ihre großen dunklen Augen waren immer wieder auf ihn gerichtet.

Die Tischkonversation hatte sich um die neuesten Vollblüter im Stall gedreht. Als Engländer war Peter ein großer Anhänger von Pferderennen. Der vergangene Dubai Racing Carnival war ein voller Erfolg für Abids Stall gewesen. Er hatte am Worldcup-Tag eines der Hauptrennen gewonnen und im Worldcup selbst hatte ein Hengst gewonnen, der aus seiner Zucht stammte. Als das Dessert serviert wurde, befand er, dass es Zeit war, die wichtigen Themen anzusprechen.

Zazouela hatte Rachel etwas zu essen gebracht.

Sein Schwanz pochte, denn Zazouela schenkte ihm ihr strahlendes Lächeln. Sein Schwanz würde warten müssen.

„Sie scheint mir nicht sehr kooperativ."

Peter tupfte sich mit der weißen Serviette den Mund ab. „Das hat doch wohl keiner von euch erwartet. Hussein wird es nicht leicht mit ihr haben."

Husseins Rattennäschen zuckte mal wieder. „Ich denke doch, dass mein Freund Abid mir für den Notfall etwas von der Wundersalbe abgeben wird."

Hatte Hussein schon immer so ein kindisches Kichern an sich gehabt oder lag es am Wein? Egal. Hussein würde natürlich von der Salbe bekommen. Sie musste allein schon zum Einsatz kommen, wenn Barrett Manor auftauchte und Rachel ihn eliminieren musste.

Zazouela stand auf und servierte allen Cognac. Die Frau dachte mit. „Wie genau soll das denn mit der Salbe funktionieren, wenn wir alle in England sind?"

Abid bemerkte Peters fragenden Blick. Natürlich würde er Zazouela mit nach England nehmen. Das musste ja wohl nicht extra erwähnt werden.

„Die Queen bekommt natürlich ein Begräbnis, das die Welt noch nicht gesehen hat", übernahm Peter das Wort. „Es werden unzählige Staatsoberhäupter da sein. Natürlich auch die, auf die wir es abgesehen haben. Wir sind mit ihren Vertrauten in Kontakt. Sie alle sind bei längeren Reisen und zu solchen Anlässen immer dabei. Es wird leicht zu arrangieren sein, jedem von ihnen die Salbe zukommen zu lassen. Abid wird zu Ehren der Queen und natürlich, weil seine Frau die Schuldige war, eine eigene große Abschiedsfeier geben."

„Das ist mir soweit klar", unterbrach Zazouela. „Aber wie wollt ihr es anstellen, dass alle die Salbe dabeihaben? Sollen sie sich Handschuhe überstreifen und den Staatsoberhäuptern das Zeug ins Gesicht klatschen?"

Abid musste herzlich lachen. Die Frau war einfach erfrischend. „Mein Stern! Die Salbe ist so konzipiert, dass sie einige Zeit benötigt, bevor sie über die Haut in den Blutkreislauf und von da aus ins Gehirn wandert. Die Frau des französischen Präsidenten beispielsweise wird es sicher vorher schaffen, ihrem Mann eine kleine Massage damit zukommen zu lassen. Die eitle Premierministerin von Australien lässt sich immer von ihrer Schwester schminken. Sie wird die Salbe als Tagescreme erhalten. So wird jeder versorgt sein. Dann wird der Moment kommen."

Hussein kicherte „Es war von großer Wichtigkeit für den Plan, sie alle zur gleichen Zeit am gleichen Ort zu haben. Abid wird Einzelgespräche führen. Jedem einzelnen Herrscher wird suggeriert, dass die jeweils anderen im Begriff seien, aufzurüsten und anzugreifen. Er wird dies mit gefälschten Satellitenfotos und anderen 'Beweisen' belegen. Die Staatschefs werden reagieren. Sie werden ihre Kabinette informieren und die Truppen zumindest in Alarmbereitschaft versetzen."

Zazouela sah nachdenklich aus. „Ja, das kann man in zwei bis drei Stunden erreichen, wenn ihr es geschickt anstellt. Aber was passiert, wenn sie wieder klar denken können?"

Peter lehnte sich zurück. „Dann ist es bereits zu spät. Sie fallen wie die Dominosteine. Denn du darfst nicht vergessen, dass wir den russischen Präsidenten und den chinesischen Machthaber in der Runde haben. Die müssen nicht um Erlaubnis fragen, um ein anderes Land anzugreifen. Russland wird auf Europa gehetzt und die Chinesen auf Australien. Damit ist der Stein ins Rollen gebracht."

„Nebenbei kann Pak Yun Un seine Belohnung einkassieren und sich Südkorea einverleiben.“

Zazouela entspannte sich zusehends und lächelte Abid an. Sie hatte also verstanden. „Und damit haben die arabischen Länder die Oberhand.“

Abid nickte. „Wir hetzen Amerika, Russland, China, Australien, Frankreich, Großbritannien und Deutschland aufeinander. Bald wird Europa mit dabei sein, die Kanadier und die Südamerikaner. Nur die Afrikaner werden sich raushalten. Die meisten Länder sind mit sich selbst beschäftigt. Zeit für die arabischen Länder, den afrikanischen Kontinent zu kontrollieren. Damit hätten wir wichtige Rohstoffe und das Ölmonopol.“

Alle hoben die Gläser.

Abid hätte fast gesagt, dass die Welt ihnen gehöre, aber noch war es nicht so weit.

„Cheers.“

*

Elena rieb sich die Schläfen. Es war ihr untersagt worden, sich noch einmal ohne Aufsicht mit Rachel zu unterhalten. Überhaupt war alles nicht so gelaufen, wie sie es sich ausgemalt hatte. Abid interessierte sich nicht mehr für sie. Er hatte jetzt *seine* Tochter und sie selbst war wertlos geworden. Dann waren diese unerträglichen Schmerzen dazugekommen. Sie hatte bereits ihr Leben lang viel Schlaf gebraucht, war schnell erschöpft und hatte häufig an Kopfschmerzen gelitten. Unter dem Vorwand, eine Mall aufzusuchen, was ihr Abid genehmigt hatte, war sie zu einem Arzt gegangen. Die Schichtaufnahmen von ihrem Gehirn waren eindeutig gewesen. Ein riesiger Tumor war schuld an den Schmerzen. Um ihn herum hatten sich mehrere Aneurysmen gebildet, die jederzeit platzen konnten. Alles inoperabel. Mit dem Tumor konnte sie noch einige Monate Leben, wenn die Aneurysmen sie in Ruhe ließen. Aber der Arzt hatte sie gewarnt, dass sie vielleicht Dinge tat, ohne sich daran erinnern zu können. Wahrscheinlich war ihr das in letzter Zeit öfter passiert. Oft hatte sie sich gewundert, warum sie ein blaues Kleid anhatte, wenn sie doch sicher war, ein geblümtes angezogen zu haben. Das war nur ein Beispiel von vielen. Sie verließ ihr Zimmer. Abid konnte sie nicht davon abhalten, ihre Tochter zu sehen. Sie würde nicht mehr von ihrer Seite weichen und dafür sorgen, dass es Rachel an nichts mangelte. Sie selbst würde ohnehin sterben, was wollte Abid ihr also noch antun?

15

Barrett war erleichtert. Sein Verbindungsmann hatte nicht zu viel versprochen. Sie waren mit den nötigen Waffen ausgerüstet worden und zwei Männer hatten sie über die Grenze geschleust, ohne dass sie behelligt worden waren. Den Rest mussten sie zu Fuß und allein erledigen. Ein Tagesmarsch bis zum Palast von Abid lag vor ihnen. Sie waren beide durchtrainiert, die Wegstrecke war sicher kein Problem für sie. Am Abend, wenn die Dunkelheit sich über Shabir gesenkt hatte, mussten sie es irgendwie schaffen, in den Palast zu gelangen. Oberstes Gebot war es, Rachel rauszuholen. Ferner mussten sie Beweise sammeln, um Abids Pläne zu durchkreuzen. Zuversicht wollte sich nicht gerade einstellen. Das Ganze hörte sich eher wie ein Selbstmordkommando, als nach einem guten Plan an. Noch ungefähr zehn Stunden und er würde wissen, ob er sich in Rachel getäuscht hatte.

*

Barrett ließ die Finger über die Tastatur des kleinen, aber leistungsstarken Laptops fliegen.
Can lief ungeduldig hinter ihm auf und ab.
„Könntest du vielleicht mit der Rennerei aufhören, du machst mich nervös.“
„Als wenn dich irgendwas aus der Ruhe bringt. Mensch, das Ding ist eine Festung. Wie sollen wir denn da reinkommen?“
„Ich arbeite gerade daran.“
„Wenn es nur nicht so verdammt heiß wäre.“ Can fächerte sich mit einer Hand Luft zu.
Es war mittlerweile dunkel und ging auf 23 Uhr zu, aber die Luft war immer noch drückend. Kein Wind wehte. Die schwarze Kleidung machte es auch nicht besser. Auch Barrett fühlte sich wie in einem Backofen.
„Was treibst du da eigentlich?“
Can sah ihm über die Schulter.

„Ich versuche, diese verdammte Alarmanlage lahmzulegen."
„Und schaffst du es?"
„Willst du mir jetzt die ganze Zeit über die Schulter sehen?"
„Vielleicht kann ich noch was lernen."
Barrett hörte an Cans Aussprache, dass er mal wieder grinste. „Bei dir sind Hopfen und Malz verloren. Lauf lieber wieder Löcher in den Boden …, nein warte. Hier, das ist die Innenansicht."
„Die Punkte, die sich bewegen, sind Menschen, oder?"
„Ja, jede Menge Leute da drin. Viel zu viele."
„Woher wollen wir wissen, wo Rachel ist?"
Das war auch Barretts Problem. Es gab zu viele Personen, die sich in einem Raum aufhielten und sich nicht großartig bewegten. Es waren weit über hundert Personen. „Ich vermute, der Flügel mit den meisten Personen beherbergt den Harem."
Can hockte sich neben ihn. „Da könntest du recht haben."
„Dann nehmen wir den Ostflügel. Laut meinen Unterlagen befinden sich da auch Abids Privatgemächer. Ich könnte mir denken, dass Rachel in seiner Nähe ist." Wenn sie ihm half, dann sowieso. „Ich kann für drei Minuten, sämtliche Sicherheitsvorkehrungen lahmlegen, Kameras, Bewegungsmelder, alles. Das reicht zumindest, um ungesehen reinzukommen."
Can holte tief Luft. „Danach werden sie aber relativ schnell wissen, dass wir da sind. Im Grunde ist das unmöglich, was wir vorhaben."
„Ich weiß, deswegen solltest du hierbleiben. Er will mich. Du hast nichts mit alldem zu tun."
Can stand auf und streckte seine Beine, dann ließ er die Fingerknöchel knacken. „Ich komme mit. Ich lasse dich da nicht allein rein."
„Aber …"
„Du wirst mich nicht davon abhalten. Ob wir es nun schaffen oder nicht, ich bin bereit, jegliche Konsequenzen für mein Handeln zu übernehmen. Ich bin überzeugt, dass wir das Richtige tun."

Barrett sparte sich den Atem. Egal was er sagen würde, Can würde sich nicht umstimmen lassen. Drei Minuten, um Rachel zu suchen. Drei Minuten, um an Beweise zu kommen, drei Minuten, um wieder abzuhauen. Unmöglich. Dumm wäre auch noch eine nette Bezeichnung für ihr Vorhaben gewesen.

„Also gut. Wir können noch ein Stück näher ran, dann lege ich das Sicherheitssystem lahm."

Can überprüfte noch einmal seine Handfeuerwaffe. „Ich bin bereit."

*

Abid lehnte sich zurück. Der Ledersessel im Salon war abgewetzt. Nun, nicht wirklich, er war erst vor einem Jahr erneuert worden, aber die minimale Veränderung an der Sitzfläche und an der Lehne fiel ihm auf. Eine Nuance heller. Der Sessel musste unbedingt wieder ausgetauscht werden.

„Habe ich dir zu viel versprochen?" Er war gespannt auf Peters Reaktion.

„Nein, ich habe auch nichts anderes von dir erwartet."

Die Videokonferenz mit den Führern der Arabischen Liga hätte nicht besser laufen können. Peter hatte dieser Konferenz heimlich beigewohnt.

„Du wirst weiterhin den Vorsitz behalten."

Abid konnte seine Zufriedenheit kaum verbergen. „Sie fressen mir aus der Hand. Die meisten sind schwach. Ihre Emirate funktionieren, weil sie unermesslich reich sind. Tourismus und Öl bringen viel Geld ein, besonders wenn man für die Neuerstehung der Touristenoasen kaum was bezahlt."

„Ihr müsst dennoch vorsichtig sein. *Amnestie International* hat euch im Visier."

Abid winkte ab. Peter machte sich einfach zu viele Sorgen. „Ach die, wen kümmert es, ob es ein paar Inder mehr oder weniger auf dieser Welt gibt? Wir tun was gegen deren Überbevölkerung."

„Du erwartest nicht wirklich Dankbarkeit von der Welt da draußen, oder?"

„Nein, mein Freund. Sie werden es nie verstehen. Deswegen ist es Zeit, dass sich die Welt verändert. Amerika hat zu lange den großen Mann gespielt. China und Russland sind auf dem Vormarsch. Europa hat viel zu viel zu sagen. Es wird Zeit, dass wir endlich den Rang auf dieser Erde einnehmen, der uns schon lange zusteht; zusteht aufgrund unserer Ölressourcen, aufgrund unserer Geburt, aufgrund unseres Reichtums."

„Mich musst du davon nicht überzeugen. Ich bin auf deiner Seite, Abid. Hast du die Afrikaner in Griff?"

„Das wird zu keinen Schwierigkeiten führen. Afrika ist von hier aus leicht zu steuern. An den richtigen Stellen wird die Arabische Liga die richtigen Machthaber einsetzen. Mit Gewalt oder mit ein wenig Geld wird auch das Volk zu ködern sein und …"

Ein heftiges Klopfen an der Tür unterbrach Abid. Einer seiner Sicherheitsbeamten kam ohne weitere Aufforderung herein.

„Sir, wir haben einen Ausfall des Sicherheitssystems."

Peter stand sofort auf.

Abid blieb ruhig. „Barrett."

Peter nickte. „Das glaube ich auch. Er hat unsere Nachricht augenscheinlich bekommen."

„Dann müssen wir Rachel vorbereiten. Die Salbe benötigt ihre Zeit, bis sie wirkt." Abid griff zum Telefon und gab einem seiner Sicherheitsleute die nötigen Anweisungen. Dann widmete er sich dem im Raum befindlichen Bodyguard. „Wir erwarten diesen Mann." Er reichte ihm sein Handy, auf dem er Barretts Foto gespeichert hatte. „Gefangen nehmen und unten in eine der Zellen bringen."

„Natürlich, Sir."

„Aber seien Sie vorsichtig, wir wissen nicht, ob er allein ist."

„Sir." Der Sicherheitsmann lauschte einen Moment. Mit einem Sender im Ohr war er mit allen anderen vernetzt. „Das Sicherheitssystem funktioniert wieder. Wie es aussieht, haben wir zwei Eindringlinge. Sie sind in diesem Flügel. Wir kümmern uns."

Als der Sicherheitsbeamte den Raum verlassen hatte, goss Peter jedem einen großen Cognac ein.

„Läuft doch alles nach Plan."

*

Von Rachels Körper war die Anspannung gewichen. Sie hatte nicht schlafen wollen, war aber eingenickt und schrak hoch, als ihre Tür geöffnet wurde. Ein arabischer Hüne in Anzug und mit einem Head Set betrat in Begleitung eines weiteren Mannes den Raum. Der zweite Mann hatte einen Arztkittel an, er war älter und trug eine kleine runde Brille. Auch er schien arabischer Herkunft zu sein.

„Halten Sie sie fest."

Bevor Rachel reagieren konnte, hatte der Bodyguard sie vom Bett gestoßen und hielt sie fest. Er verdrehte ihr dabei schmerzhaft die Arme, stieß sie vorwärts, wobei sie mit dem Hintern auf dem kleinen Tisch landete. Sie spürte etwas Hartes im Rücken.

„Eine falsche Bewegung, und eine Kugel landet in dir."

„Ich glaube nicht, dass Abid mich tot sehen will."

Ein heiseres Lachen erklang an ihrem Ohr. „Keine Sorge, ich würde dich schon nicht umbringen."

Sie glaubte ihm aufs Wort. Eine Verletzung wollte sie nicht riskieren, also hielt sie still. Der Mann im Kittel streifte sich Handschuhe über, griff in seine Kitteltasche und holte eine Tube ohne Aufschrift heraus. Eine milchige Salbe bahnte sich ihren Weg aus der Öffnung. Er verteilte sie um ihren Hals, großzügig und massierte sie geduldig ein.

„Fessel sie, damit sie sich das Zeug nicht abwäscht."

Der Bodyguard reichte die Pistole an den Mann im Kittel. Nun wurde die Waffe auf ihren Bauch gerichtet, während ihr die Hände mit Kabelband hinter dem Rücken gefesselt wurden.

„Leg dich aufs Bett."

Was blieb ihr anderes übrig? Auch ihre Füße wurden wieder gefesselt. Die Salbe an ihrem Hals prickelte leicht. Sie überkam ein beruhigendes Gefühl und schloss die Augen. Sie fragte sich, was sie mit ihr vorhatten und was man ihr verabreicht hatte, aber ihre Gedanken drifteten davon. Sie fühlte sich nicht mehr so elend. Im Gegenteil, sie fühlte sich besser, als die beiden Männer den Raum verließen.

*

Barrett und Can bahnten sich mit gezückten Waffen einen Weg durch die Flure. Es ging zu leicht.

„Sie wissen, dass wir hier sind."

Can hatte ausgesprochen, was sie beide wussten.

„Hast du was anderes erwartet? Aber uns am Eingangstor gefangen nehmen zu lassen, kam ja wohl nicht infrage. So haben wir wenigstens eine minimale Chance." Die Betonung lag auf minimal.

„Zu viele Zimmer."

„Wir nähern uns den Büros. Du solltest dir die vornehmen und nach Beweisen suchen. Ich nehme die Zimmer ein Stockwerk höher. Abid schläft im anderen Flügel, aber hier lebt seine Frau. Es sind Gästezimmer dort, vielleicht finden wir Rachel da. Außerdem sind die im Stockwerk da drüber mit Fenstern versehen, die Eisenjalousien haben. Perfekt um Menschen gefangen zu halten."

„Okay. Wo treffen wir uns?"

„Am besten draußen, weit hinter den Mauern dieses Palastes. In einer Stunde."

„Viel Glück."

„Dir auch."

Barrett sah Can einen Augenblick nach. Hier hätte es von Sicherheitspersonal wimmeln müssen. Sie hatten zwar versucht den Kameras auszuweichen, aber mit Sicherheit waren sie nicht hundertprozentig erfolgreich gewesen. Das Ding hier war ein Himmelfahrtskommando. Und das alles für eine Frau, von der er noch nicht einmal wusste, ob sie nicht doch freiwillig hier war, und zu diesem Pack gehörte. Er hätte Can niemals mit reinziehen dürfen. Lautlos bewegte er sich auf die Treppe zu und stieg hinauf. Vorsichtig sah er um die Ecke. Ein Raum fast am Ende des Ganges war bewacht.

Wenn Rachel hier war, dann musste es dieser Raum sein. Er musste den Typen ausschalten. Eines von Cans Wurfmessern wäre jetzt nicht schlecht gewesen. Ein Schuss kam nicht infrage, er hatte noch den Dolch. Dem Typen eins überzuziehen, dazu würde er keine Gelegenheit bekommen. Der Gang war zu lang und er bot keine Möglichkeit zur Deckung. Er bückte sich und zog das Messer aus dem Stiefel. Ein Geräusch hinter ihm ließ ihn sich umdrehen.

Am Fuß der Treppe stand ein weiterer Bodyguard und zielte mit einer Pistole auf ihn. Super. Nach und nach tauchten mehr Menschen am Fuß der Treppe auf. Er kannte sie. Abid, Peter Dobson und ein gefesselter und bedauernd dreinblickender Can in Begleitung eines Sicherheitsmannes. Das war ja hervorragend gelaufen.

„Wir haben Sie erwartet, Mr. Manor. Messer fallen lassen, wir wollen nicht, dass Sie sich verletzen."

Kurz überlegte er, ob er schnell genug wäre Abid das Messer in die Brust zu jagen, entschied sich aber dagegen. Der Typ würde noch bekommen, was er verdiente. Mit einem lauten Klirren landete der Dolch auf dem Boden. Der Sicherheitsbeamte fesselte ihm die Hände hinter dem Rücken und stieß ihn vorwärts. Abid führte sie in einen Salon. Die zwei Bodyguards postierten sich an der Tür, nachdem sie Can und ihn auf eine Couch gestoßen hatten. Die Waffen blieben auf sie beide gerichtet.

Abid setzte sich in einen Ledersessel, während Peter am Fenster stehen blieb. „Nun begegnen wir uns endlich."

„Ich bin ganz aus dem Häuschen vor Freude", sagte Can.

Abid musterte ihn. „Ich meinte nicht Sie. Es ist Mr Manor, der mich interessiert."

Can sagte nichts weiter und Barrett zog es ebenfalls vor, zu schweigen.

Abid schlug die Beine übereinander. „Besonders gesprächig sind Sie nicht. Das ist die Gelegenheit, meine Herren. Ich werde Ihnen alle Fragen beantworten. Sie möchten doch sicher wissen, was ich im Schilde führe."

Barrett fragte sich, warum er bereit war, zu reden. Er würde sie beide töten. Das konnte er auch gleich erledigen. Wozu die Zeit mit Plaudern verbringen?

Abid drehte sich zu Peter um. „Die beiden sind schüchtern. Wer hätte das gedacht."

Dobson rang sich ein Lächeln ab, er machte den Eindruck, dass er dieses Spielchen nicht so amüsant fand wie Abid.

„Dann werde ich euch mal aufklären. Seit über zehn Jahren arbeite ich unbehelligt an meinem Plan. Ich habe mein Netzwerk in Afrika eingerichtet, habe mich in der Arabischen Liga in die Poleposition katapultiert. Niemand hat jemals etwas bemerkt, meine Verbindungen nach Nordkorea, all die wissenschaftlichen Untersuchungen dort, alles blieb geheim. Und dann kommt ein Typ namens Barrett Manor und interessiert sich für einen nichtssagenden Funkspruch. Der Spruch war verschlüsselt, kein normaler Mensch hätte Verdacht geschöpft. Mr. Manor, Sie haben weiter rumgestochert, selbst als wir Sie aus ihrem Exil geholt und nach Frankreich gebracht hatten. Sie konnten nicht lockerlassen. Verstehen Sie nun, warum Sie im Weg sind? Red Crucify wird durch nichts aufgehalten werden."

„Red Crucify?"

„Jede Operation verdient einen Decknamen. Das habe ich in zahlreichen Agentenfilmen gelernt. Ist es nicht so?"

Barrett hätte fast die Augen verdreht, da ihn die Szene in der Tat an einen schlechten Film erinnerte. Eine ausführliche Beschreibung der Pflanzensamen folgte. Sie wussten längst, was diese Pflanze anrichten konnte. Letztendlich blühte sie in Rot und behielt das kleine Kreuz als Stempel, das schon auf dem Samen zu sehen war, daher hatte Abid seine Operation so getauft.

„Ich werde die Welt aufeinanderhetzen." Er breitete seine Pläne vor Barrett und Can aus. Also sollte Queen Elisabeth tatsächlich sterben. Was hatte Rachel damit zu tun? Das war die einzige Frage, die ihn interessierte. Den Rest hatte er sich selbst zusammenreimen können.

„Und Dobson? Was springt für Sie dabei raus? Geld?"

Es war das erste Mal, dass Dobson das Wort ergriff. Barrett verstand, was Rachel so an ihrem Vorgesetzten mochte. Im Gegensatz zu Abid hatte Peter etwas Beruhigendes, Väterliches an sich. Menschen wie Abid würde es immer wieder geben. Es hatte sie auch immer gegeben. Von Zeit zu Zeit tanzte einer aus der Reihe. Napoleon, Hitler … Sie alle wollten die Welt nach ihren eigenen Vorstellungen formen, ihren Größenwahn leben, in verschiedenen Epochen und mit verschiedenen Mitteln. Egal, wie viele Geheimdienste und andere Organisationen es gab, Menschen wie Abid würde es auch immer geben. Peter Dobson war anders. Er war nicht größenwahnsinnig und von Visionen getrieben. Es ging ihm nicht um die Sache. Tat er es nur für Geld?

„Sind wir nicht alle käuflich? Nur der Preis ist bei jedem ein anderer. Ich würde es wirklich bedauern, wenn wir sie eliminieren müssten. Abid will es so. Aber vielleicht möchten Sie uns Ihren Preis nennen."

Can gab nur ein Schnauben von sich.

Bevor Barrett reagieren konnte, kam Dobson einen Schritt auf ihn zu. „Sie sind noch jung, Sie können noch ein gutes Leben leben. Was haben Sie davon, ihrem Land Loyalität zu gewähren? Wird es Ihnen gedankt? Sie arbeiten in einer geheimen Organisation. Niemand erfährt, was Sie tun. Niemand zollt Ihnen die Dankbarkeit, die Ihnen für Ihre Arbeit gebührt."

„Ist es das? Sie setzen Dankbarkeit mit Geld gleich?"

Abid hüstelte. Anscheinend gefiel es ihm nicht, dass er gerade nicht die Hauptrolle in dieser Szene spielte. Dobson trat wieder zurück ans Fenster, hielt seinen Blick aber weiter fest auf Barrett geheftet. „Für Ihr Land sterben oder reich aus diesem Palast gehen. Ich finde die Antwort ist einfach."

Barrett konnte nicht für Can sprechen. Er glaubte nicht an dieses Angebot. Man würde sie nicht am Leben lassen. „Für kein Geld der Welt würde ich mich mit Ihnen zusammentun."

Can wurde nicht weiter gefragt. Abid sah auf die Uhr. Hatte er tatsächlich nur Zeit schinden wollen mit diesem Gespräch? Aber wieso?

„Sie haben gewählt meine Herren." Er schnippte mit den Fingern. „Um den hier können wir uns später kümmern, vielleicht hat er noch ein paar nützliche Informationen aus Asien für uns. Sperrt ihn so lang ein."

Die Bodyguards packten Can und führten ihn aus dem Raum. Abid wartete, bis einer der beiden wiederkam.

„Sie haben sich sicher gefragt, welche Rolle Rachel in meinen Plänen spielt. Nun, jetzt ist es an der Zeit, Sie zu ihr zu führen. Sie wartet bereits auf Sie. Sie wird Sie töten."

*

Rachel fühlte sich gut. Der Mann mit dem Arztkittel war noch einmal da gewesen. Er hatte ihr gesagt, dass Barrett angekommen war. Das war gut. Warum? Weil der Mann es ihr gesagt hatte. Sie war auch nicht mehr gefesselt. Sie hatten ihr eine schöne Smith & Wesson ausgehändigt. Sie hatte sich schon lange nicht mehr so gut gefühlt. Das Chaos der letzten Wochen war von ihr gewichen. Es war alles egal. Sie sah jetzt klar. Sie musste Barrett Manor töten. Das war für den Moment alles, was zählte.

„Kommen Sie Rachel, Barrett wartet auf Sie." Sie folgte dem Mann in dem weißen Kittel. Auf einmal mochte sie ihn. Er war nett zu ihr und sagte ihr klipp und klar, was sie zu tun hatte. Selbst denken, war furchtbar anstrengend. Endlich war da jemand, der sie verstand. Sie folgte ihm die Treppen hinunter.

„Gehen wir in den Keller?"

Der Mann drehte sich um und sah sie wohlwollend an.

„Ja. Sie betreten gleich einen Raum. Der ist mit Kameras ausgestattet. Es wird ihnen nichts passieren. Dann wird Barrett zu ihnen geführt. Sie zielen auf ihn. Auf den Kopf und drücken ab."

„Natürlich. So haben wir es besprochen."

Der Mann schloss die Tür auf. Der Raum war mit Stahl ausgekleidet. Eine Neonröhre an der Decke spendete Licht. Zwei Kameras waren angebracht und eine weitere Tür befand sich in diesem Raum. Da würde also Barrett gleich durchkommen. Sie entsicherte die Smith & Wesson und wartete. Ein paar Minuten später wurde Barrett Manor in den Raum gestoßen. Sie hob die Waffe an und zielte.

16

Abid sah deutlich, dass Peter mehr als erstaunt war.

„Du siehst es dir nicht live an? Darauf hast du doch die ganze Zeit gewartet."

„Wir brechen sofort nach England auf. Elena, du und ich. Zazouela wird in ein bis zwei Tagen nachkommen. Ich möchte Elenas Unmut nicht auf mich ziehen. Offiziell ist sie noch meine Frau. So werden wir es der Welt auch noch präsentieren. Den Asiaten nehmen wir mit."

„Was?"

„Hör zu, Peter. Nichts und niemand wird mich aufhalten. Das Royal Ascot Meeting beginnt in wenigen Tagen. Wir werden es nicht am letzten, sondern am ersten Tag durchziehen. Je schneller, desto besser. Die Kameras zeichnen Rachels Tat auf. Ich kann mir das Ganze auch im Nachhinein ansehen. Rachel wird zur Trauerfeier der Queen erscheinen müssen."

„Soll ich mit ihr nachkommen?"

„Nein, Zazouela wird sie mitnehmen. Du reist mit mir."

„Ist das nicht überhastet?" Peter schien immer noch nicht überzeugt. „Wir wussten doch, dass Manor kommt. Es läuft alles nach Plan, sie tötet ihn gleich. Kein Grund, heute noch nach England aufzubrechen."

„Doch! Wir wissen nicht, wie oft er sich bei den SAJs melden muss. Lass uns lieber die Sache mit der Queen so schnell wie möglich hinter uns bringen. Das Royal Ascot Meeting dauert fünf Tage. Verschieben wir eben den Höhepunkt auf den ersten Tag. Dann ist die Welt abgelenkt und keiner interessiert sich für einen verschwundenen oder toten Agenten."

„Und warum nimmst du den Asiaten mit?"

„Falls was schiefgeht. Egal, in welcher Hinsicht. Er ist der ideale Sündenbock. Ein Doppelagent bringt schnell einen anderen Agenten um, oder?"

„Ich verstehe." Peter schien seine Skepsis zu verlieren.

*

Als Barrett den Raum betrat, sah er sofort, dass etwas an Rachel anders war. Ihre Augenfarbe, außerdem ihr Blick. Er war nicht glasig, aber irgendwie entrückt. Man musste kein Genie sein, um zu wissen, dass Abid seine Salbe an ihr ausprobierte. Sie hatte ihn in Tokio nicht getötet und sie würde es bei vollem Verstand auch hier nicht tun. Warum er sich so sicher war, wusste er nicht, aber Tatsache war, dass sie eben nicht bei vollem Verstand war. Aus Mohnpflanzen gewann man Opiate. Was Heroin beispielsweise bei Menschen anrichten konnte, war verheerend. Er zweifelte nicht an der Wirksamkeit der neuen Droge. Ihm war auch bewusst, dass sie von Kameras umgeben waren und unter Beobachtung standen. Wenn Rachel ihn nicht tötete, dann würde es ein anderer erledigen. Letzteres würde er vorziehen. Er wollte nicht, dass Rachel es tat. Wollte nicht, dass sie damit leben musste. Er hatte gesehen, was es beim letzten Mal bei ihr ausgelöst hatte. Er musste unter allen Umständen verhindern, dass sie abdrückte, nicht um seinetwillen, sondern um ihretwillen. Er musste zu ihr durchdringen. Wie funktionierte diese Droge? Wenn er ihr jetzt einen Befehl gab, würde sie den befolgen? Oder war sie irgendwie auf den ursprünglichen Befehl gepolt? Wahrscheinlich hatte man ihr gesagt, dass er versuchen würde, ihr auszureden, ihn zu töten. Ein weiterer Befehl war wahrscheinlich, nicht auf ihn zu hören. Also konnte er sich die Bitte oder den Befehl, ihn nicht zu töten, sparen. Ihm musste etwas anderes einfallen.

„Du willst mich nicht umbringen, Rachel. Ich weiß auch, dass du mich in Tokio nicht erschossen hättest."

„Was ich will, ist nicht von Belang."

„Warum nicht? Bevor du abdrückst, beantworte mir diese Frage."

„Weil …"

Der Lauf war immer noch auf seine Stirn gerichtet. Ihre Hand war ruhig.

„Bitte antworte mir."

„Weil ich dich töten muss."

„Jemand hat dir eine Droge verabreicht, Rachel. Du bist nicht du selbst."

„Du lügst."

Er drang einfach nicht zu ihr durch. Da war kein Zweifel in ihren Augen.

„Ich habe dich nie angelogen. Erinnerst du dich an Erquy?"

„Natürlich."

„Ich war da, als es dir schlecht ging. Ich habe mit niemandem darüber gesprochen. Du kannst mir vertrauen. Wir haben uns geliebt in Erquy und auch in Tokio."

Immer noch keine Reaktion. Ihr Finger krümmte sich um den Abzug.

„Ich liebe dich, Rachel." War da etwas in ihrem Blick? Eine Erinnerung an Gefühle? Er machte einen Schritt auf sie zu. „Ich. Liebe. Dich. Ich will nicht, dass du das tun musst. Lass mich den Abzug drücken."

Sie hatte sich nicht bewegt. Die Waffe war immer noch auf ihn gerichtet. Er stand nun unmittelbar vor ihr. Er hoffte, dass endlich jemand eingreifen würde. Sie durfte es einfach nicht tun, sie würde daran zerbrechen. Er hob langsam den Arm und drückte ihre Hand ein wenig herunter, sodass der Lauf der Smith & Wesson nicht mehr auf seinen Kopf, sondern auf sein Herz gerichtet war. Spätestens jetzt sollte jemand zur Tür hereingestürmt kommen. Er umschloss ihre Hand.

Sie starrte ihn einfach nur an. Ihr Mund öffnete sich. „Ich muss dich töten."

Da niemand eingriff, wagte er den letzten Schritt. Mit einem Ruck riss er ihren Arm nach oben, ein Schuss löste sich, traf aber nur die Decke. Er nahm ihr die Waffe ab und steckte sie ein.

„Ich kann nicht." Jetzt zitterte sie. Wahrscheinlich eine Folge der Drogenwirkung. Alles in ihr wehrte sich gegen das, was sie hätte tun sollen. Er konnte sich nicht vorstellen, was gerade in ihrem Körper vorgehen musste. Er nahm sie in die Arme und küsste ihren Scheitel.

„Hey, das vergeht wieder. Das Zeug muss aus deinem Körper raus."

„Warum habe ich dieses Verlangen, dich zu töten, wo ich es doch gar nicht will?" Sie hatte es herausgeschrien.

„Weil man dir eine Droge verabreicht hat."
„Diese Salbe." Sie klang atemlos.
„Ja."
„Du solltest dich lieber von mir fernhalten."
„Nein, nie wieder. Ich lasse dich nicht mehr aus den Augen." In ihm keimte Hoffnung auf. Hoffnung, dass sie beide entkommen könnten. Nach allem, was gerade in diesem Raum passiert war, schien es diese Hoffnung wieder zu geben. Niemand schien es zu interessieren, dass Rachel nicht den Abzug betätigt hatte. Hatte Can etwas erreichen können? Aber wie hätte er das allein schaffen können?
Rachel lag einfach nur in seinen Armen. Sie würden noch ein ernstes Gespräch führen müssen, wenn sie wieder klar denken konnte. Jetzt mussten sie hier raus. Die Tür wäre fast gegen sie beide geprallt, als sie mit Schwung aufflog. Damit hatte sich die Flucht wohl erledigt. Wäre auch zu schön gewesen, um wahr zu sein. Zazouela stand vor ihnen. Natürlich nicht unbewaffnet. Wenn man kein Glück hatte, kam wohl auch noch Pech dazu.

*

Mehrere Limousinen hatten gerade das Grundstück verlassen. Abid saß in einer der mittleren mit Peter. Er blickte auf das Display seines Handys, drückte eine Taste.
„Und?"
Er konnte nicht verhindern, dass ein zufriedenes Lächeln seine Lippen umspielte. Nachdem, er sich verabschiedet hatte, legte er auf. Peter hob fragend die Augenbrauen.
„Wir machen einen Kinoabend daraus. Sie hat mir soeben bestätigt, dass er tot ist."
„Also ist die Droge zuverlässig?"
„Hast du etwa daran gezweifelt?"
„Ich traue Pak Yun Un nicht."
Abid sah zu, wie Peter sich an der Bar der Limousine bediente. „Ich habe eigene Wissenschaftler. Ich bin vorsichtig, das weißt du doch. Es ist besser, wenn man uns nicht zusammen in England einreisen sieht."

„Ja natürlich, ich habe mir schon einen Flug gebucht."

„Auch du denkst mit, mein Freund. Wirst du in Ascot sein, Peter?"

„Nein, ich bleibe der Veranstaltung dieses Jahr fern. Aber ich werde mir natürlich die Übertragung ansehen."

Abid überkam erneut diese totale Zufriedenheit. „Dieses Jahr wird das Royal Ascot Meeting etwas Besonderes für die Zuschauer!"

*

Barrett hatte keine Chance, die Waffe zu zücken, die er Rachel eben abgenommen und sich hinten in den Hosenbund gesteckt hatte. Selbst als Zazouela ihr Handy zur Hand nahm und kurz telefonierte. Sie bestätigte seinen Tod. Wahrscheinlich wollte sie erst Rachel übernehmen, die er immer noch vor sich in seinen Armen hielt. Sie war unfreiwillig zu seinem Schutzschild geworden. Zazouelas nächste Aktion, nachdem sie ihr Handy weggesteckt hatte, überraschte ihn aber doch. Sie nahm ihre Waffe herunter und steckte sie ein. „Okay. Wir haben nicht viel Zeit. Ihr müsst hier raus."

Wahrscheinlich hatte er einen ziemlich verdutzten Gesichtsausdruck an den Tag gelegt, denn sie lächelte kurz. „Ich stehe auf deiner Seite."

„Deswegen wolltest du mich nach Zürich schicken? Du arbeitest für Dobson und erzähl mir nicht, dass der auch auf meiner Seite steht."

„Nein, tut er nicht. Und in Zürich bist du nie gewesen."

„Das konntest du aber nicht ahnen."

„Kommt ihr jetzt mit?"

„Wo ist Abid? Und wo sind seine Gefolgsleute und vor allem wo ist Can, der Mann, der mit mir hier eingedrungen ist?"

Sie verdrehte die großen, dunklen Augen, so als passe ihr das Gespräch nicht.

„Weg. Vor einigen Minuten nach England aufgebrochen. Er hat Peter, Rachels Mutter und deinen Kollegen mitgenommen sowie einen Großteil seines Sicherheitspersonals."

„Stopp.“ Barrett verstand nur die Hälfte. „Rachels Mutter?“ Rachel schien fast im Stehen zu schlafen. Ob sie überhaupt etwas von dem Gespräch, das hier geführt wurde, mitbekam? „Rachel muss sich ausruhen.“

Zazouela nickte. „Ich weiß, die Wirkung der Droge wird noch ein paar Stunden anhalten. Eigentlich ist sie noch immer eine Gefahr für dich.“

„Sie wird mir nichts antun.“

Überzeugt schien Zazouela nicht. „Wenn du meinst.“ Dann erzählte sie ihm von Elena, wie Peter Rachel hergebracht und was Abid mit ihr vorhatte. Also hier die Kurzfassung. „Die beiden wollten Rachel als Abids Kind an das Volk verkaufen.“

Endlich schien Rachel lebendig zu werden. Sie löste sich ein wenig aus seiner Umarmung. „Ich wusste nicht, dass sie hier ist. Sie hat sich ihm all die Jahre unterworfen.“ Das Sprechen schien ihr schwerzufallen. „Verdammt, ich habe immer noch diesen Drang, dich zu töten Barrett. Du solltest mich lieber fesseln.“

Er lächelte sie an. „Ich glaube, du solltest dir lieber diese braunen Kontaktlinsen aus den Augen nehmen.“

„Die hatte ich total vergessen.“ Sie nahm sie heraus und schnippte sie auf den Boden.

Zazouela holte ihre Waffe heraus. „Hier. Nimm die. Sie haben den Plan geändert. Anstatt am Samstag, dem letzten Tag des Ascot-Meetings, soll Elena unter Einwirkung der Salbe die Queen am Dienstag töten. Zur Eröffnung. Abid und Elena sind an allen Tagen in der Royal Box herzlich willkommen. Danach wird er am Begräbnis der Queen teilnehmen, seine eigene Trauerfeier veranstalten und dabei die Staatschefs überrumpeln. Aber ich schätze, die Pläne kennst du.“

Barrett nickte, er wollte sie nicht unnötig unterbrechen.

„Ich musste Hussein, Rachels zukünftigen Gatten, eben außer Gefecht setzen. Er sitzt gefesselt im Keller. Mit den anderen Sicherheitsbeamten, die noch auf Abids Seite sind. Ein paar sind mir mittlerweile ergeben. Sie werden euch helfen, hier rauszukommen und an einen sicheren Ort zu bringen. Ich werde am Montag in England erwartet. Ich darf nur im Hotel auf Abid warten, nach Ascot geht er mit Elena."

„Dann müssen wir auch nach England. Sie darf es nicht tun." Rachels Stimme drückte ihre Verzweiflung aus.

Beruhigend strich Barrett ihr über den Rücken. „Kannst du Abid überreden, es selbst zu tun? Dann hätten wir ihn."

Zazouela sah Barrett nachdenklich an. „Wir könnten auch sein Drogenlabor hochgehen lassen."

„Glaubst du nicht, dass das längst abgebaut ist? Er hat doch mit mir und Can gerechnet. Abid ist zwar größenwahnsinnig, aber mehr als vorsichtig."

„Wahrscheinlich. Dann muss Elena aus dem Weg geräumt werden, dann ist er gezwungen, es selbst zu tun."

Rachel versteifte sich. „Sie ist zwar nicht der Mensch, den ich als Mutter akzeptieren möchte, aber ihr habt kein Recht dazu."

„Hey, keine Sorge. Zazouela wird sie nicht umbringen." Er schaute zu der dunkelhäutigen Frau. „Ist das klar?"

Zögerlich nickte Zazouela. „Ich hasse es, wenn es persönliche Verwicklungen gibt."

Barrett dachte einen Moment nach. „Persönlich?" Er wollte sie darauf hinweisen, dass sie mit Abid schlief. „Wer bist du Zazouela, für wen arbeitest du wirklich?"

Sie schwieg einen Moment. „Im Augenblick bin ich auf deiner Seite. Reicht das nicht?"

„Peter Dobson hat dich rekrutiert, aber du bist keine MI6 Agentin." Es war keine Frage, mehr eine Feststellung. Er beobachtete sie. Er hatte selten einen Menschen gesehen, der so unergründlich war, in dem man gar nicht lesen konnte. „Du hast die Seite gewechselt."

„Ja, kurz, nachdem du mit Corey Snyder wegen Zürich telefoniert hast. Er wollte nicht, dass du in diese Falle läufst." Sie zuckte mit den Schultern. „Aber dann musste ich gar nicht mehr eingreifen."

„Welches Ziel verfolgst du wirklich?"

„Ist das so wichtig?"

Er schüttelte mit dem Kopf. Er würde nicht mehr aus ihr herausbekommen. Wer auch immer sie war und was auch immer ihre Pläne waren, es würde ihr Geheimnis bleiben. Für den Moment musste er sich damit zufriedengeben. Ein Bauchgefühl sagte ihm allerdings, dass sie eines Tages sicher wieder bei den Special Agents of Justice aufkreuzen würde.

„Können wir jetzt endlich los?"

Er sah Rachel an. „Du schläfst ein paar Stunden, dann fahren wir gemeinsam nach England und bringen das Ding zusammen zu Ende."

Sie hatte die braunen Kontaktlinsen herausgenommen. Sie war wieder etwas mehr sie selbst, auch wenn die schönen grünen Augen noch nicht so kräftig leuchteten. Er folgte mit Rachel an der Hand Zazouela aus dem Raum. Ihm war bewusst, dass Rachel immer wieder einen Blick auf die Waffe in seinem Hosenbund warf. Diese verdammte Droge war unglaublich. Er schob sie vor sich und behielt sie im Auge.

„Was haben sie mit Can vor?"

„Keine Ahnung. Das werden wir wohl in England herausfinden. Wenn er dann noch lebt."

Barrett konnte nur hoffen, dass Can dieses Unternehmen heil überstehen würde. Wenn nicht, dann war es seine Schuld.

*

Rachel versuchte, diesen unbändigen Drang zu unterdrücken, diesen Menschen, der jetzt mit ihr die kleine heruntergekommene Wohnung betrat, zu töten. Sie wusste, dass sie ihn nicht töten wollte. Dennoch musste sie sich stark zusammenreißen, nicht nach der Pistole zu greifen.

Barrett drehte sich zu ihr um. „Wenn du in meine Hose greifen willst, dann nimm die Waffe, die vorn drin ist."

Wenn er nicht so unverschämt attraktiv gegrinst hätte, wäre sie glatt sauer gewesen. Doch dann dachte sie einen Moment nach. „Vielleicht hilft es, wenn wir miteinander schlafen."

Er setzte sich auf das schäbige Bett und zog sie zu sich auf den Schoß. Er vergrub sein Gesicht an ihrem Hals.

Sie strich ihm über die Haare. „Das, was du heute gesagt hast, war das ernst gemeint?“ Ihre Stimme war nur ein Flüstern. Sie hätte sich räuspern sollen.

Aber er schien sie verstanden zu haben, denn er sah ihr jetzt in die Augen. „Ja.“

Eine klare Antwort. Keine langen Erklärungen. Er hatte die magischen Worte gesagt. Er hätte sich damit rausreden können, dass er nicht gewollt hatte, dass sie abdrückte, aber er hatte es soeben noch einmal mit einem klaren *Ja* bestätigt. Wie konnte er nur? Nach allem, was sie getan hatte? Wie konnte er einen Menschen wie sie lieben? Und vor allen Dingen, wie sollte sie jetzt darauf reagieren? Ihre Zunge schien gelähmt zu sein, und das lag nicht an der Droge, die man ihr verabreicht hatte. Sie saß immer noch auf seinem Schoß, aber er packte sie jetzt und setzte sie auf das Bett. Dann nahm er die Waffe, ging damit ins Badezimmer und schloss sie dort ein. Mit einem Lächeln im Gesicht kam er zurück und setzte sich wieder zu ihr.

„Nur zur Sicherheit. Obwohl ich nicht glaube, dass du mir was antun würdest.“

„Nein, nein, ich verstehe das schon.“

Sein Gesicht wurde wieder ernst. Er legte einen Arm um ihre Schulter und küsste sie auf die Schläfe. „Rachel, ich erwarte nichts von dir. Im Moment zumindest nicht. Du solltest dich erst mal ausruhen.“

Sie war ihm dankbar dafür. Sehr dankbar. „Legst du dich zu mir?“

„Natürlich.“

Sie streiften sich Hose und Oberteile vom Körper und krochen unter das Laken. Sie kuschelte sich an seinen harten aber warmen Körper und fühlte sich sicher und geborgen. Es gab so vieles, das sie ihm sagen wollte, konnte aber nichts von dem aussprechen, weil es ihr nicht passend erschien. Er streichelte zärtlich ihren Nacken, sie schloss die Augen und ließ sich forttreiben.

*

Barrett war müde. Er wartete, bis Rachel eingeschlafen war, und schloss dann auch die Augen. Mit ihr jetzt Sex zu haben, wäre nicht passend gewesen, auch wenn sein bestes Stück eine andere Meinung hatte. Es stand noch zu viel zwischen ihnen. Wenn er das nächste Mal mit ihr schlief, wollte er mit ihr zusammen sein. So verrückt es für ihn auch klang, er wollte Rachel mehr als alles andere auf der Welt. Er hatte zwar keine Ahnung, wie das funktionieren sollte. Sie gehörten verschiedenen Geheimdiensten an, aber irgendwie musste es gehen. Vorausgesetzt, sie würde es überhaupt wollen. Er war zwar müde, aber der erlösende Schlaf wollte nicht kommen. Er lauschte Rachels gleichmäßigem Atem. Er versuchte, seine Gefühle zu ignorieren und dachte daran, was sie in den nächsten Tagen erwarten würde. Sie hatten bisher nicht geschafft, Abids Pläne zu vereiteln. Wenn Zazouela alles unter Kontrolle hatte und es schaffte Abid zum Mord an der Queen zu überreden, dann würden Rachel und er es verhindern. Man konnte ihn wegen des geplanten Anschlags belangen und in seinem Gepäck würde man die Droge sicherstellen. Vielleicht konnten sie mit Dobson einen Deal aushandeln. Der Agent würde sicher nicht im Gefängnis landen wollen. Er könnte als Zeuge aussagen und alle Pläne offenlegen. Aber das war noch Zukunftsmusik. Wichtig war, dass Rachel und er den Anschlag verhinderten. Sie spielten gerade mit dem Leben der Königin von England. Wohl war ihm dabei nicht. Rachel regte sich in seinen Armen. Sie schien einen Albtraum zu haben. Er konnte nicht verstehen, was sie vor sich hinmurmelte, aber sie hatte Schweißausbrüche und trat mit den Beinen.

Sanft strich er über ihren Nacken, ihren Kopf. „Hey, alles wird gut. Niemand wird dir schaden. Du träumst nur.“ Er redete eine Weile auf sie ein und streichelte sie. Sie wurde nicht wach, aber der Traum schien vorüber zu sein. Sie schlang ihre Arme um ihn. Es tat gut. Sie tat ihm gut. Es war schön, nicht allein zu sein. Über sieben Jahre hatte er in diesem selbst auferlegten Exil gelebt. Hatte gedacht, dass dies die einzige Lösung für ihn wäre. Der einzige Weg, ihn vor weiteren Schmerzen – seelische wie auch körperliche – zu schützen. Dabei hatte er nie gemerkt, dass er sich damit nur selbst wehgetan hatte. Er wollte nicht mehr allein sein. Er vermisste seinen Bruder und wollte dessen Familie kennenlernen. Aber nicht allein, sondern mit Rachel an seiner Seite. Was am Wichtigsten war, er wollte wieder in die Welt hinaus. Er hatte schon zu viel verpasst in den letzten Jahren. Doch diese Welt, wie er sie kannte, würde nicht mehr existieren, wenn Abid gewinnen sollte. Sie mussten es einfach schaffen und ihn aufhalten.

*

Als Rachel erwachte, fühlte sie sich besser. Nicht nur besser, sondern richtig gut. Der Schlaf hatte gutgetan. Es hatte auch gutgetan, neben Barrett zu liegen. Kurz hatte sie einen Albtraum gehabt, aber dann hatte sie entfernt seine samtige, tiefe Stimme gehört und die Bilder waren verschwunden. Es war noch nicht richtig hell im Zimmer, also musste es früher Morgen sein. Barrett schlief. Er lag auf dem Bauch mit dem Gesicht auf ihrer Seite. Die braunen Haare fielen ihm ein wenig in die Stirn. Er sah mit Haaren so viel besser aus, ob er sie wirklich wegen ihr nicht mehr abrasiert hatte? Ihr wurde warm ums Herz. Vorsichtig strich sie über die Narben in seinem Gesicht. Er hatte so viel durchgemacht in seinem Leben, hatte sich in die Einsamkeit zurückgezogen. Wie hatte er die letzten Jahre überstanden? Es musste ihn viel Mut gekostet haben, diesen Auftrag mit ihr überhaupt anzunehmen. Noch mehr Mut, ihr immer wieder zu vertrauen und das Mutigste war wahrscheinlich, ihr seine Liebe zu gestehen. Warum konnte sie nicht so mutig sein? Ihre Finger wanderten wie ferngesteuert weiter zu seinem Mund. Bis auf die kleine Ecke mit dem Narbengewebe waren sie so samtweich. Während sie mit dem Finger über seine Lippen strich, stellte sie sich vor, wie er Küsse auf ihrem Körper verteilte. Fast konnte sie spüren, wie an den Stellen kleine Feuer brannten. Wie schön wäre es, wenn er mit seinem Mund vom Bauchnabel weiter nach unten wandern würde. Ihr Verlangen erwachte,

ihr wurde heiß. Sie hätte am liebsten die Bettdecke weggestrampelt, aber sie wollte ihn nicht wecken.
Gerade war ihr Finger noch an Barrett Mund gewesen, jetzt war er an ihrem Geschlecht. Vorsichtig zog sie ihren Slip nach unten und fühlte die Nässe an ihrer Fingerspitze. Sie stellte sich vor, dass es Barretts Finger sei, der da an ihrer Knospe rieb und die Nässe überall verteilte. Süße Wellen des Verlangens überkamen sie. Sie rieb weiter, drang mit ihrem Finger in die Tiefe eines Ozeans ein. Die Wellen ihres eigenen Verlangens trieben sie fort und ließen sie alles um sich herum vergessen.
Plötzlich war da mehr. Noch ein Finger, der sie sanft verwöhnte. Sie öffnete die Augen und versank in Barretts Blick.

„Mach weiter", raunte er ihr zu.

Ihr Finger war tief in ihr vergraben, während Barrett seine Hand vorn auf ihr Geschlecht gelegt hatte und sie ebenfalls mit dem Finger verwöhnte. Es war ein neues unbeschreibliches Gefühl, das sich in ihr ausbreitete. Etwas Großes, Mächtiges. Sie sah ihn an, während sie sich mit seiner Hilfe selbst befriedigte, und konnte ihren Blick nicht abwenden. Seine blauen Augen schimmerten tief dunkel, fast glühend vor Verlangen. Sie hob und senkte die Hüften, seine Hand folgte ihren Bewegungen, schürte die Hitze weiter an, erkundete all die empfindlichen Stellen an ihrer Weiblichkeit und trieb sie auf den Höhepunkt zu. Sie wurde immer weiter fortgetragen, in eine Welt des Vergessens. Mehrere Wellen in ihrem eigens für sie erschaffenen Ozean schwappten über sie hinweg. Spülten für einen Moment alle Sorgen und Ängste fort. Katapultierten sie hoch hinaus und fingen sie sanft wieder auf. Die letzten Wellen schaukelten nur noch sanft und luden sie dann vorsichtig auf dem Strand ab. Dankbar schloss sie die Augen.

Barrett küsste sie auf die Stirn. „Guten Morgen."

Sie öffnete erneut die Augen und sah ihm in die Augen. „Guten Morgen."

„Wie fühlst du dich?"

„Besser.“ Sie zögerte einen Moment. „Ich habe auch nicht mehr das Verlangen, dir an die Gurgel zu gehen, sondern das Verlangen, dich in mir zu spüren“

Sein glückliches Lächeln war Antwort genug. Mit der ihm eigenen fast raubtierhaften Schnelligkeit war er über ihr. Sie zog seine Hose nach unten und konnte sehen, dass er mehr als bereit für sie war. Er blickte ihr in die Augen, bereit, sie in Besitz zu nehmen. Es gefiel ihr. Ihr Leben lang hatte sie versucht, zu dominieren. Bei ihm in diesem Moment war das nicht wichtig. Sie konnte zu ihm aufsehen, er war der geborene Alpha. Warum ihr das plötzlich klar wurde und warum ihr das wichtig erschien, war nicht von Bedeutung. Aber es turnte sie an. Er war nicht mehr der naive junge Mann, der vor sieben Jahren gefoltert worden war. Er war auch nicht mehr der verbitterte Einsiedler. Er war das, wozu er vielleicht sogar geboren worden war: ein Anführer. Ein Mann, der ihr das Gefühl geben konnte, sich fallen zu lassen und die Verantwortung abgeben zu können. Sein Blick war intensiv, traf sie wieder bis in ihre Mitte.

„Nimm mich.“ Sie nahm seinen Penis und fuhr aufreizend mit der Hand auf und ab. Er senkte seine Hüften hinab. Sie ließ von ihm ab und legte die Hände in seinen Nacken. Zog ihn zu sich herunter und küsste ihn. Seine Zunge und sein Geschlecht versenkten sich gleichzeitig in sie. Sie glaubte, schon jetzt zu explodieren. Er nahm sie mit einer Mischung aus zärtlichen, dann wieder leidenschaftlich verlangenden Küssen. Er bewegte sich perfekt und tief in ihr. Es raubte ihr den Atem, aber Atmen wurde überbewertet. Er war es, der ihr Leben einhauchte. Genug, um in diesem Moment auch ohne Sauerstoff zu existieren. Barrett brachte sie an einen Ort, den sie nie wieder verlassen wollte.

Es brodelte in ihr wie in einem Vulkan. Die Hitze breitete sich über ihren Körper aus. Sie hielt sich an ihm fest, glaubte es nicht mehr ertragen zu können. Noch tiefer glitt er in sie. In seinen Augen konnte sie sehen, dass er bereit war, ihr alles zu geben und sie wollte alles aufnehmen. Er ließ von ihren Lippen ab, zog sie ein Stück nach oben. Sie vergrub ihren Kopf an seinem Hals. Lauschte und spürte seinen Puls. Er machte sie lebendig, ihr Herz schien sich ihm anzupassen und mit seinem in einem Rhythmus schlagen zu wollen, dann spürte sie es. Die Erleichterung, die Erlösung. Sie hielt ihn fest, atmete an seiner Haut und war einfach nur glücklich, als er sich mit ihr auf den Kissen fallen ließ.

Nach und nach holte sie die Realität wieder ein. Ein Schatten legte sich wieder über sie.

Er schien es zu bemerken. „Hey, lass uns erst mal nach England fliegen. Wenn alles hinter uns liegt, können wir über alles reden, okay?“

Sie nickte. Er konnte ja nicht ahnen, dass es nicht nur um sie und ihre Gefühle ging. Wenn Elena, es fiel ihr schwer, sie als ihre Mutter zu bezeichnen, wirklich todkrank war, bestand die Chance, dass sie es auch war. Dann würde sie Barrett das Herz brechen.

17

Abid hatte sich mit seinem Gefolge in seiner Villa in der Nähe der Rennbahn häuslich eingerichtet. Der moderne Bau wollte nicht so recht in die Grafschaft Berkshire passen, die doch mehr von den alten englischen Bauten und vor allem vom Windsor Castle dominiert wurden. Da aber niemand ein adäquates Gebäude hatte verkaufen wollen und das Windsor Castle natürlich der Königsfamilie vorbehalten gewesen war, hatte er sich dieses moderne Gebäude vor gut zehn Jahren bauen lassen. Nicht, ohne seine Freundin, Königin Elisabeth, um Erlaubnis zu fragen. Er wusste schließlich, was sich gehörte. Mit Sicherheit war er hier moderner ausgestattet, als die Queen, die für ihre Sparsamkeit bekannt war. Er liebte den Luxus, und wenn man das nötige Kleingeld hatte, warum sollte man dann nicht auch leben, wie man es wollte? Langsam stieg die Aufregung in ihm. Übermorgen war es so weit. Der erste Tag des Royal Ascot Meetings. Obwohl Sonntag war, hatte er doch schon einiges geschafft. Einige Transaktionen für seine afrikanische Vorherrschaft getätigt und Gespräche mit einigen Vertretern der Arabischen Liga geführt. Alles lief zu seiner Zufriedenheit. Zazouela würde bereits heute und nicht erst morgen ankommen. Das gefiel ihm am Besten an diesem Tag.

Leider würde er sich gleich mit Elena abgeben müssen. Große Pläne verlangten auch persönliche Opfer. Sie hatte einen Schmollmund gezogen, als er sie in einem anderen Flügel untergebracht hatte. Außerdem hatte sie nach Rachel verlangt. Es wurde Zeit, dass die Frau das Zeitliche segnete. Am Dienstag nach ihrer Tat würde sie verhaftet werden. Die britischen Behörden würden sie an seine Leute übergeben und er konnte sie hinrichten lassen. Offiziell natürlich nicht. Das waren die inoffiziellen Gesetze, die Hinrichtungen billigten, davon musste die Welt nichts wissen. Alle würden denken, sie versauere in einem seiner Gefängnisse.

Viel zu schnell war er vor ihrer Tür angekommen, obwohl er sich Mühe gegeben hatte, langsam zu gehen. Vielleicht war die Villa mit den weit über hundert Zimmern auch nicht groß genug. Er sollte vielleicht anbauen. Fast hätte er gekichert wie ein Schuljunge. Das Leben der Reichen und Mächtigen war doch wunderbar. Beinahe bedauerte er all die Normalsterblichen, diese armen Würmchen da draußen. Aber nur beinahe. Er klopfte. Sie antwortete nicht, also trat er einfach ein. Es war früher Nachmittag und sie schlief! Er betrachtete sie einen Moment. Sie sah schlecht aus. Da würde am Dienstag eine Menge Schminke nötig sein. Er wollte sich schließlich nicht mit ihr an seiner Seite schämen müssen. Sie war sehr blass, ihr Gesicht erschien ihm schmaler, als noch vor ein paar Wochen. Da waren mehr Falten dazugekommen. War sie nicht zu ihrer regelmäßigen Botoxkur gegangen? Wie konnte sich eine Frau nur so gehen lassen?

„Elena!"

Langsam öffnete sie die Augen. „Abid. Ich hatte nicht mit dir gerechnet." Hastig wollte sie aufstehen. „Warte, ich mach mich kurz frisch." Zu hastig, als sie vom Bett aufstand, taumelte sie und fiel zurück auf die Matratze. Widerlich, unelegant.

„Hast du getrunken?"

Entsetzt starrte sie ihn an. „Du weißt, dass ich nur selten Alkohol anrühre. Ich bin wahrscheinlich zu schnell aufgestanden."

Er konnte dieses Elend nicht mit ansehen. „Ich komme in zwanzig Minuten wieder. Dann solltest du fertig sein."

*

Elena atmete ein paar Mal tief ein und aus. Es ging ihr nicht gut. Der Flug war ihr schon nicht gut bekommen. Sie war unendlich müde und hatte seit Tagen keinen Appetit mehr. Das Denken viel ihr schwer, weil sie immer wieder von diesen furchtbaren Kopfschmerzen geplagt wurde. Der Arzt hatte ihr prophezeit, dass genau das passieren würde. Sie würde immer schwächer werden, einen Stock zum Gehen brauchen, die Arme kaum noch anheben können. Aber er hatte ihr gesagt, dass dies in drei bis vier Wochen passieren würde und dann hätte sie vielleicht noch einmal drei bis fünf

Wochen zu leben, ihre letzte Woche in einem Bett. Es ging zu schnell. Jetzt hatte Abid sie wieder von Rachel getrennt. Sie hatte in den letzten Stunden viel nachgedacht und alles, was sie sich wünschte, war die Liebe ihrer Tochter. Rachel musste ihr verzeihen. Ein Leben lang hatte sie sich die Liebe von Abid gewünscht. Jetzt, wo sie wusste, dass sie bald sterben würde, war ihr klar geworden, dass ihr diese Liebe egal war. Hätte sie das doch eher gewusst, dann wäre sie vielleicht nach England zurückgekehrt, um sich mit ihrer Tochter auszusöhnen. Tiefe Trauer überfiel sie. Sie konnte sich allerdings nicht vorstellen, dass Rachel ihr verzeihen würde. Sie hatte die Verachtung in Rachels Augen gesehen. Langsam stand sie auf. Wie viel war von den zwanzig Minuten schon verstrichen, die Abid ihr gegeben hatte? Ihre Knie fühlten sich an wie Wackelpudding. Sie schaffte es ins Bad und hielt sich am Waschbecken fest. Sie konzentrierte sich auf ihre Atmung. Zähneputzen, etwas Wasser ins Gesicht und die Pillen schlucken, die der Arzt ihr gegen die Kopfschmerzen und zur Stärkung gegeben hatte. Für Make-up hatte sie keine Zeit und auch keine Kraft mehr. Sie musste sich noch anziehen. England war so viel kälter als Shabir. Oder kam es ihr nur so vor? Am liebsten hätte sie mehrere Wollpullover übereinander gezogen. Das ging aber nicht, also zog sie eines der schlichten langärmligen Kleider an, die sie mitgenommen hatte und aus der permanenten Garderobe, die sich hier im Haus befand, nahm sie einen Überwurf, der farblich zum Kleid passte und sie etwas wärmte. Im Sitzen zog sie ihre High Heels an, gerade noch rechtzeitig.
Abid war zurück und nahm unaufgefordert ihr gegenüber im Sessel Platz.

„Wir müssen den Ablauf für Dienstag besprechen. Du weißt, dass wir in der Box der Königin sitzen. Du warst lang nicht dort, ich möchte nicht, dass etwas schiefgeht. Kannst du noch den Knicks?“

So etwas verlernte man nicht, aber in ihrem derzeitigen Zustand war sie sich nicht sicher, ob sie nicht zusammenbrechen würde, wenn sie vor der Queen einen Knicks machen musste. Wie konnte ihr von heute auf morgen alles aus den

Händen gleiten? „Ich weiß mich zu benehmen Abid, das solltest du wissen."

In einigen Wochen würde sie auch nicht mehr richtig sprechen können, hatte der Arzt gesagt. Sie konnte nur hoffen und beten, dass sich diese Entwicklung noch etwas hinzog.

„Ich möchte, dass du mir jetzt gut zuhörst. Der Ablauf wird folgendermaßen sein. Die Queen wird wie immer gegen vierzehn Uhr auf dem Geläuf mit der Kutsche eintreffen. Eine Runde im Führring drehen, dann aussteigen und von dort über ihren privaten Aufzug in die Royal Box gelangen. Wir werden gegen halb zwei hier aufbrechen. Sei pünktlich fertig. Um Viertel vor zwei treffen wir im Führring ein und warten dort auf sie. Wir begrüßen sie als ihre persönlichen Gäste und posieren für die Fotografen. Anschließend folgen wir ihr in die Royal Box."

„Das habe ich verstanden. Hast du auch Starter an diesem Tag?"

„Als wenn dich das jemals interessiert hätte. Nein, meine Pferde laufen am Mittwoch, Donnerstag und am Samstag."

„Dann wünsche ich dir viel Glück."

„Sieh zu, dass eine Kosmetikerin dich ein wenig auf Vordermann bringt, du siehst krank aus."

„Ich glaube, mich hat eine Grippe erwischt."

„Dann lass dich behandeln. Es ist wichtig, dass du Dienstag dabei bist. Ich werde dich abholen, da ich noch eine Kleinigkeit mit dir besprechen muss. Du musst mir einen kleinen Gefallen tun."

„Alles, was du willst."

Abid schien das zufriedenzustellen. Ohne ein weiteres Wort verließ er ihr Zimmer. Sie war froh. Sie musste sich unbedingt wieder hinlegen. Sie kam nicht dazu. Schon einige Minuten später wurde ihre Zimmertür erneut geöffnet. Elena hatte sich gerade die High Heels von den Füßen gestreift und war im Begriff aufzustehen. „Was willst du denn hier?"

Zazouela trat ein und schloss sorgfältig die Tür hinter sich. „Wir haben nicht viel Zeit. Du musst hier verschwinden."

Elena entfuhr ein Lachen. Sie hatte zwar einen Hirntumor, aber bescheuert war sie deswegen noch nicht. „Du hältst mich wohl für blöd. Ich weiß genau, dass du mir meine Position streitig machen willst. Abid wird dich sicher nicht mit nach Ascot nehmen. Er kann dich unmöglich der Queen vorstellen."

Zazouela verdrehte die Augen. „Als wenn ich scharf auf ein Treffen mit der Queen wäre. Abid hat vor, dich zu benutzen. Du sollst die Königin für ihn töten, danach wird er dich hinrichten lassen."

„Das ist ja wohl eine Unverschämtheit, warum sollte Abid so etwas tun? Warum sollte er so etwas von mir verlangen?"

„Um dich loszuwerden. Aber viel wichtiger ist der eigentliche Plan, der dahintersteckt. Es ist ein Ablenkungsmanöver, um mehr Macht in dieser Welt zu bekommen. Ich kann dir später alles erklären. Du musst jetzt mit mir kommen. Abid erwartet mich erst am späten Abend, ich habe nur ein paar Stunden Zeit, um dich in Sicherheit zu bringen."

Die Frau war verrückt. „Ich werde nirgendwo mit dir hingehen. Ich werde sofort Abid Bescheid geben." Sie stand auf. Draußen musste doch ein Sicherheitsbeamter sein. Schwindel überfiel sie wieder, aber sie konnte sich auf den Beinen halten. Leider war Zazouela schneller und stärker als sie und drückte sie zurück auf den Sessel.

„Schwindlig? Das kommt vom Hirntumor, oder?"

Verdammt, woher wusste dieses Miststück davon? Ihre Frage musste ihr ins Gesicht geschrieben gewesen sein.

„Hast du dich nicht gewundert, dass du deinen Arztbesuch vor Abid geheim halten konntest? Die Sicherheitsleute, die auf dich angesetzt waren, stehen auf meiner Seite. Sie haben nicht Abid Bericht erstattet, sondern mir. Der Arzt hat ihnen brühwarm deine Ergebnisse mitgegeben, mit der Bitte, sie an Abid weiterzuleiten."

Elena hatte das Gefühl, als schnüre ihr jemand die Luft ab. „Nein."

„Ich kann dich zu deiner Tochter bringen, sie ist in England. Ich stehe auf ihrer Seite. Wir sind alle hier, um Abid aufzuhalten. Willst du deine Tochter stolz machen und deinen Beitrag leisten?"

„Aber was könnte ich denn tun?“ Der Gedanke an Rachel, sie wieder zusehen, war jetzt alles, was zählte, ob sie dieser Frau nun traute oder nicht.

„Mit mir von hier verschwinden. Den ersten Teil seines Plans damit unmöglich machen.“

„Also gut.“ Elena bemerkte, dass Zazouela nervös war. Mit ihrer Weigerung war kostbare Zeit vergangen. „Dann schleuse mich hier raus.“

Zazouela wollte ihr beim Aufstehen behilflich sein.

„Das schaffe ich schon noch.“

*

Während des Fluges hatte Barrett Rachel nicht weiter auf Gefühle und dergleichen angesprochen. Er hielt sich an das, was er gesagt hatte. Das mochte sie so an ihm. Sie waren in einem kleinen Motel in der Nähe der Rennbahn untergekommen. Sie hatten zwei aneinander liegende Zimmer. Eines war dazu da, ihre Aktion zu planen. Für so etwas benötigte man ihrer Erfahrung nach eine lange Vorlaufzeit. Sie hatten aber nur noch etwas mehr als einen Tag. Und zwei Nächte, aber irgendwann würden auch sie schlafen müssen. Sie hatten in Erquy schon ein wenig mit der Planung angefangen, es aber nicht ernsthaft betrieben, da sie davon ausgegangen waren, dass sie Abid vorher unschädlich gemacht hätten.
Barrett sah auf die Pläne, der Bahn. „Glaubst du, wir könnten gleich mal einen Abstecher dorthin machen? Ich wäre gern vertraut mit den Örtlichkeiten.“

„Wenn ich wüsste, wem ich beim MI6 vertrauen kann, dann könnte sicher jemand arrangieren, dass wir gleich dort eingelassen werden. Aber jeden, den ich frage, wird Peter informieren.“

„Shit. Dann wissen sie, dass ich noch lebe. Die können doch zwei und zwei zusammenzählen.“

„Nicht nur zwei und zwei. Aber du könntest heute Nacht von der Straßenseite aus rein. Du müsstest über das eiserne Tor.“

„Sicherheitsleute?“

„Nicht viele, die Queen ist sparsam."

„Ich dachte, das wäre ein Gerücht."

„Ist da was Schlechtes dran? Die Amerikaner sind es doch, die unsere globalen Ressourcen verpulvern. Ich habe lieber eine Königin, die auch mal das Licht ausschaltet, um Atomstrom zu sparen …, was machst du da?"

„Ich mach das Licht aus, ich will ja nicht den englischen Atomstrom verplempern. Die Stehlampe in der Ecke reicht doch."

„Du bist echt …", dann musste sie lachen. Sie liebte ihn. Verdammte Scheiße, sie liebte ihn. Mit jeder Faser ihres Herzens und ihres Körpers.

„Ich liebe es, wenn du lachst. Das machst du viel zu selten." Er konzentrierte sich wieder auf die Pläne. „Ich breche also sozusagen kurz in, nein, da sagt man ja dann auf die Rennbahn ein.

Jetzt kicherte sie. „An deinem Verbrecherjargon musst du auch noch arbeiten. Du betrittst einfach illegal die Rennbahn, siehst dich um und prägst dir alles ein. Sag mal, man sagt dir nach, dass du ein fotografisches Gedächtnis hast."

„Ja, habe ich."

„Wow. Macht vieles einfacher."

„Mm."

Er war in die Pläne vertieft. „Muss ich Dienstag wirklich einen Zylinder tragen?"

„Ja, ich kümmere mich morgen um unsere Outfits. Viel wichtiger ist es, dass wir Zutritt zur Royal Enclosure bekommen."

„Royal Enclosure?"

„Okay, es gibt verschiedene Eintrittskarten. Zwei gehören eher der unteren Kategorie an, da hast du nur die äußeren Bereiche. Das sind Heath Enclosure und Silver Ring. Grandstand Admission bedeutet, dass du bei den Siegerehrungen dabei bist, den Absattelring sehen kannst und relativ nah an der Queen dran bist, aber das reicht nicht. Wir brauchen die Royal Enclosure Eintrittskarten. Und da kommst du nicht so einfach ran."

„Man kann sie also nicht einfach kaufen?"

„Nein."
„Und jetzt?"
„Ganz einfach. Ich lade dich ein."
„Aha."
Wieder musste sie lachen. „Dein Gesicht gerade ist göttlich."
„Also sehe ich aus wie ein Engel. Könntest du einem Amerikaner vielleicht mal erklären, wie euer komisches Eintrittskartensystem funktioniert."
„Aber ja mein Engelchen. Mir ist gerade eingefallen, dass ich vier Jahre hintereinander bei den Rennen war. Dies berechtigt mich zu einem kleinen Badge. Es müsste mir automatisch zugeschickt worden sein. Ich muss nur morgen schnell meine Post kontrollieren. Ich bin berechtigt, dich einzuladen."
„Dann begleite ich dich aber morgen zu deiner Wohnung."
„Die wird schon niemand überwachen. Oder willst du etwa wissen, wie ich wohne?"
Bevor er antworten konnte, klopfte es an der Tür. Barrett zückte seine Waffe und stellte sich hinter die Tür.
„Ja?"
„Zazouela."
Er öffnete. Rachel war überrascht, es war ihre Mutter, die hinter Zazouela ins Zimmer trat.

*

Barrett bemerkte, dass das bisschen Gelöstheit, das er in Rachel in den letzten Minuten hatte auslösen können, verschwand. Ihre Gesichtszüge wurden wieder hart.
Zazouela erklärte ihm, dass dies Rachels Mutter sei, aber das hätte sie sich sparen können. Das Muttermal über dem Mund und Rachels Reaktion hatten es ihm verraten.
„Damit hätte ich das Problem gelöst. Jetzt wird Abid es selbst tun müssen."
Barrett packte Zazouela kurz am Arm. „Lass uns rübergehen. Wir sollten die beiden allein lassen."

„Ach so, große Aussprache zwischen Mutter und Tochter", murmelte Zazouela auf dem Weg ins Nebenzimmer. „Also wenn du mich fragst, ist ihre Mutter nicht tragbar. Kein Mensch, der eine Tochter haben sollte."

Barrett ließ sich nicht darauf ein. Er hatte fast das Gefühl, dass da ein bisschen Eifersucht in Zazouelas Stimme mitschwang. Hatte sie etwa etwas für Abid übrig? „Wann erwartet er dich?"

„In zwei Stunden. Wir haben also nicht ewig Zeit, zu plaudern."

„Mir geht es um Can. Konntest du was herausfinden?"

„Nein, außer dass er noch am Leben ist. Wenn ich kann, werde ich ihn befreien. Soll ich ihn dann hier herbringen?"

„Ja. Irgendwie müssen wir in diese Box zur Königin."

„Kein Problem."

„Was?"

„Zumindest Rachel hat Zutritt. Ich habe Elenas Bändchen mitgehen lassen. Soll sie sich an die Kleidung heften. Dann wird sie es schon irgendwie schaffen, dich auch einzuschleusen."

Na, dann war ja das Eintrittsproblem gelöst. So mussten sie auch morgen nicht unnötig Zeit verschwenden und in Rachels Wohnung fahren.

„Erwarte mich nicht in Ascot. Um die Zeit sitze ich schon in einem Flieger."

„Du willst mir also immer noch nicht mehr über dich verraten?"

„Nein, aber du könntest dich ruhig bei mir bedanken."

„Du hast was gut bei mir, wenn du Can auch noch retten kannst."

Sie lächelte. „Okay. Ach, da ist noch was. Rachels Mutter stirbt bald. Hirntumor. Hier sind die Unterlagen. Sieht böse aus. Abid weiß nichts davon, ich habe die Unterlagen abgefangen."

Er nahm die Akte entgegen. „Danke."

Mit ihrem unnachahmlich exotischen Lächeln verschwand sie.

Cans Leben lag jetzt in ihrer Hand.

Er riskierte einen Blick in die Akte. Nein, dieses Leben war nicht mehr zu retten.

*

„Du siehst schlecht aus.“

„Danke Rachel, das weiß ich selbst. Es ist schlimmer, als ich dachte.“

Rachel konnte sich nicht helfen. Zorn stieg in ihr auf. Mit Barrett hatte sie sich so gut und so frei gefühlt. Jetzt stand ihre Mutter vor ihr. Die Frau, die schuld war, dass sie nie richtige Beziehungen hatte aufbauen können. Die Frau, die schuld war, dass sie geglaubt hatte, in einer Männerwelt beweisen zu müssen, dass sie besser als jeder Mann war. Die Frau, die schuld … Stopp! Was tat sie hier? Ihre Mutter war an gar nichts schuld. Sie hatte das getan, was sie für richtig gehalten hatte. Es gab starke Menschen auf dieser Welt und schwache. Konnte sie ihrer Mutter zum Vorwurf machen, dass sie zu den Schwachen gehörte? Sie hatte es für richtig gehalten, ihren Mann und ihre Tochter zu verlassen. Es war so viele Jahre her. Sie musste endlich aufhören, ihre Wut mit sich herumzuschleppen. Ihre Mutter hatte ihr schließlich nicht vorgeschrieben, zum MI6 zu gehen. Ihre Mutter hatte ihr auch nicht vorgeschrieben, Bill zu erschießen. Es waren ihre eigenen Entscheidungen gewesen. Es gab einen Unterschied zwischen ihrer Mutter und ihr. Elena war schwach. Sie war stark. Stärke bedeutete, zu seinen Entscheidungen zu stehen, Fehler zugeben zu können und daraus zu lernen und niemals die Schuld auf andere abzuwälzen.

„Vielleicht solltest du dich setzen.“ Ihre Mutter war immer noch eine Schönheit, aber Rachel bemerkte, dass sie sich wie eine alte Frau bewegte, als sie sich setzte. „Kannst du mir verzeihen, dass ich dich im Stich gelassen habe?“

„Bist du deshalb mit Zazouela gegangen? Weil du meine Absolution willst?“

„Ich werde sterben, Rachel. Ich würde gern in Frieden sterben. Ich habe so viel falsch gemacht. Ich kann nicht wiedergutmachen, was ich dir angetan habe. Zu allem Überfluss bitte ich dich jetzt auch noch um Verzeihung, wo ich doch etwas Unverzeihliches getan habe. Eine Mutter sollte ihr Kind niemals im Stich lassen. Jetzt weiß ich das." Tränen rannen über Elenas Wangen. Sie schniefte in ihr Taschentuch. „Aber ich bin so stolz auf dich. Wenn ich Zazouela richtig verstanden habe, bist du eine erfolgreiche Agentin. Nicht, dass ich was von Agententätigkeiten verstehen würde." Sie schnäuzte sich. „Du hast mich nie gebraucht."

Rachel biss sich auf die Zunge. Doch, sie hatte ihre Mutter gebraucht. Es war zu spät. Warum sollte sie einem Menschen, der nicht mehr lange zu leben hatte, das Leben unnötig schwer machen? Es kostete Überwindung, aber dann klappte es. Sie legte die Arme um ihre Mutter. „Ist schon gut, ich verzeih dir."

In diesem Moment kam Barrett ins Zimmer. Er hatte eine Akte in der Hand. „Kann ich dich mal kurz sprechen?"

„Ich bin gleich wieder da." Sie folgte Barrett ins Nebenzimmer.

„Tut mir leid, dass ich euch unterbrochen habe. Wie geht es dir?"

„Sie will, dass ich ihr verzeihe, das habe ich getan, sie hat nicht mehr lange zu leben."

Barrett hielt ihr die Akte hin.

„O mein Gott."

„Ziemlich seltener Tumor, er war jahrelang wie eingefroren und in den letzten Wochen sitzt er in ihrem Gehirn wie eine Zeitbombe. Er wächst rasant und die beiden Hirnaneurysmen können jeden Moment platzen. Wochen sind meiner Meinung nach sehr optimistisch." Barrett hatte die Infos aus der Akte noch einmal kurz zusammengefasst. „Sie kann sich kaum auf den Beinen halten."

„Aber wir können sie in kein Krankenhaus bringen, wenn Abid merkt, dass sie weg ist, wird er sie suchen."

Barrett überlegte. „Ich wüsste vielleicht eine Lösung. Lass mich mal kurz telefonieren."

Sie betrachtete ihn, während er das Gespräch führte. Seine breiten Schultern gefielen ihr, ebenso die schmale Taille. Alles an ihm gefiel ihr. Sie wollte nicht so enden wie ihre Mutter. Aber wer wollte das schon?

Er drehte sich um, als er das Gespräch beendet hatte. „Wir können deine Mutter außerhalb von London in einer Privatklinik unterbringen. Hier ist die Adresse. Am besten du bringst sie dorthin und ich sehe mich auf der Bahn um. Ich fühle mich sicherer, wenn ich schon mal da war." Er erzählte ihr vom Zutritt zur Royal Box.

„Na dann werden wir die Queen persönlich kennenlernen, Mr. Manor. Aber meine Mutter, ist sie wirklich sicher in dieser Klinik?"

„Ja, sie gehört einem Freund eines Agenten von uns."

„Von welchem Agenten?"

„Lance del Monte."

Rachel nickte. Sie kannte den Namen aus Barretts Akte. Dr. Lance Del Monte war Gehirnchirurg gewesen. Jetzt war er ein Special Agent of Justice. Er war genauso wie Barrett von Cameron Evans entführt worden. So hatten sich die beiden kennengelernt.

Barett drückte Rachel einen Kuss auf den Mund. „Dann fahr los und komm schnell wieder."

„Und du pass auf der Rennbahn auf!"

„Solange mich kein Pferd im Dunkeln umrennt, sollte alles glattgehen."

*

Abid schloss Zazouela in die Arme. „Ich bin froh, dass du schon heute angereist bist. Ich könnte mir da ein paar Dinge vorstellen, die wir bis Dienstag treiben könnten."

Sie schmiegte sich an ihn. So mussten sich die Götter im Olymp fühlen. Bald war er tatsächlich der König der Welt und die Arabische Liga würde ihn wie einen Gott verehren. Ein Klopfen riss ihn aus seinen Gedanken.

„Hat man denn nie seine Ruhe?"

Es war einer seiner Sicherheitsbeamten.

„Sir, Ihre Frau scheint nicht da zu sein."

„Was soll das heißen?"

„Ich habe ihr das Abendessen gebracht, sie war nicht auf ihrem Zimmer. Da habe ich mir noch nichts dabei gedacht. Als ich es nach einer Stunde abräumen wollte, stand es unberührt auf ihrem Tisch. In ihrem Schrank fehlt eine Reisetasche. Wir haben bereits das Haus nach ihr abgesucht. Sie ist nicht da."

Unbändige Wut stieg in ihm auf. Es war ein Fehler gewesen in dieser Villa auf Kameras zu verzichten, aber wer konnte denn so etwas ahnen. „Sie kann doch nicht einfach verschwinden. Sind noch alle Autos da?"

„Ja, Sir."

„Dann kann sie doch nicht weit sein! Sucht alles nach ihr ab. Bin ich denn nur von Idioten umgeben!"

Der Sicherheitsbeamte sah beschämt drein, aber das interessierte ihn nicht. „Raus hier und kommen Sie erst wieder, wenn Sie meine Frau gefunden haben!"

„Beruhige dich. Wie du schon sagst, sie kann nicht weit sein."

„Ich muss Peter informieren."

Zazouela hielt sanft seinen Arm fest. „Und was soll Peter ausrichten?"

„Er kann sich bei der Polizei und in den Krankenhäusern unauffällig umhören."

„Willst du nicht warten, ob deine eigenen Leute sie nicht finden? Schreck doch nicht unnötig alle auf."

Er dachte einen Moment nach. Es war etwas dran an dem, was sie sagte. „Ach Zazou. Wenn ich dich nicht hätte. Aber was machen wir, wenn sie bis Dienstag nicht wieder auftaucht und vor allem, warum ist sie weg und wo ist sie hin. Sie war immer so leicht lenkbar."

„Sie weiß doch nichts. Oder hast du ihr schon gesagt, dass sie die Königin töten soll?"

„Natürlich nicht, das hätte sie erst erfahren, wenn ich ihr die Salbe verabreicht hätte."

„Dann ist doch alles gut."

Er fühlte sich auf einmal hilflos und dieses Gefühl hasste er mehr als alles andere auf der Welt. „Sie muss Dienstag wieder hier sein."

„Du könntest es selbst tun."
„Bist du wahnsinnig, das macht den Plan zunichte."
„Nein, tue es so, dass niemand es merkt."
Diese Frau war gerissener, als er sich es je hätte ausmalen können. Elena hätte einen offenen Anschlag auf die Queen verübt, sie hätte sie einfach abstechen sollen. Weder er noch Elena wurden nach Waffen untersucht beim Betreten der Rennbahn.
„Hast du einen Vorschlag?"
Zazouelas Lächeln war heimtückisch und gerissen.
„Hier." Sie reichte ihm einen großen Siegelring. „Ein Erbstück."
„Ein Ring."
„Öffne ihn." Sie deutete auf einen kleinen Miniknopf an der Seite. Eine Nadel sprang heraus.
„Der wird auch ihren Handschuh durchdringen. Du machst es, wenn du dich von ihr verabschiedest. Die Nadel werden wir Dienstagmorgen mit einem Gift präparieren. Den Einstich wird sie kaum spüren. Du bist längst weg und sie wahrscheinlich schon wieder im Palast, wenn das Gift seine volle Wirkung entfaltet. Jede Rettung wird dann für sie zu spät kommen."
„Was werden die Ärzte feststellen?"
„Das Gift, das ich im Auge habe, ist sehr selten und schlecht nachweisbar. Es kommt aus Südamerika. Wurde dort als Pfeilgift verwendet. Die Diagnose wird Herzstillstand lauten. Die Frau ist eben alt."
„Und du hast zufällig dieses Gift dabei?"
„Immer in der Handtasche. Man weiß ja nie."
„Du bist genial." Er küsste sie hart und verlangend. Wenn sie nicht auf seiner Seite gestanden hätte, dann hätte er glatt Angst vor ihr bekommen können.

*

Rachel hatte ihre Mutter in der Klinik abgeliefert. Sie hatte ein wirklich schönes Zimmer bekommen. Sie waren herzlich in Empfang genommen worden. Jetzt lag eine zweistündige

Rückfahrt vor ihr. Es war bereits Mitternacht. Ob Barrett schon auf der Rennbahn war? Barrett. Sie würde ihn nie wieder aus dem Kopf bekommen. Aber ein Abschied war unvermeidlich. Sie wollte nicht, dass er irgendwann zusehen musste, wie sie in Windeseile zerfiel, wie ihre Mutter jetzt. Sie hatten kaum gesprochen während der Hinfahrt. Was hätten sie sich auch sagen sollen? Es waren einfach zu viele Jahre vergangen, als dass sie jetzt noch hätten versuchen können, ein Mutter-Tochter-Verhältnis aufzubauen. Sie hatte ihr verziehen. Das schien ihrer Mutter tatsächlich Frieden zu geben. Rachel spürte in sich eine innere Ruhe. Es war nicht gelogen gewesen. Sie hatte es so gemeint. Sie hatte ihrer Mutter versprochen, sie zu besuchen, wenn Ascot vorüber war. Die Augen ihrer Mutter hatten geleuchtet bei diesem Versprechen. Rachel hatte es wirklich vor, aber tief in ihrem Inneren hatte sie das Gefühl, dass sie ihre Mutter eben zum letzten Mal gesehen hatte. Eine Vorahnung, so eine Art Bauchgefühl, als sie die Klinik verlassen hatte. Es war gut. Alles würde am Ende gut werden. Vielleicht würde sie ihre Mutter bald in einem anderen Leben wiedersehen.

Sie lauschte dem Radio und fuhr in gleichmäßigem Tempo zurück nach Berkshire. Um kurz nach zwei kam sie im Motel an. Barrett lag in einem T-Shirt auf dem Bett.

„Und wie gefällt dir die Bahn?"

„Selbst im Dunkeln sehr beeindruckend. Wie geht es dir?"

„Ganz gut. Sie ist dort gut aufgehoben. Alles ist gut."

„Schläfst du bei mir?"

Sie zögerte. Sie wäre so gern in seinen Armen eingeschlafen. „Ich schlafe nebenan. Morgen haben wir noch genug zu besprechen, und wir müssen Dienstag ausgeschlafen sein."

Damit hatte sie wohl auch deutlich gemacht, dass sie die nächste Nacht auch nicht mit ihm verbringen würde. Sie verschwand im Nebenzimmer und zog die Tür hinter sich zu.

18

Man hatte ihm nichts zu essen gegeben. Etwas Wasser, gerade so viel, um die letzten Tage zu überstehen. Nach seiner Rechnung mussten sie Dienstagmorgen haben. In wenigen Stunden stand der Tod der Queen bevor und in einigen Tagen würde sich die Welt auf dramatische Weise verändern. Es sei denn, Barrett hatte es irgendwie aus Shabir lebend herausgeschafft. Aber Can rechnete nicht damit. Er saß in diesem Kellerraum und wartete. Wartete auf eine Gelegenheit, zu fliehen. Er war darin ausgebildet worden tagelang zu fasten und Folter zu überstehen. Er würde es schon irgendwie hier rausschaffen. Bis jetzt hatte er noch alles überlebt. Meditieren half ungemein, wenn man in Gefangenschaft geriet. In solchen Zeiten war sein Geist seine stärkste Waffe. Andere hatte er schließlich nicht.

Bisher hatte sich niemand bequemt, mit ihm zu reden. Das Wasser wurde durch die Luke in der Stahltür gereicht. Warum hatten sie ihn nicht eliminiert? Er war ihnen doch zu nichts nutze. Oder doch?

Er hörte Schritte, seine Ration Wasser war vor einer Stunde bereits geliefert worden. Kam endlich jemand? Die Stahltür öffnete sich, Neonröhren flackerten auf. Er schloss die Augen. Die letzten Tage hatte er in Dunkelheit verbracht. Mit einer Hand durch Handschellen und einem widerstandsfähigen Haken an die Wand gefesselt. Langsam öffnete er die Augen, es brauchte einige Zeit, bis er wieder etwas sehen konnte. Er hatte gehört, dass jemand einen Klappstuhl aufgestellt hatte und jetzt erkannte er auch die Person, die man zu ihm gelassen hatte.

Es war Peter Dobson. „Wie soll ich Sie nennen? Can Smith? James Henham? Darius Khan? Sie sind ja mit unzähligen Decknamen unterwegs. Ich wäre schon schizophren an ihrer Stelle."

Dobson wartete einen Moment.

Can wartete ebenfalls.

„Es wäre besser, wenn Sie kooperieren. Für Ihre Gesundheit zumindest. Wir sind sicher, dass Sie wertvolle Informationen für uns haben. Sie waren lange Jahre in Asien unterwegs. Auf japanischer Seite, auf amerikanischer Seite, Sie haben auch schon für die Russen gearbeitet." Ein zufriedenes Lächeln machte sich auf Dobsons Gesicht breit. „Haben Sie gedacht, wir wüssten das nicht?"

Sie wussten gar nichts über ihn, da war Can sich sicher. Dass er als Doppelagent unterwegs gewesen war und auch zwischendurch Informationen an die Russen verkauft hatte, war leicht rauszufinden. Sie schienen mehr als einen Tag dafür benötigt zu haben. Im Grunde war das langsam.

„Sie möchten nicht mit mir sprechen? Das ist sehr bedauerlich."Nach einer kleinen Weile stand Dobson auf und holte einen der Sicherheitsgorillas herein.

Can atmete tief durch. Jetzt würden sie ihn in die Mangel nehmen. Das würde sicher nicht angenehm werden. Hinter seinem potenziellen Folterer schlüpfte auch Zazouela in den Raum, was Peter Dobson offensichtlich überraschte.

„Was willst du hier, Zazouela? Schickt dich Abid?"

Ihr Lächeln war nicht natürlich. Es erreichte ihre Augen nicht. Die blieben eiskalt. „Der hat andere Probleme. Hat er dir nicht erzählt, dass Elena verschwunden ist? Ach nein, davon hatte ich ihm abgeraten."

Die beiden schienen zu vergessen, dass der Gorilla auf Anweisungen wartete und Can im Raum war.

„Ich habe dich das schon mal gefragt, welches Spiel spielst du hier?" Dobsons Stimme hatte etwas Bedrohliches.

„Peter, das alles ist kein Spiel. Das hast du wohl in all den Jahren beim MI6 vergessen. Menschen sind keine Schachfiguren."

Sie sah kurz auf den Gorilla und Can war überrascht, als sie diesem die Anweisung gab ihn loszumachen.

Dobson war ebenso überrascht. Schaltete aber relativ schnell, er rief nach weiterem Sicherheitspersonal und holte seine Pistole aus seinem Halfter. Zazouela reagierte sofort und versuchte sie ihm zu entreißen. Ein Zweikampf entbrannte, während Cans Handschellen entfernt wurden. Er überlegte, ob er eingreifen sollte, auch der Sicherheitstyp schien darüber nachzudenken. Bevor sie eine Entscheidung treffen konnten, löste sich ein Schuss, die Pistole befand sich irgendwo in der Mitte der beiden Kämpfenden. Can hielt den Atem an, er hätte nicht sagen können, wer von beiden getroffen worden war. Zazouela keuchte und taumelte ein Stück zurück. Sie war voller Blut, aber sie blieb stehen. Im Gegensatz zu Peter Dobson, der auf die Knie sank. Die Pistole hatte er noch in der Hand, erst jetzt drehte sich sein Handgelenk. Die Mündung war auf ihn gerichtet gewesen. Sein weißes Hemd war blutdurchtränkt und die Waffe glitt ihm aus der Hand. Einen Moment verharrte er auf den Knien, dann fiel er nach vorn und schlug hart auf dem Boden auf.

Zazouela kickte die Waffe in die Ecke und kontrollierte den Puls an der Halsschlagader. „Tot.“ Sie sah Can an. „Bevor du mir die gleichen Fragen wie Barrett stellst, ich bin auf eurer Seite. Verschwinde aber jetzt. Rachel und Barrett sind in Ascot. Du solltest auch dorthin. Ich habe ihnen eine Nachricht zukommen lassen, wie Abid den Mord ausführen wird. Verhindern müsst ihr das Ganze. Ich verlasse das Land.“

Can wollte Fragen stellen. Die beiden hatten überlebt und Rachel gehörte also zu den Guten, aber Zazouelas Blick war eindeutig.

Sie nickte dem Wachmann zu. „Er bringt dich sicher hier raus.“

Can folgte dem massigen Sicherheitsmann. An der Tür drehte er sich noch einmal um.

„Danke.“

„Ich habe nur meinen Job erledigt.“ Zazouela lächelte kurz.

„Vielleicht sehen wir uns ja irgendwann mal wieder.“

Sie zuckte mit den Schultern.

„Wer weiß.“

*

Barrett war zwar in der Nacht von Sonntag auf Montag im Dunkeln auf der Rennbahn gewesen, aber das war kein Vergleich zu dem Eindruck, den diese Bahn im Tageslicht hinterließ. Es war sein erstes Mal. Er sah, dass Rachel lächelte. Endlich mal wieder. Sie hatten so gut wie nicht mehr miteinander gesprochen, zumindest nicht über persönliche Dinge. Sie war professionell, kühl, wenn nicht sogar abweisend gewesen.

„Du siehst aus wie ein staunender kleiner Junge.“

„Ist ziemlich beeindruckend hier. Schade, dass wir arbeiten müssen. Ich könnte mich glatt überreden lassen, zu wetten.“

Er sah sich um. Sie waren im Grandstand-Bereich. Links und rechts auf den Wiesen waren Essensstände mit diversen Köstlichkeiten und Picknickkörben aufgebaut. Davor Stühle und gemütliche Sessel. Champagner und Wein wurden angeboten und in der Mitte einer der Wiesen stand eine große Bühne, umringt von Tischen, Stühlen und englischen Fähnchen.

„Hier wird eine Band spielen. Heute Abend nach dem letzten Rennen finden sich viele Besucher hier ein, und es wird gemeinsam gesungen. Gehört dazu und ist ein wunderbares Erlebnis.“

Dieses Erlebnis würde ihnen heute verwehrt bleiben. Sie schritten auf das große prunkvolle Hauptgebäude zu, in dem es weitere Möglichkeiten zum Essen und Trinken gab. Wenn man das Gebäude durchquerte, kam man zu den Tribünen des Grandstands. Sie gingen an Pferdeskulpturen vorbei und Barrett bewunderte die vielen Männer und Frauen, die ihre elegante Kleidung mit solcher Natürlichkeit trugen. Er kam sich ziemlich albern vor mit dem Zylinder, auch wenn Rachel ihm immer wieder versichert hatte, dass der ihm hervorragend stand. Es war nun mal Vorschrift, also hatte er sich zu fügen.

„Hier unten ist der Absattel- aber auch der Führring. Von dort hinten kommt die Königin, dreht mit der Kutsche eine Runde im Ring und steigt aus. Einige wichtige Leute und persönliche Gäste werden sie begrüßen. Sie gehen dann gemeinsam in die Royal Box.“

„Unter diesen Gästen wird Abid sein.“

Sie nickte. Er musste sie immer und immer wieder ansehen. Sie sah unglaublich aus. Er hatte sie bisher nur in sportlichen Outfits gesehen, was hervorragend zu ihrer Größe, ihrer schlanken Figur und den kurzen Haaren passte. Aber jetzt haute sie ihn einfach aus den Schuhen. Sie hatte ein elegantes grünes Kleid an, das perfekt zu ihren grünen Augen passte. Es war knielang. Dazu trug sie schwarze High Heels und war damit so groß er. Das Ganze rundete ein eleganter schwarzer Hut ab, der ziemlich große Ausmaße hatte. Aber das schien in Ascot an der Tagesordnung zu sein. Sie hatte definitiv ein Gesicht für Hüte. Ein paar kurze Strähnen ihres schwarzen Haares lugten unter dem Hut hervor, ihr Make-up war dezent, der rote Lippenstift durchaus passend. Er konnte sich an ihren Lippen kaum sattsehen. Am liebsten hätte er sie in aller Öffentlichkeit geküsst und so den vielen Männern, die sie anstarrten klar gemacht, dass sie zu ihm gehörte. Albern. Total albern.

Sie führte ihn in das Gebäude, das voller Bars war.

„Die Bars sind nach berühmten Pferden benannt." Sie zeigte auf die *Choisir Bar*. „Alle haben hier mindestens ein großes und wichtiges Rennen in Ascot gewonnen. Choisir zum Beispiel war ein Sprinter. Er gehört jetzt als Deckhengst dem *Coolmore Imperium*. Er war das erste in Australien gezogene Pferd, das nicht nur dort für Furore sorgte, sondern auch hier in Ascot beispielsweise die Jubilee Stakes gewann."

Sie gingen auf die *Dubai Millenium Bar* zu. „Dubai Millenium gehört dem *Godolphin Imperium*. Auch er ist jetzt Deckhengst. Nachdem er den Dubai-Worldcup in Dubai gewonnen hatte, eroberte er im Jahr 2000 auch Ascot und gewann die Prince of Wales's Stakes." Es wäre bestimmt schön, mit ihr einmal einen richtigen Tag auf der Rennbahn zu verbringen, ohne Agentenarbeit. Ob das je passieren würde, war fraglich, so wie es derzeit zwischen ihnen lief. Sie traten hinaus zum Grandstand, der Tribüne, von wo aus man die Rennen verfolgte. Die Royal Box war nebenan.

„Noch ist nicht so viel los. Die Queen wird erst in einer Stunde erwartet, dann werden die Tribünen voll sein. Jeder will sehen, wie sie auf dem Geläuf mit ihrer Kutsche angefahren kommt."

Barrett holte sein Fernglas hervor. „Wie kommt man dorthin?" Er deutete auf die andere Seite der Bahn. Auch da schienen sich Zuschauer aufhalten zu dürfen.

„Das ist das Heath Enclosure, eine der unteren Eintrittsklassen."

„Die sind aber genau gegenüber der Royal Box."

Rachel lächelte. „Ich verstehe, was du meinst."

Barrett gab ihr das Fernglas. „Das Ding ist zehnmal so gut wie ein normales Fernglas. Wir können uns schlecht bei der Queen aufhalten, Abid darf uns nicht sehen. Einer von uns postiert sich drüben, ich vermute, dass er irgendwann diesen Siegelring unauffällig an seinem Finger umdreht und sich dann mit Handschlag von ihr verabschiedet. Bevor das passiert, musst du mir Bescheid geben. Ich werde mich im Gang vor dem Zugang zu den Boxen der Queen herumtreiben."

„Ich soll also mit dem Fernglas den ganzen Tag da drüben stehen?"

„Wir können es auch umgekehrt machen."

„Nein, ist schon in Ordnung, du hast keine hochhackigen Schuhe an und kannst schneller reinstürmen. Aber das ist ein sehr knappes Unterfangen."

„Ich weiß, aber er kennt uns schließlich. Wir können uns nicht rechts und links neben Lisbeth setzen. Er muss offensichtlich die Absicht haben, sie zu töten, damit wir ihn überführen können."

„Ja du hast ja recht. Lisbeth?"

„In den letzten Wochen habe ich öfter an die Queen gedacht, als an andere Dinge. Ich habe sogar schon von ihr geträumt. Da ist es wohl mein gutes Recht, wenn ich sie jetzt endlich Lisbeth nennen darf."

„Respektloser Amerikaner."

„Steife Britin."

Sie schüttelte lächelnd den Kopf und nahm ihm das Fernglas ab.

„Meine Güte ist das hier voll. Ich dachte schon, ich finde euch nie."

„Can!" Barrett fiel ein Stein vom Herzen. „Hat sie es also geschafft."

Cans Gesicht wurde sehr ernst. Er sah zu Rachel. „Ja, aber um mich zu befreien, musste sie Dobson töten. Abid weiß noch nicht, dass sein englischer Vertrauter nicht mehr unter uns weilt."

Barrett sah zu Rachel. Für einen Moment sah sie auf den Boden. Peter war lange Jahre ihr Freund und Vertrauter gewesen. Egal was er getan hatte, die alten Gefühle mussten noch da sein. Er sah, dass sie einmal tief Luft holte und versuchte, sich nichts anmerken zu lassen.

„Wie sind eure Pläne?", fragte Can.

Barrett weihte ihn ein.

„Gib mir das Headset, ich stelle mich drüben hin und halte in der Box alles im Auge. Ihr zwei kümmert euch um Abid und die Queen. Ich lasse euch gern den Vortritt, sicher werdet ihr hinterher von der Queen geadelt oder so. Ich bin nicht scharf auf Publicity." Can nahm das Headset.

„Na gut, dann rüber mit dir."

Can verkabelte sich und steckte auch das Fernglas ein.

„Und was machen wir in der Zwischenzeit?"

*

Rachel war nicht sicher, ob sie erleichtert über Peters Tod sein sollte, traurig oder gar Genugtuung empfinden sollte. Sie entschied sich für eine Mischung aus allem.

„Bitte?" Barrett hatte sie etwas gefragt, sie hatte nicht hingehört.

„Wo sollen wir uns rumtreiben? Die Queen ist noch nicht mal da und vor dem letzten Rennen wird sich sowieso nichts tun."

„Ich könnte uns etwas zu essen und zu trinken holen und du bleibst hier und sicherst diesen Platz. Hier haben wir einen hervorragenden Blick auf die Parade", schlug sie vor.

„Okay."

Es dauerte eine Weile, bis sie mit Pommes frites, zwei Salaten und Cola auf einem Tablett wieder bei Barrett war. Sie hatte einen Moment anstehen müssen. Barrett sah zufrieden aus, das Headset funktionierte also. Sie setzten sich auf die Stufen.

„Wenn das hier vorbei ist, müssen wir uns mal ernsthaft unterhalten."

Barrett wollte also ein ernstes Gespräch führen. Rachel versuchte interessiert die besten Pommes aus der Schale auszusuchen. Ihr fiel keine Antwort ein. Ein Ja oder Nein wäre wohl nicht richtig.

„Hey, ich weiß, dass dich etwas bedrückt, Rachel. Ich will einfach nur, dass du mit mir darüber redest."

Es hatte ja schon einmal geholfen. Es war ihr auch gar nicht so schwergefallen, über Bill und Afghanistan zu reden. Sie hoffte, dass er sich mit einem Nicken zufriedengeben würde.

Die Queen kam. Die Tribünen füllten sich.

„Sag mal, da unten stehen doch Buchmacher, was auf deren Tafeln angezeigt wird, können doch unmöglich Pferdenamen sein. Oder laufen im ersten Rennen nur welche, die nach Farben benannt sind?" Erstaunen lag in seiner Stimme.

Sie musste lachen und hätte sich fast an ihrer Cola verschluckt. „Nein, natürlich nicht, aber du kannst wetten, welche Farbe die Queen trägt. Siehst du, heute hat sie etwas Rosafarbenes an. Das war eher eine Außenseiterfarbe. Wer darauf gewettet hat, bekommt das fünffache Geld zurück. Apricot war der Favorit."

„Dann hält sie geheim, was sie für eine Farbe tragen wird?"

„Ja. Auch die Dienerschaft darf nicht darüber sprechen. Wenn du jemanden kennst, der im Palast arbeitet, der darf dir nichts verraten."

„Ihr Engländer seid schon ein bisschen verrückt, oder?"

„Ein bisschen wettverrückt, ich gebe es ja zu."

„Abid wird sie jetzt sicher im Führring begrüßen."

„Ja, wir stehen neben der verglasten Box. Lass uns reingehen. Er muss nur mal aus den Fenstern sehen und sich die Leute im Grandstand ansehen."

„Ja, ich weiß, meine Narben haben Wiedererkennungswert."

„An den Narben liegt es nicht. Ich glaube, dass dich die Frauen vor allem aus anderen Gründen anstarren."

Er lachte kurz auf.

„Doch, es sind deine blauen Augen. Und dein Körperbau, die Art, wie du dich bewegst." Sie musste sich nicht umsehen, um zu wissen, dass er ihr erstaunt nachsah. Aber sie war sich sicher, dass sie recht hatte. Bald hatte er sie wieder eingeholt.

„Ich hasse es, zu warten." Rachel hätte gern an der Uhr gedreht. Der Nachmittag würde sich hinziehen. Sie hielten sich in der Nähe des Royal Enclosure auf. Vor dem letzten Rennen würden sie sich genau vor dem Eingang zur Loge postieren. Hoffentlich würde Can den richtigen Moment erwischen und hoffentlich waren sie dann schnell genug. Can schien etwas zu sagen, denn Barrett lauschte in sein Headset.

„Er macht Can wahnsinnig, weil er die ganze Zeit mit dem Ring spielt." Klärte Barrett sie auf.

„Dann wird es schwer zu erkennen sein, wann er es letztendlich tun will. Er könnte ja auch schon nach dem dritten Rennen gehen und es dann erledigen." Rachel wurde immer unruhiger.

„Hey, bleib ruhig. Wir schaffen das schon."

„Diese Schuhe bringen mich um."

*

Abid hatte ausnahmsweise kein Interesse an den Rennen. Zum einen hatte er keine eigenen Starter am heutigen Tag, zum anderen tat es ihm doch ein wenig leid um die gute Elisabeth. Sie war ihm ans Herz gewachsen. Er bezweifelte, dass er bis zum letzten Rennen bleiben würde. Die Königin neben ihm schien sich prächtig zu amüsieren. Sie war aufgeregt. Die King's Stand Stakes sollten als nächstes Rennen ausgetragen werden, ein Sprintrennen. Sie hatte ein Pferd mit Namen Eye Of Monsun am Start. Der Hengst war einer der Mitfavoriten. Abid hatte auf die französische Gaststute Orchidee gewettet. Gleich würden die Pferde in die Startboxen geführt. Jemand betrat die Loge. Einer seiner Männer. Er nickte der Königin entschuldigend zu und zog sich mit ihm in eine Ecke zurück.

„Was tun Sie hier? Sie sollten am Wagen warten, es ist genug Sicherheitspersonal da."

„Ich bin informiert worden, dass man Peter Dobson tot im Keller aufgefunden hat. Der Gefangene ist verschwunden."

Abid sah sich hastig um. Alle starrten auf die Bahn, niemand beachtete ihn und seinen Sicherheitsmann. In seinem Kopf überschlugen sich die Gedanken. Etwas lief schief. Er hatte keine Wahl, er musste es sofort tun. Die Queen hatte die Hände im Schoss gefaltet. Sie war nervös, ihr kleiner Finger zuckte. Das passierte immer, wenn sie ein eigenes Pferd am Start hatte.

Er trat neben sie, setzte sich aber nicht. „Eure Majestät, ein dringender Notfall verlangt meine sofortige Rückkehr nach Hause. Ich bedaure es sehr, aber ich muss mich verabschieden."

„Oh, hoffentlich nichts Ernstes? Geht es um Ihre Frau, ist sie so ernsthaft erkrankt?"

„Wie gesagt, ich bedaure es außerordentlich." Er drehte den Ring an seinem Finger. Die Pferde waren alle in den Boxen. Der Start erfolgte. Die Königin streckte ihm ihre behandschuhte Hand entgegen.

*

Barrett trieb sich mit Rachel in der Nähe der Loge herum. Erst das dritte Rennen des Tages stand auf der Agenda. Die King's Stand Stakes. Barrett beobachtete, wie ein Araber im Anzug Zutritt zur Loge verlangte.

„Das müsste einer von Abids Männern sein."

Rachel nickte. Sie sahen sich an. „Was, wenn sie Peter entdeckt haben?"

„Can!" Barrett sprach in sein Headset. „Was ist da drinnen los?"

„Was ist?"

„Scheiße, er hört mich wohl nicht."

Bevor er reagieren konnte, hatte sie die Schuhe abgestreift und sprintete los. Sie wedelte mit ihrem Bändchen und stieß einen Sicherheitsbeamten beiseite, der sich das Bändchen genauer ansehen wollte. In wenigen Schritten war Barrett bei ihr. Sie durften nicht zu früh kommen, aber zu spät schon mal gar nicht. Sie riss die Tür auf. Er war hinter ihr. Die Queen war gerade im Begriff, Abid die Hand zu geben, jetzt hörte er Cans aufgeregte Stimme in seinem Ohr. „Er tut es … ach da seid ihr ja.“

Rachel wirbelte durch die Luft und verpasste so Abids Sicherheitsmann einen Tritt, der ihn taumeln ließ. Fast wäre er aufrecht stehen geblieben, wenn hinter ihm nicht diese riesige chinesische Vase gestanden hätte. Wozu diese Dinger nicht doch gut waren.

„Entwaffne ihn!“, rief er Rachel noch zu, während er sich auf Abid stürzte. Die Queen hatte einen Bodyguard im Raum, der sie hastig beiseitezog, während Barrett auf Abid landete.

„Verdammtes Arschloch!“

Rachel erklärte mit klarer Stimme, dass sie vom Geheimdienst seien. Das Geschrei der restlichen Royals im Raum verstummte.

Abid versuchte, sich zu befreien, aber Barrett hatte ihn fest unter sich begraben. Draußen schien niemand etwas von dem Tumult in der Royal Box mitbekommen zu haben. Alle waren auf das Rennen konzentriert.

Rachel tauchte in seinem Gesichtsfeld auf und nahm Abid den Ring ab, steckte ihn in eine Plastiktüte als Beweisstück, während er Abid auf den Bauch drehte und ihm die Hände mit Handschellen auf dem Rücken fesselte, die ihm von jemandem gereicht worden waren.

Rachel machte einen Knicks und erklärte ihrer Königin die Funktion des Ringes und in Kurzfassung, was sie gerade vereitelt hatten. Sicherheitsbeamte drängten sich in den Raum. Barrett konnte aufstehen und Abid übergeben.

Rachel informierte gerade den obersten Chef des MI6. Barrett wusste nicht, wo er hinsehen sollte, als die Königin persönlich auf ihn zu trat. „Dann haben Sie mir also gerade das Leben gerettet.“ Sie lächelte.

Die Frau war erstaunlich ruhig und tough. Was sollte er sagen? „Äh … ja, und herzlichen Glückwunsch, ich glaube, ihr Pferd hat gewonnen.“

Das Lächeln wurde zu einem Strahlen. „Ja, und ich habe es verpasst.“ Dann sah sie sich hastig um. „Die Siegerehrung hat doch wohl nicht ohne mich stattgefunden. Ich würde jetzt gern meinen Preis entgegennehmen und mein Pferd streicheln.“

Der Rest der Royals und auch einige Sicherheitsleute sahen verdutzt drein, folgten dem Oberhaupt der königlichen Familie aber sofort.

Rachel stand vor Abid. Ehe jemand reagieren konnte, hatte sie ihm einen Kinnhaken verpasst.

„Das ist dafür, dass du meine Mutter und Peter vergiftet hast, ihre Gedanken und ihre Gefühle.“ Sie beschimpfte ihn weiter, tat dies aber auf Arabisch.

Barrett verstand kein Wort.

19

Die nächsten zwei Wochen vergingen für Barrett wie im Flug. Er hielt sich die meiste Zeit beim MI6 in London auf. Abids Unternehmungen mit allen Labors waren aufgeflogen. Südkorea hatte Verstärkung von der NATO bekommen, sodass Pak Yun Un sich einen Angriff sehr gut überlegen musste. Er verhielt sich derzeit ruhig.
Shabir hatte ein neues Staatsoberhaupt. Hussein war aus dem Keller befreit worden und übernahm zunächst die Staatsgeschäfte. Solange bis sich die Scheichs der anderen Staaten über die Thronfolge geeinigt hatten. Niemand konnte Hussein Verstrickungen in Abids Machenschaften nachweisen. Die Geheimdienste würden ihn im Auge behalten.

Ein Bankett bei der Queen hatte Barrett auch hinter sich gebracht. Er hatte einen kleinen Orden aus ihrer Hand bekommen. Langsam war es Zeit, zurück in die USA aufzubrechen. Corey erwartete ihn. Zazouela war spurlos verschwunden und Can hatte sich auch recht schnell, angeblich in einen Urlaub verabschiedet.

Barrett saß in seinem Hotel. Es wurde Zeit, den Rückflug zu buchen, aber er starrte nur vor sich hin. Er hatte Rachel beim MI6 gesehen und natürlich auf dem Bankett der Queen. Sie hatte ihn ignoriert. Sie beantwortete seine Telefonanrufe nicht und sie hatte ihm auch nicht aufgemacht, als er vor ihrer Wohnungstür in London gestanden hatte. Er hatte gewusst, dass sie da war. Ihr Verhalten war eindeutig.

Sein Handy klingelte.

Für einen Moment hatte er die Hoffnung, dass es Rachel sei, aber es war eine andere Nummer.

„Ja?"

„Hey. Lance hier."

Warum sollte Lance Del Monte ihn anrufen? „Was ist los?"

„Ich weiß nicht so recht, wie ich es sagen soll, aber mein Kollege hat mir Bescheid gegeben, dass Elena Monroe tot ist. Vor ein paar Tagen gestorben. Mein Kollege hat sich an mich gewandt, weil er deine Nummer nicht mehr hatte. Ihre Tochter war ziemlich durcheinander, als sie vom Tod der Frau erfahren hat. Ich hatte das Gefühl, dass du sie magst. Ach vielleicht erzähle ich dir auch nichts Neues. Himmel, ich rede zu viel, kann das sein?"

„Nein. Ist schon in Ordnung. Danke für die Information."

„Kein Problem."

Barrett wollte eigentlich das Gespräch beenden, doch dann hatte er einen Gedanken.

„Sag mal Lance, hast du gerade einen Auftrag?"

„Nein, wieso?"

„Kannst du nach London kommen?"

„Ja, was ist denn los?"

„Du müsstest mir einen Gefallen tun."

„Dann bist du mir einen schuldig. Der Deal gefällt mir."

Als Barrett das Gespräch beendet hatte, fuhr er seinen Laptop hoch. Schnell hatte er herausgefunden wo und wann Elena beerdigt werden sollte. In zwei Tagen in London. Der Rückflug in die Staaten musste warten.

*

Rachel konnte nicht weinen. Dazu hatte sie ihre Mutter nicht gut genug gekannt. Dennoch war sie unendlich traurig. Niemand war hier, außer dem Pastor und ihr. Aber wer hätte auch kommen sollen? Elena hatte so lange nicht in dieser Welt gelebt, sie hatte keine Freunde und auch keine Familie. Sie war allein gestorben. Selbst Rachel war nicht bei ihr gewesen, sie hatte zu viel zu tun gehabt. War das die Wahrheit? Sie hätte zwischendurch ein paar Stunden abzweigen können. Die Wahrheit war, dass sie wieder mal zu feige gewesen war. Zu feige, der Frau die ihr das Leben geschenkt hatte in den letzten Stunden ihres Lebens beizustehen. Ebenso wie sie zu feige war, sich mit Barrett und den Gefühlen zu ihm auseinanderzusetzen. Er hatte was Besseres als sie verdient. Der Pastor hatte sich längst von ihr verabschiedet, doch noch immer starrte sie auf das frische Grab. Es würde niemand mehr kommen, sich von Elena zu verabschieden. Sie drehte sich um und wäre fast in Barrett gelaufen. „Was tust du denn hier?"

Er hatte eine weiße Rose und warf sie ins Grab. „Sie ist immerhin deine Mutter und ich dachte, vielleicht brauchst du mich hier."

Schamgefühl überkam sie. Er hatte mehr verdient als ihre Ignoranz. Sie wusste nicht, was sie sagen sollte.

„Rachel." Seine Stimme war sanft, erinnerte sie an all das, was hinter ihnen lag. An seine Berührungen an die Liebe, die er ihr schon geschenkt hatte. Seine Stimme allein konnte ein Gefühl von Geborgenheit in ihr auslösen. „Wenn du willst, dass ich gehe, dann tue ich das, aber ich glaube, dass du das nicht wirklich willst. Du hast Angst. Furchtbare Angst. Ich weiß, dass du denkst, dass du auch so einen Tumor hast, wie deine Mutter."

Woher wusste er das? „Wie?"

„Woher ich das weiß?" Er nahm sie an die Hand und führte sie zu einer Bank auf dem Friedhof. Es war angenehm warm und die Sonne lugte zwischen den Bäumen hervor. „Seit ich dich kenne, habe ich mir gewünscht, dass ich mich einmal in deinen Kopf hacken könnte. Dann habe ich festgestellt, dass ich nicht nur gut mit Rechnern umgehen kann, sondern auch gut in Menschen lesen kann. Ich glaube, besonders gut in dir. Du läufst immer nur dann vor mir weg, wenn du denkst, du bist nicht gut genug für mich. Warum steckst du so voller Selbstzweifel?"

„Aber ich hätte dich fast getötet, ich habe einmal meinen Freund getötet und jetzt bin ich vielleicht sterbenskrank. Ich will nicht, dass du dich irgendwann an mich erinnerst und einen Menschen vor dir siehst, der entweder den Abzug einer Knarre drückt und die, die er liebt, erschießt oder einen Menschen, der dahinsiecht und nicht mehr er selbst ist."

„Ich finde es ziemlich sexy, wenn du eine Knarre in der Hand hast."

Sie schlug spielerisch nach ihm.

„Nein, im Ernst. Glaubst du, das ist es, was ich sehe, wenn ich an dich denke?"

„Aber was solltest du sonst sehen."

„Die schönste, mutigste, humorvollste, erotischste, warmherzigste Frau, die mir je begegnet ist. Ich kann noch weitermachen, wenn du willst."

„Nein, bitte nicht, ich fang sonst noch an, zu heulen."

„Hör zu, Rachel. Ich weiß, dass du mich nicht hättest töten können. Mein Herz wusste es die ganze Zeit und es hat meinen Verstand relativ schnell überzeugt. Du hast mich aus meinem Schneckenhaus geholt, damals in Erquy. Ich hatte mit der Welt hier abgeschlossen. Ich dachte, dass mich nie jemand mögen könnte, sobald er mich sieht. Dann kamst du. Irgendwann habe ich kapiert, was die Blicke zu bedeuten hatten, die du mir zugeworfen hast. Ich bin aufgewacht. Du hast es geschafft, dass ich mich wieder gut gefühlt habe. Deshalb werde ich jetzt alles dransetzen, damit du dich wieder gut fühlst. Ich habe Dr. Lance Del Monte einfliegen lassen. Auch wenn er jetzt ein Special Agent of Justice ist, ist er immer noch Hirnchirurg. Er kann dich in der Privatklinik untersuchen. Dann hast du Gewissheit."

„Was ist …"

„Wenn du mich lässt, dann möchte ich bis zum letzten Atemzug an deiner Seite sein, aber ich denke nicht, dass du krank bist. Hast du in letzter Zeit wieder eine Panikattacke gehabt?"

„Nein." Sie war selbst verwundert darüber. „Seit ich mit dir über Bill geredet habe nicht mehr."

Er lächelte. „Ich bin bei dir. Immer."

„Aber wie sollte es mit uns funktionieren? Du bist …"

„Ich weiß, du bist Britin, ich bin einer dieser komischen Amerikaner, und wir gehören verschiedenen Geheimdiensten an. Wenn du mich heiratest, kannst du Amerikanerin werden."

Rachel glaubte, sich verhört zu haben. „Was?"

„Probier es doch mal aus, dass mit dem amerikanisch sein. Ist gar nicht so übel."

„Du nimmst mich doch auf den Arm, oder?"

„Nein, im Gegenteil."

Er stand von der Bank auf, kniete vor ihr nieder. Aus seiner Hosentasche holte er ein kleines Kästchen. Als er es öffnete, kam ein zierlicher Weißgoldring mit einem Diamanten zum Vorschein.

„Rachel Adams, willst du meine Frau werden?“

Rachel glaubte, nicht mehr atmen zu können. Die Welt drehte sich oder stand sie auf einmal still? Er wollte sie heiraten? Trotz allem, was sie getan hatte? Die Erkenntnis traf sie bis ins Mark. Obwohl sie vielleicht todkrank war, wollte er sie. Es war als würde ein Vorhang nach oben gezogen. Sie sah auf einmal klar. Sie liebte ihn. Mehr als sie je würde in Worte fassen können. Er war der Mensch, zu dem sie aufsehen konnte. Er war der Mann, den sie begehrte, den sie aufrichtig liebte. Das Gefühl von Geborgenheit, das seine Stimme in ihr auslöste, verstärkte sich noch weiter und wurde zu purem Glück. Auf seine Frage konnte es nur eine Antwort geben. „Ja.“

Er steckte ihr den Ring an den Finger. In diesem Moment wusste sie, dass sie für alles eine Lösung finden würden. Sie schlang die Arme um ihn und sie küssten sich lang und innig.

Als sie sich voneinander lösten, sah Barrett sich um. „Ich fasse es nicht, jetzt habe ich dir auf einem Friedhof einen Heiratsantrag gemacht.“

Rachel überkam ein warmes Gefühl. Sie sah ein letztes Mal zum Grab ihrer Mutter. „Weißt du Barrett, ich glaube es hätte keinen besseren Ort dafür geben können. Die Seelen all der Toten werden von nun an über uns wachen.“

*

Can setzte sich auf den harten Besucherstuhl im Flur des unscheinbaren Gebäudes, das er nach so vielen Jahren zum zweiten Mal betreten hatte. Er richtete sich auf eine lange Wartezeit ein. So würde er es zumindest an Snyders Stelle machen, um ihn zu verunsichern und Macht zu demonstrieren. Er hatte sich getäuscht, schon nach zwei Minuten wurde die schwarze Tür neben ihm geöffnet. Er nahm das als Aufforderung, einzutreten.

Corey Snyder drehte ihm den Rücken zu und war auf dem Weg zu seinem Schreibtisch. Er ließ sich auf seinem Drehstuhl nieder und legte die Füße auf den Tisch. Er trug immer noch Cowboystiefel, stellte Can fest. Der obligatorische Stetson hing an der Garderobe neben der Tür. Can hatte ein großes feudales Büro erwartet. Falsch gedacht. Dem Büro fehlte jeglicher Schnickschnack, jeglicher Luxus, es war rein auf Funktionalität ausgerichtet und klein. Er sah Corey Snyder an und sah in leuchtend grüne Augen. Welche Augenfarbe Corey wirklich hatte, wusste wohl keiner. Gerüchte besagten, dass er jeden Tag andere Kontaktlinsen trug.

Can wurde nicht aufgefordert, sich zu setzen. Also blieb er stehen. Er musste sich zusammenreißen, um nicht von einem Fuß auf den anderen zu wechseln. Corey hatte immer noch die Macht ihn allein mit seinen Blicken zu verunsichern.

„Barrett und ich hatten ein langes Gespräch." Coreys Stimme war keinen Tag älter geworden, auch schien der Mann sich nicht verändert zu haben in all den Jahren, obwohl er mittlerweile stark auf die sechzig zugehen musste. Vielleicht war er sogar schon älter. Wer wusste das schon?

„Er würde dich einstellen, Can. Aber noch ist er nicht mein Nachfolger."

Can schwieg. Das war der Deal gewesen. Er war geduldig. Er hätte gewartet. Corey konnte nicht ewig arbeiten. Nun stand er hier. Damit hatte er nicht gerechnet.

„Er hat mich daran erinnert, dass persönliche Gefühle in diesem Job guten Entscheidungen nicht im Weg stehen sollten." Corey lachte, bevor er weiter sprach. „Na ja, das mit Rachel war wohl auch persönlich, aber ich will dem Jungen das mal nicht ankreiden. Im Prinzip hat er ja recht."

Can wusste immer noch nicht, was er sagen sollte. Es schien so, als erwarte Corey gar keine Antwort von ihm.

„Barrett ist mir ans Herz gewachsen. Wie damals sein Bruder, aber den musste ich leider ziehen lassen. War auch so ein persönliches Gefühlsding während eines Falls. Barrett ist wie ein Sohn für mich, zudem hat er herausragende Fähigkeiten, die er nun auch im Außendienst beweisen konnte. Er hat immer wieder betont, wie sehr du ihm geholfen hast."

Eine Pause und eine weitere ausgiebige Musterung folgten. Dann nahm Corey schwungvoll die Beine vom Tisch und stand auf. Mit den Händen stützte er sich auf der Tischplatte ab und beugte sich vor.

Sein Blick bohrte sich in Cans Augen. Er musste sich anstrengen, nicht wegzusehen.

„Du willst zu den SAJs, das wolltest du immer."

„Ja." Es war mehr ein raues Krächzen, das erste Wort, das er in diesem Büro aussprach. Er kam sich vor wie ein Schuljunge. Aber verdammt noch mal, er wollte in diese Truppe. Er hatte diese Spielchen als Doppelagent so satt, auch wenn sie gutes Geld einbrachten. Er war immerhin zur Hälfte Amerikaner und besaß auch einen amerikanischen Pass.

„Du bist gut, sonst hättest du nicht so lange als Doppelagent überlebt. Ich habe deinen Werdegang verfolgt."

Das hätte er sich denken können nach allem, was damals vorgefallen war.

„Barrett hat recht, meine persönlichen Gefühle sollten bei der Rekrutierung eines Agenten nicht im Wege stehen. Ich muss dich ja nicht mögen, wenn du für mich arbeitest."

Hoffnung keimte in Can auf. Sollte sein Traum tatsächlich in Erfüllung gehen?

Coreys Blick war immer noch unnachgiebig auf sein Gesicht gerichtet. „Ich biete dir also eine Stelle bei den Special Agents of Justice an. Allerdings habe ich eine Warnung für dich. Solltest du jemals wieder meiner Tochter zu nahe kommen, bist du draußen."

Can hätte fast gelacht. Das war milde ausgedrückt. Er wusste, was dieses *draußen* bedeutete. Punkt eins war, dass ein SAJ nur in Ausnahmefällen ausscheiden durfte und der zweite Punkt war, dass Corey dann eine persönliche Rechnung mit ihm offen hätte. *Draußen* war dann wohl gleichbedeutend mit *du bist tot.* Sein Leben lang hatte er von zwei Dingen geträumt. Von Corey Snyders Tochter und davon, ein SAJ zu werden. Zumindest einer der beiden Träume konnte jetzt in Erfüllung gehen. Can machte einen Schritt auf den Schreibtisch zu. „Wo muss ich unterschreiben?"

Epilog

Hand in Hand liefen sie die Auffahrt zum Anwesen von Aidan und Scarlett Manor hinauf. Nun war es so weit. All die Jahre hatte er sich davor gefürchtet und es vermieden seinen Bruder und dessen Frau zu besuchen. Letztendlich war er doch in New Orleans gelandet. Sofort, nachdem sie Rachels Untersuchungsergebnisse bekommen hatten, waren sie aufgebrochen. Rachel war kerngesund. Panikattacken hatte sie auch keine mehr bekommen. Wenn sie unruhig schlief, hielt er sie fest und sie beruhigte sich schnell wieder. Sie hatte sich vom MI6 freistellen lassen. Wahrscheinlich würden sie nach ihrer Hochzeit nach Texas gehen. Corey hatte Rachel angeboten, SAJ-Rekruten auszubilden. Sie tendierte dazu, den Job anzunehmen. Barrett atmete tief durch und Rachel drückte seine Hand. Sie hielten vor den Stufen, die zur Eingangstür des Hauses führten.

Das Haus war so, wie Barrett es von den unzähligen Fotos in Erinnerung hatte. Es erinnerte tatsächlich an Tara, dem Anwesen aus *Vom Winde verweht*. Sein Bruder hatte es für Scarlett bauen lassen und natürlich für seine Töchter.

„Bist du nervös?“ Rachels dunkelgrüne Augen schienen in seinem Gesicht nach einer Antwort zu suchen.

Er lächelte sie an. „Wenn du bei mir bist, nicht.“

„Dann komm.“ Sie küsste ihn auf die Wange.

Gemeinsam stiegen sie die Stufen hinauf.

Sie mussten nicht die Klingel betätigen, Scarlett öffnete vorher. Sie strahlte. „Endlich!“ Dann umarmte sie ihn und ging auf Rachel zu. „Du bist also Rachel.“

Während die Frauen sich begrüßten, trat er ein und stand nach mehr als sieben Jahren seinem Bruder gegenüber. Dem einzigen Familienmitglied, das ihm noch geblieben war. Der Bruder, der ihm das Leben gerettet hatte, der ihn aus der Hölle der Gefangenschaft und Folterungen befreit und ihn zu den SAJs gebracht hatte. Damit auch zu Rachel. Er hatte sich kaum verändert. Die blonden Haare waren nirgendwo grau. Er war immer noch durchtrainiert, obwohl er kein SAJ mehr war und als Lektor arbeitete. Sie hatten unterschiedliche Haarfarben, aber die gleichen Augen. Sein schlechtes Gewissen meldete sich. Sieben Jahre hatte er sich im kalten Minnesota versteckt und nicht gemerkt, wie die Eiseskälte von ihm Besitz ergriffen hatte.

Aidan machte einen Schritt auf ihn zu. „Viel länger hätte ich nicht gewartet. Warum hast du so verdammt lange gebraucht?“ Dann schloss er ihn einfach in die Arme.

Wärme breitete sich in Barrett aus. Die Kälte in ihm, die Rachel zum größten Teil bereits vertrieben hatte, verschwand nun endgültig, und er würde sie nie wieder hereinlassen.

Rachel war neben sie getreten.

„Das ist Rachel Adams.“

Sein Bruder strahlte und umarmte auch sie.

Kurz versetzte es ihm einen Stich. Hier sah Rachel die blonde, gut aussehende Version von ihm. Aber als sie ihn wieder ansah, wurde ihm klar, dass sie nur Augen für ihn hatte. Es war immer noch ein Wunder für ihn, dass sie ihn liebte. Sie standen noch in der kleinen Eingangshalle und sein Herz setzte aus, als sich eine Tür öffnete und zwei kleine Mädchen auf ihn zukamen. Er sah den Stolz in den Augen seines Bruders.

„Das sind deine Nichten.“

Beide strahlten ihn erwartungsvoll an. Kein Entsetzen, keine Angst. Er lächelte und kniete sich hin.

Sie kamen auf ihn zu und es passierte einfach. Rechts und links hatte er ein Mädchen im Arm. „Hast du uns was mitgebracht Onkel Barrett?“

Er sah, dass Scarlett die Augen verdrehte, aber jetzt kam Rachels Einsatz.

Sie holte die beiden kleinen Teddybären aus ihrer Handtasche. „Hier, wir haben noch mehr Geschenke für euch im Auto.“

Aus dem Nebenraum war eine afroamerikanische Frau getreten. Lily Blue, Scarletts beste Freundin und Patentante der kleinen Lily.

„Hallo.“

Barrett stand auf. „Danke, dass du gekommen bist.“

Scarlett delegierte alle ins Wohnzimmer und Aidan verteilte Eistee. „Wir haben uns gewundert, warum du in deiner Nachricht darauf bestanden hast, dass Lily herkommen soll. Nicht dass wir uns nicht immer über Lilys Besuche freuen."

Barrett sah kurz zu Rachel. Die nickte. Sein Bruder würde sowieso nicht lockerlassen, ein Gespräch mit Lily unter vier Augen konnte er sich also sparen.

„Lily, ich denke, dass Scarlett dir sicherlich erzählt hat, dass Aidan ein Special Agent of Justice war und auch ich einer bin."

Sie nickte.

„Du hast die Chance, eine von uns zu werden."

Lilys große braune Augen weiteten sich. „Ich? Warum?"

Aidan und Scarlett schienen genauso erstaunt.

„Mein Boss hat mich mit einem Angebot zu dir geschickt, dass du wahrscheinlich nicht ablehnen wirst."

Es war totenstill im Raum. Barrett holte das Foto des afroamerikanischen Mannes aus seiner Jackentasche. Wie er von Corey wusste, war es der Mann, den Lily einst geliebt hatte.

Lily nahm das Foto entgegen und starrte darauf.

„Ramon." Ihre Stimme war nur ein Flüstern.

Barrett trat einen Schritt auf sie zu.

„Es sieht so aus, als bist du die Einzige, die ihn retten kann, Lily. Nur du kannst uns und ihm helfen. Nur, dazu musst du offiziell eine von uns werden."

Er wusste, dass nicht nur Lily tausend Fragen haben musste. Er sah es am nachdenklichen Blick von Aidan, und Scarlett schüttelte ungläubig mit dem Kopf. Aber mehr durfte er hier und jetzt nicht sagen. Alles andere würde Corey mit Lily regeln. Er sah, wie die junge Frau immer wieder das Foto und dann ihn anstarrte. Sie war Krankenschwester und sollte jetzt zu seiner Spezialagentin werden. Aber Corey wusste, was er tat. Aus Dr. Lance del Monte dem begnadeten Gehirnchirurgen hatte er auch einen zuverlässigen und fähigen Agenten geformt. Lance war einer der Besten.

Barrett wartete auf Lilys Antwort. Es kam ihm vor wie eine Ewigkeit.

„Was auch immer nötig ist, ich mach es."

Alia Cruz lebt mit ihren drei Katzen und einem Hund im schönen Oberhausen. Seit ihrem Studium arbeitet sie als Tierpsychologin, Tierheilpraktikerin und Dozentin. In ihrer Freizeit liebt sie, zu den großen Pferderenntagen nach Baden-Baden, Hamburg, Paris oder Ascot zu reisen.

Sündenfeuer - Mörderische Flucht
Kim Henry

ISBN: 978-3-864432-30-9

Er ist alles, was sich Shirin jemals von einem Mann erträumt hat. Stark, attraktiv und klug. Aber er ist noch mehr – denn Nataniel Sandoval ist ein katholischer Priester. In einer Kirche sucht Shirin Zuflucht vor ihrem Ehemann, einem berüchtigten Unterwelt-Magnaten. Doch Pater Nataniel ist mehr, als es auf den ersten Blick scheint. Schon bald erkennt Shirin den Mann hinter dem Priester. Aber wie kann es sein, dass er so viel über die Machenschaften der Unterwelt von Caracas weiß? Gemeinsam werden sie in einen Strudel aus Politik, Intrigen und Verrat gerissen, und schon bald finden sie sich auf einer atemlosen Flucht durch den venezolanischen Regenwald wieder.

Undeniable - Eva und Deuce
Madeline Sheehan

ISBN: 978-3-864434-91-4

Eine Liebe gegen jede Chance. Eva Fox ist die Tochter des Silver Demons Motorcycle Club Präsidenten und wächst wie eine Prinzessin in der rauen Umgebung des Clubs auf. Als sie den sexy Hell's Horsemen Biker Deuce West trifft, ist sie noch ein kleines Mädchen. Doch vom ersten Augenblick an weiß sie: Er ist der Sinn ihres Daseins. Deuce ist ebenfalls im Club seines Vaters aufgewachsen. Während Eva langsam zur Frau heranwächst, entwickeln sich ihre zufälligen Begegnungen immer intensiver. Das Schicksal führt sie stets erneut zusammen und so beginnt eine Reise auf gewundenen Schicksalspfaden, gepflastert mit Schmerz, Betrug und Blutvergießen. Eva sieht in Deuce von Anfang an, was er in sich selbst nicht sieht – einen Mann, der es wert ist, geliebt zu werden, doch wird sie stark genug sein, ihm das zu beweisen? Dies ist die Geschichte von Eva und Deuce. Es ist nicht einfach. Aber nichts, was sich wirklich lohnt, ist das. Und die Liebe ist alles wert.

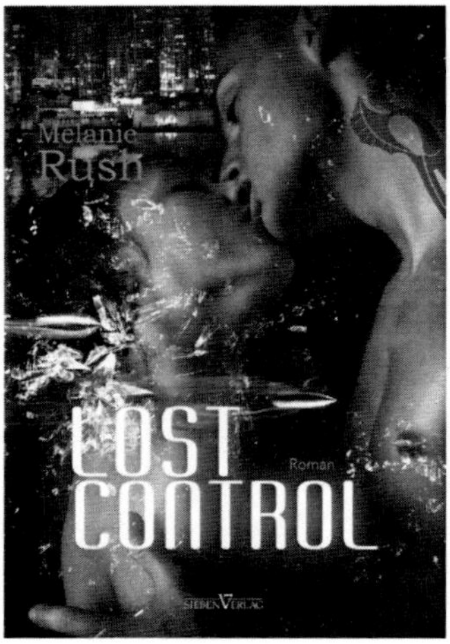

Lost control
Melanie Rush

ISBN: 978-3-864433-14-6

Detective Ria McKenns geregeltes Leben beim Chicagoer Police Department ändert sich schlagartig, als ihr überraschenderweise ein neuer Partner zugewiesen wird. Gegen ihren Willen und wider besseren Verstandes verdreht der attraktive Camden Reeves ihr bereits vom ersten Augenblick an völlig den Kopf.

Camden möchte sein altes Leben als Navy SEAL und ehemaliger NCIS Mitarbeiter hinter sich lassen und ist mehr als angetan von seiner neuen Partnerin beim CPD.

Als Team ermitteln Sie in ihrem ersten gemeinsamen Fall und ahnen nicht, dass die Suche nach einem skrupellosen Mörder Schatten aus der Vergangenheit aufscheucht und die Dinge sich bald gänzlich ihrer Kontrolle entziehen.